I0646624

EDMOND GONDINET

THÉATRE COMPLET

I

GAVAUD, MINARD ET Cie
CHRISTIANE — LA CRAVATE BLANCHE
TÊTE DE LINOTTE

PARIS
CALMANN LÉVY, ÉDITEUR
ANCIENNE MAISON MICHEL LÉVY FRÈRES
3, RUE AUBER, 3

1892

THÉATRE COMPLET

DE

EDMOND GONDINET

I

Droits de reproduction et de traduction réservés pour tous les pays
y compris la Suède et la Norvège.

PARIS. — IMPRIMERIE CHAIX, 20, RUE BERGÈRE. — 26430-9-91.

AVANT-PROPOS

Peu d'années après la guerre de 1870, les habitants du village d'Athis, qui domine si gaiement la vallée de la Seine, virent arriver parmi eux un personnage aux allures singulières. Il apparut un jour sans être annoncé et s'installa dans une maison de campagne que les Prussiens avaient saccagée. Il la fit rebâtir en quelques semaines, acheta les terrains qui l'environnaient, éleva des terrasses un peu partout et en mit une sur le toit de sa maison, ce qui le fit d'abord prendre pour un astronome.

Cette opinion se modifia lorsqu'on vit débarquer dans le village une sorte de ménagerie domestique, composée pour la plupart d'animaux invalides : des chevaux, des ânes, une douzaine de chiens au poil rude, un bataillon de chats rustiques en rupture de gouttière, un mouton à trois pattes, et des paons marchant fièrement au milieu d'une armée de volatiles... La caravane gravit lentement la côte d'Athis sous la conduite de serviteurs silencieux. Elle semblait docile et disciplinée. Sans que les villageois assemblés sur leurs portes eussent eu la satisfaction d'entendre les chiens aboyer, le mouton bêler ou les ânes braire, on la vit disparaître en ordre dans l'enclos du nouveau venu.

Qui celui-ci pouvait-il être? Il vivait à l'écart, ne parlait à personne et ne faisait pas de politique. On finit par apprendre qu'il s'appelait M. René, qu'il allait souvent à Paris, et qu'il avait la passion des roses. Les domestiques, nouvellement entrés à son service, n'en savaient pas davantage.

La curiosité des gens d'Athis se piqua. Divers stratagèmes furent essayés pour la satisfaire. L'un d'eux consista à envoyer quelques enfants à la villa sous prétexte de demander l'aumône. M. René sourit à la vue des petits espions, comme s'il eût pénétré leur dessein, les reçut néanmoins avec bienveillance et les renvoya les poches bourrées de gâteaux. Ils revinrent en plus grand nombre. La réception fut pareille. Un jour qu'ils s'extasiaient à la vue d'une jolie ânesse haute comme une chèvre, récemment arrivée du jardin d'acclimatation, M. René leur proposa de monter dessus. Le lendemain tous les petits paysans du village sonnaient à la porte.

Au jour de l'an, M. René fit venir de Paris une minuscule charrette anglaise assortie de harnais tout neufs. Ce fut du délire. A partir de ce jour les gamins d'Athis durent s'inscrire pour faire sur la route d'Ablon, sous la surveillance d'un cocher fidèle, des parties d'ânesse qui devinrent leur tour du lac. Ils avaient joliment oublié l'objet de leur mission.

Après les enfants vinrent les parents. Les uns se présentèrent pour remercier. A ceux-ci M. René fit savoir qu'il était sorti. D'autres se présentèrent pour solliciter. M. René fit répondre que s'il s'agissait de faveurs ou de places, il ne disposait d'aucune influence, mais que s'il s'agissait de secours, sa modeste bourse leur était ouverte.

Cette réponse lui coûta cher. Les demandes de dons affluèrent, et avec elles les demandes d'emprunts, bien plus onéreux que les dons. M. René accorda tout sans discuter, ce qui le fit passer pour un nabab.

Il dut bientôt installer une sorte de dispensaire dans le pavillon habité par son concierge. On y trouvait du bois, des vêtements et des provisions pour les pauvres, du vin de Bordeaux et des remèdes pour les malades.

M. René devint ainsi en peu de temps la providence du pays. Une vraie providence avec tous les attributs de ce rôle, car son infatigable générosité demeurait discrète et presque invisible. Les meilleurs d'entre ceux qui aiment à donner ne sont généralement ni trop affectés qu'on s'en aperçoive, ni trop désolés qu'on les remercie. M. René dissimulait sa charité comme un vice. Il faisait remettre et ne donnait point, se privant ainsi du plaisir de donner soi-même, qui est peut-être le plus délicat des plaisirs d'ici-bas. Il le ressentait sans doute, ce plaisir intime et exquis, car on l'entrevoyait parfois dissimulé derrière un rideau, le visage intéressé et ému, pendant qu'on soulageait quelque misère à la porte. Mais il se dérobait avec soin, comme s'il se fût défié d'une sensibilité dangereuse, incompatible avec son parti pris d'impénétrable réserve.

En dehors des enfants avec lesquels il s'égayait volontiers, M. René n'adressait la parole à personne.

On finit à Athis par s'accoutumer à cette bizarrerie. La curiosité s'émoussa avec les années. M. René était décoré, avait des moustaches, l'allure martiale. On en conclut, d'un commun accord, que ce devait être quelque officier supérieur en retraite, officier très riche, plus original encore que riche, et plus bienfaisant encore qu'original. On ne s'occupa plus de lui, que lorsqu'on en eut besoin. M. René n'en demandait pas davantage.

Cette réputation d'officier lui valut une assez plaisante aventure. C'était en automne, pendant la période des grandes manœuvres. Un bataillon avait été cantonné à Athis, et M. René logeait un certain nombre de militaires. Après le dîner, un dîner au champagne, car M. René, en sa qualité d'ancien officier, paraissait adorer l'armée, on passa pour fumer dans la bibliothèque. La conversation était devenue familière et gaie. Soudain, un jeune sergent des Batignolles aperçoit sur une table un exemplaire du *Panache*.

« Ah ! vous lisez le *Panache*, mon colonel? » M. René fait un geste de dénégation. — « Si, si ! vous êtes colonel, n'essayez pas de nier. Le maire m'a dit, en me donnant mon billet : Je vous loge chez un colonel. Vous y serez joliment bien. Vous entendez, mes enfants, Monsieur est colonel et un rude, à ce qu'il paraît. Eh bien, mon colonel, puisque vous lisez le *Panache*, convenez que c'est plus amusant que la théorie... — Le fait est... — Seulement, voyez-vous ces pièces-là, ce n'est rien de les lire; il faut les voir jouer. L'avez-vous vu jouer, le *Panache?* — Non, malheureusement... — Ah ! si vous aviez entendu Geoffroy ! » Et le Batignollais aussitôt d'imiter Geoffroy. Tous les soldats riaient, M. René plus que les soldats.

« Vous n'allez donc pas au théâtre, mon colonel? — Jamais... — Alors, vous me permettrez de vous offrir des places quand vous irez à Paris. Ne refusez pas, elles ne me coûtent rien. Je connais la plupart des auteurs. Ma mère est ouvreuse au Gymnase. Ainsi par exemple l'auteur du *Panache*, ce bon Gondinet... » La figure de M. René prit une expression d'inquiétude : — « Vous connaissez... — Gondinet ! si je connais Gondinet ! Comme je vous connais, mon colonel, et même un peu plus, car ce ne serait pas beaucoup dire. Il est si gentil, Gondinet. Ma mère en raffole. Et sa conversation ! un feu d'artifice ! C'est dix fois plus amusant que ses pièces ! » M. René semblait stupéfait. — « Je vous présenterai, mon colonel, si vous le désirez... — Je vous remercie, dit M. René doucement, je n'oserai jamais. » Puis, brusquement sans qu'on sût pourquoi, M. René éclata de rire et disparut, laissant le sergent un peu vexé.

***

Si je racontais cette histoire, nous disait Edmond Gondinet, on croirait que je l'ai inventée. Elle fit longtemps ses délices, moins parce qu'elle lui fournissait une piquante anecdote, que parce qu'elle attestait le succès des dispositions prises pour assurer son incognito à Athis et lui donner la sécurité de son mystère. « Cache ta vie, » a dit le sage.

De ce qu'Edmond Gondinet, si Parisien à Paris, avait éprouvé à un certain moment de sa carrière le besoin de se retirer aux champs et d'y vivre inconnu, il ne faudrait point conclure qu'il eût le tempérament d'un misanthrope. Nul homme ne fut plus bienveillant, plus enjoué, d'humeur plus égale.

Ni son extrême modestie, une modestie innée et facile n'ayant rien de ces modesties artificielles dont l'orgueil aime à se parer « et qui proviennent du désir d'être loué deux fois », — ni la simplicité de ses goûts, ni l'amour de la campagne et des bêtes ne suffiraient à expliquer la détermination qui, pendant les vingt dernières années de sa vie, l'entraîna à dédoubler d'une si curieuse façon, non seulement son existence, mais même sa personnalité.

M. de Najac en donnait la raison véritable dans le discours touchant qu'il prononça à Neuilly sur sa tombe, le 22 novembre 1888, au nom de la Société des auteurs dramatiques :

« ... J'ai donné à entendre que Gondinet n'avait que

des amis. Ce n'est pas exact. Il avait une ennemie terrible : sa bonté.

» Savez-vous pourquoi il fuyait Paris et se réfugiait à la campagne dans une retraite ignorée? Pourquoi, lorsqu'on parvenait à la découvrir, il s'empressait d'en changer? Pourquoi son frère, un autre lui-même, qui savait seul où il s'était réfugié, avait ordre de ne le révéler à personne?

» Parce qu'il connaissait trop son ennemie, et qu'il ne se sentait pas le courage de lui résister.

» C'était à Gondinet que les directeurs aux abois s'adressaient pour les tirer de peine. Et, en pareille circonstance, comment pouvait-il leur refuser l'appui de son talent?

» C'était Gondinet que les jeunes auteurs poursuivaient sans cesse pour lui demander un conseil. Et quand il avait lu leurs pièces, il les trouvait souvent si défectueuses, qu'il était bien difficile, au lieu d'un conseil, de ne pas offrir sa collaboration.

» Et s'il laissait ignorer sa retraite, s'il était toujours pressé d'y retourner, c'était moins pour éviter les importuns que pour se garer de son ennemie, sa bonté. Il ne pouvait se défendre de rendre service, et il espérait, en se dérobant, échapper à la tentation.

» Mais, avant de partir, il avait à parler à un directeur qui l'attendait. Il était absorbé par un jeune confrère qui le guettait. Aussi, quand il partait, avait-il pris des engagements que sa bonté l'obligeait à tenir. Et pour les tenir, il travaillait sans relâche. Il passait des nuits à écrire ses pièces et à refaire celles de ses jeunes confrères. Il a succombé à la tâche, elle était au-dessus de ses forces...

» Aussi Gondinet occupera-t-il une place à part dans l'histoire du théâtre contemporain.

» La lutte est incessante au théâtre. C'est une bataille de tous les jours. Quelque arrivé qu'on soit, on a toujours à combattre un confrère qui vous barre la route. Quand ce confrère était Gondinet, on suspendait les hostilités. Il y avait trêve. »

Juste hommage rendu à celui dont la vie a été un long bienfait et dont les œuvres ont attiré la foule sans avoir recours au scandale.

C'était une surprise sans cesse renouvelée chez les amis et les collaborateurs d'Edmond Gondinet que le contraste qu'ils rencontraient entre le caractère mondain de son talent et les habitudes retirées de sa vie. Où l'auteur de *Christiane*, du *Club*, des *Tapageurs*, d'*un Parisien* puisait-il ces observations si fines et si subtiles qu'elles semblaient cueillies sur l'asphalte du boulevard ? Qui lui fournissait ces tableaux si fidèles de nos salons à la mode ou de nos intérieurs bourgeois ? Il avait horreur de toute représentation, fuyait les soirées, les dîners, les fêtes. On ne le voyait jamais « dans le monde ».

Ici encore l'explication eût été facile.

Il n'est pas nécessaire d'aller sans cesse dans le monde pour le bien peindre. Il suffit d'y être allé. Le

« monde » ne se modifie guère, en effet, de quelque illusion qu'il se leurre à cet égard. Non seulement ses travers se transmettent par héritage, mais ses usages, ses modes, sa langue même changent peu. Loin de se sentir dépaysées dans l'atmosphère « fin de siècle » où nous croyons vivre, nos grand'mères, quoi qu'en pensent leurs petits-fils, y feraient très bonne figure. Le code mondain, — et il faut peut-être s'en réjouir, car c'est le code de la tradition française, — est le moins revisé et le plus durable de nos codes.

Si Edmond Gondinet n'allait pas dans le monde à quarante ans, âge où le théâtre le prit tout entier, il l'avait, au contraire, beaucoup aimé dans sa jeunesse. Grand, robuste, élancé, doué d'une figure agréable qu'éclairaient des yeux noirs pleins de flamme, il avait tout ce qui peut charmer : la simplicité qui attire, la bonté qui retient, l'esprit étincelant qui éblouit et subjugue.

On se souvient encore de ce Gondinet à Bordeaux, à Montpellier, à Limoges où son père avait résidé comme directeur de l'Administration des domaines. On s'en souvient aussi au Ministère des finances, où il passa les dix premières années de sa vie parisienne.

Puis, peu à peu, le théâtre l'avait conquis. A deux succès d'estime obtenus en 1863 et 1865, au Théâtre-Français et au Gymnase (*Trop curieux* et *les Victimes de l'Argent*), succédèrent d'éclatantes soirées : *les Révoltées, la Cravate blanche, les Grandes Demoiselles, Gavaud, Minard et Cie, le Plus heureux des trois, Christiane, le Chef de Division, le Roi l'a dit, Libres! Gilberte, le Homard, le Panache* (1875)...

Ce fut l'heureuse période de sa vie. La collaboration ne l'avait pas encore envahi. Il travaillait beaucoup sans doute, mais il travaillait à ses heures, suivant son inspiration ou sa fantaisie. M. René existait déjà, mais un M. René maître de lui-même, libre de s'évader de temps en temps de Paris ou d'Athis pour aller se reposer dans son cher Limousin, soit à Limoges où habitaient son père et sa mère, soit à Saint-Yrieix, berceau de sa famille. Parfois, M. René s'aventurait dans de lointains voyages. La mer, dont il avait la passion, en était invariablement le but. Il s'y rendait d'ordinaire par un moyen de locomotion assez étrange. Il avait fait construire une voiture de voyage traînée par trois poneys russes et dont l'aménagement intérieur lui permettait de travailler le long de la route. Il traversait ainsi la France à petites journées, sans plan arrêté, sans itinéraire, couchant dans les bourgs, évitant les villes, s'arrêtant parfois une semaine ou un mois dans un site qui le captivait. C'est ainsi qu'il visita la Hollande et l'Espagne.

C'est ainsi qu'un jour découvrant, près de Saint-Jean-de-Luz, une sauvage et admirable falaise, il l'avait achetée en passant, rêvant d'y bâtir plus tard un château. Un pavillon seulement y fut construit ; mais le château attend encore. Il était sans doute trop près de l'Espagne.

A partir du *Panache*, qui mit le sceau à sa réputation, la vie d'Edmond Gondinet, si douce jusque-là, devint peu à peu une sorte de servitude. La collaboration entre alors dans sa vie, s'installe dans son cabinet, l'assaille de ses manuscrits à Paris, le poursuit de ses correspondances à la campagne, emprunte toutes les formes propres à le toucher, tantôt se présentant sous l'aspect d'un débutant plein de promesses, tantôt s'insinuant sous l'habit râpé d'un vieil auteur honorable et méconnu.

Labiche, qui fut un de ses amis préférés, avait été son premier collaborateur. De cette collaboration était né *le Plus heureux des trois,* chef-d'œuvre de gaieté et d'observation bourgeoise.

« Pourquoi nous en sommes-nous tenus là ? » lui disait avec regret Labiche, vers la fin de sa vie. « Pourquoi ? » répétait mélancoliquement Gondinet, quand la maladie le prit à son tour, « c'était si amusant de collaborer avec Labiche ! »

Et cependant, en dehors de Labiche, il compta beaucoup d'hommes de talent parmi ses collaborateurs, quelques-uns même d'un mérite supérieur. Mais quels qu'ils fussent « ils étaient trop », comme eût dit le soldat de Waterloo. Il le sentait bien, accablé qu'il était sous le coup d'une production incessante et fiévreuse ; il en gémissait dans l'intimité, s'accusait de sa faiblesse et faisait pour l'avenir des serments solennels... Mais les promesses qu'il se faisait à lui-même étaient les seules qu'il ne se crût pas obligé de tenir. « Je ne connais à Gondinet qu'un défaut, disait Alphonse Daudet, qui fut son collaborateur du *Nabab*, il ne sait pas dire non. »

Aussi le *Charivari* put-il le représenter à cette époque, écrivant avec cent mains cent pièces différentes.

En légende, le quatrain suivant tempérait l'épigramme contenue dans le dessin :

> Avec lui chaque fête a de longs lendemains,
> Et partout le succès à sa voix est docile.
> Si, pour écrire, il semble avoir cent mains,
> Pour l'applaudir, nous en avons cent mille.

Malgré le terrible labeur auquel il se livrait, les succès d'Edmond Gondinet ne se ralentirent point. Il suffira de citer parmi les pièces qu'il fit représenter depuis 1877, *le Tunnel, les Convictions de Papa, le Club, la Belle madame Donis, Oh! Monsieur, les Vieilles Couches, les Cascades; le Nabab*, et *le Grand Casimir* (qui ne portent pas sa signature) ; *les Tapageurs, Jonathan, les Grands Enfants, les Braves Gens, l'Alouette, un Voyage d'agrément, Tête de Linotte, Lakmé, les Affolés, Clara Soleil, un Parisien*...

Notre intention n'est pas de réunir, dans le théâtre que nous publions, toutes les pièces d'Edmond Gondinet. Imitant sur ce point l'exemple de Labiche, il n'entendait y placer qu'un choix de ses œuvres les meilleures. Cette publication, dont le plan avait été arrêté d'accord avec lui, peu de temps avant sa mort, ne comprendra donc que cinq ou six volumes.

Elle suffira pour montrer les aspects divers de cet esprit si personnel et si fin.

La nature tout entière d'Edmond Gondinet se reflète dans son théâtre ; il semble qu'il y circule un courant de bonté. Son talent est fait de charme plus que de force. Il s'attaque plus volontiers aux travers qu'aux vices, estimant sans doute que s'il est utile de signaler les uns, il est préférable souvent de cacher les autres. On trouvera peu de vrais méchants dans son théâtre. Il avait trop de peine à les comprendre pour éprouver l'envie de les peindre.

Chez lui, nulle amertume, nulle déclamation, nul désir d'étonner le spectateur par un paradoxe, de le violenter par une brutalité, de provoquer l'applaudissement par une de ces tirades à panache, qui font sourire dix ans plus tard, quand le panache est devenu perruque. Le dialogue, alerte et coupé, étincelle de traits sans cesser d'être simple. Soit qu'il écrive, pour le Palais-Royal, une de ces pièces débordantes de gaieté, où la comédie, déguisée sous des dehors bouffons, accuse les reliefs jusqu'à la caricature ; soit qu'il trace d'une main légère un de ces tableaux de la vie parisienne qui l'ont fait considérer par certains critiques de notre temps[1] comme le créateur d'un genre où d'autres ont depuis brillamment réussi, il saura éviter avec une délicatesse de touche infinie, aussi bien la plaisanterie grossière qui déshonore le rire que la prétention qui le glace. Dans l'un et l'autre cas, il sera toujours aisé de le reconnaître à une sorte de grâce qui

1. Lire notamment une curieuse appréciation de M. Émile Zola, dans son ouvrage intitulé : *Nos auteurs dramatiques.*

lui est propre, à une allure vive, imprévue et pourtant réglée qui est l'allure même de l'esprit français.

Si l'esprit d'Edmond Gondinet était français, son cœur ne l'était pas moins.

En 1870, bien que dispensé par son âge de servir dans l'armée active[1], il s'engagea au 6e bataillon de marche, n'accepta aucun grade, et combattit aux premiers rangs de l'armée qui défendait Paris.

Après la guerre, plusieurs de ses comédies ayant été représentées avec succès en Allemagne, il refusa d'en toucher les droits. Et sans bruit, sans réclame, grâce au concours de madame la maréchale de Mac-Mahon, qui voulut bien lui servir de collaboratrice discrète, il fonda avec le produit de ces droits une pension de retraite au profit de deux soldats mutilés pendant la campagne.

On trouvera dans l'un des volumes que nous publions des stances intitulées *A Molière*, qui portent la date du 15 janvier 1871.

Composées sur la demande de l'administrateur de la Comédie-Française, à l'occasion de l'anniversaire de Molière, écrites dans la tranchée au bruit du canon, ces strophes, admirablement dites par Coquelin, alors que le foyer du théâtre était transformé en ambulance, ont laissé dans le cœur de ceux qui ont assisté à cette soirée un inoubliable souvenir.

Évoquant le Versailles de Molière et de Louis XIV,

1. Il était né le 7 mars 1828, à Laurières (Haute-Vienne). Il est mort à Neuilly, le 19 novembre 1888.

l'auteur l'opposait au Versailles de Guillaume et des envahisseurs :

Ils traînent avec eux le meurtre et la souillure,
Ils ont tout dévasté sous leurs pas insultants ;
Sur notre sol béni qu'enchante la nature
Ils ont peur de laisser une place au printemps...

Que ce vieil empereur, triomphateur inerte,
Prépare à son tombeau de superbes lambris,
Sa pourpre ne vaut pas la tombe toujours verte
Du dernier des soldats qui meurt pour son pays !

Si les habitants d'Athis avaient connu les stances à Molière, ils auraient compris pourquoi M. René, pendant les grandes manœuvres, aimait tant les petits troupiers.

MICHEL GONDINET,

avocat à la Cour d'appel de Paris.

GAVAUT, MINARD & CIE

COMÉDIE EN TROIS ACTES

Représentée pour la première fois à Paris,
sur le Théâtre du PALAIS-ROYAL, le 17 avril 1869.

PERSONNAGES

GAVAUT.	MM. GEOFFROY.
MINARD.	LHÉRITIER.
THÉODORE.	PRISTON.
TÉRENCE PLUMAULT.	GAILLARD.
Mme MINARD (ELVIRE).	Mmes ALPHONSINE.
ANGÈLE . . . } filles de Gavaut	H. BLOCH.
CÉLESTE. . . } filles de Gavaut	WORMS.
COLOMBE. . . } filles de Gavaut	BREBION.
TOINETTE	REYNOLD.
UN GENDARME, personnage muet	M. FERDINAND.

À SAINT-SEVER, près Rouen, en 1869.

S'adresser, pour la mise en scène détaillée, au régisseur général du théâtre, et pour la musique, au chef d'orchestre.

NOTA. — Toutes les indications sont prises de la gauche du spectateur, et les changements de position indiqués au bas des pages où ils ont lieu.

GAVAUT, MINARD & CIE

ACTE PREMIER

Un grand salon. — Portes latérales au deuxième plan et portes dans les pans coupés. — Au fond, une fenêtre avec balcon à jour. — A gauche, une table-bureau et trois chaises. — Au fond, deux fauteuils à droite et à gauche de la fenêtre. — Chaises à droite.

SCÈNE PREMIÈRE

TÉRENCE, TOINETTE

Au lever du rideau, on aperçoit un gendarme qui est à la fenêtre en dehors. De l'appartement, Toinette envoie des baisers au gendarme.

TOINETTE, à la fenêtre du fond. Costume de Cauchoise.

O guerrier, je t'aime ! Comme tous les soirs, à huit heures, par l'escalier de service. — Adieu, adieu... (De loin.) Pour ne pas faire de bruit, tu ôteras tes bottes. — Adieu.

Le gendarme s'en va, Toinette lui envoie des baisers en marchant à reculons, sans voir Térence, qui est entré par la porte de gauche, deuxième plan, et qui l'embrasse effrontément sur le cou.

TOINETTE*.

Ah !

* Térence, Toinette.

TÉRENCE.

Continue, Toinette.

TOINETTE.

Vous avez vu ?...

TÉRENCE.

Tout.

Il l'embrasse encore.

TOINETTE.

Eh bien ! — Si vos patrons vous surprenaient, vous qu'ils prennent pour un saint !

TÉRENCE, l'embrassant encore.

Saint Antoine.

TOINETTE, raillant.

Je ne vous croyais occupé que des intérêts de la maison Gavaut, Minard et Cie, de Saint-Sever, comme vous dites en enflant les joues.

TÉRENCE, lui prenant la taille.

Il faut s'occuper un peu de tout. Tu as une taille divine.

TOINETTE, passant à gauche *.

Vous vous apercevez de ces choses-là, avec vos yeux toujours baissés ?

TÉRENCE, regardant ses épaules.

Baissés, mais ouverts.

TOINETTE.

Vous êtes un joli tartufe, vous !

TÉRENCE.

C'est un vilain nom qu'on donne aux gens circonspects.

TOINETTE.

Circonspects ! Si je disais que vous m'avez embrassée trois fois ?

TÉRENCE, l'embrassant encore.

Quatre, Toinette.

* Toinette, Térence.

TOINETTE.

Et que vous m'avez pris la taille ?

TÉRENCE, remontant un peu et indiquant la fenêtre.

Eh bien, je dirais qu'il ôte ses bottes.

TOINETTE, troublée.

Vous avez entendu ?...

TÉRENCE, redescendant.

Qu'il vient tous les soirs à huit heures... et qu'il...

TOINETTE.

C'est bon, c'est bon.

TÉRENCE, d'un air hypocrite.

Peut-on passer deux par l'escalier de service ?

TOINETTE.

Non, monsieur. Est-ce que le grand escalier ne vous suffit plus ?

TÉRENCE.

Que veux-tu dire ?

TOINETTE.

Celui qui mène au second étage, chez madame Minard.

TÉRENCE.

Tu es folle.

TOINETTE.

Je ne sais pas si vous baissiez les yeux, le jour où j'ai ouvert la porte trop brusquement.

TÉRENCE, vivement.

Tu t'es trompée.

TOINETTE.

Nous sommes manche à manche. — Monsieur Minard !

Elle remonte.

TÉRENCE, vivement, gagnant la droite et prenant son carnet, sur lequel il écrit.

Coton quatre-vingts balles, Géorgie, en mer, à 122 fr. 50, 5 fois 8...

continue tout bas.

SCÈNE II

Les Mêmes, MINARD.

MINARD, entrant du pan coupé de droite et contemplant Térence.

Toujours! il travaille toujours! — Térence!

TÉRENCE.

Monsieur Minard!

MINARD *.

Je n'interromprai qu'un instant vos opérations. Vous savez que ma femme, cette chère Elvire, est depuis huit jours chez son cousin l'avocat. Elle m'annonce son retour. L'idée de la revoir me transporte et je me sens incapable d'acheter une balle de coton avec maturité.

TÉRENCE.

M. Gavaut est là.

MINARD.

Gavaut est mon associé. Je prends ses avis, parce qu'il est mon associé; mais je ne les suis jamais. C'est un écervelé. Il va, il va... C'est moi qui depuis vingt-cinq ans mène seul la maison. Vous avez dû vous en apercevoir.

TÉRENCE.

Tout de suite.

MINARD.

Il s'agit de nos projets d'agrandissement. — L'architecte propose de construire sur la cour, en supprimant l'escalier de service.

TOINETTE, qui écoute à gauche.

Ah!

MINARD.

Il ne sert à rien.

TOINETTE, descendant vivement.

Si, monsieur, si.

* Toinette, Minard, Térence.

MINARD.

Je ne vous consulte pas, Toinette. Je m'adresse à Térence.

Toinette, un peu déconcertée, remonte.

TÉRENCE, d'un air hypocrite.

Je pense, monsieur, que les escaliers de service sont souvent utiles... et qu'il y aurait avantage à construire sur les jardins.

MINARD, réfléchissant.

Sur les jardins !... sur les jardins!... sur les jardins !

TÉRENCE, de même.

Vous hésitez?

MINARD.

J'hésite, parce que c'est l'avis de Gavaut; il est vrai que c'est aussi le mien. — Sur les jardins!... Sur les jardins! — Reprenez vos opérations. (En sortant par où il est entré.) Sur les jardins !

Il disparaît.

Toinette, qui a suivi le mouvement, est remontée près de la fenêtre du fond, pendant que Térence a gagné la gauche.

SCÈNE III

TÉRENCE, TOINETTE.

TOINETTE, courant à Térence.

Je frapperai toujours avant d'entrer dans la chambre de sa femme.

TÉRENCE.

Je ne suis plus un tartufe, maintenant que j'ai sauvé l'escalier de service.

TOINETTE.

Vous êtes un chérubin.

TÉRENCE.

Tu juges mal l'affection de madame Minard; elle est toute

platonique. Je ne tromperais pas mon protecteur et mon patron.

TOINETTE, riant.

C'est ce qui me fait rire.

TÉRENCE.

Ris, Toinette. Papa avait bien raison; il me disait : « Mon petit Térence, ne mérite jamais l'estime des femmes, elles te mépriseraient. »

TOINETTE.

Ne prenez donc pas cet air sainte-nitouche; vous vous moquez joliment de madame Minard. Elle s'imagine faire votre éducation... platonique, ça amuse toujours les femmes.

TÉRENCE.

Eh bien?

TOINETTE, se penchant à son oreille.

Et la petite fleuriste?

TÉRENCE, inquiet.

Quelle fleuriste?

TOINETTE.

Celle que vous avez abandonnée l'année dernière et qui a quitté Rouen de désespoir.

TÉRENCE.

Je ne te comprends pas.

TOINETTE.

C'était l'amie de la cousine de Cyrus.

TÉRENCE.

Cyrus?

TOINETTE, baissant les yeux.

Mon fiancé.

TÉRENCE.

Le gendarme!

TOINETTE, vivement.

Ce n'était pas platonique cette fois. Vous voyez si je suis discrète; voilà déjà deux jours que je sais votre aventure en gros. Cyrus ignorait votre nom; mais, avant-hier, vous êtes passé devant la porte de la cuisine, et il s'est écrié :

« Tiens! c'est le monsieur de la petite fleuriste! » Une pauvre fille que vous avez perdue!

TÉRENCE, *d'un ton hypocrite.*

Au contraire, je l'ai lancée.

TOINETTE.

Savez-vous ce qu'elle est devenue?

TÉRENCE.

Je ne veux pas le savoir. — On lance une femme et puis... c'est comme une flèche, on ne regarde pas où ça tombe.

TOINETTE.

On dit qu'elle roule carrosse à Paris; voilà à quoi vous l'avez réduite.

TÉRENCE.

C'était sans doute sa vocation. — Ne parle jamais de cela ici.

TOINETTE.

Comment, vous qui êtes si prudent maintenant, avez-vous pu?...

TÉRENCE, *vivement.*

Tais-toi.

TOINETTE.

Vous qui donnez vos rendez-vous avec un thermomètre.

TÉRENCE.

Moi?

TOINETTE.

Avec le capucin... quand il est sur la pendule.

TÉRENCE, *inquiet.*

Tu rêves.

TOINETTE.

Ta... ta... ta... ta... J'ai parfaitement vu, — si bien que j'emploie le même stratagème avec Cyrus. Pour l'appeler, je mets le pot-au-feu à la fenêtre.

TÉRENCE.

Eh bien, tu as raison. — N'écris jamais.

TOINETTE.

Les lettres se perdent.

TÉRENCE.

Non, elles se gardent. Puisque tu sais tout, parlons de madame Minard : elle m'inquiète. Elle veut que je fasse des serments aux étoiles ; elle a trente-sept ans, un âge terrible, où le scandale rajeunit. — Et elle a une nouvelle manie : elle revendique les droits de la femme.

TOINETTE.

Moi aussi !

TÉRENCE.

Tu voudrais être gendarme. — Elle ne reconnaît pas la supériorité de M. Minard. Elle va me compromettre.

TOINETTE.

Le beau malheur ! — Vous n'êtes pas marié ?

TÉRENCE.

Précisément. Parbleu ! si je l'étais !

TOINETTE.

Ah ! — M. Gavaut.

Elle remonte vivement vers le fond à droite.

SCÈNE IV

LES MÊMES, GAVAUT*.

TÉRENCE, vivement, même jeu qu'à l'entrée de Minard, en gagnant la gauche.

Coton, deux cents balles, Caroline, bon ordinaire, à 125 fr. 50 c...

GAVAUT, le contemplant en sortant du pan coupé de gauche.

Toujours ! Il travaille toujours ! debout, assis, couché... Quel homme ! mon élève ! — C'est vous que je cherche, Térence.

* Térence, Gavaut, Toinette.

TÉRENCE.

Je suis à vos ordres, monsieur.

GAVAUT.

Térence, vous êtes un homme de sens, un homme de jugement, un homme d'avenir; mieux que cela, un homme... que j'apprécie. Je vais vous en donner une preuve éclatante. — Toinette, appelez Minard. (Toinette sort, pan coupé à droite.) * Minard est mon associé. Je le consulte toujours, parce qu'il est mon associé. — Seulement, je ne tiens aucun compte de son opinion. C'est moi qui mène seul la maison depuis vingt-cinq ans ; — je la mène bien, mais je la mène seul, vous avez dû vous en apercevoir.

TÉRENCE.

Tout de suite.

GAVAUT.

Parbleu ! Minard n'a jamais su prendre une décision. En affaires, ce n'est pas un homme, c'est une tortue. Tandis que moi, j'ai cette activité dévorante qui fait les grandes fortunes et les grands hommes, — ce qui est la même chose. Je suis né pour les luttes...

SCÈNE V

LES MÊMES, MINARD **.

MINARD, venant du pan coupé de droite.

Tu me fais appeler ?

GAVAUT.

Oui, Minard, j'ai un conseil à te demander.

MINARD.

Je te préviens que j'attends ma femme, cette chère Elvire. (Il s'interrompt et va regarder à la fenêtre. — Reprenant en

* Térence, Gavaut.
** Térence, Gavaut, Minard.

redescendant.) Pardon, je croyais que c'était elle. — Et la joie obscurcira peut-être les lumières de mon intelligence.

GAVAUT, haussant les épaules.

Les lumières ! — On demande des conseils, mais on ne tient pas à les avoir bons ; — au contraire, — les bons conseils gênent souvent, les mauvais ne gênent jamais. Asseyez-vous, Térence, et prêtez-moi toute votre attention. (Térence offre la chaise qui est près de lui à Gavaut, et il prend celle qui est au bout de la table ; Minard en prend une à droite, et tous trois s'asseoient.) Je ne parlerai pas de la maison Gavaut, Minard et Cie. Fondée en dix-huit cent quarante-trois...

MINARD.

Quarante-quatre.

GAVAUT.

Quarante-trois.

MINARD.

Quarante-quatre.

GAVAUT.

Quarante-trois.

MINARD.

Quarante-quatre.

GAVAUT, se levant.

Minard !

MINARD, de même.

Gavaut !

TÉRENCE, qui s'est levé vivement, prend le milieu *.

Messieurs !

GAVAUT.

L'acte a été signé le vingt décembre mil huit cent quarante-trois.

MINARD.

Mais la maison n'a été ouverte que le premier janvier mil huit cent quarante-quatre.

* Gavaud, Térence, Minard.

GAVAUT.

Parfaitement.

MINARD.

Nous sommes d'accord.

GAVAUT, reprenant et s'asseyant. Térence reprend également sa place *.

Fondée en mil huit cent quarante-trois...

MINARD.

Ouverte en mil huit cent quarante-quatre.

GAVAUT sans s'interrompre, bas, à Térence.

Fondée en mil huit cent quarante-trois par Minard, que voici, et par moi, la maison Gavaut, Minard et compagnie — nous avons mis *et compagnie* pour arrondir la phrase, — a élevé le coton à la hauteur d'un principe. Jeunes tous deux, célibataires tous deux, dès la seconde année, nous réalisions trente mille francs de bénéfice.

MINARD.

Vingt.

GAVAUT.

Trente.

MINARD.

Vingt.

GAVAUT.

Trente.

MINARD, se levant.

Gavaut!

GAVAUT, se levant.

Minard!

TÉRENCE, vivement et passant au milieu **.

Messieurs!

MINARD.

Vingt mille francs net.

GAVAUT.

Trente mille brut.

* Térence, Gavaut, Minard.
** Gavaut, Térence, Minard.

MINARD.

Parfaitement.

GAVAUT.

Nous sommes d'accord.

MINARD. Il se rassied.

Continue.

GAVAUT, assis. — Térence reprend sa place *.

Aujourd'hui, notre pelote est faite. Le moment est venu de songer à nos concitoyens. Le coton est-il suffisamment représenté dans les conseils du pays? Je ne le crois pas.

MINARD.

Cependant... monsieur...

GAVAUT.

Je ne le crois pas. J'ai donc l'intention de briguer les suffrages des électeurs.

MINARD.

Toi?

GAVAUT.

J'étais né pour les luttes de la tribune; mais, avant de me dévouer au bien public, je dois assurer l'avenir de notre maison. Minard n'a pas d'enfants, je suis veuf et n'ai que des filles, trois filles charmantes, j'ose le dire. (Se levant.) Térence Plumault, voulez-vous être mon gendre?

TÉRENCE, se levant.

Moi!... vous daigneriez?...

MINARD, se levant et remettant sa chaise à sa place.

Il a raison.

GAVAUT.

Je daigne vous offrir la main d'une de mes filles.

TÉRENCE, transporté.

A moi!

MINARD, allant à la fenêtre.

C'est Elvire.

* Térence, Gavaut, Minard.

GAVAUT.

Ah!

Térence met sa chaise à la table, et prend celle de Gavaut, qu'il met à droite.

MINARD, redescendant.

Non, non, — ce sont des balles de coton.

TÉRENCE, à Gavaut.

A moi?...

GAVAUT, qui était remonté, redescend en scène.

Vous êtes pauvre, mais vous êtes laborieux, actif, intelligent, et vous avez des mœurs pures. Ceux qui ont jeté leur jeunesse aux quatre vents du libertinage, comme Minard, mon associé...

MINARD.

Hein?... comment?

GAVAUT, continuant.

Ne trouvent plus, comme lui, que des unions stériles.

MINARD.

Permets, Gavaut, permets...

GAVAUT.

Pourquoi n'as-tu pas d'enfants?

MINARD.

Pourquoi?... pourquoi?...

GAVAUT.

Parce que tu n'apportais au foyer conjugal que les défaillances d'une vieillesse prématurée.

MINARD.

Pourquoi n'as-tu que des filles?

GAVAUT.

Parce que tu m'as entraîné dans tes déportements.

MINARD.

Est-ce un reproche?

GAVAUT.

Comme il vous plaira.

MINARD.

Gavaut!

GAVAUT.

Minard!

TÉRENCE, passant vivement *.

Messieurs!

Minard remonte vers la fenêtre, et redescend doucement vers la gauche.

GAVAUT, reprenant.

Bénissez le ciel, Térence; vous, du moins, vous avez échappé à la contagion : vous n'avez pas effeuillé les roses dans la fange de l'immoralité. Vous ne revoyez pas dans vos rêves les serments oubliés, les femmes trompées **... et je serai grand-père. Avez-vous distingué une de mes filles?

TÉRENCE.

Je ne pouvais prévoir l'honneur que vous me réserviez; je n'aurais pas osé les regarder.

GAVAUT, à Minard.

Tu l'entends, Minard? (A Térence.) Cependant mes filles, quoique également belles, ne se ressemblent pas au physique.

TÉRENCE.

Oh! je ne songe pas au physique. Je ne vois dans le mariage que l'union des âmes.

GAVAUT.

Ça ne suffit pas... ça ne suffirait pas. Tu l'as entendu, Minard, et il a vingt-cinq ans!... rougis, libertin, rougis. Mais, au moral, mes filles se ressemblent encore moins. L'aînée, Angèle, est un peu romanesque, — excellente, mais romanesque; — elle tient de sa mère. — Céleste, la seconde, est positive, — parfaite, mais positive; — elle tient de moi. — La troisième, Colombe, tient de tout le monde; elle est étourdie, — adorable, mais étourdie. — Je vais les faire appeler; vous oserez les regarder, je vous y autorise. Vous les trouverez, d'ailleurs, ce qu'elles sont, spirituelles, douces, réservées, candides...

On entend les trompettes d'un régiment de cavalerie en marche.

* Gavaut, Térence, Minard.

** Minard, Gavaud, Térence.

MINARD, courant à la fenêtre *.

C'est Elvire!

GAVAUT.

Comment, c'est Elvire?

MINARD.

Non, non, c'est un régiment à cheval.

SCÈNE VI

LES MÊMES, ANGÈLE, CÉLESTE, COLOMBE.

ANGÈLE, CÉLESTE, COLOMBE, arrivant du pan coupé de gauche et se précipitant à la fenêtre. Toilettes simples, toutes trois pareilles. Minard se tient un peu au-dessus de la table, à gauche.

Les hussards!... les hussards!

GAVAUT **.

Mesdemoiselles, mesdemoiselles.

ANGÈLE, CÉLESTE, COLOMBE, à la fenêtre.

Ce sont les hussards.

GAVAUT.

Angèle, nous avons à te parler.

ANGÈLE, regardant toujours à la fenêtre.

Oui, papa, voici le colonel.

GAVAUT.

Céleste, voulez-vous venir?

CÉLESTE, même jeu.

Oui, papa, il y a deux escadrons.

GAVAUT.

Colombe, je vous attends.

COLOMBE, même jeu.

Oui, papa, tout le régiment.

* Gavaut, Minard, Térence.

** Minard, Gavaut, Térence. — A la fenêtre : Céleste, Colombe, Angèle.

GAVAUT.

Mesdemoiselles!

MINARD, qui est redescendu près de Gavaut *.

L'uniforme, la puissance de l'uniforme. Ma femme, cette chère Elvire, est ainsi... pour la magistrature.

Il remonte doucement près des jeunes filles.

GAVAUT.

Faudra-t-il employer la violence?

ANGÈLE, se retournant sans avancer.

Mais, papa, on les aperçoit encore.

GAVAUT.

Vous n'avez même pas salué M. Plumault.

ANGÈLE, vite en passant.

Bonjour, monsieur Plumault.

CÉLESTE, de même.

Bonjour, monsieur Plumault.

COLOMBE, de même **.

Bonjour, monsieur Plumault.

Elles vont vers la gauche pour partir.

GAVAUT.

Où courez-vous?

ANGÈLE.

Nous montons au troisième.

CÉLESTE.

Pour voir le régiment de loin.

COLOMBE.

Sur le coteau.

GAVAUT, s'avançant vers elles.

Je vous défends de sortir. Nous avons à traiter des questions sérieuses. — Asseyez-vous dans des poses modestes, mais gracieuses, je vous le permets.

Elles restent en faisant la moue.

* Minard, Gavaut, les jeunes filles au fond, Térence.
** Minard, Angèle, Céleste, Colombe, Gavaut, Térence.

MINARD, qui a gagné la fenêtre *.

Voici ma femme, cette chère Elvire.

ANGÈLE, CÉLESTE, COLOMBE.

Madame Minard!

Elles courent toutes à la porte du pan coupé de droite, au-devant de madame Minard.

GAVAUT **.

Allons bon, allons bien, à l'autre à présent.

SCÈNE VII

LES MÊMES, ELVIRE.

Madame Minard entre, entourée des trois jeunes filles et suivie de son mari. Toilette de voyage.

COLOMBE ***.

Comment allez-vous, madame?

CÉLESTE.

Comment se porte votre cousine?

ANGÈLE.

Et votre cousin, l'avocat?

MINARD.

Ne parle pas. Ne te fatigue pas.

ELVIRE, d'un ton tragique.

Achille, regardez-moi bien. Vous avez failli ne plus me revoir.

MINARD.

Comment?

ELVIRE.

Le train a déraillé.

MINARD et TÉRENCE.

Ciel!

* Céleste, Angèle, Colombe, Minard, Gavaut, Térence.

** Térence, Gavaut. Les autres au fond, à droite, pan coupé.

*** Térence, Minard, Céleste, Elvire, Colombe, Angèle, Gavaut.

ANGÈLE, CÉLESTE, COLOMBE.

Oh! madame.

ELVIRE.

Oui, Térence, oui.

GAVAUT.

Déraillé... sérieusement?

ELVIRE.

Au bord d'un abîme. — Quand j'ai vu que nous étions tous perdus, je n'ai eu qu'un regret, Achille, (Elle passe à lui.*) c'est que tu ne sois pas là.

MINARD, ému.

Que tu es bonne!

GAVAUT.

Je regrette, belle dame, ce léger accident.

ELVIRE.

La vie est si monotone pour nous autres femmes, que de temps à autre il n'est pas désagréable...

GAVAUT.

De dérailler un peu?

ELVIRE, avec exaltation et passant **.

Oui... les hommes sont tout; ils gouvernent, ils jugent, ils plaident, ils bénissent; on ne nous demande que de plaire: nous n'avons rien à faire... et l'on s'étonne...

GAVAUT.

Madame, mes filles...

ELVIRE.

Oui, cela les étonnerait encore. — (Reprenant son récit.) J'étais en face d'un jeune homme, — je n'entre jamais dans le wagon des dames, j'y ai peur, — en face d'un jeune homme qui dissimulait son visage sous un immense cache-nez, en cette saison! — Une secousse épouvantable nous renverse; mon voisin me saisit dans ses bras...

* Térence, Minard, Elvire, Céleste, Colombe, Angèle, Gavaut.

** Térence, Minard, Céleste, Elvire, Colombe, Angèle, Gavaut.

ANGÈLE.

Il a osé...

ELVIRE.

Oh! mademoiselle, ce qu'il faut redouter dans ce siècle abâtardi, ce ne sont pas ceux qui osent, ce sont ceux qui n'osent pas. Il me saisit dans ses bras et me dépose saine et sauve sur un talus de fougère.

MINARD.

Tu n'as pas de contusions?

ELVIRE.

Non, mon ami, non, sur de la fougère. — J'avais perdu mon voile, mon châle et la moitié de mon corsage, mais je n'y songeais pas. — Le cache-nez de mon sauveur s'était un peu dérangé... et savez-vous qui j'ai cru reconnaître? — Maurice!

TOUS, se regardant.

Maurice?

ELVIRE, étonnée.

Vous ne connaissez pas l'affaire Goudard?

TOUS.

Non.

ELVIRE.

Une affaire qui passionne la France entière.

GAVAUT.

Nous ne sommes pas encore passionnés à Saint-Sever, cela viendra, cela viendra.

MINARD.

Quel est ce Maurice?

ELVIRE.

L'assassin de Goudard.

LES JEUNES FILLES.

L'assassin?

GAVAUT.

Il y a un assassin?

ELVIRE.

Un jeune homme bien intéressant.

GAVAUT.

Intéressant?

LES JEUNES FILLES.

Intéressant?

MINARD.

Il me semble, Elvire....

ELVIRE.

Si vous connaissiez les détails du crime!

LES JEUNES FILLES.

Vous les connaissez?

ELVIRE.

C'est mon cousin l'avocat qui portera la parole aux assises; son plaidoyer est prêt. Il ne manque plus que l'accusé.

LES JEUNES FILLES.

Racontez-nous les détails, madame.

GAVAUT, *faisant reculer ses filles et allant à Elvire.*

Permettez, permettez. (*A Elvire.*) Cela se peut-il?

ELVIRE.

Cela se peut. — (*Sur un signe de Gavaut, les jeunes filles se rapprochent pour écouter.*) Maurice était un enfant du hasard.

CÉLESTE.

Du hasard?

COLOMBE.

Le hasard a donc des enfants?

GAVAUT.

Beaucoup... je veux dire... la Providence étant la mère des malheureux, le hasard est leur père; — il faut bien qu'ils aient un père. — (*A Elvire.*) Je vous prie, madame, de mesurer vos expressions devant mes filles.

* Térence, Minard, Elvire, Gavaut, Colombe, Angèle, Céleste.

ELVIRE.

Maurice avait une de ces natures ardentes, passionnées, enthousiastes, que les femmes seules comprennent. — Il aimait, — les gens qui savent aimer sont rares aujourd'hui.

MINARD, piqué.

Cependant, Elvire...

ELVIRE, regardant Térence.

Ils sont rares. — Il aimait une femme du monde.

LES JEUNES FILLES.

On la connaît ?

ELVIRE.

Non. — Cet héroïque jeune homme n'a jamais prononcé son nom.

CÉLESTE.

Que c'est bien !

GAVAUT, sévèrement.

Céleste !

ELVIRE.

Il voulait être riche pour se rapprocher d'elle.

ANGÈLE.

Que c'est noble !

GAVAUT, à ses filles, avec autorité.

Angèle ! — (A Elvire.) Le crime, madame, arrivons au crime.

ELVIRE.

Un nommé Goudard, qu'il croyait son ami, — comme il se trompait ! — avait réalisé toute sa fortune pour acheter des Lombards : — qu'aurait-il fait des Lombards? — soixante mille francs qu'il confie à Maurice. — Quand Goudard écrivait : as-tu acheté mes Lombards ? Maurice répondait : Elle est blonde et elle a les yeux bleus.

GAVAUT.

Il a tué Goudard pour ne pas rendre l'argent ?

ELVIRE.

Vous n'y êtes pas, vous en êtes à cent lieues. Maurice

songeait bien à l'argent ! Il l'avait dépensé. Mais un jour qu'il parlait avec enthousiasme de la belle inconnue : Elle est blonde et elle a les yeux bleus ! — Goudard, le prosaïque Goudard, se permet une expression blessante. (Bas, à Gavaut et à Minard.) Il a dit : Cocotte ! — Alors Maurice, indigné, saisit un poignard, oublié dans une de ses poches, et frappe Goudard.

LES JEUNES FILLES.

Oh !

Elles se sauvent en remontant à gauche.

ELVIRE.

Qu'auriez-vous fait ?

Elle passe à droite *.

GAVAUT.

Bien, mes filles, bien. J'applaudis à ce mouvement d'horreur. Vous l'avez remarqué, Térence ?

TÉRENCE.

Ce sont des anges.

GAVAUT, à Elvire.

Il a assassiné Goudard ?

ELVIRE.

Eh ! que vous importe Goudard ? qui s'inquiéte de Goudard ? Il n'est même pas mort et il est célèbre. De quoi se plaindrait-il ?

MINARD.

Il est volé.

ELVIRE.

Si vous les aviez vus tous deux comme je les ai vus...

ANGÈLE, CÉLESTE, COLOMBE, se rapprochant.

Vous les avez vus ?

ELVIRE.

J'ai vu leurs deux photographies.

ANGÈLE.

Leurs photographies ?

* Térence, Minard, Gavaut, Elvire, Angèle, Céleste, Colombe.

ELVIRE.

Dans le dossier de mon cousin l'avocat. Comme on les reconnaît l'un et l'autre ! Ah ! les portraits n'ont pas besoin d'être signés. Goudard, long, maigre, fade, louche, bête.

ANGÈLE, CÉLESTE, COLOMBE, avec intérêt.

Et Maurice ?

ELVIRE.

Sombre, fatal, terrible, superbe !

GAVAUT, furieux.

Superbe ! (A ses filles.) Mesdemoiselles, éloignez-vous.

Elles remontent un peu.

ELVIRE, passant à gauche*.

Ah ! il saura monter à l'échafaud, lui !

GAVAUT, de même.

Superbe en montant à l'échafaud ! Madame, dans notre monde bourgeois, un assassin n'est jamais superbe. — Nous avons une logique spéciale, qui est la bonne : je vous prie de ne pas fausser le jugement de mes filles.

Les jeunes filles ont gagné tout doucement le fond et s'approchent de la fenêtre.

ELVIRE, exaltée.

Accablez-moi, monsieur, écrasez-moi, vous le pouvez; la femme n'est pas l'égale de l'homme, c'est un être inférieur, qu'on prend en tutelle, inapte à vos nobles travaux, inconscient, irresponsable, et l'on s'étonne...

GAVAUT, vivement.

Madame !

ELVIRE, à son mari.

Il me semble, Achille, que vous devriez me défendre.

Elle prend dans sa poche une boîte de poudre de riz et se blanchit le visage ; elle remonte, Térence suit le même mouvement, et ils gagnent la droite ; les jeunes filles sont à la fenêtre.

MINARD**.

Ma femme a raison.

* Térence, Minard, Elvire, Gavaut, Céleste, Colombe, Angèle.

** Minard, Gavaut, Elvire, Térence. — A la fenêtre : Céleste, Colombe, Angèle.

GAVAUT.

Elle a tort.

MINARD.

Elle a raison.

GAVAUT.

Elle a tort.

MINARD.

Gavaut !

GAVAUT.

Minard !

MINARD.

Elle a raison de dire que je dois la défendre.

GAVAUT.

Mais elle a tort de trouver les assassins superbes... devant Térence.

MINARD.

Parfaitement.

GAVAUT.

Nous sommes d'accord.

Ils remontent vers le fond.

ELVIRE, les regardant avec un geste de dédain.

Vulgaires ! vulgaires ! vulgaires !

TÉRENCE.

Calmez-vous !

ELVIRE, bas, à Térence.

Dans une heure chez moi.

On entend la musique des hussards.

LES JEUNES FILLES.

Les hussards !... les hussards !

ELVIRE, courant aussi *.

Les hussards !

MINARD, revenant en scène.

Elvire aussi ! Je croyais qu'il n'y avait que la magistrature.

ELVIRE.

Mesdemoiselles, faites-moi place.

* Minard, Gavaut, Térence, les autres à la fenêtre.

CÉLESTE.

Madame, vous voyez.

ELVIRE.

Je vois, — mais on ne me voit pas.

Elles sont toutes les quatre penchées a la fenêtre.

GAVAUT, qui est redescendu *.

Térence, vous voyez mes filles.

TÉRENCE.

Ce sont des anges.

GAVAUT, redescendant en scène.

Vous les avez entendues, — leurs observations scandaleuses prouvent leur ingénuité. Je les comparerais volontiers à Ève dans le paradis terrestre, quand elle ne savait pas encore distinguer les pommes des autres fruits. Avez-vous fait un choix ?

TÉRENCE.

Comment choisirais-je ? Ne sont-elles pas toutes les trois vos filles ?

GAVAUT.

Toutes les trois, — toutes les trois.

TÉRENCE.

Je veux recevoir ma femme de votre main.

GAVAUT.

Bien, Térence, bien, — vous êtes mon gendre.

COLOMBE.

On n'aperçoit plus rien.

ELVIRE, revenant.

Ils sont charmants. — Me voici, Achille. — Charmants !

Elle sort au bras de Minard par le pan coupé de droite, en regardant Térence embarrassé. Les jeunes filles quittent la fenêtre. Térence, en se retirant, passe devant chacune des jeunes filles et les salue **.

* Minard, à gauche deuxième plan, — Gavaut, Térence, — les jeunes filles au fond.

** Céleste, Angèle, Colombe, Térence, Gavaut.

CÉLESTE, riant.

Bonsoir, monsieur Plumault.

TÉRENCE, baissant les yeux.

Mademoiselle.

ANGÈLE.

Bonsoir, monsieur Plumault.

TÉRENCE, de même.

Mademoiselle.

Il sort vivement par le pan coupé de droite.

TOUTES, courant à la porte et criant.

Bonsoir, monsieur Plumault.

Elles vont pour sortir par le pan coupé de gauche; elles s'arrêtent sérieuses à la voix de Gavaut.

GAVAUT.

Angèle, asseyez-vous. Vos sœurs peuvent se retirer.

Angèle se sépare de ses sœurs et gagne la droite où elle s'assied.

COLOMBE, à Céleste.

Comme papa a un air singulier !

CÉLESTE, même jeu.

Il prépare un discours.

Céleste et Colombe sortent par le pan coupé de gauche.

SCÈNE VIII

GAVAUT, ANGÈLE.

GAVAUT, gravement.

Angèle, la vie a des devoirs, même pour les femmes. Vous ne serez pas toujours ma fille. — Je veux dire, je ne serai pas toujours votre père.

ANGÈLE, assise.

Oh ! papa !

GAVAUT.

Je peux mourir. Il est des choses qu'il faut avoir le courage d'avouer, je peux mourir.

ANGÈLE.

Vous êtes jeune.

GAVAUT.

Ne nous attendrissons pas. — Angèle, vous touchez à vos dix-huit ans, l'âge de l'innocence et de la candeur. Vous n'avez pas encore songé au mariage.

ANGÈLE.

Oh ! si.

GAVAUT.

Comment, oh ! si ?

ANGÈLE.

A quoi voulez-vous donc que je pense ?

GAVAUT.

A quoi ?

ANGÈLE, voulant le calmer.

Mon père !

GAVAUT.

Oui, au fait, à quoi ? — Elle a raison, à quoi ? — Alors, je supprime les préambules.

ANGÈLE.

Vous le pouvez, mon père.

GAVAUT.

Je viens d'accorder votre main à Térence Plumault.

ANGÈLE, déconcertée, se levant.

Quoi ?

GAVAUT.

Mon futur associé.

ANGÈLE.

A M. Plumault ?

GAVAUT, appuyant sur les dernières lettres.

Plumault, L. T., Plumault, un charmant garçon, de mœurs pures, mon élève, qui vous adore.

ANGÈLE.

Oh ! mon père, vous auriez bien dû me consulter avant de promettre ma main.

GAVAUT.

Pourquoi ?

ANGÈLE.

J'aime M. Hector de Flavancourt.

GAVAUT.

Flavancourt !... qu'est-ce que c'est que ça, Flavancourt ?

ANGÈLE.

Un capitaine de hussards. Il vient de passer tout à l'heure.

GAVAUT.

Vous aimez un hussard ?

ANGÈLE.

Ne serez-vous pas flatté d'avoir dans votre famille un bel officier avec un beau pantalon rouge et une veste bleu de ciel ?

GAVAUT.

Non, mademoiselle, non.

ANGÈLE.

Et des brandebourgs, l'hiver.

GAVAUT.

Des brandebourgs ! — J'en ai aussi à ma robe de chambre. — Vous épouserez Plumault.

ANGÈLE.

Papa, mon petit papa, vous ne voudriez pas désespérer un des défenseurs de la patrie, vous devez respecter l'armée.

GAVAUT.

Certes, je la respecte, mais...

ANGÈLE.

On ne le dirait pas à vous entendre. Un capitaine décoré, qui sera général un jour ; il a cinq blessures.

GAVAUT, sévèrement.

Comment le savez-vous ?

ANGÈLE.

C'est au *Moniteur.*

GAVAUT.

Alors. — Au *Moniteur de l'armée?*

ANGÈLE.

Oui, papa. — Vous n'avez jamais remarqué M. de Flavancourt? Il passe souvent sous nos fenêtres; il me salue respectueusement, de loin; il fait caracoler son cheval avec une élégance et une grâce qui vous charmeraient vous-même.

GAVAUT, ébranlé.

Moi-même? Il est donc très bien?

ANGÈLE.

Oh! oui. Et puis, si vous m'aviez prévenue plus tôt, j'aurais essayé d'aimer M. Plumault, pour vous plaire. Mais vous me prévenez trop tard.

Elle remonte un peu.

GAVAUT, à lui-même.

Elle a raison, — je l'ai prévenue trop tard. — Appelle Céleste.

ANGÈLE, appelant.

Céleste! — Oh! que vous êtes bon!

Elle va au fond à gauche.

GAVAUT.

Appelle Céleste.

ANGÈLE, appelant.

Céleste!

GAVAUT.

Et va-t'en. Non, reste là au fond, sans parler. — Je l'ai prévenue trop tard.

Angèle s'assied sur le fauteuil à droite de la fenêtre.

SCÈNE IX

LES MÊMES, CÉLESTE *.

GAVAUT, lui faisant signe de s'asseoir sur la chaise qui est à la table à gauche.

Céleste, la vie a des devoirs, même pour les femmes. Vous n'aurez pas toujours votre père...

CÉLESTE, assise.

Oh ! papa !

GAVAUT.

Vous ne l'aurez pas toujours. Laissez-moi être sincère. Céleste, vous aurez bientôt dix-sept ans, l'âge de l'innocence et de la candeur. Vous n'avez pas encore songé au mariage.

CÉLESTE.

Rassurez-vous, papa, j'y ai songé.

GAVAUT.

Ah !

CÉLESTE.

Le mariage est un sacrement, et à la pension...

GAVAUT.

A la pension ? — Elle a raison... J'oubliais la pension. — Alors, je supprime les préambules.

CÉLESTE.

Dites vite, papa, dites vite.

GAVAUT.

J'ai promis votre main à Térence Plumault.

CÉLESTE, se levant.

Quoi ?

GAVAUT.

Mon futur associé.

CÉLESTE.

Madame Plumault !

* Céleste, Gavaut, — au fond, Angèle, assise.

GAVAUT.

Plumault, L. T., Plumault, charmant garçon, de mœurs pures, mon élève, qui vous adore.

CÉLESTE.

Il est trop tard : j'aime.

GAVAUT.

Vous aussi !

CÉLESTE, continuant.

M. Albéric de Châteauponsac.

GAVAUT.

Châteauponsac ! qui ?

CÉLESTE.

Un lieutenant de hussards. Il vient de passer tout à l'heure.

GAVAUT.

Un second hussard !

CÉLESTE.

Oh ! papa, ne serez-vous pas flatté de voir dans votre famille un bel officier ?...

GAVAUT, continuant la phrase.

Avec un beau pantalon rouge, un habit bleu de ciel, — on me l'a déjà dit, — et des brandebourgs l'hiver, comme ma robe de chambre, — je sais tout cela.

CÉLESTE, d'un air câlin.

Vous ne l'avez pas remarqué? — Il passe vingt fois par jour sous nos fenêtres.

GAVAUT.

Et il fait caracoler son cheval !

CÉLESTE.

Il a un air martial et des moustaches...

GAVAUT.

Qui me charmeraient moi-même? — Non, mademoiselle, non.

CÉLESTE.

Demandez à madame Minard, dont les fenêtres sont au-dessus des nôtres.

GAVAUT.

Taisez-vous. Vous épouserez Plumault.

CÉLESTE, après un temps de réflexion.

Vous êtes ambitieux, vous.

GAVAUT.

Moi?

CÉLESTE, s'appuyant sur l'épaule de son père.

Votre place est à la Chambre.

GAVAUT, se laissant convaincre.

Ah! tu crois?

CÉLESTE, avec chaleur.

C'est ce que me disait M. de Châteauponsac.

GAVAUT.

Il t'a dit cela? — Ce lieutenant, ce simple lieutenant t'a dit cela?

CÉLESTE.

A la Chambre... et même ailleurs.

GAVAUT, flatté.

Même ailleurs?

CÉLESTE.

Plus haut.

GAVAUT, avec fierté.

Ministre alors? — Le ministère du commerce? — J'ai fait mes preuves.

CÉLESTE, abandonnant l'épaule de son père.

Voilà où vous devriez être.

GAVAUT, convaincu.

Dans l'intérêt de mes concitoyens. — Je protégerais le coton, et je t'assure qu'on ne verrait pas la flanelle envahir la société.

CÉLESTE.

M. de Châteauponsac serait un appui.

GAVAUT.

Un appui?... solide? — Oui, le commerce s'appuyant sur le sabre.

CÉLESTE.

Et votre fille serait baronne de Châteauponsac.

GAVAUT, faisant le geste de s'appuyer sur chaque chose qu'il nomme.

Il est baron? — Sur le sabre et sur la noblesse!... le sabre... la noblesse... ce serait très solide.

CÉLESTE.

Vous ne voudriez pas faire mourir de désespoir un gentilhomme qui vous juge si bien?

GAVAUT.

Non, je ne le voudrais pas, — je ne le voudrais pas. — Appelle Colombe.

CÉLESTE, appelant.

Colombe! — Oh! que vous êtes bon!

Elle va au fond à gauche.

GAVAUT.

Appelle Colombe.

CÉLESTE, appelant.

Colombe!... Colombe!

GAVAUT.

Et va t'asseoir auprès d'Angèle. (A lui-même.) Je ne suis pas un père barbare, moi. Pourvu que Térence soit mon gendre...

Colombe entre et cause avec ses sœurs. Gavaut l'appelle.

SCÈNE X

Les Mêmes, COLOMBE*.

GAVAUT.

Colombe, la vie a des devoirs, même pour les femmes...

COLOMBE.

Oh! oui.

GAVAUT.

Taisez-vous. — Colombe, vous avez seize ans, l'âge...

* Gavaut, Colombe. — Au fond, Céleste, Angèle, assises

COLOMBE.

N'allez pas plus loin : j'ai deviné.

GAVAUT.

Quoi ?

COLOMBE.

M. Fulcrand de Rocambrique vous a demandé ma main.

GAVAUT.

Rocambrique! quel Rocambrique?

COLOMBE.

Sous-lieutenant de hussards. Il vient de passer tout à l'heure.

GAVAUT.

Un troisième hussard!

COLOMBE.

Est-il venu vous voir en grand uniforme?

GAVAUT.

Avec des brandebourgs? Non, mademoiselle, non; mais, malheureuse enfant, où avez-vous connu tous ces hussards?

COLOMBE.

Dans le monde, cet hiver. Si vous saviez comme il valse, M. de Rocambrique! Consultez madame Minard.

GAVAUT.

Ce n'est pas M. de Rocambrique qui m'a demandé votre main, c'est mon premier commis, mon futur associé.

COLOMBE, *reculant effrayée.*

M. Plumault?

GAVAUT.

Charmant garçon, de mœurs pures. (*Elles partent toutes d'un éclat de rire.*) Qu'est-ce qu'il y a?

CÉLESTE.

Oh! papa, oh! papa, laissez-nous rire.

GAVAUT.

De quoi?

ANGÈLE.

C'est si drôle, M. Plumault qui veut nous épouser!

COLOMBE.

Mais, papa, M. Plumault ne sera jamais un mari.

GAVAUT.

Et que sera-t-il donc?

CÉLESTE.

Un sot.

ANGÈLE.

Il est ridicule.

CÉLESTE.

Il est laid.

COLOMBE.

Il est maussade.

ANGÈLE.

Si vous voyiez M. de Flavancourt!

CÉLESTE.

Et M. de Châteauponsac!

COLOMBE.

Et M. de Rocambrique!

GAVAUT, *avec autorité.*

Mesdemoiselles, vous oubliez que je suis votre père et que j'entends qu'on m'obéisse. J'ai donné ma parole, et la parole de Gavaut, Minard et compagnie vaut sa signature. J'ai déjà commandé la corbeille. Térence Plumault sera mon gendre. Il faut donc qu'une de vous l'épouse.

TOUTES.

Ce ne sera pas moi.

GAVAUT.

Arrangez-vous ensemble. Je vous laisse cinq minutes pour réfléchir, — cinq minutes. Je sais le prix du temps.

Il sort, pan coupé gauche. Les jeunes filles l'ont suivi jusqu'à la porte et redescendent attristées; Céleste s'assied sur la chaise près de la table, à gauche, Colombe sur le fauteuil près de la fenêtre, et Angèle sur la chaise de droite.

SCÈNE XI

ANGÈLE, CÉLESTE, COLOMBE.

CÉLESTE, *assise.*

Je connais mon père, il ne cédera pas.

COLOMBE, *de même.*

Voyez-vous ce Térence, avec ses yeux baissés ?

ANGÈLE, *de même.*

Qui nous adore toutes les trois !

CÉLESTE.

C'est la maison qu'il adore, comme les chats.

ANGÈLE.

Moi, qui me méfiais de lui par instinct !

COLOMBE.

Il fait ce qu'il veut de papa.

TOUTES.

Que résoudre?

ANGÈLE, *se levant vivement, ainsi que ses sœurs, et venant en scène* *.

Ah! — Si nous écrivions à notre tante Gavaut, du Havre! Elle nous aime beaucoup et elle a de l'influence sur son frère.

COLOMBE.

Oh! la bonne idée! — Nous lui dirons qu'on nous tyrannise.

CÉLESTE.

Mais comment envoyer notre lettre?

COLOMBE.

Et où nous faire adresser la réponse?

ANGÈLE.

Voilà le difficile; maintenant que nous avons tout avoué on nous surveillera.

* Céleste, Angèle, Colombe.

CÉLESTE.

Et le directeur des postes nous connaît.

ANGÈLE.

Il faudrait trouver une personne discrète.

COLOMBE.

Nous découvrirons bien quelqu'un d'ici à demain.

CÉLESTE.

Oui, oui. Alors, gagnons du temps.

ANGÈLE.

En employant la ruse.

COLOMBE.

Oui, oui, la ruse.

ANGÈLE.

Arrêtons vite un plan.

SCÈNE XII

LES MÊMES, GAVAUT, puis MINARD.

GAVAUT, rentrant.

Les cinq minutes sont écoulées.

TOUTES LES TROIS.

Déjà!

Elles gagnent vivement la droite dans le même ordre *.

GAVAUT.

Eh bien, mesdemoiselles?

Elles se regardent toutes les trois et paraissent très embarrassées. Gavaut s'assied sur la chaise près de la table.

ANGÈLE, timidement.

Eh bien, mon père, nous avons réfléchi (Bas, à ses œurs.) Que dire?

COLOMBE, avec hésitation.

Nous avons beaucoup réfléchi.

* Gavaut, Céleste, Angèle, Colombe.

ANGÈLE, *faisant signe à ses sœurs, qui se rapprochent de Gavaut* *.

A tout considérer, M. Plumault n'est pas mal.

GAVAUT.

Pas mal! je crois bien, pas mal; — garçon charmant, de mœurs pures.

ANGÈLE, *très caressante.*

Et puis, c'est votre élève.

COLOMBE, *qui a compris.*

Il sera votre associé.

CÉLESTE, *de même, en s'appuyant sur son épaule.*

Nous resterions près de vous.

COLOMBE.

Tandis que les militaires changent de garnison.

ANGÈLE.

Le mariage est trop grave pour qu'on s'arrête aux séductions du nom.

CÉLESTE.

Et du costume.

GAVAUT, *satisfait.*

A la bonne heure. Je vous retrouve raisonnables. Certes, je serais très honoré d'avoir des militaires dans ma famille...

COLOMBE.

Oh! papa, rien ne vaut un industriel.

GAVAUT.

Vous en convenez?

CÉLESTE.

Nous venons de le reconnaître.

COLOMBE, *regardant sa sœur avec malice.*

Et nous voulons épouser M. Térence.

GAVAUT.

Très bien.

ANGÈLE.

Toutes les trois.

* Céleste, Gavaut, Angèle, Colombe.

LES JEUNES FILLES.

Toutes les trois.

GAVAUT, se levant *.

Comment, toutes les trois?

CÉLESTE et COLOMBE.

Oui, oui.

ANGÈLE.

Moi, d'abord, je ne le céderai pas à mes sœurs.

CÉLESTE.

Ni moi.

COLOMBE.

Ni moi.

GAVAUT.

Je ne pourrai jamais en faire trois parts.

COLOMBE.

Je serai sa femme.

CELESTE.

Il sera mon mari.

ANGÈLE.

Il sera le mien.

GAVAUT.

Permettez.

ANGÈLE.

Vous me l'avez offert.

CÉLESTE.

Vous me l'avez promis.

COLOMBE.

Vous m'avez dit que je l'épouserais.

GAVAUT.

J'en conviens, je le reconnais; mais ce n'est pas une raison...

CÉLESTE.

Moi, je l'aime.

COLOMBE.

Moi, je l'adore.

* Céleste, Gavaut, Angèle, Colombe.

ANGÈLE.

Moi, je ne vivrais pas sans lui.

GAVAUT.

Vous allez trop loin. Procédons par ordre.

ANGÈLE.

Donnez-nous quelques jours, pour qu'on puisse voir celle qui l'aime le mieux.

COLOMBE.

C'est moi.

ANGÈLE.

C'est moi.

CÉLESTE.

C'est moi.

GAVAUT.

Du calme, nous allons nous entendre.

Il passe à droite.

MINARD, entrant du pan coupé de droite, des lettres à la main *.

Je ne peux pas mettre la main sur Térence.

GAVAUT.

Ah! les affaires. — Il est troublé, ce garçon, c'est bien naturel.

MINARD.

Il n'a pas ouvert le courrier.

GAVAUT.

Nous l'ouvrirons nous-mêmes. Je suis à toi (A ses filles.) Mes filles, votre soumission me touche; elle m'étonnerait si je ne connaissais la légèreté de votre sexe. Je ne suis pas un père barbare, et pourvu que Térence soit mon gendre... — Je vous accorde vingt-quatre heures.

ANGÈLE, CÉLESTE, COLOMBE.

Merci, papa.

GAVAUT.

Retirez-vous. (Elles sortent par le pan coupé de gauche. — A lui-même.) Elles le trouvaient laid, elles le trouvent joli... — Oh! les femmes! les femmes! Un sable mouvant.

* Céleste, Angèle, Colombe, Gavaut, Minard.

SCÈNE XIII

GAVAUT, MINARD*.

MINARD.

Mon ami, j'ai reconquis toute ma lucidité; ma femme, cette chère Elvire, repose en paix dans sa chambre.

GAVAUT.

Ta femme a faussé le jugement de mes filles. Elles allaient épouser trois hussards.

MINARD.

Bah!

GAVAUT.

Mais je suis intervenu à temps. Elles n'en épouseront que deux.

MINARD, *chantonnant et passant à gauche.*

Tant pis! tant pis! tant pis!

GAVAUT.

Tu chantes?

MINARD.

C'est la joie, ne fais pas attention. Seulement, je suis habitué à ce que Térence m'apporte mes lettres ouvertes.

GAVAUT.

Et tu ne sais plus les décacheter. Donne-m'en la moitié

Minard lui en donne une partie et va s'asseoir à l'extrême gauche, près de la table.

MINARD, *lisant.*

Vingt-cinq balles coton, bon ordinaire, cent vingt-deux francs vingt-cinq. — Eh! eh! bon prix.

GAVAUT, *assis à la table, en face de Minard.*

Cours de New-York, cent vingt-trois vingt-cinq. — Cher, très cher. — Un sable mouvant! (*Prenant une lettre et la retournant*

* Minard, Gavaut.

avant de l'ouvrir.) Drôle de lettre! (Lisant l'adresse.) « M. Gavaut, Minard et Cie... » — Comment, monsieur?... Messieurs, — on écrit : Messieurs. (Haussant les épaules.) Monsieur!

MINARD.

C'est une circulaire.

GAVAUT.

C'est une lettre. — M. Gavaut, Minard et Cie! Enfin! (Il l'ouvre et lit.) « Monstre » (A Minard.) C'est pour toi.

MINARD.

Comment, pour moi?

GAVAUT.

Monstre!

MINARD.

Eh bien?

GAVAUT.

Il y a longtemps qu'on ne m'appelle plus de ce doux nom.

MINARD.

Moi aussi, — à moins que ce ne soit ma femme. (Regardant.) Ce n'est pas elle. — Vois la signature.

GAVAUT.

« Clara. »

MINARD.

Clara! Clara!

GAVAUT.

C'est un nom très répandu.

MINARD.

Eh! oui, tout s'explique.

GAVAUT.

Tout s'embrouille, au contraire.

MINARD.

S'explique.

GAVAUT.

S'embrouille.

MINARD.

On n'est jamais sûr de ne pas avoir oublié une Clara.

GAVAUT.

On est exposé à en avoir oublié plusieurs.

MINARD.

Parfaitement.

GAVAUT.

Nous sommes d'accord.

MINARD.

Continue.

GAVAUT.

« Monstre. »

MINARD, l'arrêtant.

C'est pour moi. — Je me rappelle une Clara, rue de la Huchette.

GAVAUT.

Et moi, je m'en rappelle une, rue des Vieilles-Audriettes, et une autre, à Batignolles.

MINARD.

Alors, c'est peut-être pour toi. Continue.

GAVAUT.

« Monstre, tu m'as oubliée... »

MINARD.

J'en ai oublié bien d'autres.

GAVAUT.

Oui, je l'ai oubliée. Oui, je t'ai oubliée. Est-ce qu'on doit se souvenir au foyer conjugal de toutes les crémaillères qu'on a pendues ? — Mais, si l'on se rappelait ses péchés mignons, est-ce qu'on aurait le courage d'être vertueux ? — Allons donc ! (Relisant.) « Tu m'as oubliée. » J'ai fait mon devoir d'honnête homme. (Continuant.) « Je ne te reproche rien. » Parbleu ! « Mais notre enfant... » Comment, notre enfant ?

MINARD.

Notre enfant !

GAVAUT, lisant.

« Ton fils. » (A Minard.) Tu avais un fils !

Il se lève.

MINARD, se levant.

Jamais. — C'est toi.

GAVAUT.

Je n'ai que trois filles.

MINARD.

Je n'ai pas d'enfants.

GAVAUT.

Tu l'as peut-être oublié, comme la mère.

MINARD.

Je te jure...

GAVAUT.

Ne jure pas.

MINARD.

Je te jure...

GAVAUT.

Ne jure pas. (Gravement.) Qui de nous peut jurer qu'il n'a pas un fils ?

MINARD.

Continue.

GAVAUT.

« Ton fils, que tu ne connais pas, ingrat, et pourtant, il
» est bien à toi, Gavaut, Minard et Cie. Mais je suis géné-
» reuse, il n'apprendra jamais le nom de son père. Seule-
» ment, ne feras-tu rien pour lui ? — Ne peux-tu veiller sur
» lui comme sur un étranger ? Je ne veux pas te compro-
» mettre. Écris à madame Boniface, poste restante, un seul
» mot, et tu n'entendras plus parler de moi. Je pars dans
» une heure pour la Russie. Adieu, Gavaut, Minard et Cie,
» que j'ai trop aimé ! — Clara. » — Eh bien, Minard ?

MINARD.

Eh bien, Gavaut ?

GAVAUT.

Je n'oserais dire non.

MINARD.

Moi non plus.

GAVAUT.

Tu n'as pas de souvenirs précis ?

MINARD.

Et toi ?

GAVAUT.

Je me rappelle qu'elle était blonde, à Batignolles.

MINARD.

Elle était rousse, rue de la Huchette, je suis sûr qu'elle était rousse ; mais c'est tout.

GAVAUT.

Voilà le fruit des existences échevelées. Un homme qui aurait toujours été vertueux s'écrierait : Ça ne me regarde pas.

MINARD.

Je ne l'oserais.

GAVAUT.

On ne sait pas ce que vaut la vertu. On dit qu'elle mène au ciel, ça ne tente personne ; si l'on disait qu'elle est salutaire, utile, hygiénique, qu'elle efface les rides... et embellit l'âge mûr !...

MINARD, *l'interrompant.*

Le mal est fait.

GAVAUT.

Il doit être grand, puisqu'il remonte au temps où l'on nous appelait monstre.

MINARD.

Il a vingt ans.

GAVAUT.

Au moins. — Quel est ton avis, Minard ?

MINARD.

J'ai une femme.

GAVAUT.

Moi, j'ai trois filles et un gendre.

MINARD.

La mère est partie pour la Russie.

GAVAUT.

Elle ne veut pas nous compromettre.

MINARD.

Elle est généreuse.

GAVAUT. Ils chantonnent tous les deux et vont s'asseoir près de la table, Gavaut à l'extrême gauche, Minard en face de lui. *

Restons-en là.

MINARD.

Restons-en là.

GAVAUT, prenant d'autres lettres.

Commandes.

MINARD, même jeu.

Commandes. Quinze mille layettes.

GAVAUT.

Vingt-cinq mille bonnets de coton pour enfants. (Une pause.) Pour enfants ! — (Avec émotion.) Minard !

MINARD.

Gavaut !

GAVAUT.

As-tu bien entendu la lettre de cette pauvre mère ?

MINARD.

Oui, oui.

GAVAUT.

Il n'y a pas de phrases, elle est déchirante dans sa simplicité.

MINARD, reprenant les lettres.

Ton fils !

GAVAUT.

C'est ton fils, Minard, ou le mien ; c'est le sang de ton sang ou le sang de mon sang.

MINARD.

Oui, oui.

GAVAUT.

Et que nous demande-t-on ?

MINARD.

De veiller sur lui.

* Gavaut, Minard.

GAVAUT.

Comme sur un étranger.

MINARD.

Sans lui apprendre la vérité.

GAVAUT.

Sans nous compromettre.

MINARD, se levant *.

Nous sommes riches.

GAVAUT.

Et un bienfait n'est jamais perdu.

MINARD.

Soyons compatissants.

GAVAUT.

Soyons magnanimes.

MINARD.

Qu'il vienne.

GAVAUT.

Nous l'installerons près de nous.

MINARD.

Comme domestique.

GAVAUT.

Tu m'as compris.

MINARD.

Parfaitement.

GAVAUT.

Nous sommes d'accord. — Je vais écrire à madame Boniface, poste restante, à Paris.

MINARD.

Sans te trahir.

GAVAUT, allant écrire à la table.

Tu vas voir. « Le jeune homme dont il s'agit peut s'a-
» dresser à la maison Gavaut, Minard et Cie, de Saint-Sever
» près Rouen, Seine-Inférieure. »

MINARD.

Très bien.

* Gavaut, Minard.

SCÈNE XIV

LES MÊMES, TOINETTE.

TOINETTE, entrant du pan coupé de droite *.

Monsieur est servi.

GAVAUT, sans l'écouter.

Toinette, envoyez immédiatement cette lettre à la poste par François.

TOINETTE.

Monsieur, le diner...

MINARD.

Immédiatement.

TOINETTE.

Immédiatement.

Toinette sort en courant.

GAVAUT **

Qu'il est doux d'avoir accompli une bonne action

MINARD.

Nous n'avons pas hésité, Gavaut.

GAVAUT.

Nous avons été admirables.

MINARD.

Sublimes.

GAVAUT.

Ne pas rejeter son enfant !

MINARD.

Un enfant oublié !

GAVAUD.

Le recueillir !

MINARD.

Dans sa maison !

* Gavaut, Toinette, Minard.
** Gavaut, Minard.

GAVAUT.

En faire son propre domestique ! — Minard, ce que nous avons fait est bien. C'est bien. Quel dommage de ne pouvoir le dire ! Mais, au moins, je voudrais embrasser quelqu'un.

Toinette reparaît pour annoncer le dîner, pan coupé à droite.

MINARD, à Toinette.

Va chercher ma femme.

Elle sort.

GAVAUT, criant.

Va chercher mes filles.

MINARD.

Oui, oui.

GAVAUT, criant.

Va chercher Térence. — Ah ! Minard !

MINARD.

Ah ! Gavaut !

Ils s'embrassent.

SCÈNE XV

LES MÊMES, ELVIRE, ANGÈLE, CÉLESTE, COLOMBE, TÉRENCE.

ELVIRE, entrant, pan coupé à gauche *.

Que se passe-t-il ?

GAVAUT, l'embrassant.

Ah ! madame !

MINARD, l'embrassant.

Ah ! Elvire !

GAVAUT, embrassant Térence, qui est entré par la porte à gauche, deuxième pan **.

Ah ! Térence !

* Gavaut, Elvire, Minard.

** Térence, Gavaut, Elvire, Minard.

MINARD, embrassant encore sa femme.

Ah ! Elvire !

GAVAUT, embrassant ses filles, qui entrent l'une après l'autre, pan coupé à gauche *.

Ah ! Angèle ! Ah ! Céleste ! — Ah ! Colombe !

ANGÈLE.

Qu'a donc papa ?

TOINETTE.

Madame est servie.

GAVAUT, embrassant Toinette, qui est entrée à la suite des jeunes filles **.

Ah ! Toinette ! (Prenant le bras de Minard.) Viens, Minard, nous pouvons dîner hardiment. Quand on a fait son devoir, on digère bien.

* Térence, Angèle, Céleste, Colombe, Gavaut, Elvire, Minard.

** Térence, Toinette, Angèle, Céleste, Colombe, Elvire, Gavaut, Minard ; — ces deux derniers sont sur le devant de la scène, pendant que les autres se groupent vers la porte du pan coupé à droite.

ACTE DEUXIÈME

Grande pièce carrée servant de bureau. — Au fond, trois portes, celle du milieu à deux battants. Portes à droite et à gauche, au troisième plan et au premier plan, — celles du premier plan s'ouvrant sur la scène. — A droite, une bibliothèque, une table-bureau et un fauteuil. — A gauche, un coffre-fort avec pupitre ; dessus, un registre ouvert. — Une chaise en avant, un peu à gauche, — deux autres chaises à droite et à gauche de la porte du milieu. — Divers tableaux de prix-courants, machines, etc. — Dans le lointain, au fond, une fabrique.

SCÈNE PREMIÈRE

COLOMBE, ANGÈLE, CÉLESTE.

Céleste est assise au bureau, Angèle est debout près d'elle, Colombe fait le guet au fond.

CÉLESTE, *écrivant.*

« Madame veuve Gavaut. »

ANGÈLE.

Il ne faut que vingt mots.

COLOMBE, *allant vers la table.*

On peut supprimer : Veuve.

ANGÈLE.

Colombe, tu nous laisseras surprendre.

CÉLESTE.

Nous venons ici parce qu'on voit arriver les gens de loin, et tu ne regardes pas.

ANGÈLE.

Autant vaut remonter dans nos chambres.

COLOMBE, *vivement.*

Non, non.

CÉLESTE, *continuant à écrire.*

« Madame Gavaut, 12, rue des Pénitents, au Havre. » — Déjà huit mots! — Maintenant, dicte.

ANGÈLE.

Sais-tu que c'est très mal, ce que nous faisons-là? Nous nous révoltons contre notre père.

CÉLESTE.

Il n'est pas raisonnable.

ANGÈLE.

Il était si content de notre soumission! Tu te rappelles comme il embrassait tout le monde en allant dîner?

CÉLESTE.

Il a bien changé ce matin; il est inquiet, il est distrait, il nous répond à peine. Il ne reviendra jamais sur sa décision.

ANGÈLE.

Si notre tante nous voyait bien malheureuses et bien résolues à ne pas céder...

CÉLESTE.

Je suis sûre qu'elle nous défendrait, et papa a peur d'elle.

ANGÈLE, *avec résolution, à Colombe.*

Toi, fais le guet. (*Colombe remonte au fond. Dictant*) Écris : « On veut nous marier malgré nous. »

CÉLESTE.

Quatorze mots.

ANGÈLE, *dictant.*

« Venez nous chercher. »

CÉLESTE.

Très bien. — Dix-sept.

ANGÈLE.

Signé : « Vos nièces. »

CÉLESTE.

Dix-neuf. — Encore un mot.

COLOMBE, *du fond.*

« Urgence. »

CÉLESTE.

Bravo !

COLOMBE, vivement.

Personne ne vient.

Elle revient près de la table.

CÉLESTE.

La dépêche est écrite, mais comment l'envoyer ?

ANGÈLE.

Je sais un moyen.

CÉLESTE et COLOMBE s'asseyant, Colombe en face de Céleste, Angèle au bout de la table*.

Vraiment ?

ANGÈLE.

Nous réunissons nos bourses. — J'ai cent soixante francs.

CÉLESTE.

Moi, deux cent trente.

COLOMBE.

Moi, six francs cinquante centimes.

ANGÈLE.

Dépensière ! — Et nous corrompons Toinette.

COLOMBE.

N'essayez pas.

ANGÈLE.

Pourquoi ?

COLOMBE.

J'avais déjà pensé à la corrompre.

ANGÈLE.

Avec tes six francs cinquante !

COLOMBE.

Avec de bonnes paroles. Hier soir j'allais la trouver... elle causait avec Térence, et j'ai écouté un peu, malgré moi.

ANGÈLE.

Que lui disait-il ?

COLOMBE.

J'ai compris que Toinette a un cousin... intime...

* Colombe, Angèle, Céleste.

ANGÈLE et CÉLESTE

Ah !

COLOMBE.

Qui est gendarme. — Et Térence lui promettait de le faire parvenir.

CÉLESTE.

A quoi ?

COLOMBE.

A tout. Il disait : « Toutes les portes lui seront ouvertes. » Ne comptez pas sur Toinette.

ANGÈLE, se levant *.

Alors nous n'aurons personne pour porter notre dépêche.

CÉLESTE, même jeu.

Personne, et l'on nous surveille.

ANGÈLE, même jeu.

Nous ne pouvons pas éviter M. Plumault.

CÉLESTE.

Il faudra bien que l'une de nous se sacrifie.

ANGÈLE.

Ce sera Colombe.

COLOMBE.

Moi ?

CÉLESTE.

Tu es la plus jeune.

ANGÈLE.

Tu ne peux pas avoir un amour sérieux... à ton âge !

COLOMBE.

Si, mademoiselle, si.

CÉLESTE.

Une enfant !

ANGÈLE.

Tandis que nous...

COLOMBE.

C'est aux aînées à se marier les premières.

* Colombe, Angèle, Céleste.

ANGÈLE.

Cela dépend, mademoiselle.

COLOMBE.

Je ne céderai pas.

ANGÈLE.

Ni moi.

CÉLESTE.

Ni moi.

COLOMBE.

Voici papa.

ANGÈLE.

Il vient chercher notre réponse.

TOUTES TROIS.

Sauvons-nous.

Elles s'esquivent vers le fond, elles aperçoivent Minard.

CÉLESTE.

M. Minard!

Elles se sauvent par la gauche, troisième plan.

SCÈNE II

TOINETTE, GAVAUT, puis MINARD.

GAVAUT, entrant par la porte du fond, à droite, et appelant.

Toinette! Toinette!

TOINETTE, accourant de la porte du fond, à gauche*.

Monsieur!

GAVAUT.

Personne n'est venu me demander?

TOINETTE.

Non, monsieur.

GAVAUT.

Un jeune homme de vingt ans... ou un peu plus?

* Toinette, Gavaut.

TOINETTE.

Personne.

GAVAUT, traversant le théâtre et sortant par la porte du premier plan à gauche.

Personne!

TOINETTE, le suivant des yeux.

Eh bien! où va-t-il? dans le cabinet noir! — Ils sont tous troublés aujourd'hui. Alors, moi, j'ai mis le pot-au-feu à la fenêtre. (On aperçoit dans le fond le tricorne du gendarme.) Prends l'escalier de service.

Le tricorne disparait à gauche.

MINARD, venant de dehors par la porte du fond à droite et appelant*.

Toinette!

TOINETTE.

Monsieur!

MINARD.

Personne n'est venu me demander?

TOINETTE.

Non, monsieur.

MINARD.

Un jeune homme de vingt ans... ou un peu plus?

TOINETTE.

Personne.

Elle sort par la porte du fond à gauche.

GAVAUT, sortant du cabinet premier plan à gauche**.

Je me trompe de porte, je suis distrait depuis ce matin. D'où viens-tu, Minard?

MINARD.

Du chemin de fer. — Je vais à tous les trains, dans l'espoir que je le reconnaîtrai.

GAVAUT.

Et tu n'as rien reconnu?

MINARD.

Rien.

* Toinette, Minard.

** Gavaut, Minard.

GAVAUT.

Cependant, il devrait être ici.

MINARD.

A-t-il l'argent nécessaire pour le voyage?

GAVAUT.

Tu me fais frémir.

MINARD.

S'il ne l'avait pas?

GAVAUT.

Où êtes-vous donc, railleurs sceptiques, qui ne croyez pas que les pères ont des entrailles spéciales!

MINARD.

J'en ai longtemps douté.

GAVAUT.

Matérialiste! — Depuis que j'ai un fils, il me semble que j'aime moins mes filles.

MINARD.

Je me surprends à être froid avec Elvire.

GAVAUT.

Un fils!... moi, qui m'en croyais incapable!

MINARD.

Et moi, que ma femme accuse!

GAVAUT.

Tout porte à penser qu'il m'appartient.

MINARD.

Comment... tout?

GAVAUT.

Toi, tu n'as pas d'enfant.

MINARD.

Toi, tu n'as que des filles.

GAVAUT.

C'est déjà quelque chose.

MINARD.

Ce n'est rien.

GAVAUT.

Les présomptions sont de mon côté.

MINARD.

Allons aux preuves.

GAVAUT.

Non.

MINARD.

Si.

GAVAUT.

Non.

MINARD.

Si.

GAVAUT.

Je ne veux rien éclaircir..

MINARD.

Moi non plus.

GAVAUT.

Parfaitement.

MINARD.

Nous sommes d'accord. — (Reprenant.) Ma femme m'accuse! C'est elle... qui a trop d'imagination. Au premier anniversaire de notre hymen, elle me dit : Achille, je vous ménage une surprise.

GAVAUT, souriant.

C'était ?...

MINARD.

Non, mon ami. — C'était un calepin relié en maroquin rouge, où elle écrivait chaque jour ses impressions. Elle le mit sous ma serviette.

GAVAUT.

Je m'en souviens.

MINARD.

Mon nom était à chaque page. Ce maroquin rouge était tout plein de moi, et — bizarre coïncidence! — je l'ai retrouvé ce matin dans la poche de mon paletot... comme un remords. — Le voici, Gavaut.

Il le prend dans la poche du pardessus qu'il a sur son bras.

GAVAUT.

Je le reconnais.

MINARD.

Pourrai-je à présent regarder ma femme sans rougir!

GAVAUT.

T'imagines-tu que je suis à l'aise devant Térence? Il croit que je n'ai que trois enfants... je le trompe.

MINARD.

Peut-être.

Il remonte, et accroche son pardessus à droite de la porte du milieu.

GAVAUT, insistant.

(A part.) Je le trompe. — (Haut.) C'est lui.

SCÈNE III

LES MÊMES, TÉRENCE*.

TÉRENCE, entrant par la porte du milieu, des papiers à la main.

Messieurs, la maison Van Bock se plaint.

GAVAUT, vivement.

De quoi?

MINARD.

Se plaint?... de quoi?

GAVAUT.

Nous sommes trop préoccupés pour écouter les plaintes de nos clients.

TÉRENCE.

M. Van Bock demandait du coton de seconde qualité.

MINARD, un peu au fond.

On le lui a envoyé de troisième?

GAVAUT.

Et il a payé comme s'il était de première? Cela arrive tous les jours.

* Gavaut, Térence, Minard.

MINARD.

Tous les jours.

GAVAUT.

Répondez à Van Bock que nous sommes trop troublés, mon associé et moi, pour comprendre sa réclamation.

MINARD, descendant.

Trop troublés.

TÉRENCE.

Alors je ne vous parlerai pas de la créance Pigache.

GAVAUT.

Elle est remboursée?

TÉRENCE.

Pigache refuse de payer.

Il va au coffre-fort, pose ses papiers et écrit sur le registre *.

MINARD.

Il faut le poursuivre.

GAVAUT.

Il faut le saisir. — Minard, prépare les pièces.

MINARD.

A l'instant.

Il va s'asseoir à la table à droite.

GAVAUT.

Tu iras toi-même chez l'huissier.

MINARD.

Dans cinq minutes. — Gredin de Pigache!

GAVAUT, s'asseyant en face de Minard.

Abominable Pigache! (A la table.) Protêt... compte de retour... jugement... signification... n'oublie rien.

Il se lève.

MINARD.

Sois tranquille.

GAVAUT.

Nous sommes si troublés! (Revenant pendant que Minard prépare son dossier à la table. — A part.) Pauvre garçon!... il croit que je

* Térence, Gavaut, Minard.

n'ai que trois enfants... je le trompe... je lui dois une indemnité... (Haut.) Térence, je vous ai dit que je donnais cent mille francs de dot, j'en donnerai cent cinquante.

TÉRENCE, quittant le coffre-fort et s'approchant de Gavaut.

Oh! monsieur.

GAVAUT.

C'est un devoir de conscience.

MINARD.

Acceptez, vous pouvez accepter.

TÉRENCE, étonné.

Messieurs...

GAVAUT.

Cent cinquante mille francs. Je l'exige.

Minard est toujours assis à la table. Elvire paraît au fond et s'arrête à la porte du milieu sans avoir vu son mari.

SCÈNE IV

LES MÊMES, ELVIRE*.

ELVIRE, à Gavaut et à Térence.

Vous n'avez pas vu un calepin en maroquin rouge?

GAVAUT.

Si, madame, si.

ELVIRE, vivement.

Où est-il?

GAVAUT.

Dans la poche de Minard.

ELVIRE, avec effroi, voyant son mari.

De mon mari!

MINARD, toujours à la table.

Oui, Elvire, dans la poche de mon paletot.

* Térence, Elvire, Gavaut, Minard.

GAVAUT.

Ne te dérange pas. Pense à Pigache.

Il va chercher le calepin dans le pardessus d'été que Minard a suspendu au fond.

ELVIRE, à part, à Térence.

Nous sommes perdus!

TÉRENCE, effrayé.

Hein?

ELVIRE.

C'est dans ce calepin que j'écris mes impressions.

TÉRENCE, effrayé.

Vous écrivez?

ELVIRE.

Il est tout plein de vous.

TÉRENCE.

De moi?

ELVIRE.

Votre nom est à chaque page.

TÉRENCE.

Oh! madame.

ELVIRE.

Je voulais vous le remettre le jour de l'anniversaire.

GAVAUT, portant le calepin.

Le voici, madame.

ELVIRE, le saisissant et l'ouvrant.

Ah! ce n'est pas celui-là.

MINARD.

Il y en a donc un autre?

ELVIRE, confuse.

Oui, mon ami.

GAVAUT, à Elvire.

Un nouveau, alors?

MINARD.

Que tu allais mettre sous ma serviette?

ELVIRE.

Oui... oui...

GAVAUT, retenant Minard qui veut se lever.

Ne te dérange pas, Minard, songe à Pigache.

MINARD, à Gavaut, avec joie.

Chère Elvire! Elle me ménageait encore une surprise.

ELVIRE, à part.

Ce n'est pas celui-là.

TÉRENCE.

Elle va me compromettre!

ELVIRE, cherchant à se rappeler et passant à gauche *.

Où l'ai-je donc perdu? — Je l'avais dans mon voyage. Il ne me quitte jamais.

GAVAUT, venant à elle et montrant Térence.

Madame, je vous présente mon gendre.

ELVIRE.

Votre gendre?

TÉRENCE.

Mais, monsieur...

GAVAUT.

Il épouse Angèle... ou Céleste... à moins que ce ne soit Colombe.

ELVIRE.

Vous ne savez pas laquelle?

GAVAUT.

Je vais le savoir. — Mes filles adorent Térence toutes trois, et... réciproquement. — Qu'avez-vous, madame?

ELVIRE.

J'étouffe... j'étouffe de surprise.

TÉRENCE, vivement.

Prenez garde.

* Elvire, Térence, Gavaut, Minard.

ELVIRE, bas.

Perfide!

GAVAUT, appelant.

Toinette!

MINARD, se levant, à Gavaut.

Je vais chez l'huissier. Je passerai au chemin de fer.

Toinette entre par la porte du fond à gauche *.

GAVAUT.

Je t'attends. (A Toinette.) Toinette, allez chercher ces demoiselles.

TOINETTE.

Oui, monsieur.

MINARD, à Toinette.

Personne n'est venu nous demander?

TOINETTE.

Non, monsieur.

GAVAUT.

Un jeune homme de vingt ans... ou un peu plus?

TOINETTE, riant.

Personne.

Elle sort par le fond, à gauche.

GAVAUT, redescendant à droite, très ému et distrait.

Personne! toujours personne!

Minard sort par le fond, à droite.

ELVIRE, à part, à Térence **.

Sais-tu ce que je te sacrifiais? Trois jeunes officiers de hussards.

Les jeunes filles paraissent à la porte du milieu

GAVAUT.

Voici mes filles. — (A Elvire.) Restez, madame.

ELVIRE.

Il m'oblige à rester!

* Elvire, Térence, Toinette, Minard, Gavaut.
** Elvire, Térence, Gavaut.

SCÈNE V

ELVIRE, TÉRENCE, COLOMBE, CÉLESTE, ANGÈLE, GAVAUT.

GAVAUT.

Entrez, mesdemoiselles. — Je serai bref, parce que je suis préoccupé d'autre chose. — Quelle est celle de vous, mes filles, que je dois presser sur mon cœur ?

ANGÈLE, s'avançant et prenant une résolution désespérée.

Mon père, avez-vous dit à monsieur toute la vérité ?

GAVAUT.

Toute la vérité... cent cinquante mille francs de dot.

ANGÈLE.

Vous avez parlé de M. de Flavancourt ?

Gavaut la fait passer à sa droite *.

ELVIRE.

Quoi !

GAVAUT.

Hein ?

CÉLESTE, même jeu**.

De M. de Châteauponsac ?

ELVIRE.

Ciel !

GAVAUT.

Hein ? — Cent cinquante mille francs de dot, voilà tout.

COLOMBE, même jeu ***.

De M. de Rocambrique ?

ELVIRE.

Grand Dieu !

* Elvire, Térence, Colombe, Céleste, Gavaut, Angèle.
** Elvire, Térence, Colombe, Gavaut, Céleste, Angèle.
*** Elvire, Térence, Gavaut, Colombe, Céleste, Angèle.

GAVAUT, à ses filles.

Taisez-vous. — Mais, malheureuses enfants, si on parlait de ces choses-là, il n'y aurait plus de mariages possibles. Mon cher Térence, mon bon Térence, il s'agit de trois officiers de hussards bleu de ciel, qui ont caracolé sous les fenêtres de ces demoiselles. Voilà tout. — Demandez à madame.

ELVIRE, à part.

C'était pour elles !

TOUTES.

Ils nous adorent.

GAVAUT, répétant à Térence.

Ils les adorent.

TOUTES.

Ils nous l'ont dit.

GAVAUT.

Et ils l'ont dit. — Voilà tout, mon petit Térence, voilà tout.

GAVAUT, à Elvire, qui est à demi évanouie.

Qu'avez-vous, madame ?

ELVIRE.

J'étouffe.

GAVAUT.

Encore ?

ELVIRE, passant *.

J'étouffe d'indignation. — Oh ! mesdemoiselles... oh ! des hussards... déjà ?

GAVAUT.

Songez donc, madame, qu'ils sont respectueux et qu'ils sont à cheval... je veux dire... sous les fenêtres. (A ses filles.) Mais dites donc qu'ils sont respectueux. (Silence. — Sévèrement.) Est-ce qu'ils ne sont pas respectueux ?

LES JEUNES FILLES.

Oh ! si, papa.

* Térence, Elvire, Gavaut, Colombe, Céleste, Angèle.

ELVIRE, *à part.*

J'étouffe ! — C'était pour elles qu'ils caracolaient ! — Quand je songe à ce Maurice... (*Haut.*) Ah ! mesdemoiselles...

Elle sort.

GAVAUT, *la suivant et sortant avec elle par la porte du milieu.*

Respectueux, madame, et à cheval.

TÉRENCE, *à part* *.

Trois hussards ! — Je n'ai pas à m'en inquiéter... je suis toujours sûr de tomber sur un.

Les trois jeunes filles se sont réunies sur le devant de la scène à droite. Térence remonte un peu.

CÉLESTE.

Nous n'avons troublé que madame Minard.

COLOMBE.

Et papa.

ANGÈLE.

Il ne nous reste plus qu'à nous résigner.

CÉLESTE, *à Angèle, d'un air contrit.*

As-tu les pailles ?

Térence, qui a écouté, remonte en souriant.

ANGÈLE.

Les voici.

TÉRENCE, *apercevant les courtes-pailles.*

Hein ?

COLOMBE.

Il n'y en a que trois ?

CÉLESTE.

Cache-les bien.

ANGÈLE.

C'est la plus courte qui épouse.

TÉRENCE, *à part.*

Hein ?

CÉLESTE.

Voici papa.

* Térence, Angèle, Colombe, Céleste.

GAVAUT, rentrant par la porte du milieu, à ses filles *.

Madame Minard comprend qu'on aime des hussards... oui, mais pas à votre âge. — (Revenant à Térence.) Eh bien, qu'avez-vous ?

TÉRENCE.

Rien, monsieur.

GAVAUT, gravement.

Térence, l'aveu ridicule de mes filles prouve leur ingénuité.

TÉRENCE.

Oui, oui... ne suis-je pas trop heureux de me voir aimé à ce point !

GAVAUT.

Bien, mon ami, bien. Laissez-moi seul avec ces enfants. Je vous ferai appeler.

TÉRENCE, à part.

Bah ! on se marie toujours un peu comme ça.

Il sort par le milieu.

GAVAUT, le reconduisant et allant vers la droite.

Allez, mon bon Térence, allez, mon gendre.

COLOMBE, passant vivement à gauche **.

Oh ! ce Térence, rien ne l'arrête.

CÉLESTE, même jeu.

Je voudrais être laide.

ANGÈLE, même jeu.

Il te suffirait bien d'être pauvre.

Elles préparent les pailles pour les tirer.

* Térence, Gavaut, Angèle, Colombe, Céleste.
** Céleste, Colombe, Angèle, Gavaut.

SCÈNE VI

GAVAUT, ANGÈLE, CÉLESTE, COLOMBE.

GAVAUT.

Maintenant, mesdemoiselles, nous sommes seuls. Quelle est celle de vous, mes filles, que je dois presser sur mon cœur?

CÉLESTE, *en aparté.*

Colombe, c'est à toi de tirer la première.

GAVAUT.

Eh bien?

COLOMBE.

Oui, papa.

ANGÈLE.

Mon père, notre émotion est bien naturelle.

COLOMBE, *allongeant la main pour prendre une paille.*

Mon Dieu! mon Dieu! si j'allais prendre la plus courte.

GAVAUT.

Quelle est celle de vous?...

COLOMBE, *l'interrompant et passant* *.

Papa!

GAVAUT.

C'est toi?

COLOMBE.

Oh! non. — Il me semble que M. Minard vous cherche.

GAVAUT, *vivement.*

Minard?

Il court vers le fond.

ANGÈLE, *vivement à Colombe.*

Dépêche-toi.

* Céleste, Colombe, Angèle, Gavaut.

CÉLESTE.

Tu triches.

COLOMBE.

Voilà un répit. Et si je perdais, vous ne tenteriez plus rien pour me défendre.

Elles gagnent le fond à gauche en voyant Minard paraître à la porte du milieu.

SCÈNE VII

LES MÊMES, MINARD, puis TOINETTE.

GAVAUT, à Minard, qui entre *.

Eh bien?

MINARD, descendant.

Pigache payera.

GAVAUT, descendant aussi.

Et au chemin de fer?

MINARD.

Rien.

GAVAUT, poussant un soupir.

Rien! — (Revenant à ses filles.) Quelle est celle de vous, mes filles, que je dois presser sur mon cœur?

TOINETTE, venant du fond à gauche **.

Voilà le jeune homme que vous attendez.

GAVAUT.

Que nous attendons?

TOINETTE.

Vingt ans... ou un peu plus.

GAVAUT, vivement.

Va le chercher.

* Céleste, Colombe, Angèle, Gavaut, Minard.
** Céleste, Colombe, Angèle, Toinette, Gavaut, Minard.

MINARD, passant et la retenant *.

A-t-il dit son nom?

TOINETTE.

Monsieur pense bien que je le lui ai demandé : il m'a répondu qu'il s'appelait Théodore, tout court.

Elle sort par le fond à gauche.

GAVAUT.

Tout court ! C'est lui. (A ses filles **.) Mes filles, je vous prie de nous laisser un instant.

LES FILLES, sautant de joie.

Oui, papa, oui, papa.

GAVAUT.

Nous reprendrons notre entretien.

LES JEUNES FILLES. Elles sortent en courant par la porte à gauche, troisième plan.

Rien ne presse... rien ne presse.

SCÈNE VIII

GAVAUT, MINARD.

GAVAUT.

Tu es ému, Minard.

MINARD, lui prenant la main.

Gavaut, ta main tremble.

GAVAUT, avec effroi.

S'il allait nous ressembler !

MINARD.

Quel malheur ! — Nous serions trahis.

* Céleste, Colombe, Angèle, Toinette, Minard, Gavaut.
** Céleste, Colombe, Angèle, Gavaut, Minard.

GAVAUT.

Allons, Minard, du courage!

MINARD.

Je n'en ai pas.

GAVAUT.

Tu vas nous compromettre.

Il gagne la gauche.

MINARD, à lui-même.

Oui... oui... je vais me remettre un peu. — Gavaut le recevra.

Il sort par la droite, troisième plan.

GAVAUT, qui ne s'en est pas aperçu.

Soyons homme, montrons de l'énergie. (Très ému.) Je vais me remonter un peu. — Minard le recevra.

Il sort par la gauche, troisième plan.

SCÈNE IX

THÉODORE, TOINETTE.

TOINETTE, entrant par la porte du milieu. Elle introduit Théodore, qui a le visage recouvert d'un immense cache-nez.

Entrez, monsieur. (A part.) Un cache-nez dans cette saison! (Haut.) Les patrons vont arriver.

THÉODORE, très poli, la retenant.

Pardon, mademoiselle, j'ai laissé à la porte, avec mon petit bagage, une perruche que j'aime beaucoup.

TOINETTE.

Elle ne court aucun danger.

THÉODORE.

C'est qu'elle s'appelle Cocotte.

TOINETTE.

Je ne la tuerai pas pour ça.

THÉODORE.

Je vous préviens, parce qu'elle crie souvent : Cocotte ! Cocotte ! Il y a des personnes qui le prennent pour elles.

TOINETTE.

Pas moi.

Elle veut s'éloigner.

THÉODORE, la retenant.

Pardon, mademoiselle. Est-ce qu'il n'y a pas ici une dame jeune encore, blonde, un peu boulotte, qui a déraillé hier ?

TOINETTE.

Madame Minard.

THÉODORE. Il tire un calepin rouge de sa poche et le parcourt.

Minard ! — Elle n'a rien perdu ?

TOINETTE.

Je ne sais pas, monsieur.

Elle veut s'éloigner.

THÉODORE, la retenant.

Pardon, mademoiselle. N'y a-t-il pas ici un jeune homme qui s'appelle... attendez. (Il se retourne et lit le nom dans le calepin.) Montérence... non... non... Térence.

TOINETTE.

C'est le premier commis.

THÉODORE.

Une bonne maison ici... les employés y sont bien.

TOINETTE.

Très bien. (A part.) Est-il drôle !

THÉODORE.

Savez-vous si on a besoin d'un commis ?

TOINETTE.

Vous le demanderez aux patrons.

THÉODORE.

Je viens pour cela. — Je ne cherche qu'une chose, moi,

la tranquillité. — Mais je suis sûr que je ferais mon chemin si j'étais protégé par une femme.

TOINETTE, riant.

Vous croyez ?

THÉODORE.

Oh ! les femmes ! — M. Térence a de beaux appointements, hein ?

TOINETTE.

Très beaux. (A part.) Il est donc au courant !

THÉODORE.

Seulement, moi, je n'ai pas de chance, — j'ai eu pour parrain un professeur de piano qui avait le mauvais œil. — Je n'étais pas né pour être commis ; ce sont les événements.

TOINETTE, s'approchant avec curiosité.

Les événements ?

THÉODORE.

Oui... je ne peux pas raconter ça.

TOINETTE, s'en allant.

Comme vous voudrez. (A part, en riant.) Est-il drôle ! — Voici les patrons.

Ils entrent, Gavaut par la gauche, Minard par la droite (troisième plan), et se rapprochent l'un de l'autre sans dire un mot. Théodore les regarde ébahi *.

MINARD, bas, à Gavaut.

C'est mon fils, — j'entends la voix du sang.

GAVAUT, de même.

Je l'entends aussi.

Ils le regardent sans parler.

THÉODORE, timidement.

Pardon, messieurs.

GAVAUT.

Avancez, jeune homme.

THÉODORE.

On m'a dit que je pouvais m'adresser...

* Théodore, Gavaut, Minard.

GAVAUT.

A la maison Gavaut, Minard et Cie. On a eu raison.

MINARD, présentant Gavaut.

Gavaut.

GAVAUT, présentant Minard.

Minard. — *Et compagnie* n'est là que pour arrondir la phrase.

THÉODORE.

Je n'ai pas l'honneur d'être connu de vous.

GAVAUT.

Pas connu de nous ! — C'est déchirant.

MINARD.

S'il se doutait !...

THÉODORE.

Vous ne me croirez pas quand je vous dirai que des circonstances toutes particulières me mettent dans la position précaire où je me trouve.

GAVAUT.

Nous vous croyons.

THÉODORE.

Vous êtes bien bons. — Je n'ai pas de chance, et cela s'explique : j'ai eu pour parrain un professeur de piano qui avait le mauvais œil.

GAVAUT et MINARD.

Pauvre garçon !

THÉODORE, montrant sa breloque en corail.

J'ai beau acheter toutes sortes d'instruments, — rien n'y fait. — Je peux vous conter sous le sceau du secret...

GAVAUT, vivement.

Nous ne voulons rien savoir.

MINARD.

Rien, rien. (A part.) Il me navre.

THÉODORE.

Vous êtes bien bons. — Tenez-vous à ce que vos commis aient un nom de famille?

GAVAUT.

Oh! la famille! il n'y en a qu'une, la grande!

MINARD.

Celle qui remonte...

GAVAUT.

Aux singes.

THÉODORE.

Alors, je ne chercherai pas.

GAVAUT.

Non... non... ne cherchez pas à être le fils de quelqu'un, c'est bien inutile; soyez le fils de vos œuvres. Un prénom suffit pour devenir illustre; je vous citerai Alexandre et Aristide.

THÉODORE.

Appelez-moi Théodore.

GAVAUT.

Théodore, les renseignements que vous avez donnés nous suffisent.

THÉODORE.

Vous êtes bien bons.

GAVAUT.

Vous devez avoir des défauts?

THÉODORE.

J'aime beaucoup les bêtes.

MINARD.

(*A part.*) Il tient de moi. — (*Haut.*) J'adore les chats.

GAVAUT.

Je ne déteste que les perroquets.

THÉODORE, *déconcerté.*

Ah! — Je dois ajouter que j'ai été élevé par ma mère, une sainte femme...

GAVAUT.

Une sainte femme ! — Il ne méprise pas sa mère... oh ! c'est bien, c'est bien.

Il lui prend la main gauche. — Minard lui tend la sienne. — Théodore, embarrassé de son chapeau, le met sur sa tête, passe sa main droite entre Gavaut et lui, et la donne à Minard. Ils reprennent ensuite leurs positions naturelles.

THÉODORE.

Mon père...

GAVAUT, vivement.

Ne le maudissez pas, ne le maudissez pas.

THÉODORE, ébahi.

Je ne maudis personne ; seulement, ma mère m'a beaucoup gâté.

GAVAUT.

Et vous ne savez rien faire, naturellement. (A Minard.) Naturellement.

THÉODORE.

Mais avec de la bonne volonté...

GAVAUT.

Avec de la bonne volonté on arrive à tout : vous ferez un excellent domestique.

THÉODORE, faisant un bond.

Domestique !

Il met son chapeau sur sa tête.

MINARD, à Gavaut.

Il ne veut pas être domestique.

GAVAUT, à Minard, avec joie.

De la fierté !... de la fierté !... Je reconnais mon sang.

MINARD.

Ou le mien.

GAVAUT.

Le mien ou le tien. — Théodore !

THÉODORE.

Monsieur !

GAVAUT.

Vous n'avez aucune idée du commerce?

THÉODORE.

J'ai une idée vague.

GAVAUT.

Vous n'en avez aucune. — Vous ne connaissez pas le coton.

THÉODORE.

Je le connais...

GAVAUT.

Pour en avoir mis dans vos oreilles? — Vous ne le connaissez pas. — Vous écrivez?

THÉODORE.

Comme tout le monde.

GAVAUT.

Mal, — j'en étais sûr. — Vous remplacerez notre commis aux expéditions.

THÉODORE.

A la bonne heure.

MINARD, à Gavaut.

Il ne pourra jamais.

GAVAUT, avec un geste d'orgueil.

S'il tient de son père, il est né commerçant.

MINARD, même jeu.

Je n'y songeais pas.

GAVAUT.

Deux cents francs par mois, logé, nourri, éclairé, chauffé, blanchi et ciré, — on le cirera.

THÉODORE.

J'accepte.

GAVAUT.

Vous serez mon élève. — (Lui indiquant la table à droite*.) Voici

* Minard, Gavaut, Théodore.

votre place. Je veux que vous soyez là, sous mes yeux ; vous coucherez dans cette chambre. (Il indique le premier plan à droite.) Elle est petite, mais aérée.

Il passe à droite*.

MINARD.

Trop aérée.

GAVAUT.

On mettra un paravent. Vous entrez en fonctions immédiatement.

THÉODORE, ôtant son chapeau.

Je voudrais vous exprimer ma reconnaissance.

GAVAUT.

Donnez-moi votre main.

Il lui prend la main droite.

MINARD.

Donnez-moi l'autre.

Théodore remet son chapeau sur sa tête et tend sa main gauche à Minard, de sorte que ses bras sont croisés devant lui.

GAVAUT.

Et permettez-moi de vous embrasser.

Théodore retire son chapeau.

MINARD.

Permettez-le-moi.

Ils l'embrassent et s'en vont en prenant chacun son mouchoir sans dire un seul mot, Minard par la gauche, Gavaut par la droite, troisième plan.

THÉODORE, seul, très étonné.

Tiens ! ils s'en vont ? — Oh ! les braves gens ! — Eh bien, me voilà heureux. J'ai trouvé une maison tranquille. — Ils ne me demandent pas mon nom et ils m'embrassent. Oh ! les braves gens ! — Je peux devenir premier commis comme mon Térence : je n'ai qu'à plaire à la dame qui a déraillé hier ; c'est la femme du grand. — Quand on est protégé par les femmes, on arrive à tout. (Pendant ce monologue, il a ôté son cache-nez et l'a posé sur le bureau avec son chapeau.) C'est elle ! — Non.

* Minard, Théodore, Gavaut.

SCÈNE X

THÉODORE, ANGÈLE, CÉLESTE, COLOMBE.

COLOMBE, *passant la tête à la porte de gauche, troisième plan.*

Monsieur !

THÉODORE, *s'arrêtant étonné.*

Mademoiselle !

ANGÈLE, *même jeu.*

Monsieur !

THÉODORE.

Mademoiselle !

CÉLESTE, *même jeu.*

Monsieur !

THÉODORE, *riant.*

Tiens ! il y en a encore une. — Mademoiselle !

ANGÈLE, *se tenant avec ses sœurs près de la porte, en aparté.*

Il a une bonne figure.

CÉLESTE.

Et puis nous n'avons pas le choix.

ANGÈLE, *s'avançant.*

Monsieur, vous nous excuserez si nous nous présentons ainsi nous-mêmes.

CÉLESTE, *s'avançant aussi, suivie de Colombe.*

Mais nous ne pouvons pas faire autrement.

THÉODORE*.

Alors...

ANGÈLE.

Vous avez l'air si bon...

THÉODORE, *saluant.*

Mademoiselle !

COLOMBE.

Si doux...

* Céleste, Colombe, Angèle, Théodore.

THÉODORE, saluant.

Mademoiselle !

CÉLESTE.

Si honnête...

THÉODORE, saluant.

Mademoiselle !

COLOMBE.

Que nous n'hésitons pas à vous demander un service.

CÉLESTE, passant*.

Un grand service.

ANGÈLE.

Que vous seul pouvez nous rendre.

THÉODORE.

Disposez de moi.

ANGÈLE.

C'est bien hardi, ce que nous faisons là.

COLOMBE.

Mais nous avons confiance en vous.

CÉLESTE.

Comme si nous vous connaissions depuis longtemps.

THÉODORE.

Je suis prêt à me jeter au feu pour vous. Mais je vous préviens que je n'ai pas de chance : j'ai eu pour parrain un professeur de piano qui avait le mauvais œil.

COLOMBE, vivement.

Oh ! la chance n'est pas nécessaire.

ANGÈLE.

Il ne s'agit que de porter une dépêche au télégraphe.

THÉODORE.

Une dépêche ?

ANGÈLE.

La voici.

* Colombe, Céleste, Angèle, Théodore.

THÉODORE, *lisant.*

« Madame Gavaut, au Havre. »

CÉLESTE.

C'est notre tante. Vous attendrez la réponse.

THÉODORE.

La réponse?

COLOMBE.

Que vous nous rapporterez.

THÉODORE.

Ça ne réussira pas.

ANGÈLE.

Oh! si. — Seulement, il ne faut pas nous la remettre, parce qu'on nous surveille.

THÉODORE.

Vous voyez bien, on vous surveille. Ça ne réussira pas.

ANGÈLE.

Vous copierez le contenu de la réponse sur un chiffon de papier, que vous placerez...

Elle cherche un endroit.

COLOMBE, *allant vivement au bureau*.*

Sur ce bureau.

THÉODORE.

A ma place.

ANGÈLE.

Tout simplement.

CÉLESTE.

On ne se méfiera de rien.

Elles montent au fond.

THÉODORE, *les suivant un peu.*

Alors, mesdemoiselles, je vais vous demander aussi un petit service.

* Céleste, Angèle, Théodore, Colombe.

ANGÈLE, du fond.

Dites vite; il ne faut pas qu'on nous voie ensemble.

THÉODORE.

J'ai une passion.

TOUTES TROIS, redescendant vivement *.

Ah!

THÉODORE.

J'ai la passion des bêtes.

ANGÈLE.

Ce n'est pas grave.

THÉODORE.

Ce ne serait pas grave si M. Gavaut...

LES JEUNES FILLES.

Papa?

THÉODORE.

M. Gavaut est votre père? Ah! M. Gavaut est votre père?... mes compliments! — Ce ne serait pas grave si M. votre père... (Par réflexion.) Alors, vous êtes mesdemoiselles Gavaut! (Il salue.) — Ça ne serait pas grave s'il aimait les perroquets; mais il les déteste, et... j'ai une perruche.

ANGÈLE.

Papa se laissera attendrir.

THÉODORE.

C'est qu'elle est très bavarde.

COLOMBE.

Est-ce un mal?

THÉODORE.

Quelquefois, et, comme je n'ai pas de chance, elle s'appelle Cocotte.

TOUTES LES TROIS.

Eh bien?

THÉODORE.

Je lui ai donné ce nom dans un temps où il était inoffensif; mais, depuis, on l'a pris pour l'appliquer à autre chose.

* Colombe, Céleste, Théodore, Angèle.

ANGÈLE ET CÉLESTE.

A quoi?

THÉODORE, souriant.

Eh bien! à... à... autre chose.

COLOMBE, à ses sœurs, avec finesse.

Je vous le dirai.

THÉODORE.

Oui... mais pas devant moi. — Et c'est bien embarrassant, quand elle se met à crier : Cocotte ! Cocotte ! les dames se retournent et alors...

ANGÈLE.

Cela ne nous effraie pas, nous adoptons Cocotte.

Elle se sauve par le fond et disparaît à gauche.

CÉLESTE.

Mais vous irez au télégraphe.

Même jeu.

COLOMBE.

Et vous nous rapporterez la réponse.

Même jeu.

THÉODORE, seul. Il remonte.

Elles n'y sont plus. — Oui, j'irai au télégraphe... oui, je vous rapporterai la réponse. Sont-elles gentilles! (Redescendant.) Et je n'ai rien su leur dire. Quand je suis près d'une femme, je suis muet; mais, quand il y en a plusieurs, c'est différent, je suis bête. — (Récapitulant.) N'ont-elles mis que vingt mots?

Il va s'asseoir au bureau.

SCÈNE XI

MINARD, GAVAUT, THÉODORE, puis ELVIRE.

MINARD. Il entre par la gauche, troisième plan, en apportant une chancelière, qu'il va placer aux pieds de Théodore*.

Théodore, nous avons des courants d'air ici; — voici pour vos pieds.

Il gagne la gauche.

* Minard, Théodore.

GAVAUT. Il entre par la droite et tient un coussin en caoutchouc, dans lequel il souffle pour le faire gonfler*.

Théodore, j'entends que vous soyez à votre aise, chez nous; — je veux que vous soyez bien assis : voilà pour votre fauteuil.

Théodore se lève, prend le coussin, le met sur le fauteuil et s'assied.

THÉODORE, à part.

Ce sont de bien braves gens.

GAVAUT.

Maintenant, mon ami, mettez de l'ordre.

THÉODORE.

Je voudrais...

GAVAUT.

Mettez de l'ordre d'abord, — on commence toujours par là. Une table où tout est en ordre, c'est excellent; — ça engage à ne rien faire, mais c'est excellent.

Théodore arrange sa table et ne s'occupe plus de la scène.

MINARD, apercevant Elvire qui vient du fond.

Ma femme! — l'émotion va me trahir.

GAVAUT.

Tourne le dos, je ne me trahirai pas.

THÉODORE, voyant Elvire.

Ah! la jolie boulotte.

ELVIRE, entrant par la porte du milieu, un livre à la main, et feignant de lire **.

Et je leur rendais leurs saluts! — Et je leur rendais... Il est si difficile à une femme de ne pas sourire. — Quand je songe à ce Maurice...

GAVAUT.

Belle dame, vous semblez rêveuse.

ELVIRE.

Je dis qu'elles sont peut-être heureuses, les pauvres dé-

* Minard, Gavaut, Théodore.

** Minard, Gavaut, Elvire, Théodore.

laissées, dont le piano et la broderie emplissent l'existence. Je les envie, — je les envie.

GAVAUT. Il fait signe à Théodore, qui se lève.

Moi aussi, moi aussi. — Permettez-moi de vous présenter...

ELVIRE, se tournant vers Théodore.

Ciel!

Elle passe vivement. Théodore se rassied sans rien comprendre et sans écouter *.

GAVAUT.

Qu'avez-vous, madame?

ELVIRE.

Achille!

MINARD.

Chère amie!

ELVIRE.

Monsieur Gavaut!

GAVAUT.

Mais, madame, j'allais...

ELVIRE, avec effroi.

Ne m'abandonnez pas... ne m'abandonnez pas.

MINARD.

Tu m'effraies, Elvire.

ELVIRE.

Savez-vous quel est ce jeune homme?

GAVAUT.

Notre nouveau commis.

ELVIRE.

C'est Maurice.

GAVAUT, MINARD.

Maurice!

ELVIRE.

L'assassin de Goudard.

GAVAUT.

C'est impossible.

MINARD.

Tu te trompes.

** Minard, Elvire, Gavaut, Théodore.

ELVIRE, tirant de son sein une photographie.

Tenez.

GAVAUT.

Qu'est cela.

ELVIRE.

Sa photographie, que j'ai prise chez mon cousin l'avocat, dans le dossier. — Voyez.

Elle passe vivement derrière Minard *.

GAVAUT.

Grand Dieu! c'est lui.

MINARD.

C'est lui.

ELVIRE, le montrant.

Sombre!... fatal!... terrible!... superbe!... — (S'échappant.) Je ne veux pas qu'il me voie... (A part.) dans cette toilette.

Elle sort par le fond à gauche. Théodore vient en scène en taillant sa plume.

GAVAUT, voyant le canif que tient Théodore, bas, à Minard **.

Il est armé.

THÉODORE, qui n'a rien entendu.

Vous vous servez de plumes d'oie, ici.

MINARD.

Si ça vous contrarie...

THÉODORE.

Non, — ça me fait de la peine; — je pense toujours à ces pauvres bêtes qu'on a plumées. (A mesure qu'il s'approche d'eux, Gavaut et Minard reculent avec effroi. Gavaut gagne l'extrême gauche.) *** Ma table est en ordre. Je vais chercher mon petit bagage, j'en ai pour un quart d'heure. (A part.) J'introduirai Cocotte, en rapportant la réponse de la tante du Havre.

Il sort par la porte du milieu en emportant la dépêche.

* Elvire, Minard, Gavaut, Théodore.

** Minard, Gavaut, Théodore.

*** Gavaut, Minard, Théodore.

SCÈNE XII

GAVAUT, MINARD.

MINARD.

C'est Maurice!

GAVAUT.

L'assassin de Goudard.

MINARD.

Le fils de Clara!

GAVAUT.

Et de la maison Gavaut, Minard et Cie. — Horrible!... horrible!

MINARD.

Je suis anéanti.

GAVAUT.

Il est chez nous, nous l'avons appelé, nous l'avons choyé, nous l'avons embrassé. — Tu l'as voulu, Minard.

MINARD.

C'est toi qui me poussais.

GAVAUT.

Je te poussais, parce que je te sais faible. — Et l'on dit que les bonnes actions sont récompensées! — C'est un bruit que font courir ceux qui en profitent.

MINARD.

Oui.

GAVAUT.

Sois compatissant, Minard, sois sensible, Minard, sois donc magnanime, — reconnais ton enfant. — C'est un assassin.

MINARD.

Au fond, rien ne prouve que ce monsieur nous appartienne.

GAVAUT.

J'aurais pu en douter, il y a une heure. — A présent, je n'en doute plus. — Tu ne vois donc pas le machiavélisme de cette femme ? — Elle se tait vingt ans. Tout à coup son fils est accusé d'un crime, on le poursuit. Il faut le cacher. Elle nous l'adresse. — Elle sait bien qu'il sera en sûreté chez nous, — que nous ne pouvons pas livrer notre propre enfant.

MINARD.

Il ne sait pas que nous sommes son père.

GAVAUT.

Heureusement. — Mais, s'il est arrêté chez nous, tout se découvrira.

MINARD.

Oh ! mon ami, nous sommes per... per... per... dus... dus...

GAVAUT, s'exaltant.

J'entends déjà le ministère public tonnant contre les pères dénaturés qui abandonnent leurs enfants. — Et l'avocat ! — l'avocat, à sa barre, s'écriant : « Ah ! messieurs les jurés, » l'accusation est bien forcée de le reconnaître ; le vrai coupable n'est pas sur ce banc ; ce n'est pas cet enfant, entraîné malgré lui par l'exemple. — C'est celui qui, le » sourire aux lèvres, semait dans l'orgie une moisson pour » l'échafaud. (Montrant Minard.) C'est ce bourgeois libertin, ce » débauché, ce misérable, cet infâme... » On ne sait pas tout ce qu'un avocat peut trouver d'épithètes ! — « C'est le » père ! c'est Minard et Cie. »

MINARD.

Ne m'accable pas, Gavaut.

GAVAUT.

Minard, les circonstances sont terribles et le temps presse.

MINARD.

Que faut-il faire ?

GAVAUT.

Il faut agir.

MINARD.

Comment?

GAVAUT.

Je ne sais pas, — agissons d'abord.

MINARD.

Je ne suis pas habitué à ces émotions.

Il passe et s'assied sur la chaise à gauche.

GAVAUT.

Allons, relève la tête et regarde-moi. — C'est dans ces moments-là que je me sens fort.

MINARD, assis.

En attendant, tu ne fais rien.

GAVAUT, se promenant vivement.

Je ne fais rien, mais j'agis. — Oh! la lutte! la lutte!

Il s'assied devant le bureau.

MINARD.

Oh! la lutte! la lutte! (Il se lève.) Il est allé chercher son bagage. Il veut dire ses poignards.— (Avec effroi.) Il va rentrer.

GAVAUT, se levant vivement.

Minard, j'ai trouvé.

MINARD.

Quoi?

GAVAUT.

Ce criminel est voué à l'échafaud; nous pourrions le sauver de la honte.

MINARD.

En le faisant disparaître?

GAVAUT, indigné.

Tu voudrais...

* Minard, Gavaut.

MINARD.

L'idée m'en était venue.

GAVAUT.

Alors, tu es bien son père.

MINARD, vivement.

Mais je la repousse avec horreur. — Tu as trouvé autre chose ?

GAVAUT.

Donnons-lui les moyens de fuir.

MINARD.

C'est notre devoir.

GAVAUT.

Faisons-lui entendre adroitement qu'il est découvert.

MINARD.

Il se sauvera.

GAVAUT.

Tu m'as compris. Prenons un billet de cinq cents francs.

Il va au coffre-fort, l'ouvre et prend un billet*.

MINARD.

Prenons-en un de mille.

GAVAUT.

De mille. — Plions-le sans affectation... dans ce papier.

Il va au bureau et prend un papier dans lequel il place le billet. Il s'assied **.

MINARD.

Parfaitement.

GAVAUT.

Que nous posons en évidence sur cette table.

MINARD.

Et puis ?

GAVAUT.

Et puis, j'écris, — (Il écrit.) en dissimulant mon écriture, parce que ce papier pourrait tomber dans les mains du juge

* Gavaut, Minard.

** Minard, Gavaut.

d'instruction. — Tu vois que j'ai tout mon sang-froid. — Crois-tu que j'étais né pour la lutte? Dis donc que j'étais né pour la lutte.

MINARD.

Oui ! oui ! tu étais né pour la lutte. — Qu'as-tu écrit?

GAVAUT, se levant et lui montrant ce qu'il a écrit.

Lis.

MINARD, lisant sans comprendre.

« Le train du Havre part à huit heures quarante. »

GAVAUT, lui expliquant sa pensée.

Le train du Havre, ligne d'Amérique. — Il devinera qu'on lui conseille de fuir.

MINARD.

Tu es admirable.

GAVAUT.

N'est-ce pas? — Maintenant, sortons et ouvrons toutes les portes.

MINARD.

Tu es sublime.

Il remonte.

GAVAUT.

Ce sont les grandes situations qui font les grands hommes. Crois-tu que je suis digne de représenter le coton? — le crois-tu?

MINARD.

Je le crois.

GAVAUT.

Ah! si les électeurs pouvaient me voir en ce moment!

Ils sortent par le fond, au milieu.

SCÈNE XIII

ANGÈLE, COLOMBE, CÉLESTE.

La nuit complète au fond et graduée à la rampe.

CÉLESTE, passant la tête à la porte de gauche, troisième plan.

J'ai entendu ouvrir une porte.

COLOMBE, même jeu.

doit être revenu.

ANGÈLE, venant derrière.

Regardez sur la table.

CÉLESTE. Elle passe.

Je vois le papier. Il est revenu.

ANGÈLE*.

J'en étais sûre.

COLOMBE.

Quel bon jeune homme!

ANGÈLE.

Pas si haut. Lis vite.

CÉLESTE, lisant les mots écrits par Minard.

« Le train du Havre part à huit heures quarante. »

Elles se regardent toutes les trois étonnées.

ANGÈLE.

Il y a cela?

CÉLESTE.

En grosses lettres.

ANGÈLE, prenant le papier et lisant en appuyant sur chaque mot.

« Le train du Havre. »

COLOMBE.

Naturellement.

CÉLESTE.

Tais-toi.

ANGÈLE, continuant.

« Part à huit heures quarante. »

COLOMBE.

Vous ne comprenez pas?

CÉLESTE.

Si... si... nous lui avons dit : « Venez nous chercher. »

* Colombe, Angèle, Céleste.

COLOMBE.

Nous avons mis : « Urgence. »

ANGÈLE.

Elle nous répond : « Le train part à huit heures quarante. »

CÉLESTE.

Prenez-le.

ANGÈLE.

Et venez vous réfugier près de moi.

CÉLESTE.

Nous parlementerons de loin.

COLOMBE.

C'est assez clair.

Nuit complète à la rampe et au fond.

ANGÈLE.

Prenez-le... Mais comment ?

COLOMBE.

Sans rien dire à personne.

CÉLESTE.

Je crois bien, on nous mettrait sous clef.

ANGÈLE.

Avons-nous le temps ?

COLOMBE.

Il n'est pas huit heures.

CÉLESTE, regardant par le fond avec joie.

M. Minard laisse la porte du jardin ouverte.

ANGÈLE, qui est remontée également.

C'est un avertissement de la Providence.

CÉLESTE.

Il nous faut cinq minutes pour nous habiller.

ANGÈLE.

Évitons Toinette.

COLOMBE, qui est aussi remontée.

Elle cause avec son cousin.

CÉLESTE.

Le gendarme ! — Tout nous protège.

ANGÈLE.

Et puis, c'est notre tante qui sera responsable.

TOUTES LES TROIS, en sortant par le milieu et allant vers la gauche avec précaution.

Oh ! la bonne tante ! la bonne tante !

SCÈNE XIV

GAVAUT, MINARD puis TOINETTE.

GAVAUT, entrant par la droite, une bougie à la main. (Jour à la rampe.)

J'ai entendu du bruit.

MINARD, entrant par la droite, troisième plan, avec une lanterne qu'il pose sur le coffre-fort.

Quelqu'un vient de sortir.

GAVAUT, gagnant le bureau et y déposant sa lumière *.

Déjà ! ce doit être lui... oui, oui, le papier a disparu.

MINARD.

Il a compris.

GAVAUT.

Nous sommes sauvés.

MINARD, enchanté.

Sauvés ! sauvés !

Térence paraît au fond et entre.

GAVAUT **.

Sauvés ! — Eh ! c'est Térence, c'est ce bon Térence, c'est cet excellent Térence ! — Que cherchez-vous, Térence ?

* Minard, Gavaut.

** Minard, Térence, Gavaut.

TÉRENCE.

Monsieur, j'attends depuis deux heures avec angoisse.

GAVAUT.

Eh ! quoi donc, cher ami ?

MINARD.

Qu'attendez-vous, Térence ?

TÉRENCE.

La décision de ces demoiselles.

GAVAUT.

Nous avons été interrompus... (Appelant.) Toinette !... par un événement gai... Toinette !

MINARD, riant.

Très gai.

GAVAUT.

Une plaisanterie de Minard. (Appelant.) Toinette !

MINARD, très joyeux.

Nous plaisantons depuis quelques heures.

GAVAUT, même jeu.

Nous plaisantons. — Toinette !... Toinette !... Toinette !

Il passe.

TOINETTE, accourant par le fond à gauche et rajustant son bonnet *.

Me voici, monsieur.

GAVAUT.

Enfin !

TOINETTE, troublée.

Monsieur, j'étais occupée.

GAVAUT.

A quoi ?

TOINETTE, même jeu.

Je... je... soignais le pot-au-feu.

* Minard, Toinette, Gavaut, Térence.

GAVAUT, la regardant.

Tu mets ton bonnet à l'envers pour soigner le pot-au-feu? — Va chercher mes filles.

TOINETTE, arrangeant son bonnet.

Oui, monsieur.

Elle sort par le fond à gauche.

GAVAUT, à Minard *.

Elle met son bonnet de travers pour soigner le pot-au-feu ! — Ce n'est pas naturel. — (A Térence.) Dans deux minutes, vous saurez quelle est celle de mes filles qui vous aime le mieux.

TOINETTE, revenant effarée **.

Monsieur, monsieur, ces demoiselles sont parties!

ELVIRE, entrant par le troisième plan à droite. Elle a changé de toilette ***.

Comment, parties?

GAVAUT.

Mes filles!

TOINETTE.

Je ne vois ni leurs chapeaux ni leurs manteaux, et toutes les portes sont ouvertes.

GAVAUT.

Oui... c'est une idée à moi. — Minard, va fermer partout.

MINARD.

J'y cours.

Il sort par le fond au milieu en emportant sa lanterne.

ELVIRE ****.

Où seraient ces demoiselles?

GAVAUT, agité et inquiet, en souriant.

Elles se cachent, madame, c'est une espièglerie. — Parties!... mes filles!... allons donc... parties! — Fouillez la

* Minard, Gavaut, Térence.

** Minard, Toinette, Gavaut, Térence.

*** Minard, Toinette, Gavaut, Elvire, Térence.

**** Toinette, Gavaut, Elvire, Térence.

maison, madame... cherchez, Térence. — Parties!... mes filles!

Il sort suivi d'Elvire par la porte du fond à droite.

TOINETTE, courant à Térence, qui va suivre Gavaut et Elvire *.

Monsieur Térence, ils vont tout fermer.

TÉRENCE.

Ils ont raison.

TOINETTE.

Eh bien! et Cyrus?

TÉRENCE.

Il s'agit bien de Cyrus!

Il sort vivement par la même porte que Gavaut et Elvire.

TOINETTE.

On le verra, comment faire?

Elle va regarder au fond.

SCÈNE XV

TOINETTE, THÉODORE.

THÉODORE, entrant du fond avec une boite à perruche, un sac de nuit et un paquet.

Mademoiselle, me voilà... et voici Cocotte.

TOINETTE, regardant toujours sans l'écouter.

Oui, monsieur.

THÉODORE.

Et voici la réponse de la tante du Havre. Elle ne les amusera pas, la réponse. — (Mettant le papier sur la table.) Là, à l'endroit convenu. — Mademoiselle, bonsoir. — Allons nous coucher, Cocotte. (Il prend la lumière déposée sur le bureau par Gavaut et se dirige vers la porte du premier plan à droite.) Voilà au moins une maison tranquille.

Il entre dans la chambre, ferme la porte, nuit complète. Au même instant le gendarme paraît au fond, Toinette l'appelle, il entre sans chaussures, il va vers la porte du troisième plan à gauche, Toinette le prend vivement par le bras et le pousse dans le cabinet à gauche, premier plan.

* Toinette, Térence.

TOINETTE.

Cache-toi dans le coffre... oh!

Elle s'appuie effarée sur la porte.

SCÈNE XVI

GAVAUT, MINARD, TÉRENCE, ELVIRE, puis THÉODORE.

TÉRENCE. Il entre par la droite, troisième plan, tenant une lumière qu'il dépose sur le bureau. Jour à la rampe.

Parties! je n'ai rien trouvé.

MINARD. Il entre par la porte du fond à gauche, portant un sabre de gendarme à cheval, et une lanterne qu'il met sur le coffre-fort *.

Je n'ai rencontré que ce sabre dans l'escalier de service.

ELVIRE, venant de la porte du fond à droite avec une giberne de gendarme et une lanterne. Elle met le tout sur le bureau.

J'ai marché sur une giberne **.

GAVAUT, entrant par la porte du milieu avec des bottes à l'écuyère et une lanterne ***.

Des bottes de gendarmes... déjà! — Comme la police est faite en France!

Il dépose sa lanterne sur le bureau.

ELVIRE, voyant le cache-nez laissé sur le bureau.

Ce cache-nez!... Ce cache-nez! — C'est celui de mon sauveur... c'est celui de Maurice.

TÉRENCE.

Maurice!

Il gagne vivement la gauche en passant derrière Gavaut et Minard.

* Minard, Térence.
** Minard, Toinette, Térence, Elvire.
*** Minard, Toinette, Gavaut, Térence, Elvire.

GAVAUT et MINARD, avec terreur *.

Il est revenu!

GAVAUT. Il laisse tomber les bottes près du bureau. Voyant le papier sur la table.

Ah! mon Dieu!... ah! mon Dieu! — Minard... (Il prend le papier et le présente à Minard.) Lis : « Il faut toujours rester près de son père. » — Il sait que nous sommes son père!

ELVIRE, passe vivement **.

Cherchons du secours.

TÉRENCE, très poltron.

Appelons.

MINARD, retenant Térence et montrat Gavaut.

Taisez-vous... c'est le fils de Gavaut.

GAVAUT, retenant Elvire et montrant Minard.

Taisez-vous... c'est le fils de Minard.

ELVIRE.

Ah!

Elle s'évanouit, Toinette la fait asseoir sur la chaise qui est près du coffre-fort, tout le monde remonte et entoure Elvire pour lui donner des soins.

THÉODORE, passant sa tête en bonnet de coton, pendant que le tricorne du gendarme se montre de l'autre côté.

On ne peut pas dormir tranquille. — Qu'est-ce qu'ils ont donc? (Voyant le tricorne du gendarme.) Un tricorne!

Il rentre précipitamment. Toinette pousse la porte sur le tricorne, qui disparaît.

* Térence, Toinette, Minard, Gavaut, Elvire.
** Toinette, Térence, Minard, Elvire, Gavaut.

ACTE TROISIÈME

Même décor. — Le bureau se trouve appuyé au mur, après la porte du premier plan à droite. — Demi-jour.

SCÈNE PREMIÈRE

GAVAUT, MINARD, puis TOINETTE.

Gavaut, tenant un fusil de garde national, et Minard, un grand pistolet d'arçon, sont assis, le premier, sur une chaise au milieu, le second, sur le fauteuil près du bureau, et dorment profondément. Sur le bureau, une bougie agonise.

GAVAUT, rêvant.

Mes filles!... où sont mes filles?

MINARD, de même.

Mon fils... ou le sien. (Toinette entr'ouvre la porte du milieu et la referme vivement en entendant parler. Minard se réveille.) Hein! quoi? qu'est-ce qu'il y a?

GAVAUT, se réveillant.

J'ai failli m'endormir.

MINARD.

Mais je veillais, moi.

GAVAUT.

Moi aussi, je veillais.

Ils se rendorment.

TOINETTE, entrant par la porte du milieu et s'avançant à pas de loup*.

Ils dorment... Pauvre Cyrus! je vais le délivrer.

Gavaut laisse tomber son fusil. Toinette effrayée se sauve par le fond.

* Gavaut, Toinette, Minard.

GAVAUT, effrayé. Il se lève *.

Minard!

MINARD, effrayé. Il se lève.

Gavaut! Puisque je t'ai dit que je veillais!

GAVAUT. Il rapproche un peu la chaise du coffre-fort.

Moi aussi, je veillais. — Quelle situation! — Être obligé de défendre sa caisse contre son fils!

MINARD, montrant son pistolet.

Les armes à la main.

GAVAUT.

Pendant que mes trois filles...

Il s'arrête ému.

MINARD.

Du courage, Gavaut.

GAVAUT.

Térence ne me les ramène pas.

MINARD.

Il les cherche encore.

GAVAUT.

Ah! je les aurais déjà trouvées, moi, si je n'étais pas forcé de veiller sur ma caisse.

MINARD, indiquant la chambre du premier plan à droite.

Et de garder ce criminel.

GAVAUT.

Qui ne veut pas nous quitter.

MINARD.

Non, il ne veut pas.

GAVAUT.

Minard, il faut en finir, je renonce à la lutte. — On sait qu'il est ici, on dira que nous avons voulu favoriser sa fuite, nous perdrons nos clients.

* Gavaut, Minard.

MINARD.

Je n'y songeais pas.

GAVAUT.

Un bon citoyen doit sacrifier les sentiments de la famille aux intérêts de la société; je vais tout avouer.

MINARD.

A qui?

GAVAUT.

A l'autorité.

MINARD.

Que lui diras-tu?

GAVAUT.

Je l'étonnerai par la franchise de mes aveux. — Je lui dirai que nous sommes le père de Maurice.

MINARD.

Quoi!

GAVAUT.

Assassin de Goudard.

MINARD.

Comment?

GAVAUT.

Que nous ignorions sa naissance.

MINARD.

Gavaut!

GAVAUT.

C'est notre excuse, — mais que nous ne voulons pas le soustraire à la justice du pays.

MINARD.

Comme Brutus.

GAVAUT, *distrait.*

Comme tu voudras.

MINARD, *inquiet.*

On nous appellera aux assises.

GAVAUT.

Oui, mais nous nous y présenterons comme des pères indignés, nous soutiendrons le ministère public. — Minard, soyons toujours du côté du plus fort.

MINARD.

Parfaitement.

GAVAUT.

Nous sommes d'accord.

SCÈNE II

LES MÊMES, TÉRENCE.

Le jour revient graduellement*.

MINARD.

Voici Térence.

GAVAUT.

Seul! seul!

TÉRENCE, entrant par la porte du milieu.

Je n'ai rien découvert.

GAVAUT.

Les officiers de hussards?

TÉRENCE.

Ils ont joué à la bouillotte jusqu'à cinq heures du matin.

GAVAUT.

Alors, ils n'ont pas enlevé mes filles. — Je perds ce dernier espoir.

MINARD.

Du courage!

* Gavaut, Térence, Minard.

TÉRENCE.

Mais je vais continuer à chercher.

Il va pour sortir.

GAVAUT, le retenant.

C'est inutile ; je chargerai l'autorité de ce soin. Je suis contribuable, électeur, éligible ; l'autorité doit retrouver mes filles. (Il remet son fusil à Térence.) Térence, veillez avec Minard. — A bientôt.

Il sort par la porte du troisième plan, à gauche.

MINARD *.

Térence, je n'ai pas vu ma femme, cette chère Elvire, depuis ces terribles événements. Je suis inquiet. — Rendez-moi le service de veiller seul. (Il lui passe son pistolet sous le bras.) Chère Elvire !

Il sort à droite, troisième plan.

SCÈNE III

TÉRENCE, seul.

Mais, monsieur, mais non, je ne veux pas veiller seul. (Il a suivi Minard, il éteint la bougie et dépose le pistolet sur le bureau. Venant en scène). Ah ! on me tirait à la courte-paille ! On sera trop heureuse de m'épouser, à présent ! — Le patron a un fils naturel qui passera aux assises. — Ses filles se promènent... je ne suis pas inquiet, elles sont allées au Havre chez leur tante ; le sous-chef de gare les a reconnues. (Il remonte au fond.) Ça va bien, ça va bien. — Quel joli petit scandale ! (Regardant à gauche.) Hein ! voilà Toinette qui ouvre la grille... avec mystère. — Ce sont ces demoiselles... qui reviennent honteuses et la mine allongée. Ça va bien, ça va bien. — Je vais continuer à les chercher ; — ça les compromettra davantage.

Il dépose le fusil près du coffre-fort, et sort par le fond à gauche.

* Térence, Minard.

SCÈNE IV

ANGÈLE, CÉLESTE, COLOMBE, puis TOINETTE.

On voit apparaître, au fond, les jeunes filles avec leurs chapeaux et leurs manteaux. Sur un signe de Toinette, qui est entrée la première par la porte du milieu, elles approchent en tremblant.

TOINETTE.

On ne vous a pas vues. Rentrez dans vos chambres... et dites qu'on vous a mal cherchées.

Elles entrent toutes les trois, timides, craintives, désappointées, cherchant à ne faire aucun bruit. Elles se dirigent à gauche; une d'elles heurte une chaise; elles reculent effrayées. — En avançant de nouveau, elles voient le gendarme qui passe la tête, au premier plan, à gauche, et elles disparaissent par la porte du troisième plan, à gauche, en poussant un cri de frayeur.

SCÈNE V

TOINETTE, puis ELVIRE.

TOINETTE.

Que d'émotions depuis hier ! Si je n'allais pas, de temps en temps, boire un verre de la chartreuse de monsieur, je m'évanouirais. — Pauvre Cyrus ! Cette fois, je vais le délivrer. Cyrus !

Elle va au cabinet de gauche.

ELVIRE, entrant, troisième plan de droite *.

Toinette !

TOINETTE, refermant vivement la porte du cabinet.

Madame !

ELVIRE.

Allez préparer un bol de camomille pour M. Minard

* Toinette, Elvire.

Il s'est presque trouvé mal en entrant chez moi ; il a des frissons. Je vais prendre la couverture de voyage.

*Elle va au cabinet **.

TOINETTE, *inquiète.*

Où donc, madame ?

ELVIRE.

Où elle est ordinairement, dans le coffre.

TOINETTE, *effrayée.*

Elle n'y est pas... elle n'y est pas.

ELVIRE.

Je l'y ai mise moi-même.

Elle entre dans le cabinet.

TOINETTE, *seule.*

Tout est perdu ; elle va revenir furieuse ; elle appellera les patrons. Pauvre Cyrus !

ELVIRE, *revenant vivement, très émue, et tombant sur la chaise, près du coffre-fort.*

Vous avez raison, Toinette ; il n'y avait rien dans le coffre.

TOINETTE, *étonnée.*

Comment, rien ?

ELVIRE, *se levant brusquement et courant à la porte du cabinet, où elle s'appuie.*

N'entrez pas dans ce cabinet... aujourd'hui.

TOINETTE, *stupéfaite.*

Moi ?

ELVIRE.

N'y laissez entrer personne. — Si on vous demande pourquoi... vous direz, vous direz que j'y suis.

TOINETTE, *étonnée.*

Hein ?

ELVIRE, *toujours émue.*

Oui... j'ai des projets... sur ce cabinet... le jour y est bon.

TOINETTE.

Il n'a pas de fenêtre.

* Elvire, Toinette.

ELVIRE.

C'est égal, j'y ferai des... expériences de photographie.

TOINETTE.

Hein ?

ELVIRE.

Allez préparer la camomille.

TOINETTE.

J'y vais, madame. (A part.) Pauvre Cyrus !... Et il est de service à midi.

Elle sort par le fond à droite.

SCÈNE VI

ELVIRE, puis THÉODORE.

ELVIRE.

Ce tricorne ! toujours ce tricorne !... terrible dans son immobilité. — Ah ! je lui disputerai Maurice. — Cet enfant du hasard est le fils de mon mari. — Que son père lui ressemble peu ! — Il m'a sauvée, je le sauverai. (Elle court à la porte du premier plan, à droite, et frappe.) Ouvrez ! — Ah ! on ne compte pas les femmes ! on les compterait si on savait de quoi elles sont capables ! — (Elle frappe de nouveau.) Ouvrez ! Ah ! que son père lui ressemble peu !

THÉODORE, passant sa tête coiffée d'un bonnet de coton *.

Quoi ? qu'est-ce qu'il y a ?

ELVIRE.

Venez, venez.

THÉODORE, entrant, en pantalon. Une seule de ses bretelles est mise, et, pendant la scène, il cherche à passer l'autre, sans y parvenir.

Dans ce costume ! oh ! madame !

ELVIRE.

Il s'agit bien de costume, les minutes nous sont comptées.

* Elvire, Théodore.

THÉODORE.

C'est que je perds mes avantages.

ELVIRE, le contemplant.

Sombre, fatal, terrible, superbe!

THÉODORE, voulant rentrer dans sa chambre.

Je vais passer quelque chose.

ELVIRE, le retenant.

Vous ne me connaissez pas?

THÉODORE.

Si. Oh! si.

ELVIRE.

Vous ne me croyez pas digne de vous comprendre?

THÉODORE.

Au contraire.

ELVIRE.

Merci. — Jurez donc de m'obéir.

THÉODORE.

Je ne demande que ça.

ELVIRE.

Il faut fuir.

THÉODORE.

Fuir!

ELVIRE.

Une chaise de poste vous attendra au bout de la rue.

THÉODORE, à part.

Elle veut m'enlever.

ELVIRE.

Vous irez au Havre.

THÉODORE.

Quel hôtel?

ELVIRE.

Et de là en Amérique.

THÉODORE.

En Amérique!... en chaise de poste.

ELVIRE.

C'est le refuge des incompris.

THÉODORE.

En Amérique! — Pourvu que nous y soyons ensemble!

Il tombe à genoux devant Elvire.

ELVIRE, étonnée.

Ensemble?

THÉODORE, se passionnant.

Et nous vivrons inconnus.

ELVIRE.

Nous?

THÉODORE.

Oubliant, oubliés, tranquilles.

ELVIRE.

Il veut m'enlever.

THÉODORE.

Dans les forêts vierges! — (Il se relève.) Ah! comme je serais éloquent si j'avais mon paletot! — Mais il faut me pardonner... je n'ai qu'une bretelle et c'est mon premier amour.

ELVIRE.

Le premier! — Vous n'aviez jamais aimé?

THÉODORE.

Jamais.

ELVIRE.

Oh! j'ai peur de comprendre.

THÉODORE.

Je n'osais pas... parce que... j'ai eu pour parrain un professeur de piano qui avait le mauvais œil. Mais vous, vous êtes mon fétiche, ma corne de corail.

ELVIRE.

Alors, cette dame blonde dont vous vouliez vous rapprocher?

THÉODORE.

C'était vous.

ELVIRE.

C'était moi!

THÉODORE.

Oui, Elvire.

ELVIRE.

C'était moi, c'était... (Avec un grand cri d'effroi.) Malheureux! Tu aimes la femme de ton père!

THÉODORE.

De papa?

ELVIRE.

Tu es le fils de mon mari.

THÉODORE.

Hein?

ELVIRE.

Fils d'Achille Minard!

THÉODORE.

Mais alors, que serait papa?

ELVIRE, avec emphase.

La fatalité antique plane sur cette maison.

THÉODORE.

Allons donc! — Je connais papa.

ELVIRE, lui prenant la main.

Enfant, on croit toujours connaître son père. — Écoute, et tes cheveux vont se dresser d'horreur.

THÉODORE, ôtant son bonnet.

Attendez.

ELVIRE.

J'ai failli t'aimer.

THÉODORE.

Eh bien?

ELVIRE.

Phèdre! Phèdre! Hippolyte!

THÉODORE.

Hippolyte? non, Théodore.

ELVIRE, d'un ton romanesque.

Et tu vas fuir, infortuné jeune homme, fuir comme lui; je te vois pensif... sur ton char... laissant flotter les rênes... — Mais je ne veux pas que tu meures.

Elle le prend dans ses bras.

THÉODORE.

Moi non plus, moi non plus. Est-ce qu'il est question de ça?

MINARD, en dehors, appelant.

Elvire!

ELVIRE, le repoussant.

Thésée! — Il est trop tard, voici ton père!

SCÈNE VII

LES MÊMES, GAVAUT, MINARD.

MINARD, entrant, troisième plan à droite.

Ciel!... avec ma femme!

Il prend le pistolet sur le bureau.

GAVAUT, entrant, troisième plan à gauche.

Grand Dieu!... avec ma caisse!

Il prend le fusil près du coffre-fort *.

ELVIRE.

Qu'allez-vous faire?

GAVAUT et MINARD.

Lui parler.

MINARD, bas.

Ne me menace pas, tu es mon fils.

THÉODORE.

Non.

GAVAUT, bas.

Ne me menace pas, je suis ton père.

* Elvire, Gavaut, Théodore, Minard.

THÉODORE.

Lui aussi!

MINARD.

Tu as refusé de fuir.

THÉODORE, à part.

Il sait tout.

GAVAUT.

Rends-nous l'argent.

THÉODORE.

Quel argent?

MINARD.

Il nie!

GAVAUT, le poussant avec la crosse de son fusil *.

Employons la douceur. Rentre dans ta chambre, passe un paletot, et attends. Rentre, mon bon Théodore, rentre.

THÉODORE, sortant par la porte à droite, premier plan.

Je rentre. — Qu'est-ce qu'ils ont donc? — Tu es mon fils... je suis ton père. — Qu'est-ce qu'ils ont donc?

Elvire, qui a écouté, remonte et gagne la droite.

MINARD, déposant son pistolet sur le bureau, pendant que Gavaut remet son fusil près du coffre-fort **.

Un tête-à-tête avec ma femme!

ELVIRE, à Minard.

Ah! ne crains rien, Achille, je savais qu'il est ton fils!

MINARD.

C'est celui de Gavaut.

GAVAUT.

C'est le tien. — Tu entendais la voix du sang!

MINARD.

Tu l'entendais aussi.

GAVAUT.

Je ne l'entends plus.

MINARD.

Ni moi.

* Elvire, Gavaut, Minard, Théodore.

** Gavaut, Minard, Elvire.

ELVIRE.

Quel est son père ? — Est-ce vous, monsieur ? — Est-ce toi, Achille ?

MINARD.

C'est moi sans être moi et c'est lui sans être lui.

GAVAUT, s'approchant d'Elvire.

Nous allons tout vous avouer. — (Embarrassé). Entraînés par la fougue des passions, — passions est un mot un peu trop vif, je le retire, — Minard, mon associé, et moi, nous aimâmes.

ELVIRE.

Après, après ?

GAVAUT, embarrassé et cherchant.

Ou plutôt nous avons éteint, dans des caprices éphémères, ce feu sacré...

ELVIRE.

Après, après ?

GAVAUT.

Sacré est un peu vif, je le retire.

MINARD.

Nous le retirons.

ELVIRE.

Vous avez éteint le feu sacré... et alors...

GAVAUT.

Un jour, — ce devait être un vendredi et un treize, — nous sommes devenus pères.

ELVIRE.

Du même enfant ?

GAVAUT.

Du même enfant. (Se reprenant.) Comment, du même ? Non, pas du même, nous en avons eu chacun un. — C'est Maurice.

* Minard, Gavaut, Elvire.

ELVIRE.

Maurice à chacun de vous?

GAVAUT.

Non, madame, non. Il est à l'un ou à l'autre; seulement, nous ne savons pas à qui.

ELVIRE.

Comment, vous ne savez pas?

GAVAUT, bas à Minard.

Nous ne pouvons pourtant pas avouer que nous ne connaissons pas la mère.

MINARD.

Ce serait scandaleux.

GAVAUT.

Et invraisemblable.

ELVIRE.

Expliquez-vous.

GAVAUT.

Minard, explique un peu à madame ce qui s'est passé.

Il s'efface et laisse passer Elvire *.

MINARD, troublé et cherchant.

Cela remonte à vingt ans, Elvire. Ils étaient deux.

GAVAUT.

L'un à Minard.

MINARD.

L'autre à Gavaut.

GAVAUT.

Deux jumeaux.

ELVIRE.

Deux jumeaux?... comment, deux jumeaux!

GAVAUT, vivement.

Les mères, les mères étaient jumelles. Les enfants se ressemblaient.

* Minard, Elvire, Gavaut.

MINARD.

On les a mêlés.

GAVAUT.

Dans le trouble du premier moment.

MINARD.

Puis une nourrice les a emportés.

GAVAUT.

Elle en a oublié un.

MINARD.

Dans le wagon des dames.

GAVAUT.

Nous l'avons réclamé.

MINARD.

La compagnie ne l'a pas rendu.

GAVAUT.

Mais elle a payé l'indemnité réglementaire, — cinquante francs, — nous n'avions rien à dire.

MINARD.

Seulement, nous ne savons plus à qui appartient l'autre.

GAVAUT.

Qui est Maurice. — Vous voyez comme c'est simple.

ELVIRE.

Oui, oui... je comprends... un enfant égaré dans le compartiment des dames... cinquante francs d'indemnité. — C'est le roman moderne à présent ! — Il m'aime... il veut m'enlever.

MINARD, effrayé.

T'enlever !

ELVIRE, avec un rire convulsif.

Oui, mon ami, oui, tu vois comme c'est simple !

MINARD.

Comment !

ELVIRE, en sortant.

Je le sauverai, — je le sauverai. — Ah ! s'il n'était pas le fils de mon mari.

Elle sort par la porte du fond à droite.

SCÈNE VIII

GAVAUT, MINARD.

MINARD.

Il veut enlever ma femme !

GAVAUT.

Ça devait arriver.

MINARD.

Mais je ne veux pas qu'on enlève ma femme. — (Indiquant la chambre de Théodore.) Par là, il peut nous échapper.

GAVAUT, indiquant le cabinet à gauche, premier plan.

Mettons-le dans le cabinet ; — je vais préparer le coffre.

Il entre dans le cabinet.

MINARD, seul.

Quel fils ! — Il vaudrait mieux le conduire dans une de nos caves, et l'y murer.

GAVAUT, rentrant bouleversé.

Là !... dans le coffre !... caché !... j'ai vu... j'ai... C'est admirable, — admirable ! — Je n'ai pas encore prévenu l'autorité, et la force armée est déjà là ! — Comme la police est faite en France !

MINARD.

Il n'enlèvera pas ma femme *.

GAVAUT. Il remonte en parlant.

Ta femme n'est pas facile à enlever, — tandis que mes filles... mes trois filles ! — Il ne m'en reste pas même une pour ce pauvre Térence.

Il tombe assis, à droite, sur le fauteuil du bureau.

* Minard, Gavaut.

SCÈNE IX

LES MÊMES, ANGÈLE, CÉLESTE, COLOMBE.

Elles entrent toutes les trois, au troisième plan à gauche, dans un déshabillé du matin et sautent au cou de Gavaut, abasourdi.

CÉLESTE.

Bonjour, papa.

COLOMBE.

Bonjour, mon petit papa.

ANGÈLE.

Bonjour, mon père.

GAVAUT, ne sachant plus s'il rêve ou s'il veille *.

Vous... Vous !

CÉLESTE.

Avez-vous passé une bonne nuit ?

COLOMBE.

Nous, nous avons dormi d'un seul somme.

ANGÈLE.

Aussi, voyez comme nous sommes fraîches.

GAVAUT. Il se lève et passe à gauche **.

Comment, vous êtes fraîches? Comment, un seul somme? Comment, une bonne nuit ? — Mais, petites malheureuses, vous n'étiez pas dans vos chambres à une heure du matin.

ANGÈLE, CÉLESTE, COLOMBE, stupéfaites.

Ah !

GAVAUT.

Où étiez-vous ?

ANGÈLE.

Vous savez ?...

GAVAUT.

Je ne sais rien, et je veux tout savoir.

* Minard, Angèle, Colombe, Céleste, Gavaut.
** Minard, Angèle, Colombe, Gavaut, Céleste.

CÉLESTE.

Ce n'est pas nous qui sommes coupables.

GAVAUT.

Pas vous! Et qui donc?

ANGÈLE.

C'est votre nouveau commis.

GAVAUT.

Théodore? — (Il va à Minard *.) Tu entends, Minard? — Ah! c'est trop... c'est trop... pour un seul père.

MINARD, lui prenant les mains.

Nous sommes deux.

ANGÈLE.

Ce monsieur s'est permis...

GAVAUT.

Que s'est-il permis?

CÉLESTE.

De nous envoyer au Havre.

GAVAUT.

Comment, au Havre?

COLOMBE.

Oui, papa.

ANGÈLE.

Il avait mis sur cette table...

COLOMBE.

Un papier où il avait écrit...

CÉLESTE.

« Le train du Havre... »

MINARD.

« Part à huit heures quarante. »

ANGÈLE.

Et nous sommes parties.

COLOMBE.

Naturellement.

* Minard, Gavaut, Angèle, Colombe, Céleste.

GAVAUT.

Comment, naturellement? — Vous lisez sur un papier : « Le train part » et vous partez?

Elles reculent à droite.

CÉLESTE, timidement.

Nous avons cru que c'était une dépêche de notre tante.

GAVAUT.

De votre tante!

CÉLESTE.

Oh! papa, ne nous grondez pas.

COLOMBE.

Nous avons fait un bien vilain voyage.

CÉLESTE.

Et nous avons été bien mal reçues.

ANGÈLE.

Notre tante s'est mise dans une si grande colère...

GAVAUT.

Elle a eu raison.

COLOMBE.

Qu'elle en a été malade...

GAVAUT.

Elle a eu... (Se reprenant.) Non. Pauvre Anastasie!

CÉLESTE.

Et qu'elle n'a pas pu nous reconduire.

ANGÈLE.

Sa femme de chambre nous a ramenées.

MINARD.

Heureux père! — Me ramènerait-on Elvire?

GAVAUT, en colère.

Mesdemoiselles...

ANGÈLE, CÉLESTE, COLOMBE, l'interrompant.

Ne vous fâchez pas, ne vous fâchez pas.

Gavaut les repousse, elles traversent et vont à Minard*.

* Minard, Céleste, Colombe, Angèle, Gavaut.

CÉLESTE.

Monsieur Minard, intercédez pour nous.

MINARD, se débarrassant d'elles et allant à Gavaut qu'il pousse à droite en le bourrant de coups *.

As-tu le droit d'être sévère ?

GAVAUT, à ses filles, très radouci **.

Non. — Mais, malheureuses enfants, Térence vous a cherchées toute la nuit ; tout Saint-Sever connait votre fuite. J'ai failli la raconter au commissaire. Vous êtes compromises.

ANGÈLE, avec joie.

Alors, M. Térence ne voudra plus nous épouser ?

GAVAUT.

Vous connaissez mal Térence ; il a un cœur !

CÉLESTE.

Nous avons promis à notre tante de vous obéir.

COLOMBE.

Et nous vous obéirons, papa.

CÉLESTE.

Vous voulez toujours qu'une de nous l'épouse ?

GAVAUT.

Si je le veux !

ANGÈLE, lui tendant les courtes-pailles que Céleste lui a passées.

Eh bien, papa, désignez-la.

GAVAUT.

Qu'est-ce que c'est que ça ?

ANGÈLE.

Ce sont des pailles ; il y en a une grande.

CÉLESTE.

Une moyenne.

* Céleste, Colombe, Angèle, Minard, Gavaut.
** Céleste, Colombe, Angèle, Gavaut, Minard.

COLOMBE.

Et une petite.

GAVAUT.

Hein ! quoi ? vous me proposez...

CÉLESTE.

Vous ne voulez pas tirer ?

ANGÈLE.

Alors, tenez-les vous-même.

GAVAUT.

Moi-même ?

COLOMBE.

Et ne trichez pas.

GAVAUT.

Ne trichez pas ! moi-même ! des pailles ! — Mesdemoiselles...

ANGÈLE.

Puisque nous sommes trois.

COLOMBE.

Et qu'il ne peut en épouser qu'une.

CÉLESTE.

Il faut bien tirer au sort.

MINARD.

C'est logique.

GAVAUT.

Logique ! — Certainement... c'est logique. Le mariage est une chose si grave qu'il vaut mieux en laisser la responsabilité au hasard. — Mais ça se fait autrement.

TÉRENCE, entrant par le fond à droite *.

J'ai cherché partout. — (Feignant l'étonnement.) Ces demoiselles sont revenues ?

* Céleste, Colombe, Angèle, Gavaut, Térence, Minard.

GAVAUT.

Oui, Térence, mes filles étaient allées au Havre chez leur tante, — cette pauvre Anastasie ! — qui leur a donné de bons conseils et des courtes-pailles.

TÉRENCE, *étonné.*

Ah !

GAVAUT, *bas.*

Térence, vous savez que j'ai un fils et que ce fils...

TÉRENCE.

Je le sais.

GAVAUT.

Voulez-vous encore devenir mon gendre ?

TÉRENCE.

Plus que jamais. Il est des secrets qui ne peuvent pas sortir de la famille.

GAVAUT.

Brave cœur ! brave cœur ! — Je donnerai deux cent mille francs de dot.

TÉRENCE.

Oh ! monsieur !

GAVAUT, *arrangeant les pailles qu'il tient à la main.*

Je l'exige. — Maintenant vous allez savoir quelle est celle de mes filles qui vous préfère. — Il y en a une grande, une moyenne, une petite. — Tirez vous-même.

TOINETTE, *entrant en courant par la porte du milieu. A Gavaut.*

Monsieur, on apporte une lettre.

GAVAUT, *la prenant et reconnaissant l'écriture* *.

Ah !... c'est d'elle. (*A Minard.*) Éloigne mes filles.

Minard va auprès des jeunes filles et cherche à les attirer vers le fond à gauche.

TOINETTE.

On apporte aussi un colis qui vient de Paris ; il y a dessus : *Fragile.*

Elle sort par le fond.

* Céleste, Colombe, Minard, Toinette, Gavaut, Térence.

GAVAUT.

Fragile? C'est la corbeille, — la corbeille que Térence doit vous offrir. — (Il va à ses filles *.) Mesdemoiselles, allez voir la corbeille. (Bas.) Votre présence gêne ce bon Térence qui ne peut choisir... librement.

LES JEUNES FILLES.

Mais, papa...

GAVAUT.

Allez, allez.

CÉLESTE, à Minard, qui est un peu remonté.

Empêchez-les de tricher.

Elles sortent par la porte du milieu.

GAVAUT, retournant la lettre **.

« Monsieur Gavaut, Minard et Cie. » Toujours monsieur.

MINARD.

Que nous veut-elle encore?

GAVAUT, lisant.

« Mon joli coco. »

TÉRENCE, regardant par-dessus l'épaule de Gavaut. — A part.

C'est son écriture!

Il va s'éloigner.

GAVAUT.

Restez, Térence, vous êtes de la famille; nous n'avons pas de secrets pour vous. C'est une lettre de la mère, — la mère de notre enfant.

MINARD.

De Clara. Infortunée Clara!

GAVAUT, lisant.

« Mon joli coco, je t'envoie l'enfant. »

MINARD et GAVAUT.

Hein?

GAVAUT.

« Je n'ai pu te l'envoyer plus tôt, parce qu'il était en nourrice. »

* Céleste, Colombe, Angèle, Minard, Gavaut, Térence.

** Minard, Gavaut, Térence.

MINARD.

En nourrice ?

GAVAUT.

En nourrice ! Ça ne nous regarde pas.

MINARD, criant.

Ça ne nous regarde pas.

GAVAUT.

En nourrice !... oh ! par exemple, en nourrice, je suis sûr de mon fait.

MINARD.

Moi aussi, je suis sûr. Oh ! mais.

GAVAUT.

Nous sommes sûrs de notre fait. En nourrice ! — S'il n'a pas vingt ans, il y a erreur. (Retenant Térence.) Attendez. Vous verrez de quel ton je vais répondre. (Reprenant sa lettre.) « Mon joli coco, où est le temps où j'étais fleuriste ! » Fleuriste à présent ! — « Mais tu reconnais tes torts... » Je ne reconnais rien. « Je te rends tes lettres. » Comment, mes lettres ?

MINARD.

Quelles lettres ?

GAVAUT, ouvrant une des lettres contenues dans l'enveloppe, et lisant.

« Ton coco adoré, Gavaut, Minard et Cie. » — Mais... c'est l'écriture de Térence.

MINARD, étonné.

Térence !

GAVAUT, surpris et froissé.

Térence, mon élève !

TÉRENCE, timidement.

Une heure d'oubli.

MINARD, avec colère.

Vous vous faites un nom de guerre de la raison sociale.

GAVAUT, de même, lui montrant la lettre.

Et vous signez vos enfants comme nos factures !

TÉRENCE, tremblant.

Vous me pardonnerez, vous qui, comme moi, avez un fils.

GAVAUT.

Jamais, monsieur.

MINARD.

Un fils! nous en sommes incapables, monsieur.

GAVAUT, avec fierté.

La maison Gavaut, Minard et Cie est irréprochable.

TÉRENCE.

Ce Maurice...

GAVAUT, vivement.

Nous ne le connaissons pas.

MINARD.

Et nous allons le livrer à la justice.

GAVAUT, allant à gauche, premier plan.

Sous vos yeux. — Gardez la porte.

Gavaut va au cabinet et Minard à la chambre de Théodore*. L'un tire Théodore par le bras, pendant que l'autre tire le bras du gendarme.

MINARD, à Théodore.

La résistance est inutile.

GAVAUT.

Venez, tricorne... venez, je vous le livre.

Le gendarme résiste. — A l'entrée de Toinette et de madame Minard, Térence s'esquive par la porte du milieu.

SCÈNE X

GAVAUT, MINARD, TOINETTE, THÉODORE.

TOINETTE, accourant du fond à droite et se précipitant vers Gavaut**.

Monsieur, pardonnez-lui; il veut m'épouser.

* Gavaut, Térence, Minard.

** Gavaut, Toinette, Minard.

GAVAUT.

Hein!

Gavaut lâche le bras, et le gendarme va tomber dans le cabinet. — Toinette se place devant la porte.

ELVIRE, entrant par le fond à droite. — A Minard*.

Pitié! c'est pour moi qu'il a assassiné Goudard.

A l'entrée d'Elvire, Toinette disparait par la porte du cabinet.

THÉODORE, entrant en scène, tiré par Minard**.

Hein! quoi? comment? Goudard, c'est moi.

TOUS.

Lui!

GAVAUT.

Vous êtes Goudard?

THÉODORE.

C'est moi qui ai été assassiné... par mon ami Maurice.

ELVIRE.

Grand? blond?

THÉODORE.

Fade, louche.

ELVIRE.

Vous aviez dit : « Cocotte? »

THÉODORE.

C'était ma perruche.

ELVIRE, avec éclat.

Je me suis trompée de photographie.

GAVAUT, s'essuyant le front.

Ah! madame!

MINARD, de même.

Ah! Elvire!

ELVIRE, à part.

C'est lui qui a été assassiné... Comme ça le dépoétise!

Elle gagne la droite***.

* Toinette, Gavaut, Elvire, Minard.

** Gavaut, Théodore, Elvire, Minard.

*** Gavaut, Théodore, Minard, Elvire.

GAVAUT.

Pauvre garçon, il me plait, et il a été mon fils pendant vingt-quatre heures.

MINARD.

Ou le mien.

GAVAUT.

Je vais le présenter à mes filles.

Ils remontent tous deux au fond.

ELVIRE, à Minard.

Mais alors, votre enfant?

MINARD.

C'est le fils de Térence.

ELVIRE.

Térence avait aimé!

MINARD.

Pardonne-moi... de m'être cru coupable.

ELVIRE, avec expansion.

Ah! vous êtes encore le meilleur de tous, vous!

MINARD, cherchant à comprendre.

Comment, de tous?

SCÈNE XI

LES MÊMES, CÉLESTE, ANGÈLE, COLOMBE.

CÉLESTE, criant au fond, porte du milieu*.

Papa, ce n'est pas la corbeille.

ANGÈLE, accourant.

C'est un berceau avec un joli bébé.

GAVAUT, furieux.

Comment! on nous l'apporte!

* Théodore, Céleste, Angèle, Colombe, Gavaut, Minard, Elvire.

COLOMBE, entrant à la suite de ses sœurs.

A qui l'envoie-t-on?

GAVAUT, troublé.

C'est un cadeau... que me font mes employés... pour ma fête.

LES JEUNES FILLES.

Ah!

GAVAUT.

Je vous présente M. Théodore Goudard; (Le regardant.) il remplace Térence, que nous cédons à la maison Van Bock.

LES JEUNES FILLES.

Ah! quel bonheur!

GAVAUT.

Et si par aventure (Regardant Angèle.) M. de Flavancourt (Angèle fait signe que non.) — ou M. de Châteauponsac (Même jeu de Céleste.) — ou M. de Rocambrique (Même jeu de Colombe.) — Non? (A Théodore.) Vous resterez garçon.

Bruit de trompettes.

LES JEUNES FILLES.

Les hussards!... les hussards!

Elles courent au fond.

GAVAUT, les rappelant.

Mesdemoiselles! mesdemoiselles!

LES JEUNES FILLES, revenant.

Quoi?

GAVAUT.

Attendez-moi. Je veux aussi voir passer mes gendres.

ANGÈLE et CÉLESTE.

Vous consentez?

GAVAUT.

J'aurai trois hussards dans ma famille.

Tout le monde remonte derrière Gavaut et Minard, qui restent sur le devant de la scène.

MINARD.

Tant mieux!

GAVAUT.

Tant pis!

MINARD.

Tant mieux!

GAVAUT.

Tant pis!

MINARD.

Gavaut!

GAVAUT.

Minard!

MINARD.

Pourquoi dis-tu tant pis?

GAVAUT.

Parce que tu dis tant mieux.

MINARD.

Parfaitement.

GAVAUT.

Nous sommes d'accord.

FIN DE GAVAUT, MINARD ET Cie.

CHRISTIANE

COMÉDIE EN QUATRE ACTES

Représentée pour la première fois, à Paris, sur le THÉATRE-FRANÇAIS,
le 20 décembre 1871.

PERSONNAGES

ROBERT DE NÒJA.	MM. Delaunay.
ACHILLE DE BEAUBRIAND.	Coquelin.
MAUBRAY.	F. Febvre.
DE BRIAC.	Thiron.
LE DOCTEUR SOLEM	Prudhon.
LE MARQUIS DE KERHUON	Kime.
ANATOLE DE FERRUZAC.	Joumard.
Un caissier	Mazoudier.
Valet de chambre de Maubray. . . .	Tronchet.
Valet de chambre de Robert.	Masquillier.
CHRISTIANE.	Mmes Reichemberg.
ADRIENNE	Tholer.
LA BARONNE DE JUBLAINS	Provost-Ponsin.
HENRIETTE.	Marie Martin.

CHRISTIANE

ACTE PREMIER

CHEZ LE COMTE DE NOJA

Un salon, communiquant par une large baie avec un second salon où l'on aperçoit des tableaux. Au fond du second salon, une porte de bronze à deux battants, s'ouvrant sur une galerie de tableaux. Portes à droite et à gauche, second plan. Une table à droite, canapé près de la table, fauteuils, chaises, etc.

SCÈNE PREMIÈRE

LA BARONNE, ADRIENNE.

La baronne entre par le fond avec Adrienne. Elles sont suivies d'un tapissier.

LA BARONNE, au valet de chambre qui les introduit.

Prévenez mon cousin que nous arrivons ; il nous attend.

LE VALET.

M. le comte est absent.

LA BARONNE, étonnée.

Absent !

LE VALET.

M. le comte est sorti de très bonne heure, ce matin. Il n'est pas encore rentré.

ADRIENNE, riant.

Mon oncle nous a oubliées.

Elles redescendent un peu.

LA BARONNE.

Dites plutôt qu'il lui est arrivé un accident.

LE VALET, surpris.

Rien ne peut le faire supposer, madame.

LA BARONNE.

C'est égal ; nous ne partirons pas avant de l'avoir vu. Ce cher Robert ! — Adrienne, profitez de ce moment pour mettre en ordre la liste des invités, il faut bien la communiquer à votre oncle. (Adrienne va à la table et écrit. — Au tapissier.) Qu'ai-je encore à vous dire? Ah! vous mettrez le salon bleu en rose. Le bleu ne va pas à ma fille. Et il est convenu que nous aurons un salon grenat. Je l'ai annoncé à cette excellente mademoiselle Boin.

ADRIENNE, toujours assise, souriant.

Ah !

Le tapissier sort.

LA BARONNE.

Je ne sais pas pourquoi vous avez toujours le sourire aux lèvres quand je prononce le nom de mademoiselle Boin.

ADRIENNE.

Je riais du salon grenat.

LA BARONNE.

Je vous prie de ne jamais oublier que mademoiselle Boin fait notre admiration par sa piété, et qu'elle est présidente de notre œuvre.

ADRIENNE.

Je ne l'oublie pas.

LA BARONNE.

De plus, c'est une amie précieuse. Ainsi, aussitôt que mon cousin m'a écrit qu'il venait passer un congé en France, en me priant de lui arrêter un appartement, j'ai couru chez cette respectable personne, et c'est elle qui m'a indiqué cet hôtel, une des demeures les plus aristocratiques de Paris. Le baron de Folny y donnait des bals splendides; sa galerie de tableaux, qu'il nous laisse, a une réputation européenne, et tout ici est si bien disposé pour des fêtes...

ADRIENNE, *riant.*

Que mon oncle a été forcé d'en donner une.

LA BARONNE.

Dont nous ferons les honneurs. Connaissez-vous une façon plus charmante de prouver qu'il vous regarde comme sa fille d'adoption?

ADRIENNE, *vivement.*

Il n'a jamais dit cela.

LA BARONNE.

Qu'a-t-il besoin de le dire? — Nous sommes ses seules parentes.

ADRIENNE.

Il n'est que votre cousin.

LA BARONNE.

Germain... Vous êtes sa nièce.

ADRIENNE.

A la mode de Bretagne. Et il se mariera peut-être.

LA BARONNE.

Votre oncle?

ADRIENNE.

Il n'a que trente-huit ans.

LA BARONNE.

Trente-neuf. Je crois même que nous pourrons bientôt dire quarante. On ne passe pas impunément la moitié de sa vie dans l'Amérique du Sud. D'ailleurs, votre oncle ne cache à personne qu'il veut rester garçon. Qu'a-t-il besoin de femme, puisqu'il a une famille, vous et moi?

Elle s'assied sur un fauteuil à droite.

ADRIENNE, *souriant.*

Une famille qu'il ne peut aimer beaucoup ; il ne la connaît que depuis trois semaines.

LA BARONNE.

Robert n'avait que vingt-deux ans quand il a été nommé consul à Rio. Il est devenu ministre plénipotentiaire au Pérou, il était très occupé ; il nous a un peu négligées ; mais depuis son retour il nous comble.

ADRIENNE, *gaiement.*

Tenez, ma mère, ces choses-là ne se discutent pas, elles se sentent. Mon oncle n'a aucune affection pour moi.

LA BARONNE, *se levant et allant à Adrienne.*

Pourquoi est-il revenu d'Amérique ?

ADRIENNE.

Parce qu'il était parti. Nous ne savons ce qui s'est passé.

LA BARONNE.

Il ne s'est rien passé. Je connais toute son existence.

ADRIENNE, *étonnée.*

Vous, ma mère ?

LA BARONNE.

Cette excellente mademoiselle Boin, qui est un peu parente du secrétaire de Robert, a adroitement fait causer ce jeune homme.

ADRIENNE.

Mademoiselle Boin s'est permis une grosse indiscrétion.

LA BARONNE.

Une personne aussi respectable que mademoiselle Boin peut tout se permettre. Votre oncle est comme les peuples qu'on dit heureux : il n'a pas d'histoire.

ADRIENNE, *souriant.*

C'est un oncle modèle. Et vous en concluez ?

LA BARONNE, *s'asseyant sur une chaise près de la table.*

J'en conclus que vous avez été plus sage que moi, en refusant depuis trois ans tous les partis qui se présentaient. — Vous avez maintenant le droit d'être exigeante.

ADRIENNE.

Mais non, ma mère.

LA BARONNE.

Seulement, vous me désespérez.

ADRIENNE.

Moi ?

LA BARONNE.

Hier, aux Champs-Élysées, M. de Beaubriand fils vous salue en souriant, et vous ne vous en apercevez pas !

ADRIENNE.

Je pensais à autre chose.

LA BARONNE.

C'est ce que je vous reproche.

ADRIENNE.

Il peut arriver à tout le monde de ne pas rendre un salut. Ainsi, vous, ma mère, pendant que M. de Beaubriand passait, vous n'avez pas remarqué que le docteur Solem nous faisait sa plus belle révérence.

LA BARONNE.

C'est tout différent.

ADRIENNE.

Le docteur Solem est très aimable, très spirituel.

LA BARONNE.

Très spirituel. — M. de Beaubriand est le fils d'un ministre, et quel ministre !

ADRIENNE.

Le docteur Solem est un de nos savants les plus distingués ; n'est-ce rien, cela ?

LA BARONNE.

C'est beaucoup. Il est médecin de la famille Beaubriand, ce qui le fera décorer.

ADRIENNE.

Il est déjà célèbre ; à son âge, c'est superbe !

LA BARONNE.

Je ne dis pas non. Mais M. de Beaubriand a des attentions pour vous.

Elle se lève.

ADRIENNE, étourdiment.

Le docteur aussi. (Se reprenant.) Vous croyez, ma mère ?

Elle se lève aussi.

LA BARONNE.

J'en suis sûre. Il vous a fait danser trois fois au bal de l'ambassade.

ADRIENNE.

Ce n'est pas une preuve.

Elles viennent au milieu de la scène.

LA BARONNE.

Et je ne sais ce que vous lui disiez pendant le dernier quadrille, il vous écoutait avec admiration.

ADRIENNE, riant.

Oh ! quand M. de Beaubriand écoute avec admiration, c'est lui qui parle.

LA BARONNE.

Enfin, j'ai appris, sous le sceau du secret, par une personne que je ne vous nommerai pas...

ADRIENNE, souriant.

C'est inutile.

LA BARONNE.

Et qui est un peu alliée aux Beaubriand, j'ai appris que, dimanche dernier, dans une sorte de conseil de famille, on avait résolu de marier promptement M. Achille.

ADRIENNE.

Eh bien, ma mère ?

LA BARONNE.

Eh bien, Adrienne, votre nom a été prononcé.

ADRIENNE.

Oh ! mon Dieu !

LA BARONNE.

Le père est un des personnages les plus importants de notre époque.

ADRIENNE.

Mais le fils?

LA BARONNE.

Mon Dieu, le fils...

ADRIENNE.

Le fils est ridicule.

LA BARONNE.

Ridicule... à présent; — quand il sera marié, on ne s'en apercevra plus.

ADRIENNE, vivement.

N'essayons pas. Je vous assure qu'en cherchant un peu autour de nous, vous trouverez aussi bien.

LA BARONNE.

Aussi bien! (Cherchant.) Je ne vois d'aussi bien que le fils du marquis de Kerhuon.

ADRIENNE.

Henry de Kerhuon! Oh! celui-là est un vrai gentilhomme.

LA BARONNE.

Fils unique, trois fois millionnaire.

ADRIENNE.

Un gentilhomme accompli.

LA BARONNE.

Accompli.

ADRIENNE.

Seulement...

LA BARONNE.

Seulement?

ADRIENNE, gaiement.

Il aime une jeune fille plus jolie que moi, plus spirituelle que moi, et meilleure que moi.

LA BARONNE.

Vous oubliez, Adrienne, que depuis trois semaines personne n'est mieux que vous.

ADRIENNE.

Oh ! ma mère !

LA BARONNE.

Vous ne connaissez donc pas la fortune de votre oncle ?

ADRIENNE.

Mais ce n'est pas la nôtre !

Le domestique paraît au fond.

LA BARONNE, vivement.

Chut ! Voici Robert. (Elle court et se trouve en face du valet de chambre.) Mon cousin ?...

LE VALET.

M. le comte n'est pas encore rentré.

LA BARONNE, désappointée.

Pas encore !

LE VALET.

Et je viens demander à madame la baronne si elle m'autorise à introduire M. le consul du Haut-Pérou, à qui M. le comte a aussi donné rendez-vous.

LA BARONNE.

Certainement. (Cherchant.) Consul du Haut-Pérou ?...

ADRIENNE.

M. de Briac. Vous l'avez vu souvent, ma mère.

LA BARONNE.

Très souvent. Mais j'ignorais qu'il était l'ami de Robert.

SCÈNE II

LES MÊMES, BRIAC*, entrant par le fond.

LA BARONNE, allant à lui.

Ah ! mon cher monsieur de Briac, vous nous trouvez dans de bien cruelles angoisses.

* Briac, la baronne, Adrienne.

BRIAC, *effrayé.*

Qu'est-il arrivé?

LA BARONNE.

Le comte de Noja, mon cousin, devait être rentré à midi...

BRIAC, *avec calme.*

Et il est en retard?

LA BARONNE.

De deux heures.

BRIAC.

Rassurez-vous, madame, c'est toujours ainsi.

ADRIENNE.

Mon oncle est inexact?

BRIAC.

Oh! mademoiselle, autrefois j'essayais souvent d'arriver le second, je n'y ai jamais réussi.

LA BARONNE.

Vous connaissez mon cousin depuis longtemps?

BRIAC.

Depuis le collège.

LA BARONNE.

Et vous avez toujours conservé vos relations avec lui?

BRIAC.

Oui, madame. Il m'a fait nommer consul du Haut-Pérou pour me forcer à lui écrire.

LA BARONNE.

Asseyez-vous donc. Que je suis heureuse de pouvoir causer à cœur ouvert de ce cher cousin avec un de ses amis! (*Ils s'assoient.*) Je suis si touchée de l'affection que Robert nous témoigne! Je sais bien que nous sommes ses seules parentes, mais il est admirable. Il a voulu, absolument voulu donner un bal, dont nous ferons les honneurs, ma fille et moi. Quelle attention délicate! Vous avez eu votre lettre d'invitation, n'est-ce pas?

BRIAC.

Non, madame.

LA BARONNE.

Vous ne l'avez pas reçue?

BRIAC.

Non. Mais je n'en suis pas surpris; j'ai un domestique qui ne me remet aucune invitation. Il n'aime pas le monde.

LA BARONNE, souriant.

Ah! je m'applaudis, alors, de vous en avoir parlé.

ADRIENNE.

C'est demain, monsieur de Briac, et puisque vous n'êtes pas encore parti pour les Pyrénées...

BRIAC.

Je ne pars plus, mademoiselle.

ADRIENNE.

Plus du tout? Vous manquerez donc à votre parole? Vous aviez si bien promis à Christiane d'aller lui rendre une visite à Amélie-les-Bains.

BRIAC.

Je serais parti ce soir. Mais mademoiselle Maubray est revenue hier.

ADRIENNE, avec joie.

Christiane est ici!

BRIAC.

J'ai été plus étonné que vous encore, en la rencontrant tout à l'heure, boulevard des Capucines, à pied, avec sa gouvernante. Elle avait renvoyé sa voiture, je ne sais pourquoi. Je lui ai offert mon bras.

ADRIENNE.

Comment va-t-elle?

BRIAC.

On n'ose jamais dire qu'elle va bien.

LA BARONNE.

Pauvre enfant! Elle est charmante, elle a une grande fortune, elle est jolie, mais sa santé...

ADRIENNE.

Christiane se porte bien quand elle est contente.

BRIAC.

C'est un peu vrai.

LA BARONNE.

N'est-ce pas plutôt qu'elle tient de sa mère, qui était très délicate et qui est morte en lui donnant le jour, après trois mois de souffrances cruelles? Voilà, du moins, ce que l'on m'a raconté.

ADRIENNE.

Et puis elle a un père si sévère, si glacial.

BRIAC.

Je vous assure, mademoiselle, que M. Maubray est excellent.

ADRIENNE.

Excellent, si vous voulez. Mais je suis bien sûre que Christiane ne l'a pas trouvé plus tendre à son retour. Elle ne vous l'a pas dit?

BRIAC.

Je ne l'ai vue qu'un instant. J'avais mon rendez-vous avec Robert.

Il se lève en entendant ouvrir la porte de la galerie.

LA BARONNE, à Adrienne.

Est-ce qu'on songerait pour Christiane?...

ADRIENNE.

A M. de Briac? Oh! ma mère! Dès qu'on le voit, on a de l'amitié pour lui; comment voulez-vous qu'on l'aime?

ROBERT, de la porte de la galerie.

Je te fais attendre?

BRIAC.

C'était son mot.

SCÈNE III

LES MÊMES, ROBERT*.

ROBERT, entrant gaiement.

Tu n'es pas seul? Alors, je n'ai plus de remords. Je vois, ma cousine, que je n'ai pas à vous présenter mon ami de Briac, consul du Haut-Pérou.

LA BARONNE.

J'avais l'honneur de connaître déjà M. de Briac.

ROBERT.

Eh bien, ma cousine, vous connaissez le plus dévoué, le meilleur des hommes.

BRIAC.

Le plus patient seulement, madame.

ROBERT.

Oh! patient! Je ne suis en retard que de vingt minutes, et tu te fâches!

BRIAC.

Madame de Jublains et mademoiselle t'attendent depuis deux heures.

ROBERT.

Vraiment! (Se rappelant.) Ah! oui, oui. Là, je suis tout à fait coupable. (A la baronne.) Vous m'aviez demandé un entretien. Est-ce qu'il s'agissait de choses graves?

LA BARONNE.

Nous avons à causer du bal que vous donnez demain.

ROBERT, souriant.

Ah! sais-tu, Briac, que je donne un bal?

BRIAC.

Je viens de l'apprendre.

* Briac, Robert, la baronne, Adrienne.

ROBERT.

C'est une idée de ma cousine. Elle m'a prouvé que je n'avais que ce moyen de rentrer convenablement dans le monde. Mais il était entendu, ma chère baronne, que je m'en rapporterais à votre bon goût.

LA BARONNE.

Je voudrais cependant vous communiquer les dispositions que j'ai prises.

ROBERT.

A quoi bon! Tout ce que vous avez ordonné est très bien. On a fait de mon cabinet de travail un boudoir, de ma bibliothèque un buffet, de ma chambre un jardin. Je suis ravi.

LA BARONNE.

C'est ce que je désirais.

ROBERT.

Et si vous aviez encore quelques améliorations plus radicales à pratiquer, ne vous gênez pas. La maison est à moi.

LA BARONNE.

A vous?

ROBERT.

Depuis trois jours. J'avais négligé de vous communiquer ce détail.

LA BARONNE.

Vous avez acheté l'hôtel de Folny?

ROBERT.

Très cher, avec le mobilier, les marbres, les bronzes et le reste.

La baronne et Robert remontent un peu au fond.

LA BARONNE.

Le baron vous cède sa fameuse galerie de tableaux?

ROBERT.

Il me force à la prendre, le traître! Une collection toute faite! Aussi, je me venge; je la revends.

LA BARONNE.

Pourquoi?

ROBERT, redescendant.

Parce que les tableaux sont des amis qu'il faut choisir soi-même. — Mes affiches couvrent les murs de Paris depuis hier, et ne soyez pas étonnée de voir, dans un instant, beaucoup de voitures devant l'hôtel : la galerie sera ouverte au public de deux heures à quatre heures pendant huit jours.

LA BARONNE.

Vous aurez foule.

BRIAC.

Tu songes donc à prolonger ton séjour en France?

ROBERT.

Je ne songe qu'à cela.

BRIAC, étonné.

Comment!

ROBERT.

Je m'y trouve si bien!

LA BARONNE.

Vous ne retournerez plus en Amérique?

ROBERT.

Non, ma cousine.

BRIAC.

Tu ne peux pas abandonner ton poste.

ROBERT.

J'ai donné ma démission.

BRIAC, stupéfait.

Toi?

LA BARONNE.

Vous?

ROBERT.

Ce matin même. Et voilà pourquoi je suis arrivé en retard.

LA BARONNE.

Ainsi, Robert, vous restez près de nous?

ROBERT.

Je reste en France.

LA BARONNE.

Que vous disais-je, Adrienne?

BRIAC.

Je cherche ce qui a pu te faire prendre une pareille résolution.

ROBERT.

Ne cherche pas, je vais te le dire : j'aime Paris.

Il s'assied.

BRIAC, s'asseyant aussi.

Tu le détestais en arrivant.

Adrienne va s'asseoir sur le canapé près de la table.

ROBERT *.

Oui, j'ai eu le cœur serré un instant; je n'ai plus retrouvé mes souvenirs, les confidents de ma jeunesse, la maison où ma pensée a vécu, mes promenades, mes pauvres vieilles rues que je connaissais si bien, où j'allais si léger, si confiant, si heureux! — Ma vie d'autrefois n'y est plus, c'est une ville nouvelle où tout est aligné, où tout est effacé, où tout se ressemble, mais c'est encore Paris, c'est toujours Paris. Et vois-tu, Briac, quand on est à deux mille lieues de Paris, on s'imagine qu'il est possible de ne pas l'aimer; quand on le revoit, on l'adore.

BRIAC.

Alors, tu ne le quitteras plus?

ROBERT.

Le moins possible.

LA BARONNE, avec transport et allant à Robert.

Vous ne nous quitterez plus! Tenez, Robert, je ne puis résister à la joie d'aller porter cette bonne nouvelle à mad... à quelques amis dévoués, qui comprendront mon bonheur et le partageront. Je vais vous laisser la liste de vos invités.

* Briac, Robert; la baronne, Adrienne.

ROBERT.

Oh! c'est inutile.

LA BARONNE.

Vous aurez peut-être quelques personnes à ajouter.

Elle va à la table et cause avec Adrienne.

BRIAC.

Une position superbe! Un avenir magnifique!

ROBERT.

On dirait que tu ne m'approuves pas, mon bon Briac.

BRIAC.

Certes, je ne t'approuve pas, et si tu voulais un conseil...

ROBERT, *riant.*

Ma démission est acceptée.

BRIAC.

Très bien. Mais, puisque tu n'es plus ministre plénipotentiaire, il n'est pas nécessaire que je reste consul, moi.

ROBERT.

Rien ne t'y oblige.

BRIAC.

Alors, pourquoi me demandes-tu encore des renseignements?

ROBERT.

C'est la dernière fois, ma dernière affaire, une affaire de bon citoyen plutôt que de diplomate. Il faut que les honnêtes gens se soutiennent un peu plus qu'ils ne le font, et quand ils voient passer des fripons de bonne compagnie, comme M. de Senoncourt...

LA BARONNE, *se rapprochant vivement.*

Senoncourt!

ROBERT.

Un très habile financier français qui a fondé une société par actions.

LA BARONNE.

Les mines du Haut-Pérou?

ROBERT.

Précisément. Ce Senoncourt a obtenu la concession de mines de cuivre et d'argent, à Taridja, — mines excellentes, ma foi! et qui seraient très productives en des mains laborieuses; mais il a si peu exploité les mines et il a lancé des prospectus si effrontément fantastiques, que, pour l'honneur de mon pays, que je représentais là-bas, je me crois obligé de crier au voleur.

BRIAC.

Tu as raison.

LA BARONNE.

Mais j'ai des actions, moi!

ROBERT, riant.

Vraiment? Eh bien, ma chère baronne, si vous avez quelque conscience, ne les vendez pas : elles ne valent rien.

LA BARONNE.

Permettez... si elles ne valent rien... Qu'en pensez-vous, monsieur de Briac?

ROBERT.

Briac n'est pas au courant.

LA BARONNE.

Êtes-vous bien sûr que son prospectus exagérait?

ROBERT, riant.

Vous en doutez?

LA BARONNE.

C'est que j'ai acheté ces actions sur les conseils d'un homme très expert, un grand financier, que M. de Briac connaît bien, puisqu'il est à peu près son associé.

ROBERT, étonné.

Briac est l'associé d'un grand financier?

BRIAC, embarrassé.

C'est-à-dire...

LA BARONNE, à Briac.

Je parle de M. Maubray.

Briac et Robert se lèvent.

ROBERT, *vivement.*

Maubray! le banquier Maubray!

LA BARONNE.

L'ami intime de M. de Briac?

ROBERT, *regardant Briac.*

Il est l'ami de Briac.

LA BARONNE, *à part.*

Je vais vendre. — Adrienne, allez embrasser votre oncle.

ADRIENNE, *allant vers son oncle**.

Au revoir, mon oncle.

ROBERT, *sans la regarder.*

Au revoir, Adrienne.

ADRIENNE, *gaiement.*

Il ne m'embrasse jamais.

Elle sort avec la baronne, deuxième plan à gauche.

SCÈNE IV

BRIAC, ROBERT.

ROBERT.

Tu es l'ami de M. Maubray?

BRIAC.

J'ai un intérêt dans sa maison.

ROBERT.

Toi qui n'entends rien aux choses d'argent, toi, Briac, tu fais des opérations de Bourse?

BRIAC.

Je ne les comprends pas toujours, mais je suis les coups, comme aux échecs; ça m'amuse.

* Briac, Robert, Adrienne, la baronne.

ROBERT.

Si quelqu'un pouvait être l'ami et l'associé de M. Maubray, ce n'était pas toi.

BRIAC.

Robert, sois calme.

ROBERT.

Tu devrais comprendre, au moins, l'émotion que je ressens. C'est la première fois depuis dix-sept ans que j'entends prononcer le nom de Maubray, ce nom qui me rappelle toutes mes souffrances et toutes mes joies.

BRIAC.

Je m'explique bien ton émotion.

ROBERT.

Mais tu ne t'expliques pas que je m'étonne de te voir son ami, toi, le confident de toutes mes pensées; toi, qui sais comment on m'a séparé de la femme que j'aimais, comment on m'a forcé de partir; toi, qui m'engageais à céder, en me répétant : « Je suis là, je veillerai sur elle. » Je n'aurais pas dû partir; j'aurais dû résister aux conseils de ce que tu appelais la raison; j'aurais dû me révolter contre les ordres implacables de mon père.

Il va s'asseoir sur le canapé.

BRIAC.

Tu n'écoutais ni les conseils ni les ordres : c'est à elle seule que tu as obéi. Rester, c'était la perdre, tu le savais bien. Vous aviez été imprudents tous les deux. Le mari allait tout découvrir.

ROBERT.

Est-ce qu'il songeait à elle? Est-ce que ce financier, qui avait plus de deux fois son âge, est-ce que cet ambitieux effréné, — ton ami aujourd'hui, — se préoccupait de sa femme? Il avait épousé une jeune fille qui portait un grand nom. C'est tout ce qu'il avait voulu; il vivait comme séparé d'elle, combinant des entreprises aventureuses, faisant de longs voyages...

BRIAC, *vivement.*

Il travaillait à relever sa fortune et vivait seul pour cacher ses luttes et ses angoisses. Rien ne prouve qu'il n'ait pas aimé sa femme. Tu n'as pas oublié cette fatale soirée...

ROBERT.

Elle avait cru entendre le pas de son mari dans une chambre voisine. Elle s'était trompée.

BRIAC.

On ne l'a jamais su.

ROBERT.

Le lendemain, j'ai rencontré ce Maubray, — je le cherchais, — et pas un muscle de son visage n'a tressailli. Serais-je parti sans cela !

BRIAC.

Elle t'avait supplié de partir sans chercher à la revoir.

ROBERT.

Et je ne l'ai pas revue. Et quelques mois après tu m'as écrit : Elle est morte. — Elle est morte ! voilà tout. J'avais eu raison de partir, n'est-ce pas ? Je m'étais conduit en homme sage, malgré mes vingt-deux ans. Je n'avais pas brisé mon avenir, je suis devenu un personnage, j'ai tous les bonheurs ; — mais elle est morte. Et l'enfant qui devait naître...

BRIAC, *l'arrêtant et s'asseyant en face de lui.*

Ne ravive pas des souvenirs douloureux. Tu as fait ton devoir ; ne te reproche rien. Ton amour a fini comme finissent tous les amours coupables.

ROBERT.

Coupables !

BRIAC.

Tu n'avais pas vingt-deux ans ; elle en avait dix-huit ; vous aviez été élevés ensemble : c'est votre excuse. Mais enfin, il y avait un mari.

ROBERT.

Oui, elle était mariée depuis un an quand je la revis, un jour, dans son salon ; elle était seule, elle s'avança lentement vers moi. — L'émotion me rendait immobile. — C'était son passé qu'elle retrouvait, c'étaient ses illusions. Elle n'essaya point de parler ; elle me tendit la main et tomba dans mes bras en sanglotant. (Il se lève.) Mais tu ne comprends pas ces ivresses. Tu ne les as jamais ressenties.

Il va s'asseoir à gauche *.

BRIAC, se levant.

Je les ai ressenties comme toi, et j'y ai résisté. J'ai été aimé aussi, moi, il y a dix ans, par une jeune fille nommée Clorinde, très jolie, quoique modiste. Elle aussi, elle allait se jeter dans mes bras. Je l'ai retenue et je l'ai ramenée à sa mère. Ce n'est pas grandiose, ce n'est pas romanesque : c'est bête, parce qu'en France il est toujours bête de faire son devoir. Mais j'ai le courage de ces bêtises-là, moi, c'est ma force. Eh bien, toi, Robert, il faut maintenant que tu aies le courage d'oublier.

Briac s'assied à côté de lui.

ROBERT.

Oui, n'est-ce pas ? Je n'ai pas encore été assez raisonnable. Il fallait tout oublier. Paris ne me rappelle rien ! je suis entré sans trouble dans la demeure modeste où je l'avais vue jeune fille ! je suis passé sans émotion devant l'hôtel où je l'ai retrouvée mariée ! — Je me suis arrêté une heure à regarder les fenêtres de ce petit salon où elle m'avait avoué son amour. Les fenêtres étaient éclairées ; d'autres sont là qui vivent insouciants et heureux, et il ne devait pas me venir une larme ! je n'ai rien à pleurer ! il ne s'est rien passé dans mon existence !

BRIAC.

Tu devrais te marier.

ROBERT.

Me marier ? Tu as toujours raison, Briac. — J'ai ressenti

* Robert, Briac.

tous les enchantements de l'amour, tous les entraînements d'une passion ardente, mais c'était coupable, ça ne compte pas. Je vais rentrer dans la légalité, et tu me trouveras certainement une jolie petite demoiselle que je n'aimerai pas et qui me le rendra bien, ce qui est l'idéal du bonheur en ménage. (Se levant *.) Ah ! mon pauvre Briac, comme on peut changer en dix-sept ans !

BRIAC.

Je ne trouve pas, tu es toujours le même.

LE VALET DE CHAMBRE, entrant par le fond.

Monsieur le comte recevra-t-il aujourd'hui ?

ROBERT.

Oui. Qui est là ? (Le valet remet un billet à Robert. — Lisant.) « Le docteur Solem. » (Avec joie.) Solem ! mon vieil ami Solem !

BRIAC.

Tu ne l'as pas revu ?

ROBERT.

Je n'ai revu personne. Mais on parle souvent de lui ici. Je sais qu'il est très à la mode. — Faites entrer. — (Lisant.) « Le docteur Solem a l'honneur... » — Comment, a l'honneur ! — (Continuant.) « de demander un moment d'entretien au comte de Noja. » — Allons, il paraît que je n'ai plus d'amis !

LE VALET, annonçant.

Le docteur Solem.

SCÈNE V

LES MÊMES, LE DOCTEUR **.

Le docteur entre cérémonieusement et s'arrête stupéfait en voyant Robert.

LE DOCTEUR.

Robert !

* Briac, Robert.

** Briac, Solem, Robert.

ROBERT.

Eh ! oui, Robert. Tu me reconnais donc ?

LE DOCTEUR, *lui prenant les mains avec effusion.*

Si je te reconnais ! je crois bien. Mais ce n'est pas toi que je comptais rencontrer ici.

ROBERT, *étonné.*

Qui espérais-tu donc trouver ?

LE DOCTEUR.

Ton oncle ou ton grand-oncle, un de tes aïeux, — je ne sais pas, moi, — un comte de Noja qui revient d'Amérique.

ROBERT.

Eh bien, c'est moi.

LE DOCTEUR.

Toi ? — Non. Je te parle d'un personnage qui a été ambassadeur.

ROBERT.

C'est moi.

LE DOCTEUR.

Qui rapporte d'Amérique une fortune colossale.

ROBERT, *souriant.*

Colossale, si tu veux.

LE DOCTEUR.

Qui a une nièce à marier.

ROBERT.

J'ai une nièce.

LE DOCTEUR.

Qui veut rester garçon.

ROBERT.

C'est tout à fait moi.

LE DOCTEUR.

Usé par les voyages...

ROBERT.

Hein ?

LE DOCTEUR.

Par un long séjour dans les pays chauds, par les agitations d'une vie accidentée.

ROBERT.

Permets.

LE DOCTEUR.

C'est toi ?

BRIAC.

C'est lui.

LE DOCTEUR.

Eh bien, mon bon Robert, je venais sonder tes intentions et me renseigner sur ta santé.

ROBERT, riant.

Pour le compte de mes héritiers ?

LE DOCTEUR.

Pour le compte de M. de Beaubriand père, qui désire marier son fils, le jeune Achille de Beaubriand, avec mademoiselle de Jublains, ta nièce.

ROBERT.

En quoi cela me regarde-t-il ?

LE DOCTEUR.

Comment, en quoi ? Tu es compté dans la dot : trois cent mille francs et des espérances, un oncle immensément riche.

ROBERT.

Ah !

LE DOCTEUR.

Usé par les voyages, par un long séjour...

ROBERT.

Va, va.

BRIAC.

Un oncle enfin dans la bonne acception du mot.

ROBERT.

A merveille.

BRIAC, à Robert.

Que te disais-je? Tu n'as qu'un parti à prendre, te marier le plus vite possible.

ROBERT.

Je ne me marierai jamais.

LE DOCTEUR.

Jamais, on nous l'a promis. Est-ce que tu comptes devenir vieux ?

ROBERT.

Tu as toujours été railleur, mon bon Solem.

LE DOCTEUR.

Je ne raille pas; je remplis ma mission. Il s'agit de savoir si M. de Beaubriand fils épousera ta nièce.

ROBERT.

Je n'y vois aucun obstacle.

LE DOCTEUR, *se récriant.*

Aucun obstacle! Mademoiselle Adrienne est jolie, gracieuse, bonne, spirituelle...

ROBERT.

Eh mais ! c'est de l'enthousiasme.

LE DOCTEUR.

Adorable. — Tandis que le jeune Achille... Mais je suis chargé de faire son éloge.

ROBERT.

Ne te gêne pas.

BRIAC.

Il est fils de ministre.

LE DOCTEUR.

Voilà. Le père est un homme à ménager.

ROBERT.

Il me semblait, docteur, qu'autrefois tu ne ménageais rien.

LE DOCTEUR, *galement.*

Maintenant, je ménage mes clients. Je fais un peu leurs commissions, comme tu vois, ce qui est censé m'honorer beaucoup. (Le domestique entre et remet une carte à Robert.) Il faut être de son temps. Je suis plein de respect pour M. de Beaubriand père, j'écoute poliment M. de Beaubriand fils. Je finis même par trouver que tout cela n'est pas plus désagréable que les trois quarts des choses ennuyeuses de la vie.

ROBERT, lui montrant la carte et souriant.

Mais le voilà, ton monsieur.

LE DOCTEUR, étonné.

Bah !

ROBERT, lui donnant la carte.

Achille de Beaubriand.

LE DOCTEUR.

Il vient t'examiner lui-même. Mes clients n'ont plus confiance en moi.

ROBERT, au valet.

Faites entrer. (Au docteur.) Quel emploi a-t-il dans la société, cet aimable jeune homme ?

BRIAC.

Jusqu'à présent...

LE DOCTEUR.

Il rend les saluts que l'on adresse à son père.

SCENE VI

LES MÊMES, ACHILLE*.

ACHILLE, à la porte de l'antichambre, parlant au valet qui annonce et appuyant sur la particule.

De Beaubriand, Achille de Beaubriand. (On annonce.) M. Achille de Beaubriand.

Le docteur et Briac vont à sa rencontre.

* Solem, Achille, Briac, Robert.

ACHILLE, entrant.

Eh ! c'est le docteur. Bonjour, docteur. Et Briac ! quelle bonne fortune ! Je vous cherchais précisément.

BRIAC, avec empressement.

Comment se porte M. votre père ?

ACHILLE.

Bien, très bien, mon père va bien. (Cherchant toujours.) Le comte de Noja ?

ROBERT, s'avançant *.

C'est moi, monsieur.

ACHILLE, étonné.

Ah ! pardon, monsieur. — Docteur, voulez-vous me présenter à M. de Noja.

LE DOCTEUR, le présentant.

M. Achille de Beaubriand, dont le père est connu...

Achille salue avec satisfaction.

ROBERT.

Dans les deux mondes.

ACHILLE, saluant toujours.

Oui, oui. (Se rapprochant du docteur. Bas.) Dites donc, docteur, il est très jeune. (A Robert.) Je tenais à vous remercier moi-même de la gracieuse invitation que vous avez daigné m'envoyer.

BRIAC, bas, à Robert.

Tu l'as donc invité ?

ROBERT.

Probablement.

ACHILLE.

Dans notre monde il n'est bruit que de votre bal. Voilà ce que j'appelle faire galamment sa rentrée.

ROBERT.

On m'a perdu de vue depuis si longtemps qu'il m'a paru nécessaire de me montrer un peu.

* Solem, Achille, Robert, Briac.

ACHILLE.

Certes, certes. (*Au docteur, bas.*) Il est atrocement jeune.

LE DOCTEUR, *gravement.*

Il a dépassé la moyenne.

ACHILLE.

Vous n'avez encore paru nulle part, et vous obtenez déjà un succès colossal.

ROBERT.

Moi ? je ne suis pas connu.

ACHILLE.

Précisément. On s'imagine qu'il faut être connu. C'est une erreur. Paris est abominablement curieux ; seulement, quand il sait tout, il ne s'occupe plus de rien.

ROBERT, *bas, à Briac.*

Il me désarme.

Il remonte au fond chercher une chaise, qu'il apporte à Achille.

ACHILLE, *bas au docteur.*

Dites donc, docteur, il a une santé excellente.

LE DOCTEUR.

Je le crains.

ACHILLE.

Je dois vous avouer, monsieur le comte, que je ne viens pas seulement vous remercier. Ma visite a un côté intéressé.

ROBERT, *riant.*

Vraiment, monsieur ?

*Tout le monde s'assied *.*

ACHILLE.

Vous avez admis le public à visiter la galerie de Folny.

ROBERT.

Oui, monsieur, je la vends.

ACHILLE.

Vous ne réservez aucune toile ?

* Le docteur, Achille, Robert, Briac.

ROBERT.

Aucune.

Briac et le docteur ne peuvent s'empêcher de rire.

ACHILLE.

Ah ! vous riez, Briac.

BRIAC.

Je n'étais pas à la conversation.

ACHILLE.

Vous riez aussi, docteur.

LE DOCTEUR.

Moi ! Au contraire.

ACHILLE, se tournant vers Robert.

Je vais vous dire, en deux mots, ce qui égaye ces messieurs. Il y a deux ans, les bals costumés étaient très à la mode dans notre monde. J'y avais quelques succès, — je porte assez élégamment le costume. Chez mon père, surtout, le succès fut énorme. J'ai eu la fantaisie de faire reproduire ce souvenir par un peintre, un homme de génie, de mes amis. Nous nous sommes brouillés, il a vendu mon portrait. Le baron de Folny, ennemi politique de mon père, l'a acheté à prix d'or, et m'a exposé au beau milieu de sa galerie, en arlequin. (Se levant et se posant en arlequin.) Je tiens mon masque d'une main et ma batte de l'autre ; c'est d'une ressemblance !

ROBERT.

Je me demandais aussi où j'avais eu l'honneur de vous voir.

ACHILLE, se rasseyant.

C'est là. — (Gravement.) Eh bien, lorsqu'on est dans ma position, qu'on est destiné à devenir un homme politique, il n'est pas agréable d'être peint sous ce costume. Comme le dit très bien Anatole, — Anatole de Ferruzac, un de mes bons amis, — on verrait un homme politique en arlequin, dans sa chambre, ce serait tout naturel. Mais en public, non.

ROBERT.

Vous me permettrez, monsieur, de ne pas me prêter à cette mauvaise plaisanterie. Le tableau va être enlevé.

Il sonne.

ACHILLE.

Oh ! monsieur, oh ! c'est d'un vrai gentleman.

ROBERT, au valet qui entre.

Vous connaissez l'arlequin qui est dans la galerie ?

LE VALET.

Parfaitement, monsieur le comte.

ROBERT.

Faites-le enlever et mettez-le à la disposition de M. de Beaubriand.

Le valet traverse et sort par la porte qui s'ouvre sur la galerie. — Il la referme.

ACHILLE, se levant. — Avec émotion.

D'un vrai gentleman. — C'est maintenant, entre nous, à la vie et à la mort.

ROBERT, souriant.

Vous allez un peu loin.

Ils se lèvent tous.

ACHILLE.

Non, non. Et je voudrais faire quelque chose pour vous, quelque chose de... (Avec conviction.) Permettez-moi de vous présenter à mon père.

ROBERT, souriant.

Vous êtes trop bon.

Briac remonte vers le fond *

ACHILLE.

Et je réclame l'honneur de vous servir de cicerone dans le high-life parisien.

ROBERT.

Je compte sortir très peu, et, d'ailleurs, j'ai déjà un guide, mon vieil ami de Briac.

* Le docteur, Briac, Achille, Robert.

ACHILLE, riant, en regardant Briac.

Briac n'est pas un guide, Briac est un réfractaire. La vertu de Briac est aussi célèbre dans notre monde que celle de Joseph.

LE DOCTEUR.

Qui n'y est pas connu.

ACHILLE.

Qui n'y est pas connu. Tout Paris vous racontera l'histoire de Briac et de Clorinde.

BRIAC, voulant l'arrêter.

Je vous en prie.

ACHILLE.

C'est une légende. — Briac a été sévère, et Clorinde s'est évanouie.

BRIAC.

Vous pouvez railler ; j'ai la conscience d'avoir rendu une honnête femme à la société.

ACHILLE.

Très cher, vous faites tort à vos amis. Vous voyez, mon cher comte, que Briac ne vous mènerait à rien. Et cependant, je vais être sincère. Depuis deux heures, j'envie Briac.

BRIAC, étonné.

Moi ?

ACHILLE.

Oui, vous, cher, vous-même. Je vous cherchais pour vous le dire. Je vous envie horriblement. — Avec qui causiez-vous donc, entre midi et une heure, boulevard des Capucines ?

BRIAC, inquiet.

Je ne sais.

ACHILLE.

Avec la plus ravissante jeune fille qu'on puisse rêver.

BRIAC, embarrassé.

C'est-à-dire...

ROBERT, allant à Briac *.

Voilà que tu rougis, Briac; quelle est donc cette jeune fille?

ACHILLE.

Elle n'a pas encore paru dans le monde, je la connaîtrais.

LE DOCTEUR.

Eh bien, Briac?

BRIAC.

Que vous importe une jeune personne dans une situation modeste?

ACHILLE.

Ah! vous mentez, Briac. Nous surprenons Briac en flagrant délit de mensonge. — Cela devient piquant.

BRIAC, très embarrassé.

Je vous assure...

ACHILLE.

Cette jeune personne, de condition modeste, était suivie d'une gouvernante et venait de descendre d'une superbe calèche, attelée de deux pur-sang. Et voici ce qui s'était passé : ça me paraît très bête à raconter, c'était adorable à voir. (Briac va s'asseoir au fond, à gauche, le docteur reste debout, Robert montre un siège à Achille et ils s'assoient tous deux **.) Il y avait foule au boulevard des Capucines, une foule qui attendait je ne sais quoi et qui s'ennuyait d'attendre. Un vieillard essaye de passer, long, sec, maigre, démodé de costume, encore plus démodé de tournure, une ruine! on se met à rire, il se retourne avec un mouvement de fierté si prodigieusement comique sous cet habit râpé, que la gaieté devient du délire et que la cruauté s'en mêle. On le suit, on le heurte, on le harcèle. On riait plus fort, je riais aussi, Anatole se tordait, — Anatole de Ferruzac. — Et le pauvre vieillard, affolé, perdait la tête. C'était d'un drôle! (Se levant.) Quand tout à

* Le docteur, Briac, Robert, Achille.

** Briac assis au fond, à gauche, le docteur debout, Robert et Achille assis.

coup une calèche s'arrête, une jeune fille en descend, va droit au vieillard, lui tend la main, le conduit à sa voiture, et dit au cocher : « Conduisez monsieur à l'adresse qu'il vous indiquera *. » Puis elle traverse la foule à pied, au bras de sa gouvernante. Et tout cela si simplement, qu'on ne s'en est pas étonné; mais on ne riait plus; moi-même... je... et Anatole... (Très ému.) C'est bête, n'est-ce pas?

ROBERT, se levant.

C'est charmant, au contraire. C'est mieux que de la bonté, mieux que de la pitié : c'est du courage. Tu es heureux, Briac, de pouvoir féliciter l'héroïne de cette jolie action.

ACHILLE.

Vous comprenez, très cher, que vous ne pouvez plus nous taire son nom. Elle appartient à l'histoire.

BRIAC, se levant **.

Ce n'est pas ce qu'elle a voulu, j'en suis sûr.

ACHILLE.

Vous persistez?

BRIAC.

Mon cher monsieur de Beaubriand, le plus grand service qu'on puisse rendre à une jeune fille, c'est de ne pas parler d'elle.

ACHILLE.

Vous me donnez une leçon, Briac.

BRIAC.

Dieu m'en garde!

ACHILLE, très piqué, d'un ton sec.

Si, si, c'est une leçon. — Je vous demande pardon, mon cher comte, de ce petit incident. — Je suppose qu'on a enlevé l'*arlequin?*

ROBERT.

Vous pouvez vous en assurer en passant par la galerie.

* Briac, le docteur, Achille, Robert.
** Le docteur, Briac, Achille, Robert.

ACHILLE, lui tendant la main, au fond.

A la vie, à la mort. (Au docteur, qui l'accompagne.) Dites donc, docteur, vous savez que je n'épouserai pas sa nièce.

Robert est revenu vers Briac; ils vont s'asseoir près de la table.

LE DOCTEUR.

Ah!

ACHILLE.

Voilà un oncle qu'on attendrait toute sa vie; ce n'est pas un oncle, c'est un neveu.

SCÈNE VII

ROBERT, LE DOCTEUR, BRIAC*.

LE DOCTEUR, après qu'Achille est sorti, à Robert.

Eh bien, qu'en dis-tu?

ROBERT.

Je l'aimais mieux en arlequin.

LE DOCTEUR.

Parbleu!

ROBERT.

Mais il a été ému tout à l'heure, c'est une bonne note.

LE DOCTEUR.

Alors, me voilà embarrassé pour te faire un aveu : tu n'es pas l'oncle de ses rêves.

ROBERT.

Je l'ai bien vu.

LE DOCTEUR.

Nous renonçons à ta nièce.

ROBERT.

Je pourrai donc devenir vieux à mon aise?

* Le docteur, Robert assis, Briac.

LE DOCTEUR, lui donnant la main.

Je t'y engage.

ROBERT.

Tu t'en vas?

LE DOCTEUR.

Mais, mon ami, j'ai des malades. Je ne veux pas qu'ils profitent de mon absence pour guérir.

Il va pour sortir, Achille rentre en courant par la porte du fond qu'il laisse ouverte. On aperçoit du monde dans la galerie.

SCÈNE VIII

BRIAC, LE DOCTEUR, ACHILLE, ROBERT.

ACHILLE.

Restez, restez, docteur, nous allons confondre ce mystérieux Briac : je vais vous montrer l'héroïne de mon histoire. Elle visite la galerie avec sa gouvernante et cette excellente mademoiselle Boin. Mademoiselle Boin est un peu ma parente; je vais arrêter ces dames. Regardez.

Le docteur est au fond du premier salon, à gauche. — Robert et Briac sont sur le devant, à droite. — Achille va saluer trois dames qu'il fait entrer dans le second salon, en leur signalant quelques tableaux. — Puis il offre son bras à mademoiselle Boin, laissant passer Christiane avec sa gouvernante. — Ils rentrent dans la galerie dont la porte se referme.

ROBERT.

Elle est ravissante.

LE DOCTEUR, se rapprochant au moment où les dames disparaissent.

C'est mademoiselle Maubray.

ROBERT, faisant un bond.

Maubray ! il y a une demoiselle Maubray ?

BRIAC, dissimulant mal son trouble.

Oui.

LE DOCTEUR.

Qui a dix-sept ans déjà, et dont la mère est morte en lui donnant le jour. — A bientôt.

Il sort par le fond.

SCÈNE IX

ROBERT, BRIAC*.

ROBERT, après un moment de silence et avec une profonde émotion.

Pourquoi es-tu l'ami de Maubray? Pourquoi es-tu son associé? Pourquoi es-tu entré dans sa maison? — Pour veiller sur ma fille!

BRIAC.

Plus bas! Plus bas!

ROBERT.

Tu avais peur de me voir revenir; tu m'as caché sa naissance. — Je te pardonne, je ne t'en veux pas. — C'est pourtant bien horrible, ce que tu as fait là. Tu m'as laissé ignorer que j'avais une fille, moi qui croyais avoir tout perdu et qui m'imaginais ne plus tenir à la vie. Tu m'as menti dix-sept ans. (Vivement.) Tout est oublié. Tu étais près d'elle. Tu la voyais tous les jours. Tu es bon, tu es dévoué, tu es sensible. (Avec effusion, en le pressant dans ses bras.) Je te connais bien, va, et je t'aime bien. (Le quittant.) Mais à présent, je suis là.

BRIAC.

Tu es là? Que prétends-tu faire? Est-ce que cette enfant ne s'appelle pas mademoiselle Maubray.

ROBERT.

Maubray! Elle est à moi; elle est mon sang; elle est ma vie.

BRIAC.

Elle ne peut être pour toi qu'une étrangère.

ROBERT.

Une étrangère?

BRIAC.

Et que veux-tu qu'elle soit? (Robert se tait. Après un moment de

* Robert, Briac.

silence, Briac va à lui.) Cela est très douloureux, sans doute ; je te plains de toute mon âme. Mais qu'y pouvons-nous ?

ROBERT, accablé.

Tu as raison. Je suis un égoïste.

Il tombe sur une chaise à gauche.

BRIAC, s'asseyant à côté de lui.

Tu comprends maintenant pourquoi je te suppliais de repartir.

ROBERT.

Repartir ?

BRIAC.

Ta présence ici est un danger, tu te trahirais.

ROBERT.

Non. Je te jure que je ne me trahirai pas. Tu vois bien que je t'ai compris, tu vois bien que je suis calme. Il y a un homme qu'elle appelle son père, qu'elle aime comme son père, et elle ne me connait pas, elle ne doit pas me connaître. Cela est juste, cela est bien, il faut que cela soit ainsi. Mais, au moins, je suis à Paris, comme elle ; je la verrai passer quelquefois ; je la suivrai, de loin, sans me montrer ; j'entendrai peut-être sa voix. (Baissant la voix et avec prière.) Je voudrais bien lui parler.

BRIAC.

Jamais ! Jamais ! Tout ce que tu me dis m'épouvante. Tu nous perdras.

ROBERT.

Ne te fâche pas. Je n'ai que toi au monde pour me parler d'elle.

BRIAC.

Eh bien, sois courageux ; on ne sort d'une position fausse que par la fuite. Retourne en Amérique, va-t'en.

ROBERT.

Je ne suis pourtant pas bien exigeant.

BRIAC.

As-tu calculé ce que nous coûterait une imprudence ?

ROBERT.

Tu ne songes qu'à elle. Tu as de la tendresse pour elle, tu me l'as avoué. Tous ceux qui la voient sont charmés. Ce Beaubriand lui-même n'a pu raconter ce qu'elle avait fait, sans émotion, et tu ne veux pas que moi, — moi ! — je l'aime un peu aussi ! — Comment se nomme-t-elle ? Je ne sais même pas son nom.

BRIAC, très ému malgré lui.

Tu vois bien, tu veux tout savoir.

Il se lève.

ROBERT, toujours assis.

Ah ! tu me comprends enfin, puisque tu pleures.

BRIAC.

Moi ? Non, — je pleure peut-être, — mais je ne faiblirai pas.

ROBERT, avec douleur.

Je lui fais pitié, voilà tout.

SCÈNE X

Les Mêmes, ADRIENNE.

ADRIENNE, entrant vivement par la porte de gauche.

Me voici, mon oncle.

BRIAC, avec joie.

Ah ! mademoiselle Adrienne !

ADRIENNE.

Je ne vous chasse pas, monsieur de Briac.

BRIAC.

Non, mademoiselle, je partais.

Dans son empressement, il prend le manchon qu'Adrienne avait posé sur un meuble.

ADRIENNE, riant.

C'est à moi, cela, monsieur de Briac.

BRIAC.

Pardon, mon paletot est dans l'antichambre.

ADRIENNE.

Vous voilà tout à fait distrait.

BRIAC.

Au contraire.

Il sort.

SCÈNE XI

ROBERT, ADRIENNE.

ADRIENNE, *étonnée.*

Qu'a donc M. de Briac ? — Mon oncle ! — Mon oncle !

ROBERT, *se levant.*

Quoi ?

ADRIENNE.

Vous ne me rendez pas la liste de vos invités?

ROBERT, *la lui montrant sur la table.*

Elle est là.

Il remonte vers la porte de la galerie.

ADRIENNE.

Vous n'avez ajouté personne?

ROBERT.

Non.

ADRIENNE.

Je voudrais bien ajouter quelqu'un, moi.

ROBERT.

Ajoute qui bon te semble.

ADRIENNE.

Vraiment ! oh ! que je suis contente ! (*Elle court vivement à la table, prend une plume.*) Monsieur et mademoiselle Maubray.

ROBERT, s'arrêtant vivement *.

Mademoiselle !

ADRIENNE.

Oh ! mon oncle, — soyez bon : mademoiselle Maubray est mon amie.

ROBERT, s'approchant.

Ah ! elle est?...

ADRIENNE.

Ma meilleure amie. (Le priant.) Permettez-moi de l'inviter.

ROBERT.

Que je te permette?...

ADRIENNE.

Elle sera si heureuse !

ROBERT.

Elle sera heureuse?

ADRIENNE.

Songez donc ! C'est son premier bal.

ROBERT.

Ah !

ADRIENNE.

C'est chez vous qu'elle fera son entrée dans le monde, et vous pouvez en être fier, vous n'aurez pas une danseuse plus belle que Christiane.

ROBERT.

Christiane ! (S'asseyant en face d'elle.) Elle s'appelle Christiane.

ADRIENNE.

Un joli nom, n'est-ce pas?

ROBERT.

Oui.

ADRIENNE.

Eh bien, elle est encore plus jolie que son nom, et puis, on ne la connaît pas : on la croit sauvage; elle est sincère, elle est aimante, elle est gaie, vous verrez.

* Robert, Adrienne assise à la table.

ROBERT.

Je lui parlerai donc?

ADRIENNE.

Si elle vient chez vous!

ROBERT, se levant.

Ah! oui, oui. — Eh bien, Adrienne, est-ce qu'on a tout préparé pour ce bal? Ce sera superbe, n'est-ce pas? Vous n'épargnerez rien! Je veux beaucoup de lumières, des lumières à profusion, et des fleurs? Je veux des fleurs partout, des fleurs gaies. Nous irons les choisir ensemble, Adrienne.

ADRIENNE, allant à lui.

Quand vous voudrez, mon oncle.

ROBERT.

A l'instant.

ADRIENNE, vivement.

Me voici.

ROBERT.

Tu oublies... l'invitation.

ADRIENNE, souriant.

Oh! ce n'est pas pressé.

ROBERT.

Pourquoi?

ADRIENNE.

Vous allez me gronder. J'ai déjà prévenu Christiane.

ROBERT.

Ah! Et elle a été contente?

ADRIENNE.

Elle m'a embrassée de joie.

ROBERT.

Elle!

ADRIENNE.

Vous voyez que rien ne presse.

ROBERT.

Il me semble, Adrienne, que je ne t'ai pas encore remerciée de toute la peine que tu prends. Laisse-moi t'embrasser.

ADRIENNE.

Oh! mon oncle! (Avec un sourire.) C'est la première fois.

ACTE DEUXIÈME

CHEZ MAUBRAY

Un salon. — Entrée au fond à droite. — Appartement de Maubray au second plan à droite; porte conduisant aux bureaux au premier plan. — A gauche, l'appartement de Christiane. — Cheminée au fond, avec glace sans tain sur un jardin d'hiver. — Table à droite, guéridon à gauche. — A droite de la cheminée un canapé, à gauche un fauteuil. — Un fauteuil près de la table; un canapé à côté du guéridon. — Une console à gauche, surmontée d'une grande glace. Sur la console une jardinière remplie de fleurs et un vase contenant un magnifique bouquet de roses.

SCÈNE PREMIÈRE

CHRISTIANE, LE DOCTEUR, puis HENRIETTE.

Christiane est assise sur le canapé près de la cheminée. — Le docteur est debout appuyé à la cheminée.

CHRISTIANE.

Vous venez voir, docteur, comment je me trouve des eaux? Je m'en trouve à merveille.

LE DOCTEUR.

Ce n'est pas une visite de médecin, c'est une visite de curieux.

CHRISTIANE.

Vous m'avez tout à fait guérie.

LE DOCTEUR.

Je n'ai jamais été inquiet.

CHRISTIANE.

Oh ! jamais !

LE DOCTEUR.

Je suis émerveillé de vous retrouver fraîche, forte, transformée ; il paraît que le climat des Pyrénées vous convient.

CHRISTIANE.

N'est-ce pas ? Et puis, je suis si heureuse !

LE DOCTEUR.

Oh ! alors, tous les climats vous sont bons.

CHRISTIANE.

Je le crois, car je me sens très bien à Paris, maintenant, — aujourd'hui surtout.

LE DOCTEUR.

Il faut en conclure que les médecins n'entendent rien aux jeunes filles.

CHRISTIANE.

Ce n'est pas ce que je prétends. Vous êtes très habile; vous m'avez ordonné les distractions, — c'est d'un bon médecin, cela.

LE DOCTEUR.

Nous ne voulons plus que vous viviez toujours seule, repliée sur vous-même, dans cette maison un peu sérieuse, un peu triste pour vous. Il faut que vos dix-sept ans s'épanouissent en plein soleil. — Je l'ai dit à monsieur votre père.

CHRISTIANE.

Aussi, dès mon arrivée, mon père m'a annoncé que j'irais dans le monde cet hiver ; qu'il me conduirait partout où il me serait agréable d'aller. (Henriette entre. — Se levant.) Ce sont mes fleurs ?

HENRIETTE.

Oui, mademoiselle.

Elle va déposer le carton qui contient les fleurs sur le guéridon.

LE DOCTEUR.

Et vous allez au bal, ce soir ?

CHRISTIANE.

Me le défendez-vous ?

LE DOCTEUR.

Je vous le prescris.

CHRISTIANE.

C'est pour ma coiffure.

LE DOCTEUR.

Faites comme si je n'étais pas là, je vous en prie.

CHRISTIANE, allant au guéridon à gauche et s'asseyant sur le canapé.

Voyons vite, puisque le docteur le permet. (A Henriette.) Avez-vous recommandé au cocher d'être exact ?

HENRIETTE.

Oui, mademoiselle.

CHRISTIANE.

Je voudrais arriver la première.

HENRIETTE.

Mais mademoiselle ne se doute pas qu'elle a beaucoup humilié le cocher.

CHRISTIANE.

Moi ?

HENRIETTE.

En le forçant à conduire, hier, un monsieur ridicule. Il est aristocrate, le cocher.

CHRISTIANE, prenant sa bourse et tirant une pièce d'or.

Eh bien, Henriette, allez lui dire que la personne qu'il a eu l'honneur de conduire hier lui envoie cela.

HENRIETTE.

Vingt francs !

CHRISTIANE, souriant.

Puisqu'il a été humilié.

HENRIETTE.

Il va croire qu'il a mené un prince.

CHRISTIANE

C'est ce qu'il faut. (Henriette sort. — Au docteur qui est descendu. C'est à l'hôtel de Folny que je vais.

LE DOCTEUR.

Chez le comte de Noja ?

CHRISTIANE.

Oui, c'est l'oncle d'Adrienne ; elle fera les honneurs de la fête avec sa mère. C'est elle qui m'a invitée. J'ai vite prévenu mon père, j'organise ma toilette, et je voudrais que tout le monde fût content autour de moi.

LE DOCTEUR.

Alors le moment serait bon pour vous adresser une requête.

CHRISTIANE, se levant*.

Excellent !

LE DOCTEUR.

Eh bien, je vais vous avouer que je venais un peu en solliciteur.

CHRISTIANE.

Tant mieux. Que faut-il faire ? Dites vite.

LE DOCTEUR.

Je ne vous demande que de m'appuyer auprès de M. votre père.

CHRISTIANE, avec embarras.

Auprès de mon père ?

LE DOCTEUR.

J'ai accepté, sans beaucoup réfléchir, une mission délicate, et les grands financiers m'intimident toujours. Je sens si bien leur supériorité. Il s'agit d'un malheureux...

CHRISTIANE, vivement.

Je pourrais peut-être le secourir toute seule.

* Christiane, le docteur.

LE DOCTEUR.

Non. Celui dont je vous parle a été un instant millionnaire. C'est un M. de Senoncourt.

CHRISTIANE.

Je l'ai vu souvent ici.

LE DOCTEUR.

Il a été l'ami de M. Maubray.

CHRISTIANE.

Mon père ne peut refuser de lui venir en aide.

LE DOCTEUR.

Alors...

CHRISTIANE.

Cependant, je n'oserais pas lui en parler. Mon père est excellent pour moi ; il est très charitable ; mais il ne m'associe pas à ses bonnes actions.

LE DOCTEUR, se dirigeant vers la porte.

Pardonnez-moi, mademoiselle.

CHRISTIANE.

Il est absent en ce moment.

LE DOCTEUR.

Je reviendrai pour le voir.

CHRISTIANE.

Je suis sûre que vous obtiendrez tout ce que vous voudrez, aujourd'hui surtout que vous avez rendu la santé à sa fille, — je lui dirai cela, par exemple.

LE DOCTEUR.

C'est plus que je ne vous demandais, et je m'en veux de vous avoir émue ainsi pour un personnage qui ne le mérite guère. Je connais bien pourtant cette sensibilité excessive, qu'il faudra combattre.

SCÈNE II

LE DOCTEUR, ADRIENNE, CHRISTIANE.

ADRIENNE, à la porte du fond, s'adressant à quelqu'un dans l'antichambre.

Attendez-moi.

CHRISTIANE, avec joie, allant à elle, pendant que le docteur descend à droite.

Adrienne!

ADRIENNE, à la même personne.

Je ne resterai que cinq minutes.

CHRISTIANE, devenant subitement triste.

Cinq minutes!

ADRIENNE, gaiement.

Je viens prendre des nouvelles de ta toilette. Que je ne vous fasse pas fuir, docteur!

LE DOCTEUR.

Je ne veux pas vous prendre un temps si précieux.

ADRIENNE, souriant*.

Je resterai cinq minutes et demie. — Comment avez-vous trouvé Christiane? Très bien, n'est-ce pas? Il faut absolument qu'elle se porte très bien aujourd'hui.

CHRISTIANE.

Oh! oui.

LE DOCTEUR.

Je ne reproche plus à mademoiselle Christiane que d'être trop impressionnable.

ADRIENNE.

Oh! pour elle, il n'y a pas d'indifférents.

CHRISTIANE.

C'est vrai.

* Christiane, Adrienne, le docteur.

LE DOCTEUR.

Eh bien, pour les égoïstes, — qui sont des gens d'esprit, remarquez cela, et qui vivent très vieux — il n'y a au monde que des indifférents. Prenez un juste milieu.

CHRISTIANE, à Adrienne.

Me le conseilles-tu?

ADRIENNE.

Oh! non, je t'aime mieux comme tu es.

LE DOCTEUR.

Moi aussi, parbleu!

ADRIENNE.

Quoi, vraiment, tous les gens d'esprit sont égoïstes?

LE DOCTEUR.

Je ne dis pas cela. Je crois seulement que tous les égoïstes sont gens d'esprit.

ADRIENNE.

A la bonne heure. — Vous ne me disiez pas, docteur, que vous êtes l'ami de mon oncle.

LE DOCTEUR.

Son ami intime.

ADRIENNE.

Était-il gai autrefois?

LE DOCTEUR.

Follement gai ou absolument triste.

ADRIENNE, à Christiane.

Comme toi.

LE DOCTEUR.

Extrême en tout.

ADRIENNE.

Alors, je m'explique pourquoi il m'adore depuis hier, c'est parce que, avant, il me détestait.

LE DOCTEUR, souriant.

Vous, mademoiselle?

ADRIENNE.

Oh! aujourd'hui il est transformé. Son bal l'enchante; rien n'est assez beau, rien n'est assez brillant, rien n'est assez cher. Et il est gai, et il est bon, et il est distrait, et il m'embrasse! Oh! il m'aime beaucoup. Mais avant il me détestait, je l'ai compris, je l'ai vu, je le sais.

LE DOCTEUR.

Une jeune fille de vingt ans ne sait jamais ce que pense un homme de quarante.

ADRIENNE.

Pourquoi donc?

LE DOCTEUR, *en saluant pour prendre congé.*

Parce que c'est l'âge où nous devenons timides.

ADRIENNE.

Ah!

LE DOCTEUR.

Mesdemoiselles.

Il sort.

SCÈNE III

CHRISTIANE, ADRIENNE.

CHRISTIANE, *à Adrienne qui reste un peu rêveuse.*

Eh bien?

ADRIENNE, *vivement.*

Me voici toute à toi, maintenant.

Elles s'assoient toutes les deux sur le canapé près du guéridon.*

CHRISTIANE.

Cinq minutes!

ADRIENNE.

Oh! tu ne sais pas tout ce que je peux dire en cinq minutes, moi. M. de Kerhuon sera au bal.

* Christiane, Adrienne.

CHRISTIANE.

Ah!

ADRIENNE.

Nous l'avons invité.

CHRISTIANE.

Avec son fils?

ADRIENNE.

Tu penses bien que je n'aurais pas oublié le fils.

CHRISTIANE.

Que tu es bonne!

ADRIENNE.

N'est-ce pas?

CHRISTIANE.

Mais tu ne peux pas comprendre ma joie.

ADRIENNE.

Oh! si.

CHRISTIANE.

Tu as deviné...

ADRIENNE.

Que tu l'aimais? — Mais, ma mignonne, tu ne m'as parlé que de lui dans tes lettres.

CHRISTIANE.

Tu crois?

ADRIENNE.

Tu le voyais tous les jours là-bas?

CHRISTIANE.

On se retrouve, souvent, aux eaux; il causait avec moi comme avec tout le monde, un peu plus qu'avec tout le monde. Il me paraissait si bon, si loyal, si sincère, que j'avais un grand plaisir à l'entendre.

ADRIENNE.

Et il avait une grande joie à t'écouter?

CHRISTIANE.

Oui, je sens si bien quand on a de l'affection pour moi! Il est parti quelques jours avant nous, et quand il m'a fait ses adieux, il a vu que je pleurais.

ADRIENNE.

Ah !

CHRISTIANE.

Lui aussi, il pleurait.

ADRIENNE.

Alors...

CHRISTIANE.

Il m'a dit qu'il n'aurait pas d'autre femme que moi ; je lui ai répondu que je ne serais pas à un autre.

ADRIENNE.

Et vous avez organisé cela ainsi, tous les deux ?

CHRISTIANE.

Bien simplement, comme tu vois ; mais je suis sûre de lui comme il est sûr de moi.

ADRIENNE, *gaiement.*

Marquise de Kerhuon, comme cela t'ira bien !

CHRISTIANE.

C'est un beau nom ; mais je suis noble aussi par ma mère.

ADRIENNE.

Quand demandera-t-il ta main ?

CHRISTIANE.

Aujourd'hui, demain peut-être. Il devait attendre mon retour. — Je voudrais bien être jolie, ce soir.

ADRIENNE.

Oh ! pour cela le plus fort est fait. Tu te mets en blanc ? Une robe de tulle, n'est-ce pas ?

CHRISTIANE.

Sans garniture, sans bijoux, tout à fait simple.

ADRIENNE.

Pour faire oublier ta fortune. Tu ne tiens pas à tes mérites.

CHRISTIANE.

Et pourtant, c'est quelquefois bien bon de se sentir riche.

ADRIENNE.

Cela dépend.

CHRISTIANE, souriant.

Tu as peur d'enrichir ton mari ?

ADRIENNE.

J'ai peur qu'il n'ose pas se présenter.

CHRISTIANE.

Tu aimes quelqu'un ?

ADRIENNE.

Je le crois.

CHRISTIANE.

Et tu ne me le dis pas.

ADRIENNE.

C'est que ce n'est pas un roman ; je suis très sérieuse, moi, malgré mon air gai.

CHRISTIANE.

Je sais ; je sais que tu voudrais être fière de ton mari.

ADRIENNE.

Je veux qu'il ait une supériorité quelconque, qu'il soit spirituel, un peu original, déjà célèbre, ce qui l'obligerait à avoir plus de vingt ans.

CHRISTIANE.

Le docteur !

ADRIENNE.

Chut ! — (Gaiement.) Vois que de choses on peut dire en cinq minutes.

SCÈNE IV

LES MÊMES, BRIAC.

BRIAC, entrant.

Je vous dérange, mesdemoiselles.

CHRISTIANE.

Vous ne nous dérangez jamais, vous.

BRIAC*.

Je serais venu plus tôt. — J'ai été retenu par un jeune gentilhomme que je ne savais pas si fort de mes amis. Je le rencontre partout depuis deux jours. C'est le fils du marquis de Kerhuon.

CHRISTIANE et ADRIENNE.

Ah !

BRIAC, regardant Christiane.

Vous le connaissez ?

CHRISTIANE.

Oui.

Elle va à la jardinière, à gauche.

ADRIENNE.

Christiane l'a vu quelquefois aux Pyrénées.

BRIAC.

Il ne m'avait pas dit cela.

ADRIENNE, gaiement.

C'est qu'il est discret.

BRIAC.

Ah ! (A part.) Je comprends.

ADRIENNE.

N'est-ce pas qu'il est très bien, M. de Kerhuon ?

BRIAC.

Oh ! très bien, parfaitement bien... (Souriant.) et d'une amabilité... pour moi...

CHRISTIANE, montrant le bouquet de roses.

Monsieur de Briac, qui est-ce qui m'a envoyé cela, ce matin ?

ADRIENNE.

Oh ! les merveilleuses roses !

* Christiane, Adrienne, Briac.

BRIAC*.

Je les ai trouvées, par hasard, en passant, et comme j'avais remarqué que votre jardinière est vide...

ADRIENNE.

Tu ne laisseras pas ce magnifique bouquet dans une jardinière !

CHRISTIANE.

Non, non. (A Briac.) Si vous saviez à quel honneur il est destiné !

BRIAC.

Vraiment ?

CHRISTIANE.

Je fais, ce soir, mon entrée dans le monde.

BRIAC.

Vous ?

CHRISTIANE.

Je vais au bal.

BRIAC.

Et où donc ?

CHRISTIANE.

Chez le comte de Noja.

BRIAC.

Hein ?

ADRIENNE.

Vous êtes étonné que Christiane soit invitée chez mon oncle ?

BRIAC.

Votre oncle ! Ah ! oui, oui. Je n'avais pas pensé à cela, moi.

ADRIENNE.

Au revoir, monsieur de Briac. (Allant à Christiane.) Comment te coifferas-tu ?

CHRISTIANE.

Je ne sais, voilà ce qu'on m'envoie.

* Christiane, Briac, Adrienne.

ADRIENNE.

Des fleurs artificielles ! avec des cheveux comme les tiens ! Une rose du bouquet de M. de Briac, voilà tout.

CHRISTIANE.

Tu as raison.

ADRIENNE.

C'est que je suis engagée, moi : j'ai prévenu mon oncle qu'elle serait la reine du bal.

CHRISTIANE.

Elle ne se compte pas.

ADRIENNE, revenant vers la porte.

Et M. de Briac va t'inviter pour le premier quadrille.

BRIAC.

Moi ? — Je ne danse jamais.

ADRIENNE, s'arrêtant.

Oh ! monsieur de Briac, vous avez valsé avec moi.

BRIAC.

Oui, quand j'étais jeune.

ADRIENNE.

Il y a trois jours. Vous l'avez oublié, c'est à recommencer. (En s'en allant.) Je vous promets pour ce soir la première valse.

BRIAC.

Mademoiselle !

ADRIENNE, de la porte.

Première valse, mademoiselle de Jublains. Notez cela sur vos tablettes.

Elle sort.

SCÈNE V

CHRISTIANE, BRIAC.

Christiane, devant la glace, à gauche, arrange sa coiffure.

BRIAC.

Est-ce que vous irez à ce bal ?

CHRISTIANE.

Je crois bien.

BRIAC.

Il me semblait que vous n'aimiez pas le monde.

CHRISTIANE.

L'année dernière ; mais cette année je l'adore. Je sens que j'aimerai le bruit, que j'aimerai la danse, que j'aimerai le succès. Je ne suis pas coquette, mais je suis jeune fille.

BRIAC.

C'est-à-dire que vous êtes tout à fait changée ; je ne vous reconnais plus. Cet automne vous adoriez la campagne, maintenant vous aimez le monde ; vous aimiez le calme, vous adorez le bruit. Moi, je ne comprends que la régularité dans les goûts...

CHRISTIANE, *s'approchant et se plaçant en face de lui.*

Voilà comme je serai.

BRIAC, *vivement.*

Oh ! non, non, pas comme cela. Vous ressemblez trop à votre mère !

CHRISTIANE.

Ma mère se coiffait ainsi ?

BRIAC.

Toujours.

CHRISTIANE.

Je n'aurai plus d'autre coiffure.

BRIAC.

Christiane !

CHRISTIANE.

Je n'en sais pas de plus jolie.

BRIAC.

Je vous supplie d'arranger autrement vos cheveux, ce soir.

CHRISTIANE.

Vous ne voulez pas que je ressemble à ma mère ? — Personne ne le remarquera que vous.

BRIAC.

Je vous assure qu'une jolie couronne bleu de ciel...

CHRISTIANE, l'interrompant.

Non.

BRIAC.

Ou une guirlande cerise...

CHRISTIANE, de même.

Ne parlons plus de cela. Mais, vraiment, vous avez l'air fâché. Je pensais que vous seriez content de me voir joyeuse. Cela n'arrive pas souvent.

BRIAC.

Certes, je suis content... d'un côté... oui, mais de l'autre...

CHRISTIANE.

Vous me dites toujours : Soyez gaie, je veux vous voir gaie. Eh bien, je suis tout à fait gaie aujourd'hui, regardez-moi.

BRIAC.

Je l'ai bien vu déjà.

CHRISTIANE.

Alors, déridez votre front. Je vais vous montrer ma robe de bal.

BRIAC.

A moi ?

CHRISTIANE, l'entraînant vers la porte.

Venez vite, pendant que nous sommes seuls. Je tiens a avoir votre opinion.

BRIAC.

Je n'ai pas d'opinion. Je n'en ai jamais eu.

CHRISTIANE.

Eh bien, vous prendrez la mienne. (Au moment où ils arrivent à la porte de gauche, Maubray entre par la porte de son appartement. Christiane s'arrête subitement.) Ah ! mon père !

SCÈNE VI.

CHRISTIANE, BRIAC, MAUBRAY.

MAUBRAY.

Où allez-vous donc, Briac ?

BRIAC.

Je vais voir la robe de bal de mademoiselle Christiane.

MAUBRAY.

Est-ce que votre toilette est prête, Christiane ?

CHRISTIANE.

On l'achève.

MAUBRAY.

Ne vous en occupez plus. Nous ne sortirons pas ce soir.

CHRISTIANE, interdite.

Nous n'irons pas chez M. de Noja ?

MAUBRAY.

Non.

CHRISTIANE, très émue.

Je l'avais pourtant promis.

MAUBRAY.

C'est impossible.

Elle s'arrête, toute tremblante d'émotion.

BRIAC, allant à elle avec affection.

Eh bien, Christiane, vous êtes émue pour cela ?

CHRISTIANE, se redressant.

C'est fini. — Vous voyez que ma joie n'a pas été longue.

Elle sort à gauche.

SCÈNE VII

BRIAC, MAUBRAY

Briac est très ému. Maubray, très calme, s'assied près de la table à droite.

MAUBRAY, à Briac.

Vous me disiez que Christiane n'aimait pas le monde?

BRIAC.

Je le croyais, mais on ne connaît jamais les jeunes filles.

MAUBRAY.

Cependant Christiane a une grande confiance en vous.

BRIAC.

Confiance! Je ne l'effraye pas, voilà tout.

MAUBRAY.

Et moi, je l'effraye.

BRIAC.

Je n'ai pas dit cela.

MAUBRAY, à Benoît, qui entre.

M. de Beaubriand fils n'est pas venu?

LE VALET DE CHAMBRE.

Non, monsieur, pas encore.

MAUBRAY.

Quand il viendra, vous le ferez entrer.

LE VALET DE CHAMBRE.

Bien, monsieur.

Il sort.

MAUBRAY, à Briac.

Je le reconnais, Briac, je suis froid, je manque d'expansion. Christiane me le reproche, n'est-ce pas? Vous auriez dû lui faire comprendre que je suis absorbé par les affaires, entraîné dans des spéculations hasardeuses, et que depuis... depuis longtemps, je suis comme rejeté en dehors de la vie de famille. Mais je n'ai jamais manqué à mes devoirs de père.

BRIAC.

Non, certes.

MAUBRAY.

Je n'y manquerai jamais. Christiane n'a aucun parent; elle pourrait tout à coup se trouver seule : je crois le moment venu de la marier.

BRIAC.

La marier ! marier Christiane !

MAUBRAY.

Est-ce qu'on ne marie pas toutes les jeunes filles ?

BRIAC.

Si... si... toutes... ou presque toutes. Mais Christiane !

MAUBRAY.

Elle a dix-sept ans.

BRIAC.

Elle a une santé si délicate.

MAUBRAY.

Le docteur Solem pense, — et il voit juste, — qu'il faut arracher Christiane à son isolement forcé, dans cette maison, entre un père toujours occupé et une gouvernante souvent morose. Je l'ai consulté.

BRIAC.

Nous lui donnerons, au moins, le temps de faire un choix.

MAUBRAY.

Oh ! sur ce point, elle est un peu jeune pour qu'on s'en rapporte tout à fait à elle.

BRIAC.

Ah !

MAUBRAY.

Seulement, Christiane est habituée à prendre mes conseils pour des ordres, et je ne veux pas qu'on m'accuse d'avoir abusé de mon autorité. S'il était nécessaire de combattre quelques préventions, c'est sur vous que je compte, Briac.

BRIAC.

Sur moi ?

MAUBRAY.

Christiane subira plus facilement votre influence. (*Se levant.*) Et j'espère que votre vieille amitié ne me fera pas défaut. En deux mots, voici la situation de ma fille. Ma femme ne m'avait apporté que son nom, un des plus grands noms de France ; elle n'avait pas de fortune ; en l'épousant, je lui ai reconnu un million.

BRIAC, *étonné.*

Vous ?

MAUBRAY.

Elle est morte, et Christiane a hérité de sa mère.

BRIAC.

Mais ce million vous appartient en équité.

MAUBRAY.

Ce million appartient à ma fille, il lui sera intégralement compté le jour de son mariage.

BRIAC, *stupéfait.*

J'ignorais tout cela, moi.

MAUBRAY.

Il est bon que vous le sachiez. — Vous voyez, Briac, que j'ai bien quelque droit de diriger le choix de Christiane.

BRIAC.

Oui. — Il sera bien facile de marier mademoiselle Maubray.

MAUBRAY.

Pas aussi facile que vous le supposez. Je ne veux tromper personne. Que puis-je promettre ? Comment chiffrer ma fortune ? Elle est la chance, elle est le hasard. Il faut que mon gendre comprenne bien cela ; il faut qu'il entre hardiment dans mon jeu et qu'il s'en fie à mon étoile. Il faut qu'il soit de notre monde.

BRIAC.

Je le crois comme vous.

MAUBRAY.

Il vous sera donc facile de convaincre Christiane.

LE VALET DE CHAMBRE, entrant.

Monsieur recevra-t-il le docteur Solem ?

MAUBRAY.

Oui, dans un instant. (A Briac.) J'avais encore un service à vous demander. Je suis à la veille de lancer la plus importante de mes entreprises. J'ai formé une compagnie franco-américaine pour l'exploitation de chemins de fer dans le Haut-Pérou. Vous êtes consul du Haut-Pérou ; votre nom est précieux. On ne sait pas assez que vous avez vos intérêts chez moi. Montrez-vous un peu plus dans mes bureaux, allez chez mes agents ; entrez quelquefois à la Bourse.

BRIAC.

J'y vais de ce pas.

MAUBRAY.

Vous m'avez bien compris?

BRIAC.

Parfaitement.

MAUBRAY, au valet.

Faites entrer. — (Retenant Briac.) Briac, vous serez administrateur de la compagnie.

BRIAC.

Administrateur! mais, pour être administrateur, il faut...

MAUBRAY.

Vous avez ce qu'il faut.

BRIAC.

Bien. Mais qu'aurai-je à faire?

MAUBRAY.

Rien.

BRIAC.

Très bien. Et j'entre en fonctions?...

MAUBRAY.

Vous y êtes.

BRIAC.

J'y suis. — (En sortant, au docteur qui entre.) Excuse-moi, docteur, je suis très occupé.

SCÈNE VIII

MAUBRAY, LE DOCTEUR.

MAUBRAY.

On m'a dit, docteur, que vous m'aviez déjà demandé ce matin. Il ne s'agit pas de Christiane?

LE DOCTEUR.

Non, monsieur. (Maubray fait signe au docteur de s'asseoir à droite de la cheminée, il s'assied lui-même à gauche.) — J'ai à vous parler d'un malheureux qui a été longtemps votre ami et qui n'est plus que mon client.

MAUBRAY.

Vous le nommez?

LE DOCTEUR.

Senoncourt.

MAUBRAY.

Je ne ferai rien pour lui.

LE DOCTEUR.

Je vous affirme qu'il est digne de pitié.

MAUBRAY.

Non.

LE DOCTEUR.

Vous êtes sévère.

MAUBRAY.

On ne cherche pas assez, quand un homme tombe, s'il n'a pas la responsabilité de sa chute.

LE DOCTEUR.

M. de Senoncourt a été mêlé à quelques-unes de vos grandes entreprises.

MAUBRAY.

Il vous a dit cela; c'est vrai, et ce sera une des fautes de ma vie. Senoncourt n'avait ni esprit pratique, ni caractère, ni sens moral. (Se levant.) Il devait se ruiner, il s'est ruiné, je n'ai pas à le plaindre, je ne le plains pas.

LE DOCTEUR.

Mais il a créé, sous vos auspices, une société des mines du Haut-Pérou.

MAUBRAY, adossé à la cheminée.

Une affaire merveilleuse! des minerais d'argent et de cuivre au milieu de contrées fertiles dont le sol, mal exploité, se prête aux cultures les plus variées. C'était la fortune! L'affaire a été admirablement lancée, les actions s'enlevaient. Senoncourt est parti plein d'enthousiasme. Il s'est arrêté à Lima. Il a donné des pleins pouvoirs à des fripons de bas étage, qui le circonvenaient; l'argent des actionnaires a été gaspillé en constructions ridicules, en frais d'annonces mensongères; et il n'a pas eu le courage si simple de se mettre à l'œuvre et de relever de ses mains, à la sueur de son front, une exploitation où tant d'intérêts sont engagés. Il est revenu, je l'ai chassé de chez moi. Puisque vous avez voulu la vérité, la voilà.

LE DOCTEUR, se levant.

Je n'ai plus à insister, et je ne sais même si je dois vous parler des actions qu'il a conservées.

MAUBRAY.

Il a des actions?

LE DOCTEUR.

Deux cents; j'étais chargé de vous prier de les reprendre à un chiffre quelconque.

MAUBRAY, vivement.

Comment, à un chiffre quelconque? — Voilà un homme

qui a fondé une société, qui a gardé des actions, et qui les offre à un chiffre quelconque! Mais la société existe, l'affaire peut se relever, et Senoncourt se trompe s'il croit que ses actions n'ont pas de valeur. Je les lui prends au taux de l'émission.

Il sonne.

LE DOCTEUR.

A combien?

MAUBRAY.

A cinq cents francs.

LE DOCTEUR, stupéfait.

Hein?

MAUBRAY, s'asseyant à la table de droite et écrivant.

Deux cents actions des mines du Haut-Pérou, versement de moitié (Au valet de chambre, qui est entré.) Portez cela dans mes bureaux. (Le valet sort par la porte qui conduit aux bureaux. — Au docteur.) C'est cinquante mille francs qu'on va vous apporter. Vous n'aurez pas à vous déranger.

LE DOCTEUR.

Mais c'est une fortune.

MAUBRAY, souriant.

Vous voyez que les financiers ont quelquefois du bon. Mais nous sommes moins heureux que vous, docteur; quand vous coupez un bras pour sauver un malade, on vante votre habileté; on condamne la nôtre, quand nous sacrifions quelques intérêts pour sauver une affaire. Cela se ressemble beaucoup, pourtant. (Le caissier entre.) Voici mon caissier, je vous laisse ensemble.

LE DOCTEUR.

Permettez-moi de vous remercier.

MAUBRAY.

Me remercier, et de quoi? Si vous trouvez des mines du Haut-Pérou à dix francs au-dessus du pair, prenez-les. (Le caissier fait un soubresaut et roule des yeux effarés.) C'est un conseil que je ne donne qu'à mes amis.

Il sort par la porte de droite, deuxième plan. — Le caissier est debout, à droite de la table. — Le docteur le regarde et s'assied en face de lui.

SCÈNE IX

LE DOCTEUR, LE CAISSIER, puis ACHILLE.

LE CAISSIER, reprenant son air officiel.

Combien?

LE DOCTEUR.

Combien? — Ah! oui, combien. Cinquante mille francs.

LE CAISSIER, avec une nuance de dédain.

Il y a le courtage : quarante-neuf mille neuf cent trente-sept francs trente-cinq centimes.

LE DOCTEUR.

Je veux bien.

LE CAISSIER.

En billets de mille, billets de cinq, coupures, or, argent, ou monnaie?

LE DOCTEUR.

Un peu de tout.

Le caissier compte gravement, examinant au jour chaque billet de banque avec une lenteur prudente.

ACHILLE, à la porte de droite.

De Beaubriand... Achille de Beaubriand.

LE VALET DE CHAMBRE.

M. Maubray rentrera dans un instant.

ACHILLE, étonné.

Il m'avait donné rendez-vous à deux heures. (Entrant, à lui-même.) Il me fait attendre. Veut-il me faire poser? (Voyant le docteur assis.) Eh! c'est le docteur! Que faites-vous donc là?

LE DOCTEUR, se levant.

Vous le voyez. Je reçois le prix de ces excellentes actions.

ACHILLE, regardant.

Oh! excellentes! Les mines du Haut-Pérou! Société Senoncourt! Vous ne les avez pas vendues cher, hein?

LE DOCTEUR.

Au pair.

ACHILLE.

Au pair? Et qui diable a pu vous les acheter?

LE DOCTEUR.

M. Maubray.

ACHILLE.

Hein?

LE DOCTEUR.

C'est un secret.

ACHILLE.

Maubray. Oh! oh! Et Briac, son associé, est consul du Haut-Pérou? Eh! eh! (*Attirant le docteur à gauche.*) Savez-vous que ça ne tombe pas dans l'oreille d'un sourd, ce que vous me dites là? Vous m'autorisez à le confier à Anatole et à Aspasie. — Aspasie est une femme charmante, qui se nomme Charlotte; nous l'appelons Aspasie, c'est plus Régence. Elle adore jouer à la Bourse. Je lui donne quelquefois de bons conseils.

LE CAISSIER, *qui a terminé, gravement au docteur.*

Comptez.

LE DOCTEUR, *qui le voyait compter avec admiration.*

Je crois que c'est inutile après le soin que vous y avez mis.

Le caissier salue et sort.

SCÈNE X

LE DOCTEUR, ACHILLE.

LE DOCTEUR, *à Achille.*

J'ai reçu un billet de monsieur votre père qui me prie de passer au ministère. Est-ce urgent?

ACHILLE.

Non, docteur, non. C'est pour vous dire que votre mission est terminée. Nous renonçons à mademoiselle de Jublains.

LE DOCTEUR.

Tout à fait ?

ACHILLE.

Tout à fait. Nous avons trouvé mieux.

LE DOCTEUR, étonné.

Déjà ?

ACHILLE, le prenant par le bras et marchant.

Très cher, je n'ai pas de temps à perdre; j'ai des dettes, et puis je me porte candidat au conseil général. C'est un acheminement à la députation; on vote dans trois semaines, et le préfet veut que je sois marié avant; mes électeurs sont si bêtes !

LE DOCTEUR, souriant.

Vous avez toutes les chances.

ACHILLE.

Toutes. Je les ai toutes. (Ils remontent vers la cheminée.) Savez-vous qui j'ai trouvé ?

LE DOCTEUR, quittant son bras.

Comment le saurais-je ?

ACHILLE.

Vous ne devinez pas ?

LE DOCTEUR.

Non.

ACHILLE.

Notre petite héroïne de l'histoire d'hier.

LE DOCTEUR, étonné.

Mademoiselle Maubray !

ACHILLE.

Précisément.

LE DOCTEUR.

Vous songez à mademoiselle Christiane ?

ACHILLE.

Je n'y songe plus, puisque je l'épouse.

Il s'assied sur le canapé.

LE DOCTEUR.

Vous l'épousez?

ACHILLE.

Hier, en quittant ce bon Noja, — je l'aime beaucoup, vous savez, — je suis parti avec mademoiselle Boin, qui est un peu ma parente. « Comment, cousine, — je l'appelle quelquefois cousine, pour lui être agréable, — comment, cousine, vous connaissez des jeunes filles adorables, et vous n'en dites rien? — Mais, mon bon Achille, s'écrie-t-elle, Christiane est une perle. — Une perle! Eh bien, et moi, qui vais à vos samedis! (Elle a des lectures pieuses, le samedi, on y dort bien). Une perle! Eh bien, et moi? — Vous aussi, mais Christiane... » — (Se levant.) Et on me raconte Christiane, — c'est une trouvaille. (Descendant.) Elle est un peu naïve, ça fera bien pour le préfet, et, quand on lui aura recommandé de ne plus donner sa voiture aux passants, elle sera parfaite. Elle a été élevée par une gouvernante, elle n'a jamais mis les pieds dans le monde, elle a des idées du moyen âge. (S'asseyant sur le canapé, près du guéridon à gauche.) J'en ris d'avance; (Gravement.) mais je les respecterai. Je suis de l'école de mon père, moi. Je trouve qu'il est bon qu'on enseigne la résignation...

LE DOCTEUR, debout près de la cheminée *.

Aux autres.

ACHILLE.

Aux autres! Certainement, aux autres. Mais vous ne croyez à rien, vous, vous êtes un athée. Enfin, mademoiselle Boin m'avoue que sa petite merveille, outre la fortune du banquier, dont je me moque, possède en propre un million comptant et liquide venant de sa mère. Papa n'en demande pas davantage. Il prend sa canne et son chapeau et va traiter la question avec M. Maubray. Vous connaissez

* Achille, le docteur.

papa, il est très fort ; le banquier ne l'est pas moins. On avait beaucoup de prétentions de part et d'autre. Maubray veut être député ; nous en ferons un candidat officiel, c'est la moindre des choses. Il voudra être ministre; nous verrons plus tard. On a dû me reprocher Aspasie ; on a parlé de mes dettes, c'était le point délicat. Bref, on se fait des concessions réciproques et l'affaire est décidée. (Se levant.) Seulement...

LE DOCTEUR, s'approchant.

Seulement ?

ACHILLE.

Seulement le beau-père demande à me voir. Moi, je demande à le voir aussi. J'ai mes petites conditions à lui faire. La conversation sera vive et animée, j'en ai peur. Bah ! ce bon Maubray doit avoir les idées larges.

LE DOCTEUR.

Comme ses poches.

ACHILLE.

N'est-ce pas ? — Et elles sont grandes.

LE DOCTEUR.

Mais a-t-on consulté mademoiselle Christiane ?

ACHILLE.

Elle ne doit pas avoir de volonté, — c'est une jeune fille honnête. — A propos, docteur, vous savez qu'on n'en parle pas encore.

MAUBRAY, entrant à droite, à Achille.

Je vous demande pardon, monsieur. J'ai été forcé de sortir un instant pour une affaire importante, et je vous sais gré, docteur, d'avoir bien voulu me remplacer auprès de M. de Beaubriand.

LE DOCTEUR, à Maubray.

Merci encore, monsieur. J'ai hâte d'aller faire un heureux.

Il sort. Achille et Maubray se regardent un instant. Puis Maubray va chercher une chaise qu'il place au milieu du salon. Il fait signe à Beaubriand, qui vient s'y asseoir en saluant, et il s'assied lui-même, à droite, près de la table.

SCÈNE XI.

MAUBRAY, ACHILLE.

MAUBRAY*.

Monsieur votre père a dû vous dire quel avait été le résultat de notre entretien.

ACHILLE.

Il ne m'a rien laissé ignorer.

MAUBRAY.

M. de Beaubriand a bien voulu me demander pour vous la main de ma fille ; je la lui ai accordée.

ACHILLE.

J'ai accueilli cette nouvelle avec transport.

MAUBRAY.

Me permettrez-vous maintenant, monsieur, de vous parler en toute franchise ?

ACHILLE.

Je vous en prie.

MAUBRAY.

Monsieur votre père, dont j'apprécie la loyauté, ne m'a pas dissimulé les motifs qui l'engageaient à vous marier promptement.

ACHILLE, souriant.

Il a dû vous dire des choses étonnantes. Il a des scrupules de douairière. Remarquez que je les ai aussi... dans le monde. Mais, entre nous, mon père ne peut pas avoir la prétention d'avoir donné le jour à un ange.

MAUBRAY, gravement.

Il s'agit pour moi, monsieur, de vous donner ma fille.

ACHILLE.

A cela je ferai la seule réponse qui nous convienne à l'un

* Achille, Maubray.

et à l'autre. Je suis un galant homme; je me conduirai avec ma femme en galant homme.

MAUBRAY.

Je n'en doute pas. Je vous sais très résolu à prendre la vie au sérieux. On m'affirme que l'ambition vous est venue; c'est, à mes yeux, la meilleure des garanties. Mais ce n'est pas tout.

ACHILLE.

Non, non.

MAUBRAY.

Je ne suis pas un puritain. Je n'exagère pas les fautes d'une jeunesse mal dirigée.

ACHILLE.

Mal dirigée! Cependant...

MAUBRAY.

Vous étiez dans une position spéciale. Vous avez un père influent; ses courtisans sont les vôtres. Toutes vos fautes me trouvent indulgent. Je ne parlerai même pas de vos dettes.

ACHILLE, ravi.

Alors, nous n'avons plus à discuter.

MAUBRAY, continuant.

Il est des choses que j'excuse moins. Vous avez fait beaucoup parler de vous depuis quelque temps.

ACHILLE, avec aisance.

J'ai eu quelques succès tapageurs, j'en conviens. Il faut se poser. Autrefois, on avait des petites maisons; maintenant on a des maisons de verre, dont on casse les vitres, comme dit Anatole, — Anatole de Ferruzac, un de mes bons amis.

MAUBRAY.

Vous avez aujourd'hui encore une liaison...

ACHILLE, à part.

Aspasie.

MAUBRAY.

Presque célèbre.

ACHILLE.

Dites célèbre, ce qui est tout à fait rassurant pour un beau-père. Une liaison qu'on ne peut pas cacher, il faut bien la rompre. Et, vous le savez, ce sont de petits sacrifices à l'hyménée que ne détestent pas les jeunes filles les plus candides.

MAUBRAY.

On m'a parlé aussi d'un duel étrange; vous vous êtes battu...

ACHILLE.

Pour une écuyère? C'est une erreur. On ne se bat jamais que pour soi. J'ai trouvé un adversaire qui me plaisait; je l'ai blessé, c'est toujours agréable.

MAUBRAY.

Enfin, nous recevons, nous autres banquiers, beaucoup de confidences, et nous sommes complices de bien des secrets. Vous aviez une singulière façon de prêter de l'argent à vos amis.

ACHILLE, gaiement.

Ah! vous voulez parler de l'histoire des bijoux que j'achetais...

MAUBRAY.

Avec le crédit de votre père.

ACHILLE.

Et Anatole...

MAUBRAY.

Les revendait.

ACHILLE, riant.

Il appelait cela son opération financière.

MAUBRAY.

Une opération sans excuse.

ACHILLE, de même.

Oh! elle a l'excuse de toutes les autres : elle a réussi.

MAUBRAY, vivement.

Pas tout à fait, car un de vos créanciers, — malhonnête

homme, je vous l'accorde, — vous a fait signer une déclaration horriblement compromettante.

ACHILLE, étonné.

Ah ! vous savez ?... Je m'en suis souvent repenti, et je m'attendais, tous les matins, à recevoir la malédiction de mon père. Il ne m'a jamais parlé de cette petite dette.

MAUBRAY.

C'est qu'il ne la connaît pas.

ACHILLE.

Comment ?

MAUBRAY.

J'ai eu votre déclaration dans les mains. J'ai compris le chagrin que devrait ressentir monsieur votre père, et j'ai désintéressé le créancier.

ACHILLE, stupéfait.

Vous ?

Il se lève.

MAUBRAY.

Bien persuadé que je serais remboursé un jour.

ACHILLE, émerveillé.

Vous avez fait cela ?

MAUBRAY.

N'est-ce pas tout simple ?

ACHILLE.

Oh ! monsieur, oh ! (Avec effusion.) Merci, merci.

MAUBRAY, se levant.

Vous voyez, monsieur, que j'aurais pu hésiter avant d'accueillir votre demande. Je ne l'ai pas fait. Je ne vous crois ni meilleur, ni pire que tous les jeunes gens de votre temps, et vous avez pour moi cet avantage sur eux, que vous me reconnaîtrez peut-être le droit de vous donner des conseils.

ACHILLE.

Je les accepterai toujours avec reconnaissance.

MAUBRAY.

Je retiens cette promesse, et je ne doute pas de votre sincérité.

ACHILLE.

C'est maintenant, entre nous, à la vie, à la mort. (*A part, en s'essuyant le front comme un homme qui a éprouvé une vive émotion pendant que Maubray passe à gauche.*) Il est plus fort que moi.

SCÈNE XII

MAUBRAY, ACHILLE, BRIAC.

BRIAC, *entrant bouleversé.*

Maubray ! (*Il s'arrête et cherche à prendre une contenance en voyant Achille.*) Je vous croyais seul.

ACHILLE.

Pardon, très cher, j'ai encore un mot à dire à M. Maubray. (*Prenant Maubray à part *.*) Vous n'avez pas voulu parler de mes dettes ?

MAUBRAY.

Je n'y attache pas d'importance. Elles seront payées par votre père le jour du contrat.

ACHILLE, *avec embarras.*

C'est que je n'en ai avoué que la moitié à mon père.

MAUBRAY.

Ah !

ACHILLE.

Je vous réservais le reste.

MAUBRAY, *souriant.*

C'est bien, monsieur, je payerai.

ACHILLE, *s'arrêtant au moment de sortir.*

Ah ! sapristi ! j'ai oublié de lui parler de sa fille.

Il fait un mouvement pour revenir, aperçoit Briac, fait un geste et s'en va.

* Maubray, Achille, sur le devant, à gauche ; Briac au fond.

SCENE XIII

MAUBRAY, BRIAC

MAUBRAY.

Qu'avez-vous donc, Briac ?

BRIAC.

Ce que j'ai ?... Je viens de la Bourse.

MAUBRAY.

Eh bien ?

BRIAC.

Le bruit court que vous achetez toutes les mines du Haut-Pérou qu'on vous offre.

MAUBRAY, souriant.

Je ne m'en cache pas.

BRIAC.

Mais elles ne valent rien.

MAUBRAY.

Je les prends au taux de l'émission.

BRIAC.

Qu'en ferez-vous ?

MAUBRAY.

Je les revendrai le double.

BRIAC.

Le double ! En avez-vous beaucoup ?

MAUBRAY.

Demain, je les aurai toutes.

BRIAC.

Vous êtes ruiné.

MAUBRAY, passant devant lui, en souriant.

Il n'a pas compris.

BRIAC.

Vous ne savez donc pas ce que vous voulez revendre ?

MAUBRAY*.

Si, Briac, si, je le sais.

BRIAC.

Senoncourt a tout abandonné, les mines...

MAUBRAY.

Il ne s'agit pas de mines en ce moment. Il y a une société.

BRIAC.

Mais s'il n'y avait pas de mines ?

MAUBRAY.

Il y aurait des actions, puisque j'en ai.

BRIAC.

Ce sont des chiffons.

MAUBRAY.

En affaires, il n'y a pas de chiffons. Mais calmez votre conscience, Briac; je relève l'affaire compromise par Senoncourt. Je crée un chemin de fer d'exploitation; les études sont faites, les devis sont prêts. Des plaines, pas de travaux d'art; des débouchés importants; des bénéfices énormes! La société va être fondée au capital de cinquante millions. Elle achète les mines; tout est sauvé.

BRIAC.

Elle n'achètera rien, Senoncourt est poursuivi.

MAUBRAY, haussant les épaules et remontant.

Poursuivre Senoncourt! c'est insensé.

BRIAC.

J'ai vu le dossier.

MAUBRAY, s'arrêtant.

Vous!

BRIAC.

Oui.

MAUBRAY, après une pause.

On poursuit Senoncourt! Je ne croyais pas mes ennemis si habiles.

* Briac, Maubray.

BRIAC.

Vos ennemis!

MAUBRAY, redescendant à droite.

Et qui serait-ce donc? — Oui, il leur serait facile de frapper Senoncourt, de l'écraser avec quelque article de loi ramassé sous les pieds de tout le monde. Et quand il serait convaincu de crime et condamné, on découvrirait, comme par hasard, que ce pauvre Senoncourt n'était que l'homme de paille du banquier Maubray.. On m'aurait condamné sans me voir en face! — Non, je ne donnerai pas cette facile joie à mes envieux. Je couvre Senoncourt, il n'a été que mon agent. Je suis seul en cause.

BRIAC.

Vous?

MAUBRAY.

Mais je ne suis pas si facile à abattre que Senoncourt. J'ai vu trop de gens passer dans mes antichambres; j'ai vu trop de gens agenouillés devant mon or; j'ai gardé trop de secrets; j'ai touché à trop de hontes. Ma chute ferait rejaillir trop de boue. — Ils n'oseront pas.

BRIAC.

Vous vous trompez, ce ne sont pas vos ennemis qui poursuivent Senoncourt; c'est un simple honnête homme, indigné, notre représentant au Pérou, M. de Noja.

MAUBRAY, qui remontait, s'arrêtant vivement à ce nom.

C'est lui qui m'accuse!

BRIAC.

Votre nom n'a pas été prononcé. S'il supposait qu'il s'agit de vous...

MAUBRAY, vivement.

Il hésiterait? (Le regardant fixement.) Pourquoi donc?

BRIAC.

Je ne dis pas qu'il hésiterait, — il n'y a plus à hésiter. Je vous répète seulement qu'il n'est question que de Senoncourt. Ce n'est pas vous que Robert poursuit.

MAUBRAY, *étonné.*

Robert! Vous le connaissez donc intimement?

BRIAC, *embarrassé.*

Oui.

MAUBRAY.

Vous le connaissiez avant son départ pour l'Amérique?

BRIAC.

C'est un ami de collège.

MAUBRAY.

Ah! — Alors, pourquoi ne m'engagiez-vous pas tout à heure à accepter son invitation?

BRIAC.

Vous refusiez, j'ai cru que vous aviez des motifs.

MAUBRAY.

Je n'en ai pas. — (*Il va à la porte d l'appartement de Christiane. — Appelant :*) Christiane! — (*Revenant à Briac, avec le plus grand calme.*) Quels motifs aurais-je? (*A Christiane qui entre timidement.*) — Préparez votre toilette, Christiane; nous irons au bal ce soir.

CHRISTIANE, *avec joie.*

Ah!

ACTE TROISIEME

CHEZ ROBERT

Un salon, avec une large baie s'ouvrant sur une galerie. — A gauche, une porte en pan coupé, ouverte sur un salon bleu; à droite, aussi en pan coupé, une porte ouverte sur le vestibule. — Une borne au milieu. — Une table à gauche. — Au fond, un jardin d'hiver, fermé sur la galerie par des glaces sans tain, rempli d'arbustes. — Tous les salons et le jardin d'hiver sont éclairés pour un bal. — Les invités entrent dans le vestibule à droite et passent de là dans le salon où l'on danse, derrière le jardin d'hiver, de telle sorte qu'on entend à droite, de temps en temps, l'huissier annoncer les personnes qui entrent. — L'acteur en scène peut les voir, mais le public ne les voit pas.

SCÈNE PREMIÈRE

LA BARONNE, ADRIENNE.

Elles paraissent dans la galerie en toilette de bal, mais avec leur sortie de bal.

LA BARONNE, *regardant le jardin d'hiver.*

C'est merveilleux! c'est merveilleux! c'est merveilleux!

ADRIENNE.

N'est-ce pas, ma mère?

LA BARONNE, *entrant en scène.*

Robert a bouleversé tous mes plans.

ADRIENNE.

C'est lui qui a imaginé ce jardin d'hiver avec ses profusions de fleurs et d'arbustes.

LA BARONNE.

Et il ne consulte plus que vous?

ADRIENNE.

Il a l'air de me consulter. Le voyez-vous dans le salon bleu donnant les derniers ordres.

LA BARONNE, regardant.

Il est si heureux d'avoir une famille! (S'asseyant sur la borne.) Adrienne, voici une soirée d'où dépendra peut-être votre avenir.

ADRIENNE, s'asseyant à côté d'elle *.

Mon avenir?

LA BARONNE.

Je n'ai pu causer avec vous depuis hier, et j'ai tant de recommandations à vous faire! Comprenez bien votre situation. Il y a trois semaines, vous aviez une fortune modeste, la plus grande réserve vous était imposée; maintenant, vous pouvez être gracieuse.

Robert entre par la porte de gauche.

SCÈNE II

LES MÊMES, ROBERT, puis BRIAC.

ROBERT, gaiement, — allant à Adrienne.

Eh bien, ma chère nièce, êtes-vous contente de votre oncle?

ADRIENNE, sur le même ton **.

Ravie.

ROBERT.

Ai-je bien suivi vos inspirations?

ADRIENNE, souriant.

Oh! mes inspirations!

* Adrienne, la baronne.

** Robert, debout; Adrienne et la baronne, assises.

LA BARONNE, se levant.

Robert, quand vous êtes entré, j'étais en extase.

ROBERT, riant.

Tant mieux, ma cousine. (Remontant vers des domestiques en grande livrée qui sont dans la galerie.) Vous m'avez bien compris : pendant le souper on renouvellera les fleurs.

LA BARONNE, remontant.

Quel raffinement!

ROBERT, redescendant.

Rien n'est triste comme un bal fané. (A Adrienne.) Je t'ai ménagé une surprise : nous aurons un excellent orchestre dans le jardin.

ADRIENNE.

Trois orchestres, alors!

ROBERT.

Dès qu'on cessera de danser, on entendra dans le lointain du Mozart ou du Mendelssohn. Je ne veux pas qu'après une valse entraînante on retombe en sursaut dans l'insipide bruit des conversations. Le vrai charme du bal est de n'entendre que ce qu'on écoute.

ADRIENNE.

Comme les jolies idées vous viennent depuis hier!

On aperçoit Briac errant dans la galerie et paraissant embarrassé d'arriver le premier.

LA BARONNE.

Comment, on arrive déjà! — (A Adrienne.) Je ne vous ai encore rien dit.

ROBERT.

C'est Briac.

LA BARON

Peut-on venir au bal à une pareille heure!

BRIAC, toujours embarrassé.

Il me semble que j'arrive le premier.

LA BARONNE, très gracieuse.

Nous vous en remercions, mon cher monsieur de Briac.

BRIAC, entrant.

Vous êtes indulgente, madame. — J'arrive beaucoup trop tôt. J'ai dû me tromper d'heure.

ADRIENNE, allant à lui, en riant *.

Dites donc que vous teniez à ne pas manquer la première valse, ce sera très galant.

BRIAC, cherchant.

La première valse?

ADRIENNE.

Celle que vous m'avez promise.

BRIAC.

Ah! oui, oui, mademoiselle, je vous l'ai promise, et je suis prêt...

ADRIENNE, souriant.

A payer votre dette. (Calculant.) Trois contredanses, une polka, une mazurka, vous avez un délai de deux heures.

Elle va à sa mère.

LA BARONNE, se dirigeant avec elle dans le vestibule.

Je ne vous dirai qu'un mot, qui résume tout : Adrienne, vous êtes un des plus brillants partis de France.

ADRIENNE, avec un grand soupir.

Oui, ma mère.

Elles disparaissent toutes les deux.

SCÈNE III

ROBERT, BRIAC.

Ils se regardent sans rien dire, Robert extrêmement joyeux, Briac préoccupé à l'excès, embarrassés l'un et l'autre.

ROBERT, se décidant et à demi-voix.

Elle va venir!

BRIAC.

Je le sais.

* Robert, Briac, Adrienne, la baronne, qui est un peu remontée.

ROBERT.

Ici, chez moi, chez moi!

BRIAC, *vivement.*

Tu ne lui parleras pas, tu ne t'approcheras pas d'elle, tu ne la regarderas pas. Je serai toujours là, devant toi, je ne te quitterai pas d'une semelle. Voilà pourquoi je suis venu le premier, avant que les bougies soient allumées, et je m'en irai le dernier, quand elles seront éteintes.

ROBERT, *souriant.*

Poltron!

BRIAC.

Tu es brave, toi, parce que tu ne vois pas le danger.

ROBERT.

Tu crois toujours que je ne saurais pas dissimuler. Qu'aurais-je donc appris dans la diplomatie? Je n'ai pas même prononcé son nom. (*Avec une joie contenue.*) Et pourtant je le connais. Elle s'appelle Christiane!

BRIAC.

Sois prudent, je t'en supplie.

ROBERT.

Je te promets de l'être.

BRIAC.

Songe qu'elle a dix-sept ans, qu'elle fait son entrée dans le monde, qu'elle est très en évidence, que bientôt peut-être il s'agira de la marier.

ROBERT.

Certes elle se mariera ; elle épousera celui qu'elle aime.

BRIAC, *étonné.*

Celui qu'elle aime!

ROBERT.

Oui, Henry de Kerhuon, le fils du marquis de Kerhuon.

BRIAC, *stupéfait.*

Comment ?

ROBERT.

Ils s'aiment tous les deux, tu ne savais pas cela, je le sais, moi. Ils se sont trouvés ensemble aux Pyrénées, et ils devaient se sentir attirés l'un vers l'autre ; Henry de Kerhuon est charmant.

BRIAC.

Tu le connais ?

ROBERT.

Son père a été le meilleur ami du mien, et j'ai entendu parler du fils par un brave garçon que le marquis m'avait recommandé à Lima. Mais je ne connaissais pas Henry ; je l'ai vu ce matin.

BRIAC.

Ah !

ROBERT.

J'ai voulu le voir. — Il ne se doutait pas que je l'étudiais. — Nous avons parlé de ma nièce Adrienne, qui est si gentille et si bonne ! — et des amies de ma nièce. — Ce n'est pas moi qui l'ai nommée, — c'est lui. Si tu savais ce qu'il y a de respect, d'enthousiasme, de tendresse dans la façon seule dont il prononce son nom ! Alors, moi, je lui ai raconté, tout ému comme lui, ce qui s'était passé boulevard des Capucines ; j'ai cru qu'il allait me sauter au cou. Et en sortant il m'a pressé la main avec effusion. Comme il l'aime ! Voilà bien le mari que je veux pour Christiane.

BRIAC.

Tu veux !... Tu veux !... Ce mariage rencontrera peut-être des obstacles.

ROBERT.

Lesquels ?

BRIAC.

Je ne sais pas, moi, — je dis peut-être. Elle aime M. de Kerhuon ! D'abord, est-ce bien sûr ?

ROBERT.

Tu as raison, il se trompe peut-être ; et elle aussi, — elle est bien jeune ! Il faut que je sache si vraiment elle l'aime.

BRIAC.

Toi ?

Adrienne entre en courant par le fond.

SCÈNE IV

LES MÊMES, ADRIENNE, *puis* LE DOCTEUR.

ADRIENNE.

Ma mère vous fait dire que tout est prêt ; maintenant, on peut arriver.

ROBERT.

C'est bien.

ADRIENNE, *attirant Robert à gauche.*

Mon oncle, voulez-vous me rendre un grand service ?

ROBERT.

Très volontiers.

ADRIENNE.

Mariez-vous le plus tôt possible.

ROBERT.

Pourquoi ?

ADRIENNE.

Parce que, quand vous aurez une femme, je ne serai plus le meilleur parti de France et ce sera bien heureux.

ROBERT, *souriant.*

Ah !

Le docteur paraît dans la galerie.

ADRIENNE.

Voici le docteur Solem.

Le docteur entre par la droite.

LE DOCTEUR, *allant à Robert.*

Mais je ne retrouve plus l'hôtel du baron de Folny. Je marche dans le pays des rêves.

ROBERT, gaiement.

N'est-ce pas? (Montrant Adrienne.) Je te présente ma petite fée.

LE DOCTEUR.

Puisqu'il y a une fée...

ADRIENNE.

Il y a un oncle admirable, qui a inventé des merveilles et qui flatte sa nièce.

Elle salue le docteur et entre, à gauche, dans le salon bleu

LE DOCTEUR.

Mais, mon bon Robert, tu es transformé aussi, tu rayonnes.

ROBERT.

J'adorais le monde, tu t'en souviens, et je me sens ému, ce soir, comme je l'étais à vingt ans, quand j'entrais dans un bal. Il me semble que je vais trouver le même attrait à la valse, le même charme à la grâce des jeunes filles.

LE DOCTEUR, souriant.

Vas-tu me présenter une seconde fée?

ROBERT.

Ce sont les lumières et les fleurs qui me grisent; j'ai honte de si peu vieillir.

LE DOCTEUR, gaiement.

Oh! la vieillesse est un préjugé, qui passera comme les autres. On n'a jamais que l'âge de ce qu'on ressent.

ROBERT.

Je le crois.

LE DOCTEUR, allant à Briac.

Arme-toi de courage, Briac, je vais t'annoncer une mauvaise nouvelle.

BRIAC.

Encore une!

LE DOCTEUR, étonné.

Comment, encore une!

BRIAC.

Je veux dire : enfin!

LE DOCTEUR.

Tu es préoccupé.

BRIAC.

Moi !... non !... Tu m'annonces une mauvaise nouvelle... J'attends.

LE DOCTEUR, allant s'asseoir *.

Il s'agit du jeune de Beaubriand. Cela ne pourrait se raconter devant des dames ; je vais me hâter. En rentrant chez moi, je trouve Achille qui m'attendait en larmes. Il avait laissé pressentir ses projets de mariage à une dame superbe.

ROBERT.

Honorée de ses bonnes grâces.

LE DOCTEUR.

Honorée de ses bonnes grâces. La dame tombe en syncope, elle est prise de spasmes violents, elle ne peut plus supporter la vue d'Achille, et elle doit trépasser dans la nuit même. Je ne dîne pas, et, vingt minutes après, je sonnais à la porte de mademoiselle Aspasie.

ROBERT.

Elle était sortie?

LE DOCTEUR.

Elle n'était pas visible. Je suppose que la consigne n'est pas pour le médecin, je passe devant la bonne stupéfaite, j'ouvre une porte, et je trouve une jolie dame rousse dînant avec un joli monsieur blond. On en était au rôti. Tu vois ma situation.

ROBERT.

Tu te nommes?

LE DOCTEUR.

Le docteur Solem. La dame répand son champagne sur sa collerette, et le monsieur essaye de se cacher sous une

* Robert assis près de la table. — Le docteur en face de lui sur la borne. — Briac assis à côté de lui.

aile de perdrix. Alors, me tournant gravement vers lui : Monsieur est un confrère? Cette phrase polie ne le met pas à l'aise.

ROBERT.

Je crois bien.

LE DOCTEUR.

Je continue sur le même ton : j'approuve en tous points l'ordonnance de mon habile confrère et je m'en rapporte à lui pour la suite du traitement. — Et je salue. Devine ce que me répond Aspasie. — Vous êtes un homme d'esprit, vous! Comment se porte M. de Briac?

BRIAC, *étonné*.

Hein?

LE DOCTEUR, *se levant*.

C'était Clorinde.

ROBERT.

Bah!

BRIAC, *stupéfait*.

Clorinde!

LE DOCTEUR.

Clorinde, que tu avais rendue à la société.

ROBERT.

La société ne l'a pas gardée.

BRIAC.

Elle était brune!

LE DOCTEUR.

Maintenant, elle est rousse. — C'est une façon de mettre des chevrons. Et elle est illustre, et elle charme Beaubriand fils, et elle le trompe avec un monsieur blond entre autres. — Quelle joie j'aurai à le lui dire!

BRIAC.

Tu le lui diras?

LE DOCTEUR.

Si je le lui dirai! Je me dérange, je ne dîne pas, et tu ne veux pas que je me venge! Tu ne connais guère les médecins.

L'HUISSIER, annonçant.

M. Achille de Beaubriand.

LE DOCTEUR.

Le voilà.

L'HUISSIER.

M. Anatole de Ferruzac. — M. et madame de Grandlucé. — Mademoiselle Boin.

LA BARONNE, accourant du salon bleu, suivie d'Adrienne.

Cette excellente mademoiselle Boin! (A Robert.) Robert, donnez-moi votre bras pour aller saluer cette respectable personne.

ROBERT, riant et offrant son bras à la baronne.

Allons, Briac, allons saluer cette respectable personne.

LA BARONNE, s'arrêtant, à Briac.

Pourquoi ne vous mariez-vous pas, monsieur de Briac?

BRIAC.

Parce que j'arrive à un âge où l'on ne peut espérer être aimé que de soi-même.

LA BARONNE.

Vous devriez épouser cette excellente mademoiselle Boin.

BRIAC.

Hein?

LE DOCTEUR.

C'est une idée, cela.

BRIAC.

Mais elle remonte à 1830.

LA BARONNE.

Vous trouveriez des qualités sérieuses.

BRIAC.

J'en ai peur.

LA BARONNE.

Des principes solides.

BRIAC.

A l'épreuve du temps.

LA BARONNE.

Vous ne méritez pas le bonheur qu'on vous offre.

BRIAC.

Dieu vous entende, madame!

LA BARONNE, se dirigeant vers le vestibule.

Je lui ai réservé une place d'où l'on peut tout voir.

LE DOCTEUR.

Et tout entendre, s'il vous plaît, madame, ou son bonheur ne serait pas complet.

LA BARONNE.

Vous êtes méchant.

Ils disparaissent à droite.

SCÈNE V

LE DOCTEUR, ADRIENNE.

LE DOCTEUR, à Adrienne.

J'ai bien le droit de lui en vouloir. Elle m'a envoyé ce matin soixante billets de concert.

ADRIENNE, redescendant*.

Nous en avons reçu autant.

LE DOCTEUR.

Et elle s'imagine qu'elle a une charité quelconque! Elle a celle de ses amis.

ADRIENNE.

Et elle est indiscrète, et elle arrange de petits romans! N'a-t-elle pas raconté que vous aviez été chargé par la famille Beaubriand de demander ma main?

LE DOCTEUR, souriant.

Ne l'accusez pas trop.

ADRIENNE.

C'était vrai?

* Adrienne, le docteur.

LE DOCTEUR.

Mais le danger est passé.

ADRIENNE.

M. de Beaubriand renonce à moi ? Oh ! qu'il est aimable ! Vous lui avez prouvé, n'est-ce pas, qu'on aurait bien tort de m'épouser ?

LE DOCTEUR.

Je n'ai pas dit cela.

ADRIENNE.

Il ne me trouve pas assez riche. Il a raison. On s'exagère beaucoup ma fortune.

A ce moment, la baronne, qui traversait la galerie au bras de Robert, le quitte et vient à sa fille.

LA BARONNE.

Vous parliez de fortune ?

ADRIENNE.

Oui, oui... de la fortune... de mon oncle.

LA BARONNE, s'emparant du docteur.

Colossale, docteur, colossale. La terre de Noja, château, parc, prairies, douze fermes de rapport. Deux cents hectares de bois, trois cours d'eau, cinq étangs, très belles chasses. Cet hôtel payé douze cent mille francs. Deux cents obligations d'Orléans, cent cinquante du Nord, cent vingt de l'Ouest, cinquante mille livres de rentes trois pour cent, un million déposé à la Banque. De plus, je donne trois cent mille francs de dot à Adrienne.

LE DOCTEUR, souriant.

Me demandez-vous le secret ?

LA BARONNE.

Non, non, docteur.

ADRIENNE, attirant sa mère à part.

Ma mère.

LA BARONNE, allant à sa fille et revenant vivement.

Ah ! j'oubliais deux cents Canal-Cavour et trois cents Pampelune.

ADRIENNE.

Ma mère, vous n'aurez plus à parler de ma dot. Je ne veux pas me marier.

LA BARONNE.

Hein ?

ADRIENNE.

Je veux rester fille.

Elle sort par la gauche.

LA BARONNE, interdite.

Rester fille !... Rester fille !

L'HUISSIER, annonçant.

Madame et mesdemoiselles de Messac.

Après un moment d'hésitation, la baronne revient au docteur.

SCÈNE VI

LA BARONNE, LE DOCTEUR.

LA BARONNE.

Docteur, vous êtes le meilleur ami de Robert ; un médecin est presque un confesseur ; je vais tout vous confier.

LE DOCTEUR, étonné.

Je vous écoute.

LA BARONNE.

Vous avez devant vous la plus malheureuse des mères.

LE DOCTEUR.

Vous, madame ?

LA BARONNE.

Je viens de faire une terrible découverte.

LE DOCTEUR.

Laquelle ?

LA BARONNE, avec éclat.

Adrienne aime son oncle..

LE DOCTEUR, stupéfait.

Ah !

LA BARONNE, s'asseyant sur la borne.

Je voulais en douter ; cependant, ce soir même, par une de ces inspirations que le ciel nous envoie, j'avais ouvert le chiffonnier de ma fille, et j'y ai trouvé une sorte de memento où elle écrit ses impressions.

LE DOCTEUR, s'asseyant à côté d'elle.

Je comprends, le nom de Robert...

LA BARONNE.

Il n'est nommé nulle part, il est désigné partout. Un homme qui n'est plus un jeune homme, — Robert a trente-neuf ans ; — savant, — les voyageurs sont des savants ; — célèbre, — Robert est célèbre comme diplomate ; — un homme dont une femme serait fière. Il n'y a pas à s'y tromper.

LE DOCTEUR.

Non, madame, non.

LA BARONNE.

Et voici ce que j'ai lu à la dernière page, l'encre était encore fraîche : « Il m'a dit : Une jeune fille de vingt ans ne sait jamais ce que pense un homme de quarante. »

LE DOCTEUR, étonné.

Hein ?

LA BARONNE.

Vous trouvez que c'est un peu vif ? Ce n'est pas tout : « Je lui ai demandé pourquoi ; il m'a répondu : Parce que c'est l'âge où nous devenons timides. »

LE DOCTEUR.

Il y a cela ?

LA BARONNE.

Oui. Vous trouvez que Robert a été un peu loin ? C'est l'âge où nous devenons timides. Et elle ajoute : « Je m'en étais bien aperçue. » Pauvre enfant ! Et comme elle le dépeint : Bon, gracieux, aimable.

LE DOCTEUR, *saluant.*

Ah !

LA BARONNE.

Spirituel.

LE DOCTEUR, *modestement.*

Oh !

LA BARONNE.

Elle refuse tous les partis, elle veut rester fille ; elle l'aime, enfin. Que faire ? Je ne peux pas jeter Adrienne à la tête de mon cousin.

LE DOCTEUR, *vivement.*

Non, madame, non, il ne le faut pas.

LA BARONNE.

J'ai trop de fierté pour cela. Que faire ? Voici Robert ! Ne le lui dites pas devant moi.

LE DOCTEUR.

Non, madame. (*A part.*) Je ne peux pourtant pas lui crier : C'est moi, ce n'est que moi. Elle serait désolée.

Robert, ayant Adrienne à son bras, vient du salon bleu, toujours suivi de Briac.

ROBERT, *en entrant.*

Je t'assure, Adrienne, que tu as l'air aussi préoccupée que Briac.

BRIAC.

Je ne suis pas préoccupé... au contraire.

ROBERT.

Vois le docteur, lui, au moins, il est radieux.

LE DOCTEUR.

Oui, oui, ce doit être aussi l'effet des fleurs et des lumières.

ROBERT.

A la bonne heure. Si j'osais, moi, je danserais encore comme un collégien.

LA BARONNE, *avec intention.*

Mais, comme vous le dites si bien, Robert, quarante ans, c'est l'âge où les hommes deviennent timides.

ADRIENNE.

C'est M. Solem qui a dit cela.

LA BARONNE, stupéfaite.

Le docteur ?

LE DOCTEUR.

Oui, madame.

LA BARONNE.

C'est vous ?

LE DOCTEUR.

Vous ne me supposiez pas si spirituel ?

ADRIENNE.

Vous avez lu ! — Mais, ma mère, le docteur va être forcé de demander ma main.

LA BARONNE.

Venez, Adrienne !

Elle entraîne sa fille. Elles sortent par le fond.

ROBERT, à Solem.

Qu'as-tu donc ?

LE DOCTEUR.

Ce que j'ai ? Ta nièce est un ange.

Il sort par le fond.

ROBERT, riant.

Je m'en doutais.

L'HUISSIER.

Le vicomte Enguerrand de Grandlucé.

ROBERT.

Les salons se remplissent et elle ne vient pas.

BRIAC.

Te voilà impatient.

ROBERT.

Impatient, oui ; mais je suis calme, tu le vois bien.

BRIAC.

Oh ! calme !

ROBERT.

Si elle allait ne pas venir !

BRIAC.

Oh ! elle viendra. — Rentrons dans le bal.

ROBERT.

Non, non, je veux être ici quand elle arrivera, je la verrai le premier.

BRIAC.

On remarquera ton trouble.

ROBERT.

Sois tranquille.

Achille paraît au fond dans un groupe de jeunes gens.

ACHILLE, saluant à droite et à gauche.

Bien, très bien, mon père va bien.

BRIAC.

Voici M. de Beaubriand.

ROBERT.

Tant mieux, on ne s'occupera pas de moi.

SCÈNE VII

LES MÊMES, ACHILLE, ANATOLE.

ACHILLE, entrant.

Très bien, mon père va bien. Ah ! c'est ce cher comte. Vous faites superbement les choses, très cher, votre fête est étourdissante. N'est-ce pas, Anatole? (Présentant Anatole.) Anatole de Ferruzac, un de mes bons amis. (Robert salue et se retire par le fond, suivi de Briac. — On le voit, de temps en temps, reparaître pendant la scène suivante, dans la galerie, toujours préoccupé et devenant de plus en plus anxieux à chaque nom qu'on annonce. Achille, s'avançant sur le devant de la scène suivi des cinq jeunes gens.) Voici un salon où l'on ne danse ni ne joue. C'est le purgatoire.

ANATOLE.

Des mots, toujours des mots.

ACHILLE, s'asseyant sur la borne, à droite.

Tu le trouves drôle, Anatole?

ANATOLE.

Étonnant. C'est un mot à replacer.

ACHILLE.

Chez mon père. Tu me flattes, je vous prends tous à témoins, Anatole me flatte.

ANATOLE, avec émotion.

Tu sais si je suis toujours sincère.

ACHILLE.

Non, non, tu es un vil flatteur.

ANATOLE, piqué.

Achille !

ACHILLE.

Quoi ?

ANATOLE.

Mon amour-propre est blessé.

ACHILLE.

Sois tranquille, Anatole, il n'en mourra pas.

L'HUISSIER, annonçant.

Le baron et la baronne de Prignon.

ACHILLE, se dressant sur la pointe des pieds.

La petite baronne en rose... Elle est adorable. (A Anatole.) Je plaisantais, Anatole, je sais que tu ne me flattes jamais. (Se rasseyant.) Seulement, depuis que je suis résolu à me marier, je me crois incapable de dire un mot drôle. Je deviens idiot par anticipation.

ANATOLE.

Charmant, charmant.

ACHILLE.

Subir un accident, ce n'est rien. Mais l'attendre, savoir que tel jour, à telle heure, on sera atteint d'une femme légitime.

ANATOLE.

Et chronique.

ACHILLE, *riant.*

Et chronique! — Anatole me souffle. — Car je me marie, mes très chers. — Oh ! le nom de la future est encore un mystère. — Je me marie sans rougir ; je suis de l'école de mon père ; je considère le mariage comme un devoir social. Nous sommes des privilégiés, Anatole, nous devons avoir des enfants. Moi, je serais désolé de n'être pas le fils de mon père, — c'est si commode.

ANATOLE.

Charmant, charmant.

L'HUISSIER.

M. Paul de Jolan.

ACHILLE, *se levant.*

Ah ! Jolan, l'homme le plus spirituel de Paris.

ANATOLE.

Il ne dit jamais rien.

ACHILLE.

C'est ce qui a fait sa réputation. — (*Allant vers la gauche.*) Je voudrais bien voir le docteur.

ANATOLE, *vivement.*

A quoi bon? Puisque Aspasie va bien.

ACHILLE, *s'arrêtant.*

Comment le sais-tu?

ANATOLE, *embarrassé.*

Moi, je... j'ai rencontré sa femme de chambre.

ACHILLE.

Tu mens, Anatole.

ANATOLE.

Achille!

ACHILLE.

Tu veux me rassurer, Anatole.

ANATOLE.

Je te jure...

L'HUISSIER.

M. et madame de Morangis.

ACHILLE.

Oh! la jolie madame Morangis. (Écoutant.) Eh bien, et Mérindol? Où est donc Mérindol?

L'HUISSIER.

M. de Mérindol.

ACHILLE.

A la bonne heure! — (Il va vers le vestibule et rencontre le docteur.) Ah! le docteur. (Il le ramène en scène.) Eh bien, Aspasie?

LE DOCTEUR.

Aspasie est sauvée.

ACHILLE, avec effusion.

Ah! ce cher docteur, j'étais dans une inquiétude mortelle.

LE DOCTEUR.

Seulement, nous étions deux.

Anatole, inquiet, se rapproche du docteur.

ACHILLE.

Deux médecins! quand je vous disais que ce serait grave!

LE DOCTEUR.

Oh! l'autre était...

ANATOLE, lui serrant la main.

Ne me trahissez pas.

LE DOCTEUR, stupéfait.

Hein! le monsieur à l'aile de perdrix!

ACHILLE, insistant.

L'autre était?...

LE DOCTEUR, regardant Anatole en souriant.

Un spécialiste.

ACHILLE.

Ah!

ANATOLE.

Pauvre jeune femme!

ACHILLE, le présentant.

Anatole de Ferruzac, un de mes bons amis.

LE DOCTEUR.

Je l'ai bien vu.

L'HUISSIER.

Le duc et la duchesse de Laurimas.

ACHILLE.

La petite duchesse et le grand duc ensemble! Ils ne se rencontrent que chez les autres. (Apercevant Robert qui entre en scène, toujours suivi de Briac.) J'espère, mon cher comte, que vous me ferez l'honneur d'assister à mon enterrement. Oh! ne vous alarmez pas; je veux dire, à l'enterrement de ma vie de garçon. — Lundi, au cabaret, vous trouverez là d'aimables débauchés, célibataires déterminés comme vous, et quelques maris, des revenants.

L'HUISSIER.

Le marquis et la marquise de Léo.

ACHILLE, regardant.

La petite marquise en blanc. — Ravissante!

ANATOLE.

Ravissante!

L'HUISSIER.

Le duc de Valorbe; M. et mademoiselle Maubray.

Il se fait un grand mouvement. — Robert et Briac restent sur le devant à gauche, les jeunes gens remontent tous vers le fond à droite. — La baronne et Adrienne accourent du salon bleu.

SCÈNE VIII

Les Mêmes, LA BARONNE, ADRIENNE, MAUBRAY, CHRISTIANE.

LA BARONNE, entrant, à Adrienne.

Il me semblait que nous n'avions pas invité la famille Maubray.

ADRIENNE.

Si, ma mère.

ROBERT, à Briac.

Elle vient à nous, elle vient à nous.

Maubray entre par la porte du vestibule. — Il passe, avec sa fille à son bras, devant les jeunes gens qui le saluent, va droit à Robert et s'arrête en face de lui.

MAUBRAY.

Monsieur de Noja, voulez-vous me permettre de vous présenter ma fille?

ADRIENNE, *à Christiane.*

On danse déjà.

CHRISTIANE.

Oh! ce n'est pas moi qu'il faut gronder, si nous sommes en retard; c'est mon père.

LA BARONNE.

Vous me confiez Christiane, n'est-ce pas? Je lui ai réservé une place à côté de mesdemoiselles de Messac. Je veillerai sur elle comme sur Adrienne.

MAUBRAY.

Je vous en remercie, madame, je n'ai aucune inquiétude. (*Christiane quitte son bras; il se rapproche de Robert.*) Nous nous étions déjà vus, monsieur le comte, il y a bien longtemps; vous l'avez sans doute oublié.

ROBERT, *contenant son émotion.*

Non, monsieur, je ne l'ai pas oublié.

LA BARONNE.

Vous trouverez des tables de whist, monsieur Maubray.

MAUBRAY.

Vous connaissez mes faiblesses. (*Au docteur qui s'avance pour le saluer.*) Jouez-vous au whist, docteur?

LE DOCTEUR.

Jouer contre un des favoris de la fortune! ce serait de l'audace.

MAUBRAY.

La fortune est femme : elle aime les audacieux.

LE DOCTEUR.

Qui ne la respectent pas? J'essayerai.

Ils passent devant Robert et sortent lentement par le fond.

BRIAC, à part.

Je n'ai plus une goutte de sang dans les veines.

Christiane s'est assise avec Adrienne sur le canapé à droite. Elle est entourée des jeunes gens qui s'inscrivent pour danser. — La baronne, debout près de la borne, les regarde.

ACHILLE, à Christiane.

Mademoiselle, permettez-moi de m'inscrire pour le prochain quadrille. (Présentant ses amis.) Anatole de Ferruzac, un de mes bons amis; Gérard de Cavan, un de mes bons amis; Enguerrand de Grandlucé, un de mes bons amis.

LA BARONNE.

Comme on l'entoure! — Monsieur de Cavan, voulez-vous me conduire à madame votre mère, que je n'ai pas encore saluée?

CAVAN, lui offrant son bras.

Très volontiers, madame.

LA BARONNE.

Vous allez danser, Adrienne?

ADRIENNE, sortant du groupe.

Oui, ma mère; mais mon danseur est là, c'est M. de Briac.

La baronne sort par le fond.

CHRISTIANE, toujours assise.

M. de Grandlucé, le neuvième quadrille. (Riant.) Je vais m'y perdre.

ACHILLE.

Grandlucé est favori. J'intercède pour Anatole.

ADRIENNE.

Messieurs, je crois qu'on joue la ritournelle, n'oubliez pas vos danseuses.

ACHILLE.

Mille grâces, mademoiselle.

Ils sortent tous par le fond comme une volée d'oiseaux.

ADRIENNE, riant.

Je t'en débarrasse.

CHRISTIANE.

Merci.

SCÈNE IX

BRIAC, ROBERT, CHRISTIANE, ADRIENNE.

Christiane et Adrienne sont assises sur le canapé à droite.
Robert et Briac sont au fond à gauche, près de la porte du salon bleu.

ROBERT, à Briac qui veut l'emmener.

Elle est là, seule, avec Adrienne, je pourrais lui parler.

BRIAC.

Je te le défends, je l'emmènerais plutôt.

ROBERT.

Mais l'entendre, l'entendre, seulement.

ADRIENNE, à part, à Christiane.

Tu n'as pas promis cette valse?

CHRISTIANE.

Oh! non, je l'ai réservée pour Henry.

ADRIENNE.

Il n'est pas encore arrivé.

CHRISTIANE.

S'il ne venait pas?

ADRIENNE.

Es-tu folle?

BRIAC, voulant entraîner Robert, qui ne quitte pas Christiane des yeux.

Tu ne peux pas rester ici.

ADRIENNE.

Mon oncle!

ROBERT, avec joie.

Adrienne m'appelle. Tu vois, Adrienne m'appelle.

Adrienne est allée à lui, laissant Christiane seule.

ADRIENNE, bas.

Est-ce que les messieurs de Kerhuon vous ont écrit qu'ils ne viendraient pas?

ROBERT.

Au contraire.

ADRIENNE.

Ah! — Eh bien, comment trouvez-vous Christiane?

ROBERT.

Adorable.

ADRIENNE.

Que vous me faites plaisir de me dire cela! Mais elle est encore bien plus jolie quand elle est gaie. Je vais la rendre gaie, regardez. (Elle court à Christiane.) Il a accepté notre invitation.

CHRISTIANE, avec joie.

Ah!

Adrienne fait signe de la tête à Robert en la lui montrant. — Elles sont levées toutes les deux et se rapprochent du milieu de la scène.

ADRIENNE.

A la bonne heure, voilà ton joli sourire qui reparait. Sais-tu que mon oncle te trouve adorable?

CHRISTIANE.

Vraiment! Je ne m'explique pas pourquoi, mais M. de Noja m'intimide.

ADRIENNE, gaiement.

Nous allons le chasser. Mon oncle, vous intimidez Christiane.

CHRISTIANE, avec reproche.

Adrienne!

ROBERT, se rapprochant vivement.

Moi, mademoiselle?

BRIAC, passant entre Christiane et lui*.

Oui, toi, tu as un air grave qui intimide les jeunes filles. Pourquoi rester dans ce salon? Viens.

CHRISTIANE.

Excusez-moi, monsieur.

ROBERT, bas, à Briac.

Elle me parle, elle m'a parlé.

* Robert, Briac, Adrienne, Christiane.

CHRISTIANE.

Vous ne devriez pas m'intimider, puisque vous êtes le parent de ma chère Adrienne.

BRIAC.

Ce n'est pas une raison, au contraire.

CHRISTIANE, se rapprochant de Briac*.

Qu'avez-vous donc, monsieur de Briac?

BRIAC.

Rien, mademoiselle.

CHRISTIANE.

Mademoiselle! vous m'appelez mademoiselle! vous m'en voulez donc?

BRIAC.

Moi, je... non, non.

CHRISTIANE, à Robert.

C'est que M. de Briac est un vieil ami pour moi.

ROBERT.

Ah!

BRIAC.

Un ami, un ami...

CHRISTIANE.

Il m'aime comme sa fille.

BRIAC.

Non, mademoiselle, non.

CHRISTIANE.

Et je vous le rends bien, allez.

BRIAC, à part.

Il va être jaloux de moi, à présent.

CHRISTIANE.

Il me boude un peu, ce soir, et il a bien tort.

BRIAC.

Vous vous imaginez que je boude.

* Robert, Briac, Christiane, Adrienne.

CHRISTIANE.

Vous êtes encore fâché parce que je n'ai pas voulu changer de coiffure.

ROBERT.

Briac n'aime pas cette coiffure ?

CHRISTIANE.

Et savez-vous pourquoi ?

BRIAC, *voulant l'arrêter.*

Christiane !

CHRISTIANE.

Parce que, ainsi, je ressemble à ma mère.

ROBERT.

C'est vrai, c'est vrai.

CHRISTIANE, *étonnée.*

Vous avez vu ma mère ?

ROBERT.

Oui, mademoiselle.

CHRISTIANE, *allant à lui*.*

Oh ! mais alors, vous ne m'intimidez plus.

ADRIENNE, *qui était remontée un peu.*

Monsieur de Briac !

BRIAC.

Mademoiselle !

ADRIENNE.

Vous n'entendez pas ?

BRIAC.

Quoi ?

ADRIENNE.

La valse que je vous dois.

BRIAC.

Ah ! oui, oui. — Vous êtes invitée aussi, Christiane ?

* Robert, Christiane, Briac, Adrienne.

CHRISTIANE.

Non, je ne valserai pas. (A Robert.) Voulez-vous me donner votre bras, pour me conduire à ma place ?

ROBERT, offrant son bras.

De grand cœur.

ADRIENNE.

Monsieur de Briac, à quoi pensez-vous donc ?

BRIAC.

Moi, je suis tout à la valse, valsons.

ADRIENNE, riant.

Pas ici.

Briac offre son bras à Adrienne ; ils sortent par le fond. — Robert et Christiane les suivent, mais ils s'arrêtent dans la galerie et redescendent en scène.

SCÈNE X

ROBERT, CHRISTIANE

CHRISTIANE.

Vous trouvez que je ressemble à ma mère ?

ROBERT.

Elle avait votre regard, votre voix, votre voix à ce point que je crois l'entendre.

CHRISTIANE.

Je suis tout émue de songer que vous avez parlé à ma mère, et que vous êtes là, et que je vous regarde comme elle vous regardait. Mais je suis bien heureuse.

ROBERT.

Je le suis aussi, moi, je ne vous le disais pas tout à l'heure, je suis bien heureux. (Elle le regarde avec étonnement.) C'est ma jeunesse que je revois, ce sont mes vingt ans, ce sont toutes les joies de mon enfance. J'ai presque été élevé avec votre mère, et je l'ai vue à son premier bal aussi, belle comme vous, heureuse comme vous.

CHRISTIANE, *s'asseyant sur la borne, en face du public.*

Puisque vous êtes en relation avec mon père, vous viendrez nous voir souvent.

ROBERT.

Oui, souvent.

CHRISTIANE.

Vous me parlerez de ma mère. On ne me parle jamais d'elle.

ROBERT, *s'asseyant sur la borne, à droite.*

Ah !

CHRISTIANE.

Mon père ne prononce jamais son nom. M. de Briac, lui, n'ose pas.

ROBERT.

Pourquoi? Vous n'avez pas connu votre mère : il faut bien vous dire que vous pouvez la nommer avec orgueil. Soyez fière d'être sa fille ; elle serait si fière de vous, elle !

CHRISTIANE.

Vous me raconterez tout ce que vous vous rappellerez d'elle; vous me direz quels étaient ses goûts, ses préférences, comment elle se mettait, ce qu'elle faisait, ce qu'elle disait, ce qu'elle aimait. Que de questions j'ai à vous adresser ! — A-t-elle été heureuse ?

ROBERT.

Elle a beaucoup souffert.

CHRISTIANE.

Je l'avais deviné. (*Presque bas.*) Si vous saviez comme je l'aime !

ROBERT.

Oui, aimez-la bien. Tous ceux qui l'approchaient l'aimaient comme on vous aime.

CHRISTIANE.

Elle était bonne, n'est-ce pas ?

ROBERT.

Bonne comme vous ; comme vous elle avait cette pitié, la

meilleure de toutes, la pitié pour ceux qu'on dédaigne et qu'on repousse. Un jour, — elle avait votre âge, — on racontait devant elle qu'un enfant abandonné, dont le père avait commis je ne sais quel crime, errait dans la campagne, poursuivi, maltraité, chassé de partout. Elle s'est levée sans prononcer une parole, elle est sortie seule, suivie d'un domestique, et, deux heures après, elle revenait triomphante, avec le pauvre petit orphelin tout habillé de neuf, les mains pleines de friandises, riant, pleurant, étourdi, confus et cachant son visage dans les plis de sa robe.

CHRISTIANE.

Comme elle devait être contente !

ROBERT.

Elle avait fait pour cet enfant ce que vous faisiez hier pour un vieillard.

CHRISTIANE.

Ah ! vous savez? — Moi, c'était si simple !

ROBERT.

Oui, je sais, je sais. — On m'a raconté de vous tant de choses charmantes depuis deux jours !

CHRISTIANE.

Adrienne et M. de Briac ? Ils me gâtent tous les deux.

ROBERT.

Oh ! ce n'est pas eux seulement.

CHRISTIANE.

D'autres encore ?

ROBERT.

Oui. (La regardant.) Henry de Kerhuon.

CHRISTIANE, se levant.

Ah !

ROBER .

Je l'ai vu ce matin, nos deux familles ont toujours été étroitement unies, et la terre de Noja est voisine du château de Kerhuon.

CHRISTIANE.

Je le sais.

ROBERT, se levant aussi.

Vous le savez ?

CHRISTIANE.

Moi aussi, j'avais souvent entendu prononcer votre nom. M. Henry de Kerhuon vous connaissait par un de ses amis, qu'il vous avait adressé à Lima.

ROBERT.

Il vous a parlé de moi ?

CHRISTIANE.

Avec enthousiasme, et c'est un peu cela qui m'intimidait tout à l'heure.

ROBERT.

Il a été bien bon de vous parler de moi ; mais je crois que je l'en ai récompensé.

CHRISTIANE.

Vous ?

ROBERT.

Je lui ai annoncé que vous seriez au bal ce soir.

CHRISTIANE.

Vous le lui avez dit ?

ROBERT.

Il n'a pas su me cacher sa joie.

CHRISTIANE.

Et il n'est pas ici !

ROBERT, vivement.

Il viendra, rien au monde ne l'empêcherait de venir. (S'asseyant.) Vous ne lui en voudrez pas de s'être trahi devant moi ?

CHRISTIANE.

Est-ce que je ne me trahis pas aussi, moi ?

ROBERT.

Oh ! n'en rougissez pas.

CHRISTIANE.

Je rougis quelquefois de ce que je dis, jamais de ce que je pense. (S'asseyant.) Il me semble que j'avouerais devant le monde entier... et pourtant je n'en avais encore parlé qu'à Adrienne.

ROBERT.

Ah ! M. Maubray ?...

CHRISTIANE.

Mon père ne sait rien. — J'attends qu'on lui demande ma main. — Je lui confierai tout, alors.

ROBERT.

Il ne peut qu'approuver votre choix.

CHRISTIANE.

S'il ne l'approuvait pas ? — Vous me faites peur.

ROBERT.

Quel père ne serait heureux de donner sa fille à Henry de Kerhuon ?

CHRISTIANE.

C'est que toute ma vie est là, maintenant.

ROBERT, se levant.

C'est moi qui vous attriste. Qu'auriez-vous à redouter ? Qu'auriez-vous à désirer ? N'avez-vous pas tout ce que peut envier une jeune fille ? Est-ce que la vie n'est pas douce pour vous ? Chassez toute inquiétude ; je ne veux pas que vous soyez triste chez moi.

SCÈNE XI

ROBERT, LE MARQUIS, CHRISTIANE, ADRIENNE.

ADRIENNE, accourant.

J'ai entendu annoncer le marquis de Kerhuon, et j'accours.

CHRISTIANE, *regardant.*

Il est seul !

ROBERT *.

Henry le suit, sans doute.

CHRISTIANE.

Non, non, il est seul ; je l'ai bien vu, allez.

ADRIENNE.

Il va dire à mon oncle que son fils le suit.

Christiane fait un signe de doute ; elle prend le bras d'Adrienne, et elles disparaissent par le salon bleu, pendant que le marquis entre par la galerie. Robert va au-devant de lui.

LE MARQUIS, *allant à Robert.*

Je regrette beaucoup, monsieur de Noja, de ne pas m'être trouvé chez moi aujourd'hui. J'avais pour votre père l'affection la plus sincère. Je vous ai connu enfant, je vous ai connu à vingt ans, je ne vous ai jamais perdu de vue, en souvenir de mon vieil ami, et ce n'est pas un indifférent que vous recevez.

ROBERT, *ému.*

Monsieur le marquis, mon père m'a légué de précieuses amitiés ; mais je n'avais jamais si bien compris ce que vaut le nom que je porte.

Ils descendent tous deux à gauche ; Robert offre au marquis le fauteuil qui est à droite de la table, et s'assied lui-même à gauche.

LE MARQUIS.

Mon fils a été plus heureux que moi, ce matin ; il m'a beaucoup parlé de vous, et je vous prie de me pardonner ce soir si je viens seul.

ROBERT.

Il ne viendra pas ?

LE MARQUIS.

C'est un motif sérieux qui le retient.

ROBERT.

Il a un motif ?

* Adrienne, Christiane, Robert.

LE MARQUIS.

Je vous le donnerai bien franchement. Henry se serait trouvé chez vous avec une jeune personne qu'il ne doit pas revoir sans y être autorisé par moi.

ROBERT.

Ah !

LE MARQUIS.

Et, comme il me trouvait bien sévère, il m'a fait promettre en partant... — Excusez-le, vous lui avez inspiré la plus vive sympathie.

ROBERT, *vivement.*

Celle que je ressens pour lui n'est pas moins vive.

LE MARQUIS.

Il m'a fait promettre de vous consulter.

ROBERT.

Moi ?

LE MARQUIS.

Je le ferai de grand cœur. — J'aime beaucoup mon fils. Si vous étiez père, je vous dirais qu'il est mon orgueil. Henry a l'esprit droit, le cœur ferme et loyal. Il a ce qui manque aux hommes du jour, le caractère. Il m'accuse en ce moment ; il me suppose dominé par les préjugés d'autrefois ; il me reproche des idées que je n'ai pas. Je sais, comme lui, qu'il y a mieux qu'un grand nom, c'est un nom sans tache. Henry voudrait épouser mademoiselle Maubray.

ROBERT.

Eh bien ?

LE MARQUIS.

Je crois mademoiselle Maubray digne de mon fils, puisque mon fils l'aime. — Mais le père ?

ROBERT.

Le père ?

LE MARQUIS.

Vous le connaissez ; un de vos amis, M. de Briac, a des intérêts dans sa maison. Je ne vous demande pas quelle est sa fortune ; j'aurais vu sans regret mon fils prendre une jeune fille pauvre. Mais je voudrais savoir ce qu'il faut penser de cette fortune.

ROBERT.

Ce qu'il faut en penser ?

LE MARQUIS.

Je vis un peu en sauvage, retiré dans ma province ; je ne sais rien du monde des affaires ; je n'ai aucune idée des façons nouvelles de s'enrichir. Je trouve seulement que l'argent a pris beaucoup d'importance, et qu'on a de bien grands égards pour l'habileté. Vous êtes plus jeune que moi, moins arriéré, plus mêlé aux choses du temps. Si vous aviez un fils, lui permettriez-vous d'épouser la fille de M. Maubray ?

ROBERT.

M. Maubray est un grand financier. Je suis depuis trop peu de temps à Paris pour juger ses entreprises ; mais cette puissance du crédit a sa grandeur.

LE MARQUIS.

Je ne suis pas bien exigeant. M. Maubray est-il un honnête homme ?

ROBERT.

Je le crois.

LE MARQUIS.

Vous le croyez ?

A ce moment, Christiane et Adrienne passent lentement dans la galerie, regardant, inquiètes, du côté de Robert.

ROBERT, apercevant Christiane.

J'en suis sûr.

Les jeunes filles disparaissent.

LE MARQUIS, se levant.

J'ai toute confiance en vous. Je ferai ce que vous, comte de Noja, vous feriez à ma place. Je l'ai promis à mon fils. Ne me répondez pas ce soir, ne vous hâtez pas. Informez-vous près de M. de Briac. Jugez-vous même. Je ne cherche qu'à céder : mon fils serait si heureux !

Au moment où le marquis salue Robert pour partir, Achille et Anatole paraissent à la porte du vestibule.

SCÈNE XII

LES MÊMES, ACHILLE, ANATOLE, puis MAUBRAY.

ACHILLE, entrant avec Anatole, bas.

C'est le marquis de Kerhuon. — (Le marquis passe en le saluant légèrement et sort.) Il me boude un peu, le marquis, parce que je suis son concurrent au conseil général. — (A Robert.) Excellent homme d'ailleurs, bon administrateur, très généreux, adoré dans son pays, il a toutes les qualités. — Mais, moi, j'ai un chemin de fer. — (A Anatole, en apercevant Christiane, qui paraît dans la galerie au bras de son père, avec Adrienne.) Je danse ce quadrille avec mademoiselle Maubray, tu me fais vis-à-vis, Anatole.

ANATOLE.

Ravi.

Achille va offrir son bras à Christiane, Anatole offre le sien à Adrienne.

MAUBRAY, à Christiane.

Nous nous retirons après ce quadrille, Christiane.

Achille et Christiane, Anatole et Adrienne, disparaissent par la droite, dans la galerie.

SCÈNE XIII

ROBERT, MAUBRAY.

MAUBRAY, au fond, entrant en scène.

Voilà une fête, monsieur le comte, qui fera sensation. Vous avez conquis, en une nuit, cette célébrité si chère aux Parisiens.

ROBERT.

Ce n'est pas ce que je cherchais.

MAUBRAY, descendant, à droite.

Ah! Alors, vous aimez le monde pour lui-même. C'est

rare aujourd'hui. Mais vous êtes resté jeune, vous, tandis que moi, j'ai beaucoup vieilli. On voit bien que vous avez été toujours heureux, tout vous a souri ; vous n'avez pas eu les soucis de la fortune, les joies anxieuses de la famille, les douleurs et les revers ; (Se rapprochant de Robert.) vous êtes seul.

ROBERT.

Oui, monsieur, je suis seul.

MAUBRAY*.

Moi, j'ai une fille.

ROBERT.

Et vous devez être heureux ce soir du succès qu'elle obtient. Tout le monde l'admire. Je ne dis pas seulement ses amis, mais des étrangers. Ici même, à l'instant, le marquis de Kerhuon me parlait d'elle.

MAUBRAY.

De Christiane ?

ROBERT.

Son fils a rencontré mademoiselle Christiane aux Pyrénées, je crois, et ce souvenir ne s'est pas effacé. Vous connaissez, de réputation au moins, le marquis de Kerhuon. Eh bien, le fils vaut le père.

MAUBRAY.

Est-ce qu'on vous a chargé de demander la main de ma fille ?

ROBERT.

Non, monsieur, non ; je vous raconte ce qu'on me dit, un peu étourdiment peut-être. Il me semblait que cela devait flatter un père.

MAUBRAY.

Vous savez, comme moi, que ce mariage serait impossible.

ROBERT.

Impossible !

* Robert, Maubray.

MAUBRAY.

Le fils du marquis de Kerhuon ne peut pas épouser la fille du banquier Maubray.

ROBERT.

Le marquis de Kerhuon n'a pas les préjugés que vous lui attribuez. Il lui suffit que le beau-père de son fils soit un honnête homme.

MAUBRAY.

Et vous répondriez de moi?

ROBERT.

Oui

MAUBRAY.

Eh bien, monsieur le comte, vous le regretteriez demain.

ROBERT.

Pourquoi?

MAUBRAY.

Parce que demain vous aurez à me poursuivre.

ROBERT.

Que voulez-vous dire?

MAUBRAY.

Vous avez commencé une procédure contre M. de Senoncourt?

ROBERT.

Oui, M. de Senoncourt est un...

MAUBRAY, l'interrompant.

Attendez le jugement, monsieur le comte. Senoncourt n'est pas sérieux, Senoncourt n'existe pas, Senoncourt c'est moi.

ROBERT, interdit.

C'est vous!

MAUBRAY.

C'est moi que vous allez ruiner, monsieur le comte; et si vous aviez à me reprocher quelquefois un peu de froideur, n'en soyez pas surpris : en voilà la cause.

ROBERT.

Qu faudrait-il pour vous sauver?

MAUBRAY.

Je ne veux pas être sauvé. Les gens qu'on sauve sont perdus.

ROBERT, allant à lui.

Dites-moi ce que vous voulez.

MAUBRAY.

Ce que je veux? mais je veux que vous fassiez votre devoir et que vous suiviez les inspirations de votre conscience. Vous ne supposez pas que je vous demande grâce. Il serait un peu tard, d'ailleurs. Votre rapport a déjà été annoncé au ministre.

ROBERT.

Par qui?

MAUBRAY.

Par moi.

ROBERT.

Comment?

MAUBRAY.

J'ai hâte d'être jugé, puisque je suis accusé.

ROBERT.

Jugé! mais votre nom sortirait flétri de ces débats.

MAUBRAY.

Que vous importe mon nom?

ROBERT.

Votre honneur serait atteint.

MAUBRAY.

Que vous fait mon honneur? Je mets mon honneur au-dessus de pareilles atteintes. — Je n'ai jamais fait dans ma vie que ce que je croyais devoir faire. Mais la morale varie un peu, selon les milieux où l'on se trouve. Dans votre monde, on ne tourne pas le dos à un gentilhomme qui a tué son ami, s'il l'a tué dans un duel, le plus inégal des combats. On ne refuse pas sa main à l'homme qui a séduit une jeune fille, à celui qui a trompé un mari. Tout cela s'appelle bien des succès, si je ne me trompe. — Eh bien, nous, nous appelons aussi succès toutes les opérations qui réussissent. Et nous ne nous trouvons pas déshonorés par celles qui échouent. Vous voyez que votre monde et le mien ne pourront jamais s'entendre.

Achille entre avec Christiane, qu'il ramène à son père.

SCÈNE XIV

LES MÊMES, BEAUBRIAND, CHRISTIANE, puis BRIAC.

BEAUBRIAND.

Le quadrille est fini.

Il quitte le bras de Christiane et va dans le vestibule parler à un domestique qui lui apporte la sortie de bal de Christiane.

MAUBRAY.

Christiane, voulez-vous remercier M. de Noja du plaisir que nous lui devons ce soir?

CHRISTIANE.

Oh! de grand cœur. (Avec émotion.) M. de Noja a été bien bon pour moi.

MAUBRAY, étonné.

Ah!

ROBERT, embarrassé.

Mademoiselle!

MAUBRAY.

Je vous en remercie, monsieur, et, puisque vous daignez témoigner quelque intérêt à ma fille sans la connaître, — je vais vous annoncer une bonne nouvelle: Christiane épouse M. Achille de Beaubriand.

CHRISTIANE.

Moi?

ROBERT.

Elle!

BEAUBRIAND, revenant avec la sortie de bal sans avoir rien entendu.

Qu'avez-vous donc, mademoiselle?

CHRISTIANE, faisant un effort sur elle-même.

Rien, monsieur. Partons, mon père.

Christiane se soutient à peine. — Maubray la recouvre de sa sortie de bal. — Ils se dirigent vers la porte. — Pendant ce temps, Briac arrive joyeux du salon bleu et va à Robert.

BRIAC.

Allons! tout s'est bien passé. Maintenant...

ROBERT, avec désespoir.

Maintenant, il faut que je sauve ma fille!

Maubray s'arrête près de la porte. — Il salue Robert, qui reste atterré. Briac est stupéfait.

ACTE QUATRIÈME

CHEZ ROBERT.

Un salon. — Cheminée au fond. — Entrée à droite de la cheminée. — Porte conduisant à la bibliothèque à gauche. — Appartement de Robert à droite. — A gauche une table.

SCÈNE PREMIÈRE

BRIAC, puis HENRIETTE.

Briac est assis près de la table, prenant des livres, les quittant, regardant la porte et donnant tous les signes de la plus vive inquiétude.

BRIAC, se levant.

Où est-il? Que fait-il? (Avec une fureur comique.) Oh! comme je triompherais s'il n'était pas si cruel d'avoir raison! On bafoue les préjugés, on se moque des lois, on dédaigne la morale des petites gens, — qui est un peu bornée, n'aimer que sa femme et ne nuire à personne; — on trouve joli de fuir les sentiers battus et de se jeter à travers champs. Mais après!... après!...

La porte d'entrée s'ouvre et Henriette, la femme de chambre de Christiane, en toilette de ville, entre timidement.

BRIAC, étonné.

Henriette!

HENRIETTE.

Oui, monsieur, c'est moi; je cherche mademoiselle de Jublains.

BRIAC, vivement.

Elle n'est pas ici.

HENRIETTE.

On m'avait dit que je la trouverais peut-être chez son oncle.

BRIAC.

On s'est trompé.

HENRIETTE, *descendant* *.

Je le vois bien; mais, quand j'ai appris que monsieur attendait M. de Noja et qu'il était seul, je me suis permis d'entrer.

BRIAC.

Christiane n'est pas plus souffrante?

HENRIETTE.

Mademoiselle est calme maintenant, mais c'est encore plus triste.

BRIAC.

Vous pleurez! Ne pleurez pas, ne pleurez pas ici.

HENRIETTE.

Monsieur n'a pas vu le docteur Solem?

BRIAC.

Non.

HENRIETTE.

Alors monsieur ne sait pas ce qu'il pense.

BRIAC.

Je sais qu'il suffit d'un rien pour abattre Christiane et qu'un rien la relève.

HENRIETTE.

C'est que le docteur Solem est venu deux fois ce matin.

BRIAC.

Il demeure si près!

HENRIETTE.

Et je l'ai suivi dans l'escalier; il avait l'air bien triste.

* Briac, Henriette.

BRIAC.

Les médecins ont toujours l'air triste quand on les regarde. Vous exagérez.

HENRIETTE.

Oh! non, monsieur, non; mademoiselle était si gaie hier!

BRIAC.

Je le sais.

HENRIETTE.

Mais en rentrant, elle a perdu connaissance; elle était pâle et glacée. Je ne sais ce que lui a dit M. Maubray.

BRIAC.

Rien, sans doute; ce sont les émotions d'un premier bal, la chaleur, l'air froid.

HENRIETTE.

Si vous l'aviez vue!...

BRIAC.

Ne pleurez pas. — Vous cherchez mademoiselle Adrienne?

HENRIETTE.

Oui, monsieur, mademoiselle n'a plus qu'un désir, elle n'a plus qu'une pensée; elle veut voir son amie mademoiselle de Jublains.

BRIAC.

Il faut absolument la trouver.

HENRIETTE.

Oh! je ne rentrerai pas sans elle.

BRIAC.

Alors, hâtez-vous.

HENRIETTE.

Monsieur pense bien que je ne perds pas de temps.

BRIAC, *vivement.*

Retournez chez madame de Jublains.

HENRIETTE.

J'y vais.

BRIAC, *vivement.*

On vient. Allez, Henriette... (*La poussant vers la porte de la bibliothèque.*) Par ici, allez vite!

Il referme vivement la porte au moment où Robert entre à droite.

SCÈNE II

ROBERT, BRIAC.

ROBERT.

Briac! (*Allant vivement à lui.*) Tu n'as rien à m'apprendre?

BRIAC.

Rien, je suis entré en passant.

ROBERT.

Tu n'as pas vu Christiane ce matin?

BRIAC.

Non.

ROBERT.

Tu n'as pas eu de ses nouvelles?

BRIAC.

Si, si.

ROBERT.

Tu ne sais pas que le docteur Solem a été appelé?

BRIAC.

Elle s'est trouvée fatiguée un instant.

ROBERT.

Ah!

BRIAC.

Voilà tout.

ROBERT.

On t'a dit cela?

BRIAC.

J'ai rencontré Maubray.

ROBERT.

Il n'était pas inquiet ?

BRIAC.

Inquiet ? non, certes... mais une jeune fille n'apprend pas qu'on la marie, sans un peu de trouble.

ROBERT.

M. Achille de Beaubriand épouse mademoiselle Christiane Maubray ! — On m'a fait part de ce mariage, et je n'ai rien dit, je ne pouvais rien dire. — Cela ne me regarde pas.

BRIAC.

Non, cela ne te regarde pas, non.

ROBERT.

Il faut à ce Maubray l'appui d'un ministre, et il donne sa fille à Achille de Beaubriand.

BRIAC.

Ce n'est pas cela, je connais ses motifs.

ROBERT.

Beaubriand ! l'arlequin du baron de Folny ! le protecteur ridicule de Clorinde ! l'ami grotesque d'Anatole !

BRIAC.

Grotesque, si tu veux ; mais toutes les mères en raffolent, et madame de Jublains, ta cousine, elle-même...

ROBERT, sans l'écouter.

On ne demande pas à cette enfant si elle a fait un choix, on la marie comme on a marié sa mère. Et pourtant ce devrait être un bien grand bonheur pour un père de chercher les confidences de sa fille, de lire dans ses yeux la pureté d'un amour qui se trahit, d'attirer sur ses lèvres le nom qu'elle n'ose prononcer, et de lui dire : Je te le donne ! — et d'être ému de son émotion, d'être joyeux de sa joie !

Il va s'asseoir à droite de la cheminée.

BRIAC.

Cela ne se passe pas ainsi dans la réalité ; il y a les convenances, les considérations et le reste. On n'est pas sur terre pour vivre heureux ; on y est pour vivre en société, — ce qui est déjà assez difficile.

ROBERT.

Tu cherches à dissimuler, tu n'as pas le courage de ce que tu penses ; on supposerait que tu approuves ce mariage.

BRIAC.

Je n'approuve ni ne désapprouve, je n'y peux rien.

ROBERT.

Cependant elle aime Henry de Kerhuon.

BRIAC.

C'est un malheur de plus.

ROBERT.

Oui, un malheur de plus. Le marquis m'a demandé hier ce qu'il fallait penser du banquier Maubray.

BRIAC.

Qu'as-tu répondu ?

ROBERT.

J'ai menti.

BRIAC.

Robert !

ROBERT.

J'ai menti.

BRIAC.

Non, tu n'as pas menti.

ROBERT.

Est-ce que j'oserais répondre aujourd'hui que Maubray est un honnête homme ?

BRIAC.

Tu le pourrais.

ROBERT.

Est-ce qu'il n'est pas compromis dans l'affaire des mines ?

BRIAC.

Cela ne prouve rien.

ROBERT, se levant.

Est-ce que ce n'est pas lui que j'atteins en frappant Senoncourt?

BRIAC.

Il se croit responsable, il veut couvrir Senoncourt, il a raison.

ROBERT.

Est-ce qu'il n'a pas tenté, hier encore, la plus audacieuse des spéculations? est-ce qu'il ne voulait pas accaparer toutes les actions?

BRIAC.

Je les accaparais aussi, moi.

ROBERT, allant vers la table.

Est-ce qu'il pourra les revendre en pleine hausse comme il l'espérait? (Montrant un dossier sur la table.) Si les pièces que j'ai là étaient connues, les cours seraient écrasés en une heure. Elles sont accablantes, et voilà ce que je reçois.

Il lui tend une dépêche.

BRIAC, la prenant.

Du ministère?

ROBERT.

Lis.

BRIAC, lisant.

« Mon cher comte, le ministre apprend que vous avez commencé une instruction au sujet de la société Senoncourt. Il désire avoir communication du dossier. » C'est un ordre.

ROBERT.

Un ordre.

BRIAC.

Il faut envoyer ce dossier le plus tôt possible.

ROBERT, debout devant la table, feuilletant le dossier.

Je l'enverrai. Mais, avant, je te prie de le revoir, de bien examiner les pièces; j'ai peur à présent d'avoir exagéré les faits; je me demande si je ne suis pas trop sévère, si des hommes du métier ne jugeraient pas autrement que moi.

BRIAC.

Certes, ils jugeraient autrement. Pour nous autres, gens de finance, Senoncourt n'a été que léger. On m'a admirablement expliqué l'affaire. Il n'a été que léger. (Avec importance.) Je verrai ce dossier.

ROBERT.

Si tu trouves des faits à atténuer ou à supprimer, je te laisse libre.

BRIAC.

Parfaitement.

ROBERT.

La fortune et l'honneur de cet homme sont en mes mains.

BRIAC.

Sa fortune, peut-être, — son honneur, non. On ne me fera jamais admettre que j'aie vécu pendant dix-sept ans avec un malhonnête homme sans m'en apercevoir ; ce serait trop bête. Il sera ruiné, soit. Il lui restera du moins ce que je possède. Je n'ai pas d'enfants, moi. — Et d'ailleurs on s'accoutume très bien à vivre pauvre.

ROBERT, allant à lui.

Mais Christiane!

BRIAC.

Ah! Christiane...

LE VALET, entrant.

Le docteur Solem sera ici dans un moment.

ROBERT, qui s'est vivement rapproché de la porte.

C'est bien.

BRIAC, étonné*.

Tu fais demander Solem?

ROBERT.

Oui.

BRIAC.

Pourquoi?

ROBERT.

Pour le consulter.

* Briac, Robert.

BRIAC.

Tu veux lui parler de Christiane?

ROBERT.

Je veux avoir de ses nouvelles.

BRIAC.

Dans quel but?

ROBERT, allant à lui vivement.

Christiane est plus malade que tu ne le dis.

BRIAC, troublé.

Non, non, je t'assure.

ROBERT.

Christiane est en danger.

BRIAC.

Es-tu fou? est-ce que je serais ici?

ROBERT, après l'avoir regardé.

Tu ne me dirais jamais la vérité, toi*.

BRIAC.

Que pensera le docteur?

ROBERT.

Je lui parlerai d'elle comme on parle d'une enfant de dix-sept ans, qu'on ne connaît pas. C'est pour moi qu'il vient.

BRIAC.

Tu me permettras du moins d'être là.

ROBERT, vivement.

Non, je veux être seul.

BRIAC.

Cependant...

ROBERT.

Sois tranquille.

On annonce le docteur Solem.

BRIAC.

Ah!

* Robert, Briac.

LE DOCTEUR, entrant gaiement.

Bonjour, Briac. Eh bien, Robert, tu me fais appeler. Tu es donc souffrant?

ROBERT, s'efforçant de sourire.

Oui, docteur, oui, je suis un peu souffrant.

LE DOCTEUR.

Bah!

ROBERT, prenant le dossier qui est resté sur la table et le donnant à Briac.

Et voilà cet infortuné Briac obligé de faire pour moi un travail dont je suis incapable. Tu le lui permets?

LE DOCTEUR.

Je le lui ordonne.

BRIAC.

J'obéis.

ROBERT.

Merci.

BRIAC, regardant le docteur.

Tu es gai, docteur. (En sortant.) Le docteur est gai, c'est bon signe.

Il sort par la droite.

SCÈNE III

ROBERT, LE DOCTEUR.

LE DOCTEUR, l'examinant.

Voyons! (Gaiement.) Je réponds de toi. (Tout en causant, il va poser son chapeau près d la cheminée.) Tu sais que je vais demander la main de ta nièce?

ROBERT.

Oui.

LE DOCTEUR.

Tu ne ris pas? Eh bien, Robert, je suis amoureux comme on l'est à quarante ans et heureux comme on l'est à vingt.

* Robert, Briac.

— Seulement, depuis que mademoiselle de Jublains m'aime, elle m'intimide encore davantage. Je n'oserai jamais être son mari.

ROBERT.

Tu t'y feras. — As-tu beaucoup de malades?

LE DOCTEUR, ôtant ses gants, devant la cheminée*.

Oui, beaucoup, merci; du brouillard et du froid! C'est un temps excellent, — pour les médecins.

ROBERT.

Tu as fait de nombreuses visites, ce matin?

LE DOCTEUR.

Trente-deux.

ROBERT.

C'est énorme.

LE DOCTEUR.

Non.

ROBERT.

As-tu été appelé pour des indispositions sérieuses?

LE DOCTEUR.

Oui, oui, j'ai quelques cas intéressants.

ROBERT, redescendant vers la table.

On racontait tout à l'heure qu'une de mes danseuses d'hier s'était trouvée fatiguée.

LE DOCTEUR, descendant aussi.

Qui donc?

ROBERT.

Mademoiselle Maubray!

LE DOCTEUR.

Ah! oui, pauvre jeune fille!

Il s'assied à droite de la table.

ROBERT, s'asseyant, à gauche, en face de lui.

C'est donc grave?

* Robert, le docteur.

LE DOCTEUR.

Oui. — (Robert porte la main à ses yeux.) Ressens-tu des maux de tête?

ROBERT.

Moi? Quelquefois. — Briac a rencontré M. Maubray, qui ne paraissait pas inquiet.

LE DOCTEUR, tenant la main de Robert.

Il est des choses qu'on ne peut pas dire à un père.

ROBERT.

Ah !

LE DOCTEUR, le regardant.

Tu as un peu de fièvre. C'est un léger regain que tu rapportes des tropiques, avec tes millions.

ROBERT.

Tu n'oses pas dire la vérité au père? Il est donc bien sensible !

LE DOCTEUR.

Lui ? Oh ! mon Dieu, non, et si sa fille lui ressemblait, je répondrais bien de sa vie.

ROBERT, se levant.

Et tu n'en réponds pas?

LE DOCTEUR.

Non.

ROBERT.

Et tu condamnes ainsi d'un mot une enfant de dix-sept ans, que tu as vue hier au bal, chez moi, belle, souriante, épanouie ?

LE DOCTEUR.

Qu'y puis-je ? — Tu n'as pas de plume ?

ROBERT, lui en donnant une.

C'est un terrible état que le tien. Tu es assez habile pour découvrir la mort sous cette apparence de vie, et tu ne peux pas la combattre. La médecine est un mensonge.

LE DOCTEUR, le regardant en souriant.

Va, va, il est à la mode de trouver que nous ne sommes bons à rien, parce que nous ne guérissons pas les souffrances morales, qui sont les vraies maladies du siècle.

ROBERT.

Ah ! si j'étais médecin, moi !

LE DOCTEUR.

Tu guérirais cette jeune fille ? — Eh bien ! non.

ROBERT.

Non !

LE DOCTEUR *.

La science est impuissante avec des natures comme la sienne. Ce sont des organisations charmantes, pleines de séductions ; la sensibilité est telle qu'on pourrait dire, avec les poètes, que l'âme a envahi le corps ; mais la vie tient à un fil.

ROBERT.

Et tu ne dis rien, tu ne fais rien, tu ne tentes rien, tu es là !

LE DOCTEUR, souriant.

Je compte sur notre climat et sur nos brouillards pour calmer peu à peu l'ardeur de ton sang.

ROBERT.

Tu es sans pitié !

LE DOCTEUR.

Et crois-tu que je ne me sois jamais apitoyé comme toi sur le sort de cette jolie enfant ? Ce qui m'effraye, ce n'est pas ce qu'elle ressent aujourd'hui, — elle n'a rien, rien qui ait un nom pour nous, — c'est ce qui l'entoure, c'est la maison où elle vit, c'est l'avenir qu'on lui prépare. Elle n'a autour d'elle ni affection, ni expansion, ni tendresse. Elle meurt de ne pas être aimée.

* Le docteur, toujours assis ; Robert, debout.

ROBERT, vivement.

Elle le sera, elle l'est ; je sais qu'elle est aimée.

LE DOCTEUR.

On la donne à Achille de Beaubriand.

ROBERT.

Tu as cru cela ?

LE DOCTEUR.

Il me l'a confié.

ROBERT.

Elle épousera un homme digne d'elle, Henry de Kerhuon.

LE DOCTEUR.

Ah ! si cela se pouvait !

ROBERT.

Cela se pourra. Henry de Kerhuon est mon ami. Voilà pourquoi je t'interrogeais.

LE DOCTEUR, le regardant, gaiement.

Traître ! — Elle aime et elle est aimée ! Alors je ne suis plus nécessaire, moi ; je lui ferai ma visite d'adieu. — Mais tu me fais causer et j'oublie mes vrais malades. (Tout en écrivant son ordonnance.) Oui, tu as raison, c'est un terrible état que le nôtre. Nous parlons de mademoiselle Maubray, qui est millionnaire, et à qui il faut pour vivre ce qui ne s'achète pas, le bonheur ! Et, en sortant d'ici, je vais voir une enfant de quinze ans, que sauverait un simple voyage en Italie. Mais elle est pauvre.

ROBERT, qui l'écoutait appuyé sur le dos de son fauteuil.

Une jeune fille de quinze ans ?

LE DOCTEUR.

Adorée. (Debout et lisant une ordonnance pendant que Robert est allé à la table.) Voilà !... Des boissons amères, du quinquina en macération à jeun, de l'eau de Vals à tes repas, et du calme, du calme surtout.

Il prend son chapeau pour sortir.

ROBERT, revenant et mettant dans sa main trois rouleaux d'or.

Tiens, docteur, tu pourras envoyer la petite malade en Italie.

LE DOCTEUR, stupéfait.

Comment ?

ROBERT.

C'est le prix de ta consultation, — ne compte pas.

LE DOCTEUR.

Toi aussi, tu as une maladie dont je ne te guérirai pas, la générosité.

ROBERT, avec une émotion contenue.

C'est une superstition.

Il accompagne le docteur qui sort, et il reste un instant tout ému.

SCÈNE IV

ROBERT, BRIAC.

BRIAC, revenant, le dossier Senoncourt à la main.

Le docteur est parti ? il t'a rassuré ?

ROBERT.

Complètement.

BRIAC.

A la bonne heure. — Mon ami, j'ai lu le dossier.

ROBERT.

Et tu as atténué, n'est-ce pas ?

BRIAC.

Atténué ! Au contraire, j'ai souligné à l'encre rouge. Senoncourt est un coquin.

ROBERT.

C'est bon, donne-moi cela.

Il lui prend brusquement le dossier et le jette sur la table.

BRIAC, étonné.

Qu'as-tu ?

ROBERT, *marchant avec agitation.*

Que me fait Senoncourt, à moi ? Que me font les gens qu'on trompe et qu'on vole ? Est-ce qu'ils m'intéressent ?

BRIAC.

Comment !

ROBERT.

J'ai bien autre chose en tête ; il faut que Christiane épouse Henry de Kerhuon.

BRIAC.

Es-tu fou ?

ROBERT.

Il le faut. — Mais où est-il ? Que fait-il, cet amoureux si ardent? Il n'osera pas lutter, il oubliera Christiane. — Il n'y a que moi qui l'aime, il n'y a que moi.

LE VALET, *entrant.*

Je demande pardon à monsieur le comte de le déranger malgré son ordre, mais M. Achille de Beaubriand insiste pour être admis.

ROBERT.

Beaubriand !

BRIAC.

Tu ne le recevras pas.

ROBERT.

Pourquoi donc ?

BRIAC.

Tu n'es pas en état de causer froidement.

ROBERT.

Oh ! maintenant je peux tout supporter. (*Au valet.*) Faites entrer M. de Beaubriand. (*A Briac.*) Je tiens à le voir.

LE DOMESTIQUE, *annonçant.*

M. Achille de Beaubriand.

SCÈNE V

Les Mêmes, ACHILLE.

Achille, en costume noir, grave et compassé, s'avance froidement. Robert fait signe au valet de chambre d'approcher un fauteuil.

ACHILLE.

Excusez-moi, mon cher comte, si j'ai insisté pour entrer. — Vous m'avez autorisé à vous traiter en ami, et je viens vous demander la plus grande preuve d'amitié qu'un homme puisse donner.

BRIAC.

Je me retire.

ACHILLE.

Vous pouvez rester, Briac. — (A Robert.) Il s'agit d'une affaire d'honneur.

ROBERT.

Ah !

Achille s'assied sur un fauteuil, au milieu du salon. Robert est assis près de la table, et Briac devant la table, à gauche *.

ACHILLE.

J'ai été provoqué ce matin.

BRIAC.

Vous !

ACHILLE.

Je ne sais, mon cher comte, ce que vous pensez du duel.

ROBERT.

Je n'ai pas le courage de le blâmer, et puisque nous faisons de la vie l'usage que vous savez, il ne me déplaît pas qu'on la joue comme si on la méprisait.

ACHILLE.

C'est parfaitement mon avis. Je tiens absolument à me battre ; j'ai d'ailleurs un adversaire qui me plaît, le jeune de Kerhuon.

* Briac, Robert, Achille.

ROBERT, *bas, à Briac.*

Henry ! — Je me trompais.

BRIAC, *de même.*

Tu l'approuves ?

ROBERT.

Certes, je l'approuve.

ACHILLE.

Il me reste à vous donner le motif de sa provocation.

ROBERT.

Le motif ?

ACHILLE.

Je vous ai dit que j'étais le concurrent du marquis de Kerhuon au conseil général : le préfet me soutient énergiquement, j'ai un chemin de fer...

BRIAC.

Vous devez l'emporter.

ACHILLE.

Je dois l'emporter. Mais le marquis est très aimé, il a des partisans qui s'obstinent : il fallait donc démolir sa candidature. J'ai inventé avec le sous-préfet, — un homme d'esprit, qui arrivera, — quelques bonnes plaisanteries que nous avons confiées aux gardes champêtres. Ces représentants de l'autorité ne connaissent que la consigne ; ils ont peut-être exagéré ; le fils du marquis a l'air de prendre ces choses-là au sérieux et m'envoie deux témoins.

ROBERT.

N'est-ce pas son droit ?

ACHILLE.

Comment, son droit ? mais alors, il n'y a plus d'élections possibles. Supprimons le suffrage universel.

ROBERT, *vivement.*

Vous n'admettez pas que M. de Kerhuon vous demande une réparation pour avoir fait calomnier son père ?

ACHILLE.

Il faudrait donc me battre avec tous ceux qui attaquent mon excellent père !

BRIAC.

Vous auriez affaire à une armée.

ACHILLE.

A une armée, comme dit Briac. Non, mon cher comte, et si je viens vous prier de me servir de second...

ROBERT.

Moi ?

ACHILLE.

C'est que la vraie cause de ce duel est moins futile.

ROBERT.

La vraie cause !

ACHILLE.

M. de Kerhuon ne veut pas que j'épouse mademoiselle Maubray.

ROBERT, se contenant à peine.

Et quand cela serait !

ACHILLE.

Vous savez aussi que le petit Kerhuon est amoureux de ma future ?

ROBERT, de même.

Je ne dis pas cela.

ACHILLE.

Il paraît que tout le monde le sait. Oh ! je ne le blâme pas, il est amoureux, c'est de son âge. Je dirai plus, c'est que, moi-même, j'adorerais mademoiselle Maubray, si c'était nécessaire : mais ce n'est pas nécessaire, puisqu'on me la donne. — Seulement, je suis agréé par le père, on me cherche querelle, c'est moi qui suis l'offensé.

ROBERT, très sèchement.

M. de Kerhuon vous laissera certainement ce plaisir.

BRIAC, intervenant, à Achille.

Mais vous ne vous battrez pas.

ROBERT.

Briac!

BRIAC.

Je suis l'ami de Maubray, moi; j'ai vu grandir Christiane. Je ne vous permettrai pas de mêler à un duel le nom de cette enfant.

ACHILLE.

Je lui donnerai le mien.

BRIAC, se levant.

Elle ne l'a pas encore. Et l'on ne touche pas ainsi à la réputation d'une jeune fille. — Oh! je ne suis pas chevaleresque, moi.

ACHILLE.

Ni moi non plus, très cher, je ne suis pas chevaleresque. Mais je ne peux pas reculer devant M. de Kerhuon, ce serait compromettre mon élection. — Il me faudrait un second chemin de fer. — Je ne le peux pas. (Se levant.) D'autant plus qu'un duel avec ce gentilhomme me posera dans le parti, et que le gouvernement me devra un dédommagement. Je suis agacé, moi, de n'avoir que des décorations étrangères.

BRIAC, s'emportant.

Je vous répète, moi, que vous ne vous battrez pas. Je ne le veux pas. Je ne m'emporte pas souvent, mais quand je m'emporte...

ROBERT, se levant aussi et serrant la main à Briac.

Bien, Briac, bien. (A Achille.) Pardonnez-lui, il aime beaucoup mademoiselle Christiane, et elle mérite vraiment d'être aimée, même par ceux qui la connaissent à peine, comme moi. Briac a raison; vous ne devez pas vous battre. Vous avez offensé le marquis de Kerhuon, c'est là ce qu'on vous reproche : reconnaissez vos torts.

ACHILLE.

Mes torts!

ROBERT.

Et maintenant, puisque vous savez que vous avez un rival, un rival préféré, peut-être...

ACHILLE.

S'il n'était pas préféré ce ne serait pas un rival.

ROBERT.

Renoncez à mademoiselle Maubray.

ACHILLE, étonné.

Hein! (A part.) Il est naïf, j'adore ça.

ROBERT.

Vous êtes jeune, vous devez avoir tous les bons sentiments de la jeunesse. Il est cruel d'épouser une jeune fille qui ne fait qu'obéir à son père : choisissez une femme qui vous plaise vraiment, faites-vous aimer d'elle, essayez ces douces joies, et gardez-vous surtout de jamais troubler ceux qui les ressentent.

ACHILLE.

Je vous ai compris, mon cher comte, et je vous remercie. Vous me conseillez d'épouser une bergère. C'est une allégorie; vous voulez me dire : N'épousez pas mademoiselle Maubray, la fortune du père n'est pas solide.

ROBERT.

Comment!

ACHILLE.

Eh bien, je vais vous rassurer, la petite a hérité de sa mère.

ROBERT.

Sa mère! Mais sa mère n'était pas riche.

ACHILLE.

Elle n'avait rien, seulement le jour de son mariage, — ceci entre nous, n'est-ce pas? — M. Maubray lui a reconnu un million.

ROBERT.

Hein!

ACHILLE.

Un vrai million, dont ma jolie future a hérité.

ROBERT, bas, à Briac.

Tu savais cela?

BRIAC.

Oui.

ACHILLE.

Et ce bon Maubray est forcé de compter la petite somme à sa fille.

ROBERT.

A sa fille?

ACHILLE.

C'est assez piquant, n'est-ce pas?

ROBERT, avec une douleur contenue.

Oui, monsieur, oui.

ACHILLE.

Vous voyez que je peux épouser mademoiselle Maubray. Mais je n'en suis pas moins touché de votre sollicitude à mon égard, — touché jusqu'aux larmes, à ce point qu'un conseil de vous devient pour moi un ordre. Croyez-vous encore qu'il serait plus gentleman de ne pas me battre pour ma fiancée?

BRIAC.

Vous hésitez?

ACHILLE.

Vous le croyez? — Je n'hésite plus, je désavouerai le sous-préfet.

BRIAC.

A la bonne heure!

ACHILLE.

On lui donnera de l'avancement.

Il salue gravement et sort.

SCÈNE VI

ROBERT, BRIAC, puis ADRIENNE.

ROBERT.

Il avait reconnu un million à sa femme. Tu savais cela?

BRIAC.

Je l'ai appris hier.

ROBERT.

Et Christiane a hérité de sa mère! J'aurai toutes les douleurs.

BRIAC.

Ah! dans la vie, quand on est sorti du droit chemin, les sentiers n'ont plus d'issue.

ROBERT.

Et cet argent dans les mains de cet homme le sauverait aujourd'hui!

Il va prendre son chapeau sur un fauteuil à gauche de la cheminée.

BRIAC.

Où vas-tu?

ROBERT.

Je vais le lui rendre.

BRIAC.

Le lui rendre?

ROBERT, *s'asseyant à la table, à gauche.*

J'ai douze cent mille francs déposés pour payer cet hôtel. — Je les prends et je les mets en compte courant chez M. Maubray.

BRIAC.

Comment?

ROBERT.

Il est banquier; tu as tes intérêts dans sa maison, pourquoi n'y aurais-je pas les miens?

BRIAC.

C'est une idée, cela.

ROBERT.

Je place mes fonds où il me plaît.

BRIAC.

Parfaitement.

ROBERT.

Je ne vais pas chez lui, je ne le vois pas, je dépose simplement dans ses bureaux ce mandat blanc sur la banque.

BRIAC.

Tu relèves son crédit.

ROBERT, se levant et se dirigeant vers la porte.

Je le sauve!

ADRIENNE, entrant vivement par la porte de la bibliothèque.

Mon oncle! (Avec désappointement.) Vous sortez?

ROBERT *.

Je suis obligé de sortir.

ADRIENNE.

C'est que...

ROBERT.

Qu'as-tu donc?

ADRIENNE, bas.

Christiane est là.

ROBERT.

Elle!

ADRIENNE.

Elle voulait absolument vous voir, je n'ai pas eu le courage de résister.

ROBERT.

Elle est là?

ADRIENNE.

Dans la bibliothèque. — Renvoyez M. de Briac, il nous gronderait.

* Briac sur le devant; Adrienne, Robert.

ROBERT.

Oui, oui. (A Briac, qui est allé prendre son chapeau à droite.) Au fait, Briac, il n'est pas nécessaire que je présente moi-même ce mandat.

BRIAC.

Je m'en charge.

ROBERT.

J'abuse de ton amitié.

BRIAC.

Qu'en ferais-je sans cela?

ROBERT.

Mon bon Briac! — Tu sais que le temps presse.

BRIAC.

Dans vingt minutes, ton compte sera ouvert.

Il sort.

ADRIENNE, qui avait ouvert la porte de la bibliothèque, voyant que Briac est sorti.

Tu peux entrer, nous sommes seuls.

Christiane entre avec elle, tout émue, mais calme; on sent qu'elle a pris une grave résolution.

SCÈNE VII

ROBERT, ADRIENNE, CHRISTIANE

ROBERT.

Oui, entrez, laissez-vous conduire par Adrienne, vous êtes chez elle.

ADRIENNE.

Et maintenant Christiane peut aller partout avec moi : dans trois semaines je serai dame.

CHRISTIANE, avec fermeté.

C'est moi qui ai voulu vous voir, monsieur de Noja.

ROBERT.

Je vous en remercie. Asseyez-vous là dans ce fauteuil.

Il fait asseoir Christiane dans le fauteuil à droite de la table.

ADRIENNE.

Nous sommes censées visiter votre galerie de tableaux, puisque c'est à la mode.

ROBERT.

Appuyez votre tête.

CHRISTIANE, assise.

Oh! je suis forte maintenant. Je vais mieux depuis que j'ai vu Adrienne, depuis que je sais qu'elle est heureuse, elle!

ADRIENNE, debout derrière le fauteuil.

Tu le seras aussi.

ROBERT.

Oui, vous serez heureuse, il faut que vous soyez heureuse, nous le voulons.

CHRISTIANE, avec un sourire triste.

Vous le voulez!

ROBERT.

Posez vos pieds sur ce coussin.

CHRISTIANE.

Comme je me sens bien ici!

ADRIENNE*.

N'est-ce pas?

Robert reste debout devant elle, tout ému.

CHRISTIANE.

Je vous connais à peine, monsieur de Noja, et cependant, aujourd'hui, que j'ai une grave résolution à prendre et que j'ai grand besoin de conseils, il me semble tout naturel de m'adresser à vous comme à un ami.

ROBERT.

Oui, votre ami! votre ami le meilleur! (S'asseyant en face d'elle.) Vous venez me demander un conseil?

CHRISTIANE.

Vous l'avez entendu : on veut que j'épouse M. de Beaubriand.

* Robert, Christiane assise, Adrienne.

ROBERT, vivement.

C'est impossible, cela ne sera pas.

ADRIENNE.

Tu vois, mon oncle s'y opposerait.

CHRISTIANE.

Vous me conseilleriez donc de résister à mon père?

ROBERT.

M. Maubray ne peut pas vouloir vous marier contre votre gré.

CHRISTIANE.

Il désire beaucoup ce mariage, il m'a donné ses motifs.

ROBERT.

Que lui avez-vous répondu?

CHRISTIANE.

Je n'ai pas pu répondre. Je me suis sentie comme frappée au cœur. — Il ne s'en est pas aperçu. — Et il a ajouté : « On avait parlé pour vous de M. de Kerhuon; ne vous laissez pas aller à ce rêve; M. de Kerhuon n'épouserait pas la fille d'un banquier. »

ROBERT.

Il vous a dit cela?

CHRISTIANE.

Et ce matin, en revenant à moi, j'ai compris qu'il avait raison.

ROBERT.

Raison !

CHRISTIANE.

Pourquoi Henry n'était-il pas au bal ?

ROBERT.

Parce qu'il vous regarde déjà comme sa fiancée.

CHRISTIANE.

Parce que son père lui avait défendu de me voir.

ROBERT.

Vous vous trompez. Le marquis...

CHRISTIANE, l'interrompant.

Le marquis vous a demandé si un Kerhuon pouvait épouser mademoiselle Maubray.

ROBERT.

Comment ?...

CHRISTIANE.

Mon père me l'a dit, et vous voyez bien qu'Henry n'est pas là aujourd'hui, quand je souffre.

ROBERT.

Oh ! ne l'accusez pas.

CHRISTIANE.

Je ne l'accuse pas. Je comprends qu'il fasse avant tout ce que désire son père. Je comprends qu'il ne demande pas ma main ; mais alors, pourquoi m'a-t-il dit qu'il m'aimait ?

ROBERT.

Ne doutez pas de lui : il est en ce moment ce qu'il était hier, ce qu'il a toujours été. Lui non plus, il ne veut pas que vous soyez à un autre.

CHRISTIANE.

L'idée que je pourrais être la femme d'un autre ne m'était jamais venue ; elle ne me vient pas. Je n'épouserai personne. — Et voici ce que je venais encore vous demander : Quelle était la fortune de ma mère ?

ROBERT.

Sa fortune ?

CHRISTIANE, se levant.

Elle n'avait rien ! — Je comprends ce que mon père a voulu me dire. Je n'ai rien. (Avec douleur, s'éloignant de Robert.) C'est grâce à sa générosité que je me crois riche depuis mon enfance et que j'ai pu être bonne pour les autres quelquefois ! — Comment voulez-vous que je n'obéisse pas à mon père ? Je lui dois tout.

ROBERT, allant à elle *.

Vous ne devez rien à personne. N'êtes-vous pas le bonheur,

* Robert, Christiane, Adrienne.

la joie et le charme de ceux qui vous entourent? N'est-il pas trop heureux, celui qui vous a vue grandir, qui a recueilli vos sourires d'enfant, qui n'avait qu'à remplir vos petites mains d'argent pour faire de bonnes œuvres, qui a pu vous appeler sa fille?

CHRISTIANE, très émue.

On ne m'avait jamais parlé ainsi.

Elle ne peut pas résister à son émotion; elle ferme les yeux et se laisse tomber. Robert la retient.

ADRIENNE, effrayée.

Christiane!

ROBERT, vivement.

N'appelle pas!... (Lui indiquant la porte de droite.) là!... là!... (Adrienne sort en courant, laissant la porte de droite ouverte. — Robert, tenant Christiane dans ses bras, se penche sur son front et l'embrasse en disant à demi-voix :) Ma fille!

Adrienne rentre; presque aussitôt, Christiane revient à elle, en souriant.

CHRISTIANE.

Je me croyais plus forte que je ne suis.

LE VALET, entrant.

Monsieur le comte veut-il recevoir M. Maubray?

A ce nom, Robert, Christiane et Adrienne restent un instant interdits.

CHRISTIANE.

Mon père!

ROBERT.

Laissez-moi seul avec lui.

CHRISTIANE.

Si vous vouliez parler à mon père!

ADRIENNE.

Oh! oui, vous qui parlez si bien.

ROBERT.

Je lui parlerai, je lui dirai... je le déciderai, je vous le jure.

Il les reconduit vers la bibliothèque.

CHRISTIANE.

Je n'ai d'espoir qu'en vous.

Elles sortent.

ROBERT.

Faites entrer.

LE VALET, annonçant.

Monsieur Maubray.

Maubray entre gravement — mais sans affectation. — Robert lui offre un fauteuil et s'assied près de la table.

SCÈNE VIII

ROBERT, MAUBRAY.

MAUBRAY, à Robert.

Vous deviez vous attendre à ma visite, monsieur le comte.

ROBERT.

Non, monsieur; mais je vous remercie d'être venu.

MAUBRAY.

On m'a appris que vous me faisiez l'honneur de déposer chez moi une somme importante.

ROBERT.

Quoi de plus simple ?

MAUBRAY.

C'est une preuve de confiance dont je n'abuserai pas ; ma situation est trop menacée en ce moment pour que j'accepte un pareil dépôt. Voici votre mandat.

ROBERT.

Vous vous hâtez bien de me le rendre.

MAUBRAY, le lui donnant.

Je tenais à vous le remettre moi-même, et j'avais pour venir un autre motif. Je savais que ma fille était ici. Certes,

* Robert, Maubray.

mademoiselle de Jublains a une raison au-dessus de son âge; mais elle est bien jeune, et vous me trouveriez imprudent de lui confier Christiane, aujourd'hui surtout.

ROBERT.

Aujourd'hui !

MAUBRAY.

Vous devez savoir ce qui se passe.

ROBERT.

Que voulez-vous dire ?

MAUBRAY.

Un gentilhomme de vos amis, dont vous me parliez hier, vient de compromettre ma fille, en provoquant son fiancé.

ROBERT.

Pardonnez à Henry de s'être trahi ; il adore mademoiselle Christiane.

MAUBRAY.

Et l'amour excuse tout ! — C'est peut-être votre morale; ce n'est pas la nôtre.

ROBERT.

Si le marquis de Kerhuon vous demandait pour son fils la main de mademoiselle Maubray?

MAUBRAY.

Il me l'a demandée.

ROBERT, à part.

J'en étais sûr!

MAUBRAY, avec ironie.

Il a eu cette grandeur d'âme. — Quand un Kerhuon compromet une jeune fille, peu importe le père ! — Il l'épouse. — Le marquis m'a écrit.

ROBERT.

Et vous hésitez?

MAUBRAY, froidement.

Je n'hésite pas, je refuse.

ROBERT.

Vous refusez?

MAUBRAY.

Ne suis-je pas engagé avec M. de Beaubriand?

ROBERT.

Vous ne la marierez pas ainsi.

MAUBRAY.

Qui m'en empêcherait?

ROBERT.

Qui? Vous-même, qui aurez pitié d'elle. Vous, qui songerez à ce que de pareilles unions préparent de luttes, de souffrances, de désespoirs.

MAUBRAY.

Il n'y a ni souffrance, ni désespoir pour la femme loyale, qui respecte et honore son foyer. Vous jugez mal Christiane.

ROBERT.

Et si je vous disais qu'elle aime Henry de Kerhuon?

MAUBRAY.

Il serait étrange que vous connussiez mieux que moi les sentiments de ma fille.

ROBERT.

Je les connais.

MAUBRAY.

Vous?

ROBERT.

Elle a mis dans cet amour toute son existence.

MAUBRAY.

Elle vous a fait cet aveu!

ROBERT.

Il n'y a pas de secret dans une âme comme la sienne, — et ma nièce est son amie. — Rien ne s'oppose à ce mariage.

MAUBRAY, *se levant et repoussant le fauteuil.*

Rien? Vous oubliez vite qu'elle est la fille du banquier Maubray, et que demain le banquier Maubray sera ruiné et déshonoré.

ROBERT, prenant le dossier Senoncourt.

Vous ne serez ni déshonoré, ni ruiné. (Il va à la cheminée.) Le nom de Maubray sera sans tache.

MAUBRAY.

Encore une fois, que vous importe mon nom?

ROBERT, jetant le dossier au feu.

Le dossier Senoncourt n'existe plus.

MAUBRAY.

Que faites-vous?

ROBERT, devant la cheminée.

Christiane pourra épouser celui qu'elle aime.

MAUBRAY, descendant.

Elle épousera M. de Beaubriand, parce que je le veux, parce que je suis seul juge de ce qui convient à Christiane, parce que je suis son père.

ROBERT.

Vous êtes son père! et vous n'avez pas deviné ce qu'elle souffre! — Vous ne sentez pas ce qu'il y a de douleur dans son calme! Vous n'avez pas vu les larmes qu'elle vous cachait! Vous ne songez pas que lorsqu'elle vous aura dit : « j'aime Henry de Kerhuon », elle ne comprendra plus que vous puissiez la donner à un autre. Ne froissez pas cette candeur, ne vous heurtez pas à cette loyauté d'enfant. Votre volonté s'y briserait.

MAUBRAY.

Ma volonté!

ROBERT, continuant.

Mais comment n'auriez-vous pas de tendresse pour elle. Je me disais en la regardant qu'un étranger même l'aimerait. Eh bien, le mariage que vous lui proposez la tuerait. Entendez-vous? Il y va de sa vie. Le docteur Solem m'a dit à moi ce qu'on n'ose pas dire à un père. Il y va de sa vie!

MAUBRAY, *passant devant lui et allant à gauche.*

J'ai entendu, monsieur, tout ce que je pouvais entendre, et je ne vous permettrai plus de me parler de Christiane.

ROBERT.

A moi?

MAUBRAY, *avec violence, allant à lui.*

A vous, que je ne connais pas, que je ne veux pas connaître.

ROBERT.

Vous savez qu'elle est ma fille.

MAUBRAY, *reprenant un calme glacial.*

Oui, monsieur, je le sais. — Mais il ne faut pas qu'un autre que moi le sache.

ROBERT.

Maintenant, vous ne vous vengerez que sur moi. Quelle réparation exigez-vous?

MAUBRAY.

Une réparation!

ROBERT.

Vous pouviez me tuer, vous le pouvez encore.

MAUBRAY.

Que me fait votre existence?

ROBERT.

Eh bien! je vous déclare que, moi vivant, vous ne sacrifierez pas Christiane.

MAUBRAY, *dédaigneusement.*

Vous êtes fou.

ROBERT.

Elle n'a que moi pour la défendre, je la défendrai.

MAUBRAY.

A quel titre?

ROBERT.

A quel titre!

MAUBRAY.

Évoquerez-vous le souvenir de sa mère? — C'est à moi qu'elle a confié Christiane en mourant.

ROBERT.

Elle!

MAUBRAY, *remontant.*

Il semble qu'il n'y ait que vous qui ayez souffert!

ROBERT.

Je ne vous brave pas, je ne lutte pas, je m'humilie; je ne demande plus rien, rien que la savoir heureuse; je vous implore, je vous supplie d'avoir pitié d'elle.

MAUBRAY.

Vos prières ne sont pour moi que des outrages.

ROBERT.

Vous me voyez suppliant, à vos genoux. Vous comprenez bien que je suis prêt à tout pour lui épargner une souffrance, que je ne reculerai devant rien ; vous devinez bien comment je l'aime.

MAUBRAY.

Elle m'appartient, et rien au monde ne peut faire qu'elle ne m'appartienne pas.

ROBERT.

Eh bien, je la veux ! — Je veux qu'elle soit heureuse, je veux qu'elle vive ! Elle vivra. Je sais bien que je lui ferai tout oublier à force de tendresse. — Je vous demandais d'avoir pitié d'elle. — Est-ce de la pitié qu'il lui faut ? Je l'ai vue tout à l'heure, ici, chez moi. Elle a pleuré, et je suis resté calme et je n'ai été qu'un indifférent. — Et je vous implore et je vous supplie ! — Pourquoi donc ? Est-ce qu'un autre que moi saurait aimer ma fille? Je la veux! Ne me parlez pas de vos droits. Est-ce que je les reconnais? Est-ce que vous viendrez me la disputer, quand je lui dirai : Tu es à moi ! tu es ma fille !

MAUBRAY.

Vous oseriez !...

Christiane, attirée par le bruit, entre vivement par la porte de la bibliothèque, et ses yeux s'arrêtent avec étonnement sur Maubray et sur Robert.

SCÈNE IX

Les Mêmes, CHRISTIANE*.

MAUBRAY, froidement à Robert.

Dites-le-lui donc, monsieur, la voici.

Christiane s'avance vers Robert comme pour l'interroger.

ROBERT, avec une voix étouffée par l'émotion.

Mademoiselle, je me trompais quand j'ai cru que je pourrais vous défendre, je ne peux rien; je ne suis qu'un étranger ; je n'ai pas même le droit de vous donner un conseil, et on vous reprochera de me l'avoir demandé. Allez prier votre père de vous pardonner.

Christiane stupéfaite va à Maubray en courbant la tête.

MAUBRAY.

Je vous pardonne, Christiane. (Regardant Robert.) Il n'y a que moi, entendez-vous, qui peut vous rendre heureuse. Pourquoi ne m'avez-vous pas dit que vous aimiez M. de Kerhuon ?

CHRISTIANE.

Vous le savez ?

MAUBRAY.

Il m'a demandé votre main.

CHRISTIANE.

Lui !

MAUBRAY.

Si vous me reprochez de ne pas avoir été tendre avec vous, je le serai. — (Avec violence.) Viens m'embrasser, Christiane.

ROBERT.

Comme il me hait !

* Maubray, Christiane, Robert.

SCÈNE X

LES MÊMES, ADRIENNE, BRIAC, ACHILLE.

ADRIENNE, accourant.

Je vous annonce M. de Beaubriand.

CHRISTIANE, presque avec effroi.

Ah !

MAUBRAY.

Rassure-toi.

ADRIENNE.

Avec M. de Briac.

BRIAC, étonné de voir Christiane et Maubray.

Comment ?

ACHILLE.

Eh ! c'est ce cher Maubray. (Saluant Christiane.) Mademoiselle.

MAUBRAY, allant à lui.

Mon cher monsieur de Beaubriand, je regrette d'avoir à vous redemander ma parole, ma fille n'a pas agréé mon choix.

ACHILLE.

Ah !

MAUBRAY.

Elle vous préfère M. Henry de Kerhuon.

ACHILLE, souriant.

Je m'en doutais un peu.

MAUBRAY.

Et je ne ferai jamais que ce que désire ma fille.

CHRISTIANE, avec joie.

Oh ! mon père !

ROBERT, avec douleur.

Il me l'a reprise.

ACHILLE, à Briac.

Maubray a tort, vous savez ; je viens de faire une opération superbe. J'ai acheté, avec Anatole, Cavan et Grandlucé toutes les mines du Haut-Pérou.

BRIAC.

Vous ? — Il a ruiné ses amis.

ACHILLE, à Robert.

Quand vous présenterai-je à mon père ?

ROBERT.

Je partirai demain.

ADRIENNE.

Vous, mon oncle ?

CHRISTIANE, vivement.

Vous nous quitterez ?

ROBERT, avec un mouvement de joie involontaire.

Mademoiselle !

MAUBRAY, froidement.

Rien ne peut retenir M. de Noja.

ROBERT.

Non, monsieur, rien ne me retient, et je ne peux être utile à rien. — Comme vous le disiez hier, je suis seul.

FIN DE CHRISTIANE.

LA

CRAVATE BLANCHE

COMÉDIE EN UN ACTE

EN VERS LIBRES

Représentée pour la première fois à Paris,
sur le théâtre du GYMNASE, le 23 juillet 1867.

PERSONNAGES

OCTAVE.	MM. LANDROL.
FLORENTIN.	VICTORIN.
AGATHE	Mlle BLANCHE PIERSON.

Dans une ville de province en 1867.

Pour la mise en scène exacte et détaillée, s'adresser au régisseur général du Théâtre du Gymnase.

LA
CRAVATE BLANCHE

Un salon dans le plus grand désordre. — Table à gauche. — Canapé à droite. — Chiffonnier au fond, à gauche. — Une glace à gauche. — Cheminée au fond, à droite. — Un habit noir sur le dos du canapé. — Un gilet sur le garde-feu. — Des gants sur des bottes à côté de la cheminée.

Porte sur l'antichambre au fond. — Porte sur un corridor, à gauche. — Chambre à droite.

SCÈNE PREMIÈRE

FLORENTIN.

Il entr'ouvre la porte du fond et passe le bras en montrant une cravate blanche.

La cravate blanche !
Monsieur !
Il passe la tête.
Personne ?
Il entre.
Eh bien, j'aurais longtemps crié.
Qu'est devenu le marié ?
Voilà son habit noir accroché par la manche !
Oh ! oh ! réfléchissons un peu.
Regardant.
Un gilet sur le garde-feu !
Et des gants blancs sur une botte !
— Qu'est-ce que tout cela dénote ?

17.

Une heure avant le *oui* sempiternel !
Quand tout doit être encor nectar, miel, ambroisie ;
Lorsque monsieur le maire est déjà solennel.
Et que la fiancée est déjà cramoisie.
Oh ! oh ! ce n'est pas naturel.
Monsieur serait-il en colère ?
Non. Il prend la dot de son choix ;
Sa future, d'ailleurs, ne peut pas lui déplaire ;
Ils ne se sont vus que trois fois.
Son chapeau n'est plus là : mon maître se promène ;
L'heureux époux aurait-il la migraine ?
Soit, j'attendrai son retour.
— Le voilà !

Octave entre par la porte du fond. — Pantalon noir, chemise superbe, cravate de fantaisie négligemment nouée, paletot. — Tenue de marié, moins la cravate blanche, l'habit et les gants.

D'où lui vient cette mélancolie ?

SCÈNE II

OCTAVE, FLORENTIN.

Octave, son chapeau sur les yeux, s'avance gravement jusqu'à la rampe.

OCTAVE, comme à lui-même.

Je n'avais jamais vu ma future au grand jour,
Jamais ! — Elle n'est pas jolie.
C'est un rouge insensé que j'appelais châtain ;
Aux lumières, le jaune est une pâleur mate.
Mais le matin ! oh ! le matin !

Se résignant.

Enfin, tout est prêt.

Appelant.

Florentin !

FLORENTIN.

Monsieur !

OCTAVE.

Donne-moi ma cravate.

FLORENTIN.

La voici, souple, fine et d'un blanc idéal.

OCTAVE, la prenant.

On me disait : Ni bien ni mal.

FLORENTIN.

Touchez-la, s'il vous plaît, d'une main délicate.

Il remonte.

OCTAVE.

Ni bien ni mal, — le soir, avec un abat-jour.
Oui, oui. — Mais ses vertus ! sa bonté ! sa belle âme !
Florentin !

FLORENTIN *.

Me voici.

OCTAVE.

Que dis-tu de ma femme ?

FLORENTIN.

Moi ?

OCTAVE.

Toi. — Parle sans détour.

FLORENTIN.

Monsieur, je me récuse.

OCTAVE.

Et pourquoi, si j'insiste ?

FLORENTIN, gravement.

Parce que, moi, monsieur, je suis artiste.
Il me faut la couleur, la ligne, le contour,
Le classique, le beau, le pur, le caractère !
J'ai servi chez un peintre.

OCTAVE.

Ah !

FLORENTIN.

Je serais sévère.

OCTAVE, le regardant.

Tu n'approuves pas mon amour ?

* Florentin, Octave.

FLORENTIN, souriant avec importance.

Amour ! — Monsieur emploie une figure.

OCTAVE.

Hein ? Comment ?

FLORENTIN.

Ou monsieur me traite en ignorant.
J'ai servi dix-huit mois dans la magistrature,
Et j'ai vu le grand monde au trou de la serrure.
On n'aime pas les femmes que l'on prend.

OCTAVE.

Très bien. — Et qu'aime-t-on ?

FLORENTIN.

Le reste.

OCTAVE.

Bref, tu ne me crois pas heureux.

Il quitte son paletot et va à la cheminée.

FLORENTIN.

Pas heureux ! juste ciel ! pas heureux ! malepeste !
Belle dot ! vieux parents ! trois oncles généreux !
Pas heureux ! vous êtes modeste.
Un beau-père à succession,
Qu'on enterrerait sur sa mine,
Qui fait de la chimie et boit de la morphine
Par distraction.
C'est le rêve, monsieur, le rêve !

Il sort à droite en emportant le paletot d'Octave.

OCTAVE, seul.

Voilà bien ce qu'on m'a dit.

FLORENTIN, en dehors, criant.

Madame, assurément, n'est pas blonde comme Ève ;

Il reparaît brossant un chapeau*.

On ne s'arrête pas devant elle interdit.
On passe. — Et le mari qu'aucun trouble n'essouffle

* Octave, Florentin.

Dans sa robe de chambre en baîllant s'emmitoufle
Et dort paisiblement, le pied dans sa pantoufle.
Pas heureux! vous prenez du bonheur à crédit.

OCTAVE, devant une glace au fond à gauche, arrachant sa cravate avec colère.

Tout à fait.

FLORENTIN, étonné.

Qu'a monsieur?

OCTAVE, redescendant.

Mon faux-col m'assassine,
Ma cravate s'entête à me tordre le cou.
C'est un travail à rendre un homme fou.
J'aurais bien dû prévenir ma cousine.

FLORENTIN.

Mademoiselle Agathe! Oh! monsieur!

OCTAVE.

Quoi?

FLORENTIN.

Divine!

OCTAVE.

Pas mal.

FLORENTIN.

La ligne et la couleur!
Le duvet de la pêche et l'éclat de la fleur,
Avec des tons de jeune fille!

OCTAVE.

Elle est très bien.

FLORENTIN.

Les contours élégants,

Le regardant.

Purs, hardis et moelleux. — Vous déchirez vos gants.
Si j'allais l'appeler?

OCTAVE, le retenant.

Non, non. — Elle s'habille.
Agathe représente, aujourd'hui, ma famille.

FLORENTIN.

Avec son père, un grave magistrat.

OCTAVE, descendant.

Qui part le jour de mes noces.
Pour convaincre un scélérat
De plusieurs crimes atroces.
T'expliques-tu mon désappointement?
Il m'installe chez lui, dans son appartement.
Il a fait mon mariage,
Mon bonheur est son ouvrage,
Il est mon oncle et mon témoin,
Et, quand nous dînerons, il sera déjà loin!

Revenant à la glace.

Pauvre oncle! il ne pourra me bénir que dimanche.

Avec désespoir.

Je ne mettrai jamais cette cravate blanche.

FLORENTIN.

Monsieur est si nerveux!

OCTAVE.

Nerveux!

FLORENTIN.

Ou si distrait!

SCÈNE III

OCTAVE, AGATHE, FLORENTIN*.

AGATHE, frappant à la porte du fond.

Mon cousin! mon cousin! vous ne serez pas prêt.

OCTAVE.

Agathe! chère enfant, c'est le ciel qui t'envoie.
Veux-tu me rendre un service?

* Florentin, Octave.

AGATHE, en dehors.

Avec joie.

OCTAVE, à Florentin, s'apercevant qu'il est sans cravate et sans habit.

Je ne peux pas la recevoir ainsi.

A Agathe.

Entre. — Tu m'attendras un instant.

Octave passe dans une chambre voisine à droite.

AGATHE, entrant. Elle porte un coffret à ouvrage.

Me voici.

SCÈNE IV

AGATHE, FLORENTIN*.

AGATHE.

Ah! bonjour, Florentin.

S'adressant à Octave, à travers la porte de la chambre.

Ne perdez pas la tête,
Mon cousin. — La future est encore moins prête.
Le voile est court, il faut le rallonger;
La robe blanche est trop étroite,
On a perdu le gant de la main droite,
Et l'on ne trouve plus le bouquet d'oranger.

Revenant à Florentin.

Florentin, voyez cette boite :
Comme c'est fin, de bon goût et léger!
Un cadeau que me fait Camille!
C'est son coffret de jeune fille.
Elle me l'a remis, à l'instant, sans l'ouvrir.
En me disant : « Chère petite,
Prenez-le tel que je le quitte;
Il m'a porté bonheur; gardez ce souvenir. »

Elle l'a posé sur la table.

FLORENTIN, l'examinant.

Il est un peu fané.

* Florentin, Agathe.

AGATHE.

C'est bien là son mérite.
Il est charmant. — Que peut-il contenir?

L'ouvrant.

Des fleurs, un canevas encor blanc comme neige...
Il était très abandonné.
Quelques points de crochet, des dentelles, que sais-je?
C'est joli, n'est-ce pas, de me l'avoir donné?

SCÈNE V

OCTAVE, AGATHE, FLORENTIN *.

OCTAVE, *entrant en redingote.*

Agathe, sais-tu mettre une cravate blanche?

AGATHE.

Mon père est magistrat.

OCTAVE.

C'est vrai... Je suis sauvé.
Ne perdons pas de temps. — Veux-tu que je me penche
Le cou bien découvert, le menton relevé?
Ou ne vaut-il pas mieux m'asseoir sur une chaise?
Je me mets à genoux, tu seras plus à l'aise.

AGATHE, *riant et s'asseyant sur le canapé* **.

Vous êtes amusant.

OCTAVE, *à genoux.*

Tu me trouves bouffon?

AGATHE.

Ce n'est pas moi qui vous épouse.
Qu'est cela?

OCTAVE.

Ma cravate.

* Florentin, Agathe, Octave.
** Florentin, Octave, Agathe.

AGATHE.

Eh mais! c'est un chiffon.

FLORENTIN, ouvrant le chiffonnier.

Il m'en reste encor deux.

OCTAVE.

Va m'en acheter douze.

Florentin sort par le fond. — Agathe va au chiffonnier.

SCÈNE VI

OCTAVE, AGATHE *.

AGATHE, choisissant entre les deux cravates indiquées par Florentin.

La maison de Camille est à deux pas d'ici,
On viendra vous chercher, n'ayez aucun souci.
Et, d'ailleurs, en province, on peut se faire attendre;
Le maire aura le temps d'arranger son discours.

OCTAVE, étonné.

Son discours?

AGATHE.

Oh! pardon, il voulait vous surprendre.

OCTAVE.

Que dira-t-il?

AGATHE.

Rien, mais... écoutez-le toujours.

Revenant.

Votre devoir est de l'entendre.
Maintenant, mon cousin, soyez calme.

Elle se rassied **.

OCTAVE, se remettant à genoux devant elle.

A ton gré.

* Agathe, Octave.
** Octave, Agathe.

AGATHE.

Et prenez l'air des gravures de mode.

OCTAVE.

Si tu crois que c'est commode?

Regardant sa robe.

Il est joli, ce tulle évaporé.

AGATHE.

Mon ouvrage.

OCTAVE.

Ah!

AGATHE.

Voilà comme je brode.

Présentant la cravate.

Si vous me dérangez, nous serons en retard.

OCTAVE, la regardant toujours.

Tes cheveux sont très beaux et groupés avec art.

AGATHE.

Oh! c'est moi qui me suis coiffée.

OCTAVE.

Petite fée!

C'est simple et c'est original.

L'examinant avec plus d'attention.

Je ne t'avais pas vue en toilette de bal.

AGATHE.

C'est la première fois que je me fais si belle.

En votre honneur, monsieur.

OCTAVE.

Mademoiselle,

Je me déclare émerveillé,

As-tu vingt ans?

AGATHE, gaiement.

Depuis l'automne.

La cravate a déjà deux plis : je l'abandonne.

Elle va chercher l'autre cravate *.

Vous ne serez pas habillé,
Et le mari va manquer au programme.

OCTAVE.

Non. — Que dis-tu de ma femme?

AGATHE, vivement.

Camille est parfaite.

OCTAVE.

Au moral.

AGATHE, insistant.

Aimable, bonne.

OCTAVE.

Oh! oui, je sais, une belle âme.

Avec inquiétude.

Je parle du physique.

AGATHE.

Elle est... ni bien ni mal.

OCTAVE, vivement, se relevant.

Non! oh non! dis-moi qu'elle est laide.

AGATHE, se récriant.

Oh!

OCTAVE.

Laide, — c'est précis, c'est franc, c'est clair, c'est net.

AGATHE.

Mon cousin!

OCTAVE.

Ça vaut mieux, on est sûr de son fait.

Se rapprochant d'elle, très inquiet.

Très laide, n'est-ce pas?

AGATHE.

Non.

* Agathe, Octave.

OCTAVE.

Je te le concède.
Je l'épouse, tu peux me parler franchement.
Le bonheur est en nous, comme dit le proverbe,
Et la beauté n'est qu'un vain ornement.
Crois-tu que je voudrais d'une femme superbe?
Jamais! — Une belle âme a bien son agrément.
Que cherchons-nous? La mère de famille,
Grave et majestueuse au foyer conjugal,
Maniant noblement une modeste aiguille.
Ne me dis plus : Ni bien ni mal.

AGATHE.

Camille a le bras magnifique.

OCTAVE, avec une joie tempérée par le doute.

Magnifique! Tu crois? — Eh bien, c'est presque trop.
Moi, je suis un homme pratique,
Et je ne prends pas un falot
Pour chercher une femme, à la manière antique.
Je ne serai jamais épris de l'idéal.
Je suis notaire.
Pourquoi le taire?
Il me faut une dot, je donne le signal;
Je mets tous mes amis en quête,
Et j'attends que leur choix s'arrête.
Mon oncle m'offre un très joli total;
J'accours, on m'introduit, je fais trois révérences,
Et je vais, dans un moment,
Recevoir avec déférences
L'avant-dernier sacrement.
On ne fait plus autrement.

AGATHE.

Cette façon est un peu prompte.

OCTAVE, allant s'asseoir sur le canapé.

Les grands-parents ont pris des informations.
Vertu, santé, candeur, autres perfections,

Tout se détaille et tout se compte.
On n'a plus à se voir après, on se confronte.

AGATHE, *debout devant lui, arrangeant sa cravate.*

Vous avez atteint votre but,
Mais Camille aurait dû se montrer plus rebelle ;
Vous l'épousez au troisième salut.

OCTAVE.

Je n'ai pas le temps, moi, j'ai de la clientèle.
C'est l'usage d'ailleurs, et tu feras comme elle.

AGATHE, *souriant.*

C'est un danger que je ne courrai pas.

OCTAVE, *la regardant.*

Et pourquoi donc cela, mignonne ?

AGATHE, *simplement.*

Parce que je n'aurai pour dot que ma personne.
Vous remuez trop les bras.

OCTAVE, *se levant avec vivacité.*

Mais ta personne est charmante.

AGATHE, *gaiement.*

J'en conviens de grand cœur.

OCTAVE.

Ta taille est élégante.

AGATHE, *riant.*

N'espérez pas qu'on vous démente.

OCTAVE.

Tes yeux sont ravissants, et... tu te marîras.

AGATHE.

Jamais.

OCTAVE.

Jamais est un mot chimérique.

AGATHE, *gravement.*

Mon cher cousin, je suis comme vous, moi :
Je suis une femme pratique.

OCTAVE, lui indiquant une glace.

Et tu resterais fille? — Allons, regarde-toi.

AGATHE, avec gaieté*.

A combien monteraient mes beaux yeux et ma taille,
Et ces perfections que vous estimez tant?
Combien supposez-vous que ma personne vaille
Chez le notaire, en bon argent comptant?

OCTAVE, la regardant.

C'est ravissant, ce long regard qui brille,
Cette fossette où l'esprit s'est blotti,
Cette grâce! Est-elle gentille!

AGATHE, riant.

Cela vaut-il un château bien bâti,
Où le million de Camille?

OCTAVE.

C'est autre chose.

AGATHE.

Oh! je ne me plains pas.
Mon triste sort n'a rien qui m'épouvante.
Votre sexe orgueilleux se vante,
Quand il se croit forcé de diriger nos pas.
Je marcherai sans lui; je ne suis pas savante,
Mais j'ai prudemment tout appris:
Je fais de la dentelle et des fleurs, j'en invente;
Passons le piano, je dessine, je chante,
Et j'ai plus de raison, seule, que trois maris.

OCTAVE.

Mais, par le temps qui court, la raison a son prix
Et, d'ailleurs, ta beauté fera tourner les têtes.

AGATHE, nouant la cravate.

C'est le chapitre des conquêtes.

* Octave, Agathe.

OCTAVE.

Tu plairas.

AGATHE, riant.

Au prince Charmant ?
Si je le rencontrais, je serais bien surprise.
Mais, s'il songeait à ma main galamment,
Je refuserais net. — Cela vous scandalise ?

Avec une nuance d'émotion.

Je ne voudrais pas qu'en m'aimant
Mon mari fît une sottise.

Gaiement.

Là — Votre cravate est mise.
Donnez vite une épingle.

OCTAVE, *cherchant des yeux.*

Une épingle ? Tu crois ?
J'en avais plusieurs, autrefois.

AGATHE, *cherchant.*

Et vous n'en avez plus ? Ah ! soyez donc sincère,
C'est pour vous qu'une femme est toujours nécessaire.
Restez là, sans bouger, droit comme un pénitent ;
Je monte dans ma chambre et reviens à l'instant.

Agathe sort par la gauche.

SCÈNE VII

OCTAVE, *seul.*

Rester fille ! Elle ! Eh oui ! c'est le plus sage.
Cette chère enfant a raison :

Il s'assied près de la table.

L'élégance, l'esprit, le charme du visage
N'apportent rien au ménage
Et ne font pas une bonne maison.
Franchement, c'est bien dommage.
Rester fille à perpétuité !
A qui la faute ? à la société,

A notre siècle égoïste,
A notre luxe écrasant.
Il faut qu'une fille à présent
Soit millionnaire ou modiste.
Quel thème pour un moraliste !
Quel thème ! — Ce n'est pas le mien.
Je suis notaire et trouve alors que tout va bien.

Apercevant le coffret.

Un coffret.

L'ouvrant.

L'ouvrage d'Agathe.
C'est là que tout son luxe éclate.

Prenant chaque objet.

Des ciseaux, une aiguille, un dé,
Un volant de tulle brodé,
Et de la laine à flots, verte, grise, écarlate...

Un billet tombe du coffret.

Ah ! un billet ! — intact encor. —

Il le ramasse et l'examine.

Et sans adresse. —

Se levant.

C'est étrange.

L'entr'ouvrant.

De quelque amie apparemment ? — « Cher ange, »
Ange est bien tendre ! — « Ton Hector. »
Comment ? — Voyons, j'ai la berlue !
Lisons le premier mot...

Hésitant.

Je fais un sot métier.
Deux lignes seulement. —

Lisant.

« Je l'ai vingt fois relue,
Cette lettre où ton cœur se livre tout entier. »
Elle écrit ! —

Reprenant comme malgré lui.

« Et vingt fois, tremblant, le cœur en fièvre,
J'ai repassé dans ce petit sentier
Où tes cheveux ont effleuré ma lèvre. »

Sa lèvre ! on en est déjà là.
Je dois y mettre le holà.
Agathe est de ma famille
Et je ne suis plus garçon.
La petite hypocrite ! Elle veut rester fille !
Je n'avais aucun soupçon.
Elle aime cet Hector, qui l'aime aussi peut-être ;
Ce misérable est heureux,
Je voudrais bien le connaître.
Elle ne nommera jamais cet amoureux.
— Que je le jetterais gaiement par la fenêtre !

Prenant son paletot.

Mais le premier venu va me dire son nom.

S'arrêtant.

Il est peut-être de la noce ?

Avec colère.

Il me regardera monter dans mon carrosse
Et présenter ma femme en plein soleil !

Prenant son chapeau.

Non, non.

Il sort.

SCÈNE VIII

AGATHE, FLORENTIN.

Aussitôt qu'Octave est sorti, Florentin qui le guettait à la porte de droite, entre doucement, va au coffret, l'ouvre et fouille avec acharnement.

AGATHE, *accourant du dehors, à gauche.*

Êtes-vous sage ?

Elle s'arrête interdite en voyant Florentin.

Eh bien ?

FLORENTIN, *déconcerté.*

Mademoiselle Agathe !

AGATHE, *souriant.*

Que cherchez-vous dans mon coffret ?

FLORENTIN, de même.

Vous me trouvez indiscret ?

Très gravement.

C'est une mission pénible et délicate,
Que je remplis à regret.

AGATHE, étonnée.

Une mission dans ma boite ?

FLORENTIN.

De la plus haute gravité.

AGATHE, souriant.

Et je vous interromps — que je suis maladroite !
Pardonnez-moi ma curiosité.

Appelant *.

Mon cousin !

FLORENTIN, vivement

Non ! oh non !

AGATHE.

Voilà bien autre chose.
Octave !

FLORENTIN.

C'est le ciel qui l'éloigne un instant.

AGATHE.

Très bien, alors il est en cause.
Vous me direz pourquoi, je le suppose ?

FLORENTIN, embarrassé.

Pour un billet que l'on attend.

AGATHE.

C'est un billet ?

FLORENTIN.

Voilà tout le mystère.

AGATHE.

Une lettre adressée à Camille ?

FLORENTIN.

Hélas ! oui.

* Florentin, Agathe.

AGATHE.

De mon cousin ?

FLORENTIN, *avec douleur.*

Au contraire.

AGATHE, *se récriant.*

D'un autre ?

FLORENTIN.

Un lieutenant tout frais épanoui.
Depuis plus d'une semaine,
Sa prose calme et sereine
Dort au fond de ce coffret.
C'était un enfantillage.
Il ignorait le mariage
Qui se tramait en secret.
Il vient d'avouer sa bévue.
Maudite lettre ! on ne l'avait pas vue.

AGATHE.

Que contient-elle ?

FLORENTIN.

Oh Dieu !... je ne sais quoi.
L'officier est tout en émoi,
La future pleure d'effroi,
Et l'on ne compte que sur moi.

AGATHE.

Sur vous ?

FLORENTIN, *avec fatuité.*

Mademoiselle Hortense,
Que sa maîtresse implorait
Et qui me connaît discret,
M'a mis dans la confidence.
— Elle m'accorde quelque esprit...

AGATHE.

Ce monsieur ne peut pas montrer ce qu'il écrit ?

FLORENTIN.

Si... mais le jour du mariage
Ce serait bien hasardeux ;
Mon maître y verrait un présage
A déconcerter un sage.
Et quel scandale ! et quel tapage !
Les mariés en pâtiraient tous deux.
Mademoiselle, ayez donc pitié d'eux.

AGATHE.

Je veux bien, moi. — Que faut-il que je fasse * ?

FLORENTIN.

Enlevons le billet.

AGATHE, vivement.

Non. — Qu'il reste à sa place.
Portez plutôt la boîte à Camille.

FLORENTIN, saisissant le coffret.

Merci.
Nous sauverons mon maître.

AGATHE.

Le voici.

Florentin s'arrête interdit et pose le coffret.

SCÈNE IX

OCTAVE, AGATHE, FLORENTIN **.

Octave entre, sombre et préoccupé.

AGATHE, voulant dissimuler son embarras.

Eh bien, je suis là toute prête,
Et vous courez vous promener ;
Vous revenez baissant la tête,
Mais vous allez vous chiffonner.

* Agathe, Florentin.
** Agathe, Florentin, Octave.

OCTAVE, brusquement.

Non. — Florentin!

FLORENTIN, donnant ses cravates.

J'apporte la douzaine.

OCTAVE, d'un ton farouche.

Va m'acheter dix paires de gants blancs.

FLORENTIN, courant au chiffonnier.

Monsieur, en voilà d'excellents.

OCTAVE.

Va, Florentin, va!

FLORENTIN, à part.

Je le gêne.

AGATHE, lui donnant la boîte.

En sortant, remettez ma boîte à Madeleine.

Elle lui fait un signe d'intelligence. — Florentin sort en emportant le coffret.

OCTAVE, aussitôt que Florentin est sorti.

Connais-tu M. de Galars?

AGATHE.

Monsieur?...

OCTAVE.

Hector, lieutenant de hussards.

AGATHE, interdite.

Moi... je...

OCTAVE.

Ne cherche pas ta phrase.
Ton trouble a déjà répondu.
Il est charmant, ce noble individu,
Le nez au vent et le jarret tendu,
La bouche en extase!

AGATHE.

Mais, mon cousin...

OCTAVE.

Je sais tout.

AGATHE, inquiète.

Tout!

OCTAVE.

Oui, j'ai lu sa lettre jusqu'au bout.

AGATHE.

Comment?

OCTAVE.

Par pure gaucherie.
J'examinais la broderie,
Le billet d'Hector a glissé,
Je l'ai ramassé.
Puisqu'il n'a pas d'adresse il est à tout le monde.
Ne crains pas que je te gronde;
Je sais où s'arrêtent mes droits.
Prends qui bon te semble, à ton choix.
Adore un hussard, je m'incline.
Si tu m'appartenais, si j'étais ton mari,
J'aurais vite égorgé ce guerrier attendri,
Mais tu n'es que ma cousine.

La regardant fixement.

Ce billet était bien pour toi?

AGATHE, *très embarrassée, sans lever les yeux.*

Sans doute, — rendez-le-moi.

OCTAVE.

Tu veux le lire!... Oh! c'est trop légitime,
Et je m'explique ton émoi.

AGATHE, *de même.*

Un billet n'est pas un crime.

OCTAVE.

Ah!

AGATHE.

Quand on m'aimerait un peu!

OCTAVE.

Tu conviens qu'il t'aime?

AGATHE.

S'il en fait l'aveu.

OCTAVE.

Ces pourfendeurs ont toujours l'air en feu.
Je dirais leur chanson et je connais leur thème;
C'est vieux, c'est fade et rebattu,
Mais ça te charme.

AGATHE, vivement.

Oh! non.

OCTAVE.

Pourquoi le lui dis-tu?

AGATHE.

Je le lui dis?

OCTAVE.

Sans doute.

AGATHE.

Il s'abuse peut-être.

OCTAVE.

Non. — Ce monsieur doit s'y connaître.
D'ailleurs, il peut te plaire, il est si bien vêtu!
Blanc, rouge et bleu... tricolore.
Cet habit-là n'est pas commun,
Et je comprends qu'on l'adore.

AGATHE.

C'est donc bien mal d'aimer quelqu'un?

OCTAVE.

Quand on veut rester demoiselle!
Tu me parlais raison, devoir, fierté,
Ta théorie était fort belle;
Je l'écoutais avec naïveté,
Sans voir que l'amour, à côté,
Me montrait le bout de son aile.
Tu l'aimes?

AGATHE.

Mais... je n'en sais rien.

OCTAVE.

Tes yeux le savent mieux, car ils le disent bien.

AGATHE.

Mes yeux...

OCTAVE, *lui montrant le billet.*

Dans ce billet il t'exprime sa joie...

AGATHE, *vivement.*

Discrètement.

OCTAVE.

Il te tutoie.

AGATHE.

Il me tutoie?

OCTAVE.

Il signe : « Ton Hector. »

AGATHE.

Mon Hector?

OCTAVE.

Trouves-tu ses façons déshonnêtes?
Il t'appelle son ange et t'écrit : « mon trésor! »

AGATHE.

Son trésor!

OCTAVE.

C'est tout simple, au point où vous en êtes.

AGATHE.

A quel point?

OCTAVE.

Tu réponds.

AGATHE, *stupéfaite.*

Je...

OCTAVE.

Ce n'est rien encor.
J'excuserais ton épître.

Tes vingt ans aiment à jaser,
Et tu te mets à ton pupitre.
Soit... Mais le baiser.

AGATHE, se récriant.

Le baiser!
Croyez-vous qu'on embrasse ainsi les demoiselles?

OCTAVE.

Cela dépend d'elles,
Et tu t'y prêtais volontiers.

AGATHE.

Comment?

OCTAVE, lui montrant la lettre et récitant de mémoire.

Lis donc :
« Vingt fois, tremblant, le cœur en fièvre
J'ai repassé dans ces petits sentiers
Où tes cheveux ont effleuré ma lèvre. »

AGATHE, interdite.

Effleuré, par hasard...

OCTAVE, continuant.

« Je me sentais aimé.
Tous les oiseaux chantaient, l'air était embaumé;
Tu restais, devant moi, souriante et mutine,
Courbant, d'un doigt distrait, les touffes d'églantine,
Et je te regardais charmé. »

Froissant la lettre avec colère.

De quel ton il te le rappelle,
Et comme l'amoureux se trahit tout entier;
Comme dans chaque mot son orgueil se décèle.
C'est pour lui seul que le ciel te fait belle,
Pour lui que naît l'aubépine nouvelle,
Pour lui que revient l'hirondelle,
Pour lui que fleurit l'églantier.

SCÈNE X

AGATHE, FLORENTIN, OCTAVE.

FLORENTIN, entrant.

On va partir pour la mairie.

OCTAVE, brusquement.

C'est bien, brosse mon habit noir.

Florentin prend l'habit et entre dans la pièce à droite.

OCTAVE, à Agathe.

Hector est invité.

AGATHE, embarrassée.

Mais...

OCTAVE.

Tu vas le revoir.
Je ne m'étonne plus de ta coquetterie.

FLORENTIN, de la porte de la chambre *.

La voiture d'honneur est déjà dans la cour.

OCTAVE.

Ce n'est pas lui, le fat, qui se marie !
Qu'a-t-il besoin de dot ! — Il te parlait d'amour,
Tu l'écoutais attendrie ;
Il effleurait tes cheveux,
Et, dans sa main pressant une main qu'on oublie,
Il s'enivrait de tes premiers aveux.
Que tu devais être jolie !

AGATHE, avec reproche.

Oh ! mon cousin, vous me jugez bien mal !

OCTAVE.

Je ne sais plus où j'ai la tête.
J'en veux à ce hussard d'avoir fait ta conquête.
Pourquoi ? Ce n'est pas mon rival.

Florentin reparait avec l'habit et le chapeau.

* Agathe, Octave, Florentin.

Tu vois que ma noce est prête.
Adieu... Ma fiancée attend.

Il passe son habit.

AGATHE, *faisant un effort sur elle-même.*

Si vous ne l'aimiez pas pourtant ?

OCTAVE.

Ne pas l'aimer !... Je l'adore.
Je l'épouse d'ailleurs et c'est l'essentiel.

Mettant ses gants.

S'il est encor des gens assez bénis du ciel
Pour prendre, en un baiser, l'amour qui vient d'éclore,
Ce n'est pas moi ; je suis un homme officiel.
Là... Ma tenue est régulière.
Je ne fais pas l'école buissonnière
Dans les sentiers fleuris, moi.
Non. — Je vais demander mon bonheur à la loi.

Il sort.

SCÈNE XI

AGATHE, FLORENTIN.

FLORENTIN, *le suivant jusqu'à la porte.*

Un bonheur indestructible,
Un bonheur garanti par le gouvernement.

AGATHE.

Ce mariage est impossible.

FLORENTIN.

Pourquoi ?

AGATHE, *à Florentin.*

Je fais appel à votre dévouement.
Rompez ce mariage. — Oh ! cela vous étonne.
Mais, si nous hésitons, tout sera terminé.
On trompe mon cousin.

FLORENTIN, *faisant un bond.*

Le père est ruiné !

AGATHE.

C'est bien pis.

FLORENTIN, effrayé.

Hein !

AGATHE.

Camille aime une autre personne.

FLORENTIN, s'essuyant le front.

Oh ! mademoiselle, oh ! que vous m'avez fait peur !

AGATHE.

Un autre ! entendez-vous ? — Camille est bien coupable.
Vous ne me dites pas que c'est épouvantable !

FLORENTIN, avec calme.

Je cherche à revenir un peu de ma stupeur.

AGATHE.

Octave est meilleur qu'on ne pense.
Et je le connais aujourd'hui ;
Son air froid, son indifférence,
C'est son masque, ce n'est pas lui.
Il a tout ce qu'il faut pour plaire.
Avec Camille il sera malheureux.
On va les marier ; le temps presse, que faire ?

FLORENTIN.

Mademoiselle, allez prier pour eux.

AGATHE.

Jamais ! — C'est mon cousin que l'on donne en spectacle.
Je veux le sauver à tout prix.

A Florentin.

Camille en aime un autre ! avez-vous bien compris?

FLORENTIN.

Oh! très bien. — Seulement, ce n'est pas un obstacle.

AGATHE.

Pas un obstacle? Alors, que faudrait-il?

FLORENTIN.

Monsieur ne court aucun péril;

Nous n'avons pas à lui tendre la perche.
Mon maître a le bonheur qu'il cherche
Une dot magnifique, un beau-père charmant,
Un savant amateur, qui ne gêne personne,
Qui fait de la chimie avec acharnement.
Et dont la santé n'est pas bonne.

AGATHE.

Si je disais la vérité!

FLORENTIN.

Gardez-vous-en, mademoiselle Agathe,
Vous voulez donc que mon maître se batte?

AGATHE, vivement.

Il se battrait?

FLORENTIN.

En avez-vous douté?

AGATHE.

Oui, mon cousin se battrait; — il est brave.
Mais Camille! comment épouse-t-elle Octave?

FLORENTIN, d'un ton doctoral.

Vous allez soulever une question grave.

AGATHE.

Que l'on prenne un indifférent,
Cela se fait, on dit que cela se comprend.
Le supplice est pour nous, si la faute est la nôtre.
Mais accepter quelqu'un quand on en aime un autre!
C'est horrible! c'est déloyal!

FLORENTIN, de même.

Ne touchons pas à l'ordre social.
— Mademoiselle ignore encor le monde. —
L'amour est une exception,
Un gros enfant joufflu, qui vagabonde.
Mais qu'est le mariage? une institution. —
Il ne faut pas qu'on les confonde.

AGATHE.

Moi, je vous dis que c'est affreux.
Quel parti dois-je prendre?

FLORENTIN.

Allez prier pour eux.

AGATHE.

Oh! non.

Elle va s'asseoir près de la table.

FLORENTIN.

Ils seront très heureux,
Ne soyez pas inquiète.
Si le cœur de madame a quelque ancienne dette,
C'est pertes et profits, ce n'est jamais compté.
J'ai vu de près des gens de qualité.
Chaque époux vit de son côté,
Chacun a son secret qu'il cache,
Contre les coups de tête on les a prémunis;
Pour les lier le code a des soins infinis,
Et l'on voit bien qu'il attache
Des gens qui ne sont pas unis.

AGATHE.

Cela vous paraîtrait, sans doute, moins risible,
Si vous saviez avec quel air terrible
Mon cousin prononçait le nom de ce hussard.

FLORENTIN.

Ah! se douterait-il de son espièglerie?

AGATHE.

Il a trouvé sa lettre.

FLORENTIN.

Où?

AGATHE.

Sous la broderie.

FLORENTIN.

J'avais pris le coffret.

AGATHE.

Trop tard.
Mais c'est moi, c'est moi qu'il accuse.

FLORENTIN.

Vous?

AGATHE, se levant.

Tout retombe sur moi.
Je me trouvais si confuse,
J'étais dans un tel émoi
Que j'ai pris — j'en meurs de honte! —
Leur sot billet pour mon compte.
J'ignorais son contenu.
Oh! si je l'avais connu!

SCÈNE XII

AGATHE, FLORENTIN, OCTAVE.

Octave entre violemment, pâle et défiguré.

AGATHE.

Mon cousin!

FLORENTIN.

Déjà revenu?

AGATHE.

Comme il est pâle!

OCTAVE, tombant sur le canapé.

Un verre d'eau sucrée.

FLORENTIN.

Monsieur se trouve mal?

OCTAVE, lui donnant ses gants et son chapeau.

Enlève tout cela.

AGATHE, s'approchant timidement *.

Qu'avez-vous donc?

OCTAVE.

Ah! te voilà?

AGATHE.

Vous m'effrayez.

OCTAVE.

Sois rassurée,
Et ne crains plus pour tes amours.

AGATHE.

Moi?

OCTAVE.

M. de Galars t'épouse dans huit jours.

AGATHE.

Comment?...

OCTAVE, buvant.

Tu ne peux pas y croire.
C'est un succès, pourtant, qui me coûte assez cher!

AGATHE.

Cher?... à vous?...

OCTAVE, rendant le verre à Florentin.

Donnez-moi de l'air.

D'un ton tragique.

C'est une épouvantable histoire.

AGATHE.

Parlez. — Que s'est-il passé?

OCTAVE.

Ma future attendait dans une salle basse :
On annonce le fiancé.
J'entre, et vois un habit bleu de ciel qui s'efface.

AGATHE.

Ah!

* Florentin, Agathe, Octave.

OCTAVE.

C'était ton Hector. — Il était là, debout,
Me toisant d'un air sardonique.
J'oublie et ma future, et l'heure, et la logique,
Ma raison se perd, mon sang bout.
J'aborde ce monsieur, mon œil le bouleverse,
Et je lui jette enfin, ces trois mots : « Je sais tout. »
Ma femme tombe à la renverse.

AGATHE.

Ciel !

OCTAVE.

Et son père épouvanté
S'affaisse de l'autre côté.

Se levant.

Pendant que le hussard s'occupe de ma femme,
Je vole au père qui se pâme *,
En répétant, tout éperdu :
Mais ce n'est qu'un malentendu,
Personne ici ne s'extermine.
Que M. de Galars épouse ma cousine !
L'officier me regarde et paraît confondu ;
Il me répond en pantomime
Et ma future se ranime.
Le bonhomme reste étendu.
Je cherche un moyen héroïque ;
Il avait, par hasard, sur lui,
Un flacon dans un étui.
Je l'en asperge, alors, d'une main frénétique,
Quand, se précipitant sur moi,
Camille crie avec effroi :
« C'est de l'acide prussique. »

AGATHE, *effrayée.*

Oh ! mon Dieu !

* Florentin, Octave, Agathe.

OCTAVE, tombant assis près de la table.

C'était fait.

FLORENTIN, gravement de l'autre côté de la table.

Ça devait arriver.

AGATHE.

Mais, mon cousin, on pourra le sauver.

FLORENTIN.

Ce chimiste a toujours du poison dans sa poche ;
Il en a quand il mange, il en a quand il dort ;
Ne vous faites aucun reproche,
Et s'il meurt cette fois, monsieur, il aura tort.
— Mais repartez, repartez tout de suite.
Comment expliquer votre fuite ?
Reparaissez tranquille et le front haut.

AGATHE, avec embarras, s'approchant d'Octave.

Camille ?...

OCTAVE, avec expansion.

Elle est plus laide encor quand elle pleure !

AGATHE, vivement.

Vraiment ?

OCTAVE, se levant et changeant de ton.

Ce n'est pas un défaut.
Je ne trouverais pas une femme meilleure.
Elle est bonne et sensible et... c'est ce qu'il me faut.

Avec ironie, à Agathe.

On ne lui dirait pas : mon trésor et cher ange !
Et sa candeur, au moins ne donne pas le change ;
Elle n'écoute pas chanter le rossignol.

D'un ton lamentable.

Le voile et la couronne avaient jonché le sol ;
Le reste se perdait dans un désordre étrange...
Elle n'a rien pour plaire, —

Vivement.

Heureusement.

Elle est maigre ! — Tant mieux ! c'est une taille austère.

Avec enthousiasme.

Et je l'épouserais avec ravissement...
Si je ne venais pas d'empoisonner son père.

AGATHE, *vivement et avec joie.*

Vous ne l'épousez pas ?

OCTAVE.

Non, non. — Je ne peux plus.

FLORENTIN.

Mais si, monsieur, mais si, la douleur vous égare.

OCTAVE.

Vois mes regrets.

FLORENTIN.

Mais...

OCTAVE, *vivement, en l'interrompant.*

Regrets superflus !

FLORENTIN, *insistant.*

Pourtant...

OCTAVE.

Un crime nous sépare.

FLORENTIN.

Un accident. — Perdez-vous la raison ?

OCTAVE.

La tentative est manifeste.

FLORENTIN.

C'est le hasard.

OCTAVE.

J'ai versé le poison.
Le flacon était plein, voilà ce qu'il en reste.

Le secouant.

Rien, rien ! Puis-je nier cela ?

FLORENTIN.

Monsieur sait qu'il n'est pas coupable.

OCTAVE.

Sait-on jamais ces choses-là ?

FLORENTIN, interdit.

Comment ?

OCTAVE.

Mon innocence est-elle vraisemblable ?
J'hériterais de ce noble vieillard,
Et je vivrais triomphant et prospère !

D'un ton tragique.

Va, ce n'est jamais par hasard
Que l'on se défait d'un beau-père.

FLORENTIN.

Mais c'est un scrupule insensé.
— Je demande à monsieur pardon de ma franchise, —
Le mariage est presque commencé ;
La jeune fille est compromise.
Et le monde, monsieur, que voulez-vous qu'il dise ?
Mariez-vous. — Je vois que monsieur se ravise.

OCTAVE, avec fermeté.

Non.

FLORENTIN *.

C'est le dernier mot de monsieur ?

OCTAVE.

Le dernier.

Il va s'asseoir à gauche, près de la table.

FLORENTIN.

Je me tais.

AGATHE.

Qu'allez-vous faire ?

OCTAVE.

Me constituer prisonnier.

AGATHE, stupéfaite.

Vous ?

* Octave, Florentin, Agathe.

FLORENTIN.

Prisonnier ?

OCTAVE, froidement.

Je le préfère.

FLORENTIN.

Rien ne vous force à prendre ce parti.

OCTAVE.

Je l'ai pris.

FLORENTIN, avec effroi.

On est averti ?

AGATHE.

Mais, mon cousin, cela n'était pas nécessaire.

FLORENTIN, désespéré.

Oh ! monsieur, monsieur, songez-y ;
La justice ne lâche guère
Le maladroit qu'elle a saisi.

OCTAVE.

Pour que je me défende, il faut bien qu'on m'arrête.
Ce mariage interrompu,
Ce terrible accident au milieu de la fête,
Il faut les expliquer : comment l'aurais-je pu ?

On sonne violemment. — Ils restent tous les trois interdits.

Florentin !

FLORENTIN.

Quoi, monsieur ?

OCTAVE.

On sonne.

FLORENTIN.

Je l'ai bien entendu.

OCTAVE.

C'est pour moi.

AGATHE, à part.

Je frissonne.

OCTAVE, très calme.

Réponds à ces... messieurs que je vais être prêt.
Je les suivrai sans résistance.

AGATHE.

Vous partirez ainsi ?

OCTAVE.

J'attendrai mon arrêt.

FLORENTIN, sortant.

Monsieur, comptez sur ma prudence.

SCÈNE XIII

OCTAVE, AGATHE.

OCTAVE, se levant.

Voici l'heure des adieux.
Bah ! Je sais où je vais, au moins : cela vaut mieux.

Gaiement.

Je ne déteste pas la prison cellulaire.
On y reste célibataire.

Au fond, s'appuyant sur le chiffonnier dans une pose romantique.

Je serai jeune et rêveur à mon gré,
Je ferai des romans et des vers. — Je vivrai.

Avec énergie.

Je ne serai plus notaire,

Descendant devant Agathe qui le regarde stupéfaite *.

Pas plus notaire que mari !
Les événements m'ont mûri.
Je viens de rajeunir de dix ans en deux heures.

Allant à sa cousine.

Allons, je pars joyeux. — Tu pleures ?

AGATHE, essuyant ses yeux.

Non, mon cousin.

* Agathe, Octave.

OCTAVE.

Je serai généreux.
Je vois ce qui te désespère.

Il se met à une table et écrit.

AGATHE, le regardant avec étonnement.

Vous écrivez ?

OCTAVE, continuant.

A mon oncle.

AGATHE.

A mon père ?

OCTAVE.

Et je plaide ta cause en termes chaleureux.

AGATHE, s'esseyant en face de lui.

Ma cause ?

OCTAVE.

Je lui dis qu'on t'aime.

AGATHE.

Vous écrivez cela ?

OCTAVE.

Pour le bien disposer ;
Et M. de Galars, lundi, viendra lui-même
Solliciter ta main, qu'on ne peut refuser.

Prenant une autre feuille de papier.

Cette lettre est pour lui.

AGATHE, interdite.

Mais je...

OCTAVE, écrivant.

« Samedi douze... »
Tu te promèneras gaîment sur la pelouse,
Pour voir fleurir les boutons d'or.
Tu t'appuieras, charmée, au bras de ton Hector ;
C'est très permis, puisqu'il t'épouse.

AGATHE, arrachant la lettre.

Mais je ne veux pas l'épouser.

OCTAVE, *la regardant avec surprise.*

Tu ne veux pas?

AGATHE, *avec énergie.*

Non, non.

OCTAVE, *avec ironie.*

Faut-il te l'imposer?

AGATHE.

Mon cousin, je veux rester fille.

OCTAVE, *se levant.*

Et ton honneur! l'honneur de ta famille!

AGATHE, *se levant aussi.*

N'insistez pas.

OCTAVE.

Voici de l'imprévu.
Après ta promenade intime,
Quand ce monsieur m'a fait commettre un crime,
Quand il te plait!

AGATHE.

Je ne l'ai jamais vu.

OCTAVE, *stupéfait.*

Comment?

AGATHE.

Je ne veux plus que l'erreur se prolonge.
Jamais! jamais! jamais! jamais!

OCTAVE.

Tu me disais que tu l'aimais.

AGATHE.

Je vous mentais.

OCTAVE.

Et la lettre?

AGATHE.

Un mensonge.

Vivement.

Ne cherchez pas, vous n'y comprendrez rien.

OCTAVE.

Mais...

AGATHE.

Mais croyez votre cousine.
Ce coffret n'était pas le mien,
C'était celui d'une voisine.
Peu vous importerait son nom.

OCTAVE.

Hein!... ce billet n'était pas pour toi?

AGATHE.

Non.

OCTAVE.

Alors, je te faisais une scène insensée.
Dans les sentiers fleuris une autre avait couru;

Pressant sa main.

Et, cette main, on ne l'a pas pressée?

AGATHE.

Jamais.

OCTAVE.

Ce lieutenant ne t'a pas embrassée?

AGATHE.

Oh! mon cousin, vous l'aviez cru?

OCTAVE, avec feu.

Non, non, je crois que non. — C'était une folie.
Toi! toi! si pure et si jolie!

AGATHE, d'un ton de reproche.

Comment avez-vous supposé,
Comment avez-vous cru possible
Qu'un homme, qu'un homme ait osé?...

Octave, transporté, l'embrasse.

Mais c'est horrible! c'est horrible!

OCTAVE, l'embrassant encore.

Horrible!

Avec des transports de joie.

On n'a jamais effleuré tes cheveux?

Il les embrasse.

Qu'ils sont doux! Ton regard est la chasteté même.

AGATHE, interdite.

Mais...

OCTAVE.

Et personne encor n'a surpris tes aveux?

Il l'embrasse.

AGATHE.

Mais, mon cousin...

OCTAVE.

Jamais tu n'as dit : Je vous aime.

AGATHE, se récriant et baissant les yeux.

Oh!

OCTAVE.

Laisse-moi tomber à tes genoux.

Il va se jeter à ses genoux, quand on entend la voix de Florentin.

SCÈNE XIV

AGATHE, FLORENTIN, OCTAVE.

FLORENTIN, du dehors.

Monsieur!

OCTAVE, comme sortant d'un rêve.

Déjà?

AGATHE.

Si tôt!

FLORENTIN, entrant.

Monsieur, préparez-vous.

AGATHE, vivement.

Octave est innocent!

FLORENTIN, allant chercher le chapeau et les gants.

Oh Dieu! qui le conteste?

A Octave.

Venez vite et gardez votre habit solennel.

OCTAVE, cherchant à comprendre.

Pourquoi?

FLORENTIN.

Pour monter à l'autel.

OCTAVE.

Es-tu fou?

FLORENTIN, avec joie.

Non, monsieur. — Le million vous reste.

OCTAVE.

Hein!

FLORENTIN.

Vous vous mariez, monsieur, dans un instant.

OCTAVE.

Qui? moi?... quand ce vieillard...

FLORENTIN.

Le père? Il vous attend.

OCTAVE, stupéfait.

Il est debout?

FLORENTIN.

Fort comme un marbre antique,
Le pied dispos et le teint coloré.

OCTAVE.

Et mon acide prussique?

FLORENTIN.

C'est lui qui l'avait préparé.

OCTAVE.

Ah!

AGATHE.

Ah!

FLORENTIN.

C'est un hymen qu'il faut vite conclure.

OCTAVE.

J'épouserais Camille! à présent!

FLORENTIN, le regardant étonné.

A présent!...
Vous ne pouvez plus rompre; elle monte en voiture,
Et puis vous n'avez pas un motif suffisant.

OCTAVE, regardant Agathe.

Si tu le connaissais!

FLORENTIN, prenant un air fin.

Oh! je me le figure;
Monsieur sait que la lettre était pour sa future.

OCTAVE.

Hein?

AGATHE.

Maladroit!

FLORENTIN, stupéfait, à Agathe.

Vous ne l'aviez pas dit?

OCTAVE, après une pause.

Je ne suis pas jaloux, mais je suis interdit.
Ce militaire a du courage.

Donnant le billet à Florentin.

Reporte-lui, de ma part, son message;
Je renonce à mes droits.

Prenant Agathe.

Ma femme, la voilà.

AGATHE, transportée de joie et confuse.

Moi? je n'ai pas de dot. — Quand on saura cela!

OCTAVE, la présentant, à son bras.

Je répondrai : La trouvez-vous gentille?
Ce n'est pas un parti, c'est une jeune fille.

FIN DE LA CRAVATE BLANCHE.

TÊTE DE LINOTTE

COMÉDIE EN TROIS ACTES

Représentée pour la première fois à Paris,
sur le théâtre du VAUDEVILLE, le 11 septembre 1882.

PERSONNAGES

CHAMPANET.	MM. PARADE.
GRIMOINE	BOISSELOT.
JULES CARPIQUEL.	CORBIN.
DON STÉFANO RUY GOMAR.	FRANCÈS.
JOSEPH.	MOISSON.
CÉLESTE, femme de Champanet.	Mmes MARIA LEGAULT.
ELMIRE, femme de Grimoine	GERFAUT.
CÉCILE, nièce de Champanet	DEPOIX.
OLYMPIA, modiste	DE CLÉRY.
JUSTINE	SCELLIER.
LE TROTTIN de la modiste	LINCELLE.

Pour la mise en scène exacte et détaillée, s'adresser au régisseur général du Vaudeville.

TÊTE DE LINOTTE

ACTE PREMIER

A NEUILLY, CHEZ CHAMPANET.

Salle à manger rustique. — Au fond, porte donnant sur un jardin dont la grille ouvre sur la route. — Fenêtres munies de volets fermés, à droite et à gauche de la porte.— Pan coupé à droite, porte allant au salon ; — pan coupé à gauche, porte allant aux chambres. — Premier plan, dressoirs à droite et à gauche ; dans les angles du fond, petites servantes.— Au milieu, grande table, entourée de quatre chaises; suspension au plafond. — Sur la table, bouteilles vides, débris d'écrevisses, assiettes et verres pêle-mêle. — Sur les dressoirs et les servantes, ustensiles en désordre.

SCÈNE PREMIÈRE

CÉCILE, CÉLESTE, JULES, CHAMPANET.

La scène est vide. Tout est fermé. Obscurité complète. On sonne au dehors doucement d'abord, puis plus fort, et enfin à tour de bras.

CHAMPANET, au dehors.

Joseph !

CÉCILE, de même.

Justine !

CÉLESTE, qu'on ne voit pas non plus.

Personne ne répond.

CHAMPANET.

Cherchez, madame Champanet... vous avez peut-être la clef dans votre poche.

CÉLESTE.

Bon... Mon ami... je l'ai oubliée à Dieppe.

CHAMPANET.

Tête de Linotte ! — Va resonner, Cécile. — Carpiquel, passez-moi une bêche.

CÉLESTE.

Qu'est-ce que vous voulez donc faire d'une bêche, mon ami ?

CHAMPANET.

Un levier, ma chère Céleste... Je m'inspire d'Archimède... (Il attaque le volet.) Carpiquel, pesez sur le manche. Ça va céder... ça cède !...

Craquement de bois, le volet est ouvert.

CÉLESTE.

Et maintenant...

CHAMPANET.

Si vous n'aviez pas oublié la clef... Il n'y a pas à hésiter. V'lan ! (Bruit de vitres brisées.) Ça y est !

CÉLESTE, passant sa tête dans le carreau brisé.

C'est amusant de rentrer comme ça chez soi.

CHAMPANET.

Madame Champanet, vous allez vous couper la figure.

CÉLESTE.

Tiens, oui. Je suis prise.

CHAMPANET.

Tête de linotte ! tête de linotte !

Madame Champanet se retire.

JULES.

Laissez-moi faire. (Il entre le premier par la fenêtre.) La main aux dames !

Il tend la main à Céleste qui enjambe. — A mi-chemin, elle hésite.

CÉLESTE.

Ah ! mais je vais tomber, moi. Monsieur Carpiquel, soutenez-moi par la taille.

CHAMPANET.

Mais non, mais non.

CÉLESTE.

Là, c'est fait, merci.

CÉCILE, *refusant la main de Jules.*

Oh ! moi, je sauterai toute seule.

Elle saute.

CÉLESTE.

Tiens ! j'ai la clef dans ma poche.

JULES.

Attendez, monsieur Champanet, je vais vous ouvrir la porte. (*Il ouvre, Champanet entre. Tout le monde cherche des allumettes.*) Il fait nuit noire... pas le moindre rayon de lune !

CHAMPANET.

De la lune ! avec un conseil municipal comme le nôtre !... Où sont les allumettes à présent ? Bris de clôture, escalade ! Voilà où nous en sommes réduits pour réintégrer le domicile conjugal. C'était hier la fête de Neuilly, nos gens auront couché sur les chevaux de bois... (*Rencontrant une écrevisse avec ses doigts.*) Ah !

CÉLESTE.

Vous avez rencontré une allumette ?

CHAMPANET.

Non, je tiens une écrevisse et un pâté et des bouteilles !... Mon marsala ! je reconnais l'encolure... Les misérables ont banqueté ici... Oh ! de la lumière ! de la lumière ! — Je vais dans le salon.

CÉCILE.

Et moi dans le fumoir.

CÉLESTE.

Cherchons donc des allumettes.

Champanet entre à droite, Cécile à gauche.

JULES, à Céleste, vivement et à demi-voix.

Vous me dites de vous soutenir par la taille, devant votre mari.

CÉLESTE.

J'oubliais qu'il était là.

JULES.

Mais c'est avec ces oublis-là que vous nous perdrez.

CÉLESTE.

Je vous disais de me soutenir par la taille, je ne vous disais pas de me la serrer.

JULES.

Oh! la serrer! quand il n'est pas là...

CÉLESTE.

Vous recommencez?

Céleste, dont les mains se promenaient sur la table, y trouve une boîte d'allumettes qu'elle prend et garde machinalement.

JULES.

Quand il fait nuit noire comme en ce moment.

CÉLESTE.

Vous m'avez juré que votre amour resterait toujours platonique.

JULES, lui embrassant les mains.

Mais c'est platonique, je vous jure encore que c'est platonique.

CÉLESTE.

J'ai besoin de le croire.

JULES.

Je ne demande qu'à vivre ainsi. (L'embrassant.) Mais il faut pour cela que je reste l'ami de Champanet.

CÉLESTE.

Vous êtes déjà son secrétaire.

JULES.

Je le serai toujours.

CÉLESTE.

Mais s'il vous surprenait ainsi...

JULES.

Tout serait fini.

CÉLESTE.

Moi, j'en mourrais de honte.

JULES.

Voilà pourquoi il faut de la prudence.

CÉLESTE.

Pour le repos de mon mari d'abord.

JULES.

Ce n'est pas moi qui en manquerai (Lui embrassant encore les mains.) Non, non, non!

CHAMPANET, rentrant.

Pas une allumette, pas une!

CÉLESTE, étourdiment.

Nous en avons ici.

Elle frotte une allumette qui s'enflamme et éclaire Jules, qui lui tenait encore la main.

CHAMPANET, qui vient allumer sa bougie.

Ah! merci, merci, voici une bougie.

CÉCILE, rentrant avec une bougie allumée et une boite à cigares renversée.

Mon oncle, ils ont vidé vos boîtes de cigares.

Les deux femmes mettent les bougies sur le dressoir de gauche, et, devant une glace, ôtent leurs chapeaux et rajustent leurs cheveux.

CHAMPANET.

Ah! les coquins! (Regardant du côté du salon.) Et le lustre a été allumé... Je leur retiendrai l'année... Et mon marsala! mon marsala! les canailles! douze ans de bouteille! Vous n'êtes pas indigné, vous, Carpiquel?

JULES.

Si, oh! si, je suis indigné.

CHAMPANET.

Vous dites ça avec un air radieux.

JULES.

Moi! non, pas du tout.

CHAMPANET.

Maintenant vous me regardez avec un air de compassion... exagérée.

JULES.

Vous êtes si bon!

CÉLESTE.

Ah! oui, il est bon!

CHAMPANET.

Je suis bon... je m'en flatte, Carpiquel, vous auriez même dû vous en apercevoir plus tôt. Voici deux ans que vous êtes mon secrétaire.

CÉLESTE, étourdiment.

C'est qu'avant il n'avait pas de remords.

JULES, effrayé.

Hein!

CHAMPANET.

Des remords?

CÉLESTE.

Des remords de n'avoir pas assez travaillé pour vous comme secrétaire.

CHAMPANET.

Je reconnais qu'il n'a rien fait, moi non plus d'ailleurs. Moi, je le comprends... Je suis payé par le gouvernement comme professeur de pisciculture d'eau douce, mais je n'ai pas d'élèves, je n'ai que des carpes entretenues par l'État.

CÉCILE, à demi-voix.

Mon oncle, j'entends le sable craquer.

CHAMPANET, de même.

Ne bougez pas.

SCÈNE II

LES MÊMES, JUSTINE, JOSEPH.

JOSEPH, au dehors.

Ah ! mon Dieu ! de la lumière !

JUSTINE, de même.

Le volet brisé !

JOSEPH.

On s'est introduit dans la maison !

JUSTINE.

Ah ! j'ai peur.

CHAMPANET.

Ce sont nos gens.

JUSTINE, criant.

Au voleur !

JOSEPH.

Au voleur !

La porte s'ouvre, laissant voir d'abord la bêche et le râteau dont les domestiques se sont armés. Enfin ils entrent et s'arrêtent court en voyant leurs maîtres.

JOSEPH, souriant.

Tiens ! monsieur !

JUSTINE, de même.

Et madame !

JOSEPH.

Et mademoiselle !

JUSTINE.

Et M. le secrétaire !

CHAMPANET, qui a saisi Joseph par le bras.

D'où venez-vous ?

JUSTINE.

Mais, monsieur...

CHAMPANET.

Répondez !

JOSEPH.

C'était l'anniversaire de M. Jean, le domestique de M. Grimoine.

JUSTINE.

Et nous l'avons invité à dîner sans façon.

CHAMPANET.

Sans façon ! avec mon marsala ?

JOSEPH.

Est-ce que M. et madame Grimoine sont revenus avec monsieur et madame ?

CHAMPANET.

Oui, ils sont revenus.

JUSTINE.

Eh bien ! ils ne pourront pas rentrer chez eux. M. Jean et mademoiselle Rose sont allés voir leur oncle à Saint-Mandé.

JOSEPH.

Les maîtres devraient prévenir leurs gens quand ils rentrent.

CHAMPANET.

Mais, Dieu me pardonne ! C'est mon habit... Il a mon habit !... et mon gilet !... mon pantalon aussi !... rends-moi mon pantalon.

JOSEPH.

Si monsieur l'exige !

CHAMPANET, l'arrêtant.

Va-t'en !... Allez-vous-en tous les deux !... Je vous flanque à la porte !

JUSTINE.

Oh ! c'est bon ! on s'en va... Si vous croyez que je tiens à votre baraque...

JOSEPH.

Mais là, vrai ! c'est bien du bruit pour de pareilles panades !

CHAMPANET.

Panades !

JOSEPH.

Croyez-moi, monsieur, changez votre tailleur.

CHAMPANET, hors de lui.

C'est le comble !... (Saisissant une chaise.) Je ne sais ce qui me retient !... (Joseph et Justine remontent à gauche.) Où allez-vous donc ?

JOSEPH.

Faire nos malles, monsieur.

CHAMPANET.

Un moment. Effacez au moins les traces de vos saturnales.

JOSEPH.

Saturnales ?

CHAMPANET, criant.

Enlevez vos victuailles.

JOSEPH.

Nos victuailles ?

CHAMPANET.

Faites donc du style pour ces animaux-là !

JOSEPH, prenant avec Justine deux coins de la nappe, pour emporter tout le souper.

Monsieur, respectez le vice-président du cercle des gens de maison de Bois-Colombes.

CHAMPANET.

Va reprendre ta livrée... tu m'appartiendrais encore huit jours si je voulais, vice-président !... mais je ne veux pas.

JOSEPH.

Si monsieur m'insulte !...

Il sort à gauche avec Justine.

SCÈNE III

JULES, CÉLESTE, CHAMPANET, CÉCILE, *au fond.*

CHAMPANET.

Voilà le fruit des révolutions ! Ote ton habit que je le mette. On appelle ça les droits de l'homme. Céleste !

CÉLESTE.

Mon ami !

CHAMPANET.

Tu as mis ma calotte dans ton sac de voyage ?

CÉLESTE.

Mon sac !

CHAMPANET.

Oui.

CÉLESTE.

Qu'en ai-je fait ?

CHAMPANET.

Tu ne l'as pas ?

CÉLESTE.

J'ai dû l'oublier dans le wagon.

CHAMPANET.

Encore !

CÉLESTE.

Nous le ferons réclamer.

CHAMPANET.

Réclamer! réclamer! je passe ma vie à réclamer les objets que tu perds. Que contenait-il, ce sac?

CÉLESTE.

Mon Dieu! Je ne sais pas au juste. Des sels anglais... des gants... un paquet d'orties noires pour la tisane que le docteur t'a ordonnée... Ta calotte... Ah! mon Dieu!

CHAMPANET.

Quoi?

CÉLESTE, bas, à Jules.

Il y a vos lettres.

JULES.

Hein?

CHAMPANET.

Qu'est-ce donc?

CÉLESTE, embarrassée.

Je me rappelle tout à coup que j'y ai mis le médaillon que vous m'avez donné avant de partir.

CHAMPANET.

Mais il m'a coûté très cher, ce médaillon. Tu avais ton sac dans le chemin de fer. Je l'ai vu. Je vais à la gare.

CÉLESTE.

Non, j'ai dû le perdre dans le jardin pendant que nous cherchions à entrer par la fenêtre.

CHAMPANET.

Tête de linotte!

Il va chercher à terre dans le jardin, avec Cécile.

JULES, à voix basse.

Mes lettres!

CÉLESTE.

Toutes!... toutes!...

JULES.

Vous me disiez que vous les brûliez.

CÉLESTE.

Non, je les avais mises dans mon sac pour les relire en wagon.

JULES.

Et vous l'avez égaré ?

CÉLESTE.

J'en ai peur !

CHAMPANET, revenant avec Cécile.

Je ne le vois pas. Eh bien ! eh bien ! Carpiquel, qu'avez-vous donc ? vous êtes blême.

JULES.

Non, non... c'est le froid... ces matinées d'automne !

Il tombe sur la chaise à droite de la table.

CHAMPANET.

Il se trouve mal ! Cécile, donne la burette.

CÉCILE, allant prendre l'huilier sur le dressoir à droite.

Oui, mon oncle.

CHAMPANET.

Céleste, défais-lui sa cravate ! (Céleste hésite.) Ah ! oui, la pudeur ? ne t'arrête pas à cette considération... un homme en danger n'a plus de sexe. (A Cécile qui a apporté la burette.) Frotte-lui les tempes, mon enfant !

CÉCILE.

Bien fort, n'est-ce pas ?

CHAMPANET.

C'est une sensitive, ce garçon-là. Frotte aussi les tempes, Céleste.

JULES, ému.

Ah ! vous êtes bon ! vous êtes bon !

CHAMPANET.

Il pleure, il est hors de danger, j'en réponds maintenant... Il y a des exemples. Ainsi, moi, j'ai eu un ami... Il se nommait Bourganeuf. Un jour, à table, il tombe subitement frappé. Il était mort, tout à fait mort !... Tout à coup un sanglot s'échappe de sa poitrine... un quart d'heure après il se portait comme vous et moi... les larmes l'avaient sauvé !

JULES.

Monsieur Champanet, mon cher maître, je vous dois la vie.

Il se lève. — Cécile reporte l'huilier sur le dressoir.

CHAMPANET.

Non, non, Carpiquel, ce sont les larmes qui vous ont sauvé. Revenons au sac de voyage. (Il regarde sa femme et part d'un grand éclat de rire.) Triple tête de linotte !... Tu l'as à ton cou, mon médaillon.

CÉLESTE.

Vous croyez ?

CHAMPANET.

Voyez, Carpiquel, voyez !

CÉLESTE.

Oui, tiens... je me trompais.

CHAMPANET.

C'est-à-dire que tu ne savais pas du tout ce qu'il y avait dans ton sac. Tu ne pourrais pas dire ce qu'il contenait... J'irai le réclamer moi-même à la gare.

JULES, bas, à Céleste.

J'irai avant lui.

CHAMPANET.

Ça vous reprend ?

JULES.

Non, non. Je vais faire un tour par la ville... Je me ferai raser, ça me remettra tout à fait.

CHAMPANET.

Vous reviendrez déjeuner ?

JULES.

Oui... oui... (A Champanet avec effusion.) A bientôt! à bientôt!... (Le serrant dans ses bras.) Vous êtes bon!...

Il remonte vers le fond.

CHAMPANET, à Céleste, en appuyant.

Carpiquel a quelque chose.

CÉLESTE, à part.

Il va tout deviner!

SCÈNE IV

CÉCILE, GRIMOINE, CHAMPANET, CÉLESTE.

GRIMOINE, dans le jardin, à Jules, qui a failli le renverser.

Vous semblez pressé?

JULES.

Oui, monsieur Grimoine, oui, je vais me faire raser.

GRIMOINE.

Vous n'avez pas un trousseau de clefs sur vous?

JULES.

Je n'ai que ma clef de montre.

Il se sauve.

GRIMOINE, entrant en scène.

Ce serait insuffisant. C'est pour la grille... Nous sommes à la porte. Ce diable de Jean n'est pas rentré.

Les deux dames disparaissent, Céleste à droite, Cécile à gauche, et reparaissent avec les clefs.

CHAMPANET.

Parbleu! C'était sa fête. Justine et Joseph l'ont invité à dîner ici, et il est à Saint-Mandé. Nous avons été obligés d'entrer par la fenêtre en cassant tout.

GRIMOINE.

Tu es locataire, toi... la maison n'est pas à toi... moi je suis chez moi. Je ne veux pas faire de dégâts... Nous avons sonné, le chien aboie, excellent chien! mais il n'ouvre pas; madame Grimoine est entrée à la vacherie... Tu n'as pas une clef?

CHAMPANET.

Si, voilà d'abord la clef du salon.

CÉCILE, lui en donnant une autre.

Et celle du boudoir.

CHAMPANET.

Maintenant, tu sais? tu as toujours la ressource de venir ici. J'ai justement apporté des provisions de Dieppe... et entre autres une cloyère d'huîtres qui arrivaient de Paris.

GRIMOINE.

Il n'y a encore que celles-là... (Remontant.) Je vais essayer les clefs... elles sont un peu petites... mais peut-être qu'en les mettant au bout l'une de l'autre... (En sortant par le fond.) A tout à l'heure, mesdames, à tout à l'heure!

SCÈNE V

CÉLESTE, CÉCILE, CHAMPANET.

CÉCILE.

Je monte dans ma chambre.

CÉLESTE.

Moi aussi... J'ai besoin de calme... Jules retrouvera-t-il mon sac?

CHAMPANET, bas.

Laisse partir l'enfant.

CÉLESTE.

Pourquoi?

CHAMPANET, bas.

Laisse partir l'enfant!... j'ai à te parler... (Reconduisant Cécile.) Va, ma chère Cécile, va ajouter quelque chose à tes attraits naturels.

CÉCILE.

Ah! tu es gentil!

Elle l'embrasse.

CHAMPANET, redescendant.

A cet âge-là, ça flatte!... Eh! mon Dieu, nous avons été jeunes.

SCÈNE VI

CÉLESTE, CHAMPANET.

CÉLESTE, un peu inquiète.

Je vous écoute, mon ami... Qu'avez-vous à me dire?

Elle s'assied à gauche de la table.

CHAMPANET, gravement.

Céleste, j'irai droit au but!... Ce qui se passe depuis quelque temps dans notre milieu n'est pas naturel.

CÉLESTE, plus troublée.

Que voulez-vous dire?

CHAMPANET.

Je ne suis pas une bête... Il est bon que je le dise pour qu'on le sache... Avec mon air bonasse, j'y vois clair...

j'étudie les hommes et les choses... et, de déductions en déductions, j'en arrive toujours à la découverte de la vérité.

CÉLESTE, à part.

Il sait tout.

CHAMPANET.

Céleste!

CÉLESTE.

Mon ami!

CHAMPANET.

On ne va pas se faire raser à cette heure-ci.

CÉLESTE, étonnée.

Hein?

CHAMPANET.

Ce n'est pas pour rien qu'un homme bien constitué a des défaillances comme celle dont nous avons eu le tableau tout à l'heure. Ce n'est pas pour rien qu'on se jette dans les bras de quelqu'un en s'écriant : Vous êtes bon, vous!... Je le répète, ce n'est pas naturel.

CÉLESTE.

Non, ce n'est pas naturel.

CHAMPANET.

Eh bien!... Jules m'inquiète.

CÉLESTE, baissant la tête.

Mon ami...

CHAMPANET.

Il m'inquiète!... Je ne reconnais plus le Jules qui m'avait été recommandé par les Malembois... non plus que celui des premières semaines de notre mariage. Celui-là était le boute-en-train de nos excursions, de nos soirées improvisées... Il ne nous quittait pas! C'était ce qu'on appelle un gai compagnon, toujours prêt aux joyeusetés. Et puis... tout d'un coup, un beau jour, il est devenu triste, en dessous!... il a commencé à m'éviter, me parlant à peine et encore d'une voix émue, entrecoupée de larmes... Et sais-tu de quand date ce changement-là?

CÉLESTE.

Non!

CHAMPANET.

Du jour de notre excursion sur les dunes d'Étretat, avec les Grimoine. — Tu te rappelles ce fameux orage sec!... pas une goutte d'eau... mais quels éclairs!... La mer était en feu... Jules et toi, vous avez pris peur, et vous vous étiez réfugiés au fond d'une grotte creusée dans un rocher, sorte de mont Sinaï sur lequel j'étais monté, moi, grave et impassible, pour contempler les désordres de la nature.

CÉLESTE, tremblante.

Et vous concluez de cela?

CHAMPANET, avec force.

J'en conclus que Jules est amoureux de Cécile.

CÉLESTE, rassurée.

Ah! vous croyez?

CHAMPANET.

Et amoureux fou!... Oh! j'ai étudié les hommes!... Suis-moi bien. (Céleste se lève.) Ce garçon-là est jeune, il est fort, sanguin!... regarde ses pommettes... Et cependant, il n'a pas de maîtresse!... Eh bien, ce n'est pas à vingt-cinq ans que... Ah! Dieu... quand j'avais vingt-cinq ans, moi!...

CÉLESTE.

Monsieur?

CHAMPANET, se reprenant.

Si je t'avais rencontrée!... voilà ce que je voulais dire. Enfin, il est clair que les passions grondent dans son sein, et qu'il les laisse gronder... c'est un tort!... parce que, après avoir bien grondé, elles mordent, et Jules est mordu. — Je voulais te demander, Bichette, si tu ne t'en étais pas aperçue.

CÉLESTE.

Oh! moi, je ne m'aperçois pas de ces choses-là.

CHAMPANET.

Je le sais et je te demande pardon de ma question indiscrète. C'est que je ne serais pas fâché de marier ma nièce.

CÉLESTE.

Rien ne presse.

CHAMPANET.

Quand nous allons quelque part, tous les quatre, je suis obligé de prendre ma nièce avec moi, — c'est une jeune fille, — et de te laisser avec Carpiquel... ça te contrarie.

CÉLESTE.

Oh! non.

CHAMPANET.

Si, si... Rien ne m'échappe... Vois les Grimoine... Ils ne sont que deux... toujours ensemble. — Je pense à tout, Bichette.

SCÈNE VII

ELMIRE, GRIMOINE, CHAMPANET, CÉLESTE.

Elmire tient une corbeille de fruits, Grimoine des artichauts frais cueillis. Ils viennent du fond.

ELMIRE.

Voilà des prunes, des pêches.

GRIMOINE.

Et des artichauts.

CHAMPANET.

Vous avez donc pu entrer?

GRIMOINE.

Non. Tes clefs ne vont pas... Je ne sais si c'est leur faute ou celle de la serrure... nous n'avons pas même pu entrer dans notre jardin, mais la porte du jardin à côté était ouverte et nous avons pu faire une petite récolte.

CÉLESTE.

Mais que dira votre voisin s'il apprend?...

GRIMOINE.

Oh! ça m'est égal, nous sommes mal ensemble.

CHAMPANET.

Eh bien! voilà qui est dit, vous restez avec nous jusqu'à ce que Jean soit revenu. (A Grimoine.) Allons, viens avec moi chercher les provisions... Nous nous servirons nous-mêmes aujourd'hui. A la guerre comme à la guerre!

GRIMOINE.

Ça me rappellera le temps où nous aurions pu être soldats.

Ils sortent par le fond.

SCÈNE VIII

CÉLESTE, ELMIRE.

CÉLESTE.

Il ne revient pas!

ELMIRE.

Qui?

CÉLESTE.

M. Carpiquel.

ELMIRE.

Vous l'attendez?

CÉLESTE.

Si je l'attends!... Il doit me rapporter mon sac de voyage.

ELMIRE.

Vous l'avez perdu?

CÉLESTE.

En chemin de fer.

ELMIRE.

Et vous y tenez beaucoup?

CÉLESTE.

Si vous saviez ce qu'il contient!

ELMIRE.

Vos diamants?

CÉLESTE.

Mes diamants... ce ne serait rien.

ELMIRE.

Quoi donc?

CÉLESTE, étourdiment.

Les lettres de Jules.

ELMIRE, étonnée.

Des lettres?... compromettantes?

CÉLESTE.

Incendiaires... et commençant toutes par ces mots: « Ma chère Céleste... mon petit oiseau bleu. »

ELMIRE.

Je comprends votre émotion.

CÉLESTE.

Jules les cherche... les trouvera-t-il?... il n'est pas adroit... Ah! c'est dans ces moments-là qu'on voudrait n'aimer que son mari!

Elle s'assied à gauche de la table.

ELMIRE.

Et vous aimez M. Carpiquel?

CÉLESTE.

Ah! je n'en sais plus rien... pas aujourd'hui... Voilà que je vous livre mon secret!

ELMIRE.

Croyez, ma chère Céleste, que je n'en abuserai pas.

CÉLESTE.

Mais je ne suis pas coupable, c'est la fatalité...

Elle se lève.

ELMIRE.

La fatalité?

CÉLESTE.

Quand mes parents m'ont imposé M. Champanet, je n'avais aucune idée pratique du mariage. Pendant qu'il me faisait la cour, il était toujours accompagné de son secrétaire. M. Champanet était laid... mais le secrétaire était charmant. Je m'habituais à ne regarder que lui pour épouser plus facilement M. Champanet, sans aucune arrière-pensée... Voilà comment je me suis mariée... Un peu par distraction.

ELMIRE.

Eh! eh!

CÉLESTE.

Tout a très bien marché... au commencement. Jules était respectueux... puis il est devenu tendre... ça ne m'étonnait pas... il est devenu passionné... ça ne m'étonnait pas encore... et puis... alors je lui ai fait jurer de rester platonique, il est platonique. Moi aussi, je suis platonique... Cependant, je suis depuis deux heures sur des charbons ardents... Ah! que vous êtes heureuse, vous, de n'avoir rien à redouter!

ELMIRE.

Oh! moi, j'ai pour principe que, lorsqu'on a un mari fidèle comme le mien, il faut le mettre sous verre, l'étiqueter... il est sacré ; mais si M. Grimoine s'avisait de faire le gandin ou le joli cœur auprès des dames, son compte serait bien vite réglé.

CÉLESTE.

M. Champanet aussi m'est fidèle, le pauvre homme est si confiant... Il croit que M. Carpiquel est amoureux de sa nièce... Je ne le tromperai jamais !

ELMIRE, *gaiement.*

Vous êtes si distraite !

CÉLESTE, *naïvement.*

Voilà ce qui me fait peur... Oh ! ma chère Elmire, on n'est pas assez indulgent pour les femmes.

ELMIRE.

D'autant plus que les trois quarts du temps ce n'est pas leur faute. — Elles sont en butte à tant d'obsessions !

CÉLESTE.

N'est-ce pas ?

ELMIRE.

Ainsi, moi... hier... au moment de partir... une bonne de l'hôtel m'a demandé si j'étais bien madame Grimoine, et elle m'a remis discrètement une lettre que je n'ai pas eu le temps de refuser.

CÉLESTE.

Un billet doux ?

ELMIRE.

Je suis restée interdite... c'est un étranger qui me fait une déclaration brûlante... Il me trouve admirable... et faite... comment le sait-il ? — Il me rappelle les doux moments qu'il a passés près de moi... Je ne l'ai jamais vu, et il me reproche de lui avoir échappé sur la plage.

CÉLESTE.

C'est un Portugais ?

ELMIRE.

Oui... don Stefano Ruy Gomar.

CÉLESTE.

Ah ! mon Dieu ! je sais ce que c'est.

ELMIRE.

Vous le connaissez ?

CÉLESTE.

Il était à Étretat... le jour où nous y sommes allés en excursion.

ELMIRE.

Jeudi dernier ?

CÉLESTE.

Oui... Je m'étais disputée avec mon mari... et je ne savais comment revenir la première. Nous allons au bain, côte à côte, sans nous parler... je plonge à droite, il plonge à gauche... Le flot me le ramène... Je l'entends nager lourdement près de moi : il nage lourdement. Je fais la planche, et je lui dis : « Soutenez-moi, je coule au fond... » c'était une bonne entrée en matière... Il me soutient sans se faire prier... Il me paraît même que ça lui est agréable... Je me dis : la paix est faite... je me retourne en souriant... ce n'était pas lui.

ELMIRE.

Ah bah !

CÉLESTE.

C'était un Portugais.

ELMIRE.

Don Stefano ?

CÉLESTE.

Lui-même... Je nage vers la plage... je m'élance vers ma cabine... il me suit... menaçant d'aller loin... Il me vient une inspiration... un monsieur passe, je m'écrie : « Prenez garde, c'est mon mari ! »

ELMIRE.

Et ce n'était pas M. Champanet ?

CÉLESTE.

Non, c'était M. Grimoine.

ELMIRE.

Mon mari !

CÉLESTE.

Alors, don Stefano s'imagine naturellement que je suis madame Grimoine.

ELMIRE.

Et il m'écrit des billets tendres et il me dit que je suis bien faite !... mais si ce billet était tombé dans les mains de M. Grimoine !

CÉLESTE

Ce serait abominable.

ELMIRE.

Ça aurait pu arriver... je n'étais pas préparée, moi.

CÉLESTE.

Je reconnais que j'ai agi légèrement.

ELMIRE

Mais, ma chère amie, on n'est pas étourdie à ce point-là... on ne prend pas un Portugais pour son mari, parce qu'il nage lourdement... J'admets encore ça, à la rigueur ; mais on ne dit pas qu'on est la femme d'un autre, quand cet autre est marié. Il va encore m'écrire, votre Portugais, et il me dit qu'il fera tout pour me rencontrer.

CÉLESTE.

C'est moi qu'il cherche.

ELMIRE.

Mais c'est moi qu'il trouvera s'il demande madame Grimoine, et il réclame une réponse en me donnant son adresse.

Elle lui remet la lettre.

CÉLESTE.

C'est trop fort ! Eh bien ! je lui répondrai que je ne suis pas madame Grimoine... que je suis madame Champanet... et que j'ai un mari... un mari que je respecte, que je vénère, que j'adore... il ne faudra pas non plus exagérer... mais comptez sur moi, je vous montrerai ma lettre.

ELMIRE.

Oh ! oui, ce sera plus sûr.

CÉLESTE.

Pas un mot devant mon mari !

ELMIRE.

Je crois bien !

SCÈNE IX

CÉLESTE, ELMIRE, CHAMPANET, GRIMOINE.

Grimoine porte un panier de vins, Champanet une cloyère et une manne. Ils entrent par le fond.

CHAMPANET.

Voici la manne attendue... (*Avec amertume.*) Elle était tout naturellement sous les autres colis... ça ne rate jamais... On a besoin d'un objet entre mille, il est dessous. On n'en a pas besoin, il est dessus... C'est le destin qui fait ces farces.

GRIMOINE.

C'est ça qui m'a rendu voltairien.

CHAMPANET.

Bichette, nous devons avoir quelques conserves.

CÉLESTE.

Oui, mon ami, nous avons des cornichons.

GRIMOINE.

Vous aviez autrefois des ananas merveilleux. J'adore l'ananas, moi.

CÉLESTE.

Je vais chercher tout ce que nous avons.

ELMIRE, bas.

Profitez de cela pour écrire au Portugais.

CÉLESTE, sortant.

J'y pensais.

ELMIRE.

Elle l'oubliera. Je vais vous aider.

Elles sortent à gauche.

SCÈNE X

CHAMPANET, GRIMOINE.

Pendant toute la scène, Champanet et Grimoine s'occupent des préparatifs du déjeuner.

CHAMPANET, ouvrant la cloyère.

Ah! préparons le lunch. Grimoine, débouche les bouteilles, ça ne t'empêchera pas de causer. J'ai l'intention, depuis quelques jours, de m'adresser à tes lumières.

GRIMOINE.

Ne te gêne pas, cher ami. Je n'ai pas de tire-bouchon.

CHAMPANET.

Ah! sapredienne! qu'auront-ils fait du tire-bouchon?... Dis-moi, Grimoine, tu passais pour un médecin distingué, quand tu exercais.

GRIMOINE.

Je l'étais.

CHAMPANET.

L'es-tu encore ?

GRIMOINE.

Certainement.

CHAMPANET.

Alors, pourquoi as-tu renoncé à ta clientèle ?

GRIMOINE.

Parce que je n'aime pas à voir des malades entre mes repas... Ça m'empêche de manger, ou ça me trouble la digestion.

CHAMPANET.

Ce n'est pourtant pas les soins que tu leur donnais.

GRIMOINE.

J'avais pris le bon système; si tu as des parents médecins, tu peux le leur donner.

CHAMPANET.

Voilà le tire-bouchon.

GRIMOINE.

Note d'abord que tous mes clients étaient des gens du monde ; or, quand on fait une ordonnance qui blesse les gens du monde, on se fâche avec eux... moi, je leur demandais ce qu'ils aimaient, et je le leur prescrivais. Ils faisaient eux-mêmes leurs ordonnances, et, s'ils mouraient, je n'avais pas de remords. C'était leur faute.

CHAMPANET.

C'est très ingénieux. Je voudrais te demander une consultation.

GRIMOINE.

Pour toi ? qu'est-ce que tu aimes ?

CHAMPANET.

Non, pour mon secrétaire.

GRIMOINE.

Carpiquet?

CHAMPANET.

Que penses-tu de lui?

GRIMOINE.

Je le trouve très aimable.

CHAMPANET.

Je parle de sa santé... Est-ce un gaillard solide?

GRIMOINE.

Je ne l'ai pas examiné à ce point de vue.

CHAMPANET.

Eh bien! examine-le tout à l'heure, pendant le déjeuner; je le mettrai à côté de toi.

GRIMOINE.

Il t'intéresse donc bien?

CHAMPANET.

Je veux le marier avec ma nièce.

GRIMOINE.

Ah bah!

CHAMPANET.

Le plus tôt possible, parce que je lui crois des passions violentes. Je ne suis pas médecin, moi, quoique... pour les carpes... Mais je suis physiologiste, physiologiste et prudent! et puis ce mariage-là me posera comme homme généreux. On dira : Champanet donne sa nièce à un jeune homme qui n'a rien. Est-il généreux! Quelle belle nature! Je serais heureux d'entendre répéter ça.

GRIMOINE.

Question d'amour-propre! tu poses pour la galerie.

CHAMPANET.

Eh bien, oui! pour la galerie.

GRIMOINE.

Moi, pour que je sois heureux, il faut que je puisse me dire à moi-même : Ce satané Grimoine, est-il heureux !

CHAMPANET.

C'est-à-dire que tu sacrifies à la bête.

GRIMOINE.

Eh bien !... Oui... oui... à la bête ! moi je ne connais que ça. Mais, à première vue, je crois que tu peux donner ta nièce à Carpiquel. Tu peux te risquer.

CHAMPANET.

Très bien. Je vais en parler à Cécile... Voici un plat de crevettes, je te recommande ces crevettes.

GRIMOINE.

Nous verrons. . Ça me connaît. (Avec passion.) Elle les aime tant !

CHAMPANET.

Qui?

GRIMOINE.

Elle.

CHAMPANET.

Qu'est-ce que c'est que ça ?

GRIMOINE.

Une primeur... un fruit nouveau... une demoiselle de magasin... sage...

CHAMPANET.

Sage ?

GRIMOINE.

Elle l'était... elle l'est encore... pour les autres. Je l'ai cueillie cet hiver... dans un magasin... de modiste. J'ai fait sa conquête à travers la vitrine.

CHAMPANET.

Elle était modiste ?

GRIMOINE.

Elle l'est toujours; seulement, elle l'est au deuxième étage; elle m'a fait le sacrifice de la vitrine. Je lui ai acheté un modeste mobilier... Elle n'a pas encore d'ambition. Je l'ai casée dans un petit appartement au cinquième. Je lui ai écrit de Dieppe que j'arrivais aujourd'hui, pour qu'elle demande un congé à sa patronne... Elle m'attend... et moi je brûle de la revoir, aussitôt que les convenances me permettront de quitter ma femme.

CHAMPANET.

Ça n'a aucun prestige, ces amours-là.

GRIMOINE.

Je me moque du prestige, moi. Elle me croit garçon, elle m'adore, et elle ne coûte pas très cher... c'est un trésor !

CHAMPANET.

Et voilà comme tu te conduis, toi, Grimoine, homme grave ! Tu ne crains donc pas...

GRIMOINE.

Je ne crains qu'une chose... c'est que ma femme me pince... aussi je suis prudent.

CHAMPANET.

Mais ta conscience ! elle ne te dit donc rien, ta conscience ?

GRIMOINE.

Oh ! si, mais je ne l'écoute pas... et puis, vois-tu, j'ai encore un système là-dessus. J'ai remarqué que, entre époux, celui qui aimait n'était jamais aimé. Alors, pour être aimé, je n'aime pas. J'ai remarqué aussi qu'il y en avait toujours un qui trompait et un autre qui était trompé. Alors, pour ne pas être trompé, je trompe... tu vois comme c'est simple.

CHAMPANET.

C'est-à-dire que c'est abominable.

SCÈNE XI

GRIMOINE, CHAMPANET, CÉCILE.

Cécile entre par la droite avec la nappe et les serviettes qu'elle apporte sur le coin de la table. Champanet va à elle, lui prend les deux mains et s'assied. — Grimoine débarrasse la table de tout ce qui l'encombre.

CÉCILE.

Me voici prête. J'apporte la nappe et les serviettes.

CHAMPANET.

Tu es charmante ! Dis-moi, Cécile, est-ce qu'il te répugnerait de te marier ?

CÉCILE.

Je ne crois pas, mon oncle.

CHAMPANET.

Que te dit ton cœur, en ce moment ?

CÉCILE.

Il ne me dit rien, mon oncle.

CHAMPANET.

Si l'on te racontait tout à coup qu'un beau jeune homme est amoureux de toi ?

CÉCILE.

Amoureux de moi ?

CHAMPANET.

Que ton nom est toujours sur ses lèvres, que ton image est toujours devant ses yeux, est-ce que cela te ferait de la peine ?

CÉCILE.

Non, mon oncle, je ne crois pas, mais, si ce que tu me dis là était vrai, je le saurais.

CHAMPANET.

Non, naïve enfant, non, tu ne le saurais pas; ce sont les grands-parents, quand ils ont du flair, qui apprennent ces choses-là aux jeunes filles.

CÉCILE.

Alors, mon oncle, un beau jeune homme?

CHAMPANET.

Jules Carpiquel.

CÉCILE.

M. Carpiquel!

CHAMPANET.

Il t'adore.

CÉCILE.

Il ne me l'a jamais dit.

CHAMPANET, sévère.

Mais, Cécile, il n'avait pas le droit de vous le dire... c'eût été très inconvenant... c'est à votre oncle qu'il appartient... (Voyant entrer Jules par le fond.) Nous en reparlerons.

Il se lève.

CÉCILE.

Oh! oui, mon oncle, tant que tu voudras.

JULES, à part.

Pas de sac! rien!

CHAMPANET, à Cécile.

Occupe-toi à mettre le couvert, avec Grimoine, lentement. Ton sort va se décider, n'aie pas l'air de t'en apercevoir.

SCÈNE XII

LES MÊMES, JULES.

Cécile aide Grimoine à mettre la table et à disposer le couvert.

CHAMPANET, à Jules.

J'ai deux mots à vous dire, mon ami.

JULES, à part.

Ah ! c'est lui qui l'a trouvé.

CHAMPANET.

J'irai droit au but... J'y vois clair... avec mon air bonasse, j'étudie les hommes et de déductions en déductions... Vous l'aimez ?

JULES, tremblant.

Moi ?

CHAMPANET.

Et elle vous aime, ce n'est pas un crime.

JULES.

Bah !

CHAMPANET.

C'est moi le plus coupable. C'est moi qui ai été imprudent... Laisse-moi te tutoyer. Tu as vingt-cinq ans, les pommettes rouges, ça devait arriver !

JULES, atterré.

Vous savez ?

CHAMPANET.

Je sais tout... c'est moi le plus coupable, te dis-je.

JULES, le prenant dans ses bras.

Ah ! quelle âme !

CHAMPANET.

A ta place, j'en aurais fait autant... Mais tu comprends qu'il ne faut pas que le monde...

JULES, bas.

Ce secret mourra entre nous... Demain j'aurai quitté la France!

CHAMPANET.

Mais tu veux donc la tuer?

JULES.

Hein?

CHAMPANET.

Je sais ce qui sépare. Elle a cent cinquante mille francs de dot.

JULES.

Cent cinquante mille francs!

CHAMPANET.

Mettons deux cent mille. Elle a les deux cent mille.

JULES, ahuri.

Deux cent mille!

CHAMPANET.

Et je comprends bien qu'on l'aime! ce n'est pas parce qu'elle est ma nièce.

JULES.

Vous voulez me donner?...

CHAMPANET.

Tu es ahuri! (A Cécile, en passant.) Il est ahuri de bonheur. (A Jules.) Tu n'aurais jamais osé me la demander, toi, simple secrétaire! Je te tutoie pour rapprocher les distances. . Eh bien! je te l'accorde.

JULES.

Monsieur...

CHAMPANET.

Je te l'accorde. Et maintenant, descends à la cave et apporte-nous du champagne pour boire en l'honneur de ton mariage.

JULES.

Mais puisqu'il n'est pas encore annoncé.

CHAMPANET.

Nous boirons à la muette. (A Cécile, bas.) C'est fait.

JULES.

Comment tout ça finira-t-il, grand Dieu !

Il disparaît à droite, d'un air navré.

CHAMPANET.

Sa joie me fait du bien.

CÉCILE, étonnée.

Il s'en va ?

CHAMPANET.

Je l'envoie à la cave pour le calmer. (A Grimoine.) Sa joie me fait du bien.

GRIMOINE.

Je le comprends.

SCÈNE XIII

ELMIRE, CÉCILE, CHAMPANET, GRIMOINE, CÉLESTE, puis JUSTINE.

Elmire entre par la gauche avec un énorme bocal de cornichons.

ELMIRE.

Voilà les conserves.

GRIMOINE.

J'ai une faim canine, moi.

CÉCILE, à Elmire.

Oh! madame! si vous saviez ce qui m'arrive...

ELMIRE.

Quoi donc?

CÉCILE.

Je suis censée ne pas le savoir...

CHAMPANET, à Elmire, la débarrassant.

Combien je suis sensible, madame, aux caprices du hasard qui me fournissent l'occasion d'être à la fois votre amphitryon et votre serviteur! (A Grimoine.) C'est du Dorat.

GRIMOINE, bas, à Champanet.

Mon idole n'aime pas ça : l'amour sans phrase, voilà sa devise.

ELMIRE.

Madame Champanet vous prie de l'excuser; elle écrit à son notaire.

CHAMPANET, ravi.

Elle y a pensé! voilà un mois qu'elle aurait dû lui écrire... Il lui envoyait dépêches sur dépêches pour des règlements avec ses frères. Elle ne lui répondait pas, sous prétexte qu'elle était à la mer.

CÉLESTE, entrant gaiement par la gauche, avec une petite boîte en bois blanc.

Voilà les ananas!

CÉCILE.

Oh! ma bonne petite tante!

CÉLESTE.

Quoi?

CÉCILE.

Si je vous disais... mais je suis censée ne pas le savoir.

CHAMPANET.

Enfin, tu as écrit à ton notaire? C'est bien.

CÉLESTE, bas, à Elmire.

Voici ce que j'écris au Portugais : « A la mer je ne m'appartenais pas, mais ici je suis à vous » Ah ! non ; ça c'est le mot au notaire... Deux lignes pour un notaire, ça suffit bien.

ELMIRE.

Vous allez vous embrouiller.

CÉLESTE.

Non, non... n'ayez pas peur. (Lisant.) « Monsieur, l'erreur a trop duré... si je vous ai prié de me soutenir quand je faisais la planche, c'est que je vous prenais pour mon mari, que je vénère, que je respecte, que j'adore. » Je l'ai mis. « Céleste Champanet, de mon vrai nom. »

ELMIRE.

C'est très bien, maintenant, il sera fixé.

CHAMPANET.

Céleste... tout est prêt. Mettons-nous à table pour ce frugal repas.

CÉCILE.

Mais il faut attendre M. Carpiquel.

CHAMPANET.

Ah ! (A part.) Et elle dit qu'elle ne sait pas si elle l'aime.

GRIMOINE.

Cependant s'il ne devait revenir que le jour des Rois...

CHAMPANET.

Toujours la bête.

GRIMOINE, bas.

Dame !... c'est la bête qui a faim.

Grimoine, Cécile, Champanet, Elmire se mettent à table.

CÉCILE, voyant entrer Jules.

Le voilà.

JULES, revenant par la droite, avec une bouteille de champagne.

Voici.

CÉLESTE.

Comment?

GRIMOINE.

Vous n'en montez qu'une?

JULES.

Il m'a semblé...

GRIMOINE.

Ah! jeune homme, dans une circonstance pareille! Je vous aurais voulu plus d'élan.

CÉLESTE.

Vous venez de la cave?

JULES.

Oui.

CÉLESTE, bas, à Jules.

Et mon sac?

JULES.

Rien trouvé, sac filé sur Paris.

CÉLESTE.

Alors mes lettres courent le monde?

JULES.

Je n'ai plus de jambes.

CÉLESTE.

Ayez le courage au moins d'être calme, comme moi.

CHAMPANET, ouvrant une boite et en tirant un oiseau empaillé.

Qu'est-ce que c'est que ça?

CÉLESTE.

Oh! pardon, mon ami, pardon, je me suis trompée, c'est l'oiseau de ma toque. J'ai cru...

Elle sort à gauche, emportant la boite.

CHAMPANET.

Oh! Tète de linotte!... Carpiquel, mettez-vous là, près de Grimoine.

JUSTINE, entrant par la droite.

Bien que je ne sois plus au service de monsieur...

CHAMPANET.

Que voulez-vous? Une dépèche?

JUSTINE.

Pour M. Grimoine.

GRIMOINE.

Une dépèche?

Il se lève et va prendre la dépèche; Champanet se lève aussi.

ELMIRE, vivement.

Ce n'est pas de ma mère?

GRIMOINE.

Non, chère amie, non. C'est un client.

ELMIRE.

Vous en avez donc?

GRIMOINE.

Il m'en revient... C'est un client qui me revient.

ELMIRE.

Il est bien imprudent.

GRIMOINE, bas, à Champanet.

C'est ma petite modiste qui m'apprend qu'elle a changé de domicile.

CHAMPANET.

Scélérat!

GRIMOINE, à part.

Comment a-t-elle su mon adresse?

CHAMPANET.

A table! voyons, à table!

On se rassied.

CÉLESTE, rentrant par la gauche avec une autre boîte de conserves.

Voici... voici.

Elle s'assied à gauche de la table.

JULES, à part.

Comment tout cela finira-t-il?

CHAMPANET.

Sa joie me fait du bien.

CÉCILE, à Grimoine.

Il faudra, n'est-ce pas, que je sois très sérieuse.

GRIMOINE.

Oh! oh! Euh! euh! Il suffira de baisser les yeux de temps en temps.

CÉCILE.

Je les mettrai dans mon assiette.

Justine entre par la droite.

CHAMPANET.

Qu'est-ce qu'il y a encore?

JUSTINE.

Quoique je ne sois plus au service de madame, puis-je tout de même dire à madame que quelqu'un demande à parler à monsieur?

CÉLESTE.

Mais certainement.

CHAMPANET.

On vous paiera une demi-journée, mais vous nous servirez.

JUSTINE.

C'est un monsieur.

CHAMPANET.

Dites que je déjeune.

JUSTINE.

C'est un monsieur qui est allé frapper à la porte de M. Grimoine. On ne lui a pas ouvert. Il s'est informé.

GRIMOINE.

Et il vient me chercher ici ?... dites-lui que je déjeune.

ELMIRE.

Il vous a dit son nom ?

JUSTINE.

M. don Stefano Ruy Gomar.

CÉLESTE, étourdiment.

Le Portugais ? alors, c'est pour moi !

CHAMPANET.

Comment ? c'est pour toi !

CÉLESTE.

Je veux dire : c'est pour nous, je suppose... nous l'avons rencontré à Étretat.

GRIMOINE.

Mais nous y étions aussi, nous, à Étretat.

CHAMPANET.

Je ne me rappelle aucun Portugais.

GRIMOINE.

Moi non plus.

CHAMPANET, à Justine.

Faites entrer.

ELMIRE, bas, à Céleste.

Il va voir que vous lui avez menti, et que vous n'êtes pas madame Grimoine.

CÉLESTE.

Eh bien alors, changeons de place. Oh ! non, ça ne servirait à rien.

ELMIRE.

J'aurai l'air d'être chez moi.

GRIMOINE.

Mesdames ! déjeunons toujours.

CHAMPANET, se levant.

Seigneur don Ruy Gomar, soyez le bienvenu.

SCÈNE XIV

LES MÊMES, STEFANO.

STEFANO, entrant par la droite.

Mesdames, messieurs... (A part.) C'est elle ! (Haut.) Je vous dérange peut-être, mais j'espère que vous pardonnerez ma démarche quand vous saurez qu'elle m'a été dictée par un sentiment...

CÉLESTE, à part.

Ah ! mon Dieu !

STEFANO.

Toujours respectable, celui de la nationalité !... Enfant du coin de terre qui, avec l'Espagne, constitue la péninsule pyrénéenne, Portugais, si vous aimez mieux, j'ai gémi tout le premier sur le mauvais état presque constant de nos finances ; je n'ignore pas que notre dette extérieure et intérieure s'est élevée un jour au chiffre imposant de trois cent dix millions neuf cent dix-sept mille cinq cents francs de votre monnaie. Aussi ai-je tenu à vous prouver que, si le

Portugal avait souvent été obéré, il était toujours resté honnête. (*A Céleste.*) Voici votre sac, madame.

Il tire son bras gauche sur lequel était rejeté son pardessus et tend un sac de cuir à Céleste.

CÉLESTE, *avec joie, allant prendre son sac.*

Mon sac...

JULES, *avec joie, à part.*

Nous sommes sauvés.

STEFANO.

J'étais dans le même train que vous, sans le savoir. A Vernon, sur le quai de la gare, je croise M. Grimoine...

GRIMOINE.

Vous me connaissez ?

CÉLESTE.

C'est moi qui le lui ai montré.

STEFANO.

A Étretat, sur la plage, j'ai été frappé par votre physionomie intelligente...

CHAMPANET.

Oh ! bien.

STEFANO.

Intelligente : j'ai demandé qui vous étiez. (*A Céleste.*) Il faut que je devienne l'ami de votre mari, l'amour a de cruelles exigences... (*Haut.*) En arrivant à Paris, je veux vous saluer, vous avez disparu en oubliant votre sac de voyage, je le prends... Il portait une vieille étiquette du chemin de fer de Neuilly... cet indice me suffit.

CÉLESTE.

Et vous arrivez ici.

STEFANO.

Trop heureux, madame, de remettre en vos mains...

CÉLESTE, *vivement.*

Ah ! monsieur, vous me sauvez la vie.

CHAMPANET.

Les femmes exagèrent toujours.

STEFANO, *bas, à Céleste en lui remettant le sac.*

C'est la seconde fois.

CÉLESTE, *étonnée.*

La seconde fois ?... Ah ! oui... dans les bains mixtes.

Elle se rassied.

CHAMPANET, *à Stefano.*

Puisque vous avez, vous aussi, passé la nuit en chemin de fer, accepteriez-vous de prendre part à notre frugal déjeuner ?

CÉLESTE.

Comment, il l'invite ?

STEFANO.

Mille grâces ! (*Avec des yeux blancs.*) Je ne mange plus.

CHAMPANET.

Vous avez tort.

GRIMOINE.

Tout à fait tort.

CHAMPANET.

Asseyez-vous, du moins.

Elmire se lève, fait signe à Justine, qui avance une chaise.

ELMIRE, *très aimable.*

Asseyez-vous, monsieur. Nous vous recevons bien mal.

STEFANO.

Très bien, madame Champanet... Docteur, j'avais entendu parler de vous en Portugal.

GRIMOINE, *flatté.*

En Portugal ?

STEFANO.

Où j'ai l'honneur d'être Grand... Grand de Portugal. Et voyez le hasard, j'avais l'intention de vous consulter.

Il s'assied à droite.

GRIMOINE.

Je n'exerce plus.

STEFANO.

Oh! quel dommage!

GRIMOINE.

Mais je pourrais faire une exception en faveur d'un noble étranger.

CHAMPANET.

Très bon médecin, Grimoine. Seulement il ne peut pas me faire digérer.

GRIMOINE.

Prends mes orties noires, tu les aimes.

CHAMPANET, *à Stefano.*

Alors vous êtes souffrant? vous n'en avez pas l'air.

STEFANO.

Ma maladie est des plus poétiques! Je suis en proie à un mal mystérieux... Le jour et la nuit, je suis poursuivi par une vision angélique.

GRIMOINE.

Monsieur me consulte?

STEFANO.

Je me vois dans la mer, soutenant d'un bras respectueux Vénus ou Amphitrite... Je la vois, balancée par les vagues. Elle sort de l'onde, courant à sa cabine, dans le ravissant costume de bain qui trahit les formes sans les amoindrir.

CHAMPANET, *à Stefano.*

Monsieur, un ami à moi a eu des visions semblables pendant près de deux années.

STEFANO.

Et?...

CHAMPANET.

Il est mort de la gravelle.

Justine sort à droite.

GRIMOINE.

Ce n'est pas le même cas.

STEFANO.

Pas du tout. Grâce au ciel!

GRIMOINE.

Moi, je vais vous donner un remède, épousez Amphitrite.

STEFANO.

Mais, docteur, si elle était déjà mariée?

GRIMOINE.

Oh! oh! alors ce serait une difficulté à tourner.

CHAMPANET.

Pas autre chose?

CÉLESTE et ELMIRE.

Oh!

STEFANO.

Je ne demande pas à être guéri, je demande à revoir toujours cette vision céleste!

CÉLESTE.

Il m'a nommée! (Bas, à Jules.) Tombez en syncope.

JULES.

Moi!

CÉLESTE.

Qu'avez-vous, monsieur Carpiquel, qu'avez-vous?

Tout le monde se lève. Justine rentre par la droite, portant un plateau qu'elle dépose sur la petite servante du fond à droite.

CHAMPANET.

Il s'évanouit encore!

ÇÉCILE.

Ma tante, vous avez des flacons dans votre sac.

CÉLESTE.

Mais non, ils n'y sont plus.

CHAMPANET.

Pleurez, Carpiquel, pleurez, mon ami.

STEFANO.

De l'eau sur les tempes!

GRIMOINE, qui a tiré une trousse de sa poche.

Je vais le saigner.

JULES.

Non ! Je ne veux pas... De l'air... de l'air !

On le conduit à la fenêtre à gauche.

GRIMOINE.

S'il aime mieux pleurer !

CHAMPANET, à sa femme.

Il a pleuré, il est sauvé.

Il remonte vers Jules.

On sert le café.

CÉLESTE, à Elmire.

Cette situation ne peut pas durer. Je n'y tiendrais pas. (A Stefano) Partez, monsieur, vous allez me compromettre !

STEFANO, avec joie.

Oh ! madame !

CÉLESTE.

Ça lui fait plaisir ?

ELMIRE.

Naturellement...

CELESTE.

Je vais lui remettre ma lettre tout de suite. (Bas, à Stefano.) Vous lirez cela chez vous. (Revenant à Elmire.) Maintenant, je suis tranquille.

STEFANO, stupéfait et voyant une fleur qu'elle a laissé tomber en tirant une lettre de sa poche.

Ah !

ELMIRE.

Vous lui donnez une fleur ?

CÉLESTE.

Moi ?

ELMIRE.

Il la ramasse.

CÉLESTE.

Oh ! par exemple !

STEFANO, qui a ramassé la fleur.

Je suis aimé ! (Se heurtant à Grimoine.) Oh ! le mari. (Haut, après avoir salué Elmire.) Recevez les remerciements d'un enfant du Portugal... qui part guéri par Esculape et charmé par Hébé.

CHAMPANET.

Monsieur, je voudrais vous répondre sur le même ton... mais c'est difficile quand on n'y est pas préparé... Ce sera pour la prochaine fois... Au revoir !

STEFANO.

Au revoir !

Il sort par le fond.

CHAMPANET.

Il est parfait, ce Portugais !

GRIMOINE.

Il est trop nuageux. Ma modiste ne l'aimerait pas, mais ce sera un malade charmant pour mes vieux jours.

CHAMPANET, à Céleste.

Sais-tu pourquoi Carpiquel s'est encore évanoui ? Il s'est évanoui de bonheur.

CÉLESTE.

Ah !

CHAMPANET.

Il m'a demandé la main de ma nièce.

CÉLESTE.

Lui ?

CHAMPANET.

Et je la lui ai accordée. Il l'aime !

CÉLESTE.

C'est impossible.

CHAMPANET.

Comment, impossible ?

CÉLESTE.

Je veux dire que je crois... il me semble... on m'a dit que M. Carpiquel avait des engagements.

CHAMPANET.

Une chaîne... Il aurait une chaîne ?

CÉLESTE.

A son âge...

CHAMPANET.

Je l'en débarrasserai... Donne-moi ma calotte.

CÉLESTE, lui donnant sa calotte.

Oui, mon ami.

CHAMPANET.

Remets les orties à Justine.

CÉLESTE.

Oui, mon ami.

Elle remet un petit paquet à Justine.

CHAMPANET.

Je ne digère pas bien.

Elmire lui offre un petit verre.

CÉCILE, à Grimoine.

Je trouve qu'il a l'air bien gêné avec moi, M. Carpiquel.

GRIMOINE.

C'est dans l'ordre.

CÉLESTE, *à Jules.*

Vous avez demandé la main de Cécile ?

JULES.

Ce n'est pas moi, c'est M. Champanet.

CÉLESTE.

Après les lettres que vous m'avez écrites...

JULES.

Calmez-vous !

CÉLESTE.

Je vais les brûler.

JULES.

Pas devant votre mari !

CHAMPANET, *à Jules.*

Vous ne me disiez pas que vous aviez une chaîne.

JULES, *ahuri.*

Hein ?

CHAMPANET.

Ne cherche pas à nier. Ça se voit à ta figure.

JULES.

Mais, monsieur...

CHAMPANET.

Je t'en débarrasserai.

GRIMOINE, *à part.*

Je crois que je peux décemment laisser ma femme... Je vais me faire coiffer pour aller chez Olympia.

ELMIRE.

Donnez-moi donc votre bras. Nos gens sont peut-être revenus.

GRIMOINE, à part.

Ça va me retarder.

CÉLESTE, qui a fouillé le sac avec désespoir.

Elles n'y sont pas.

JULES.

Quoi ?

CÉLESTE.

Les lettres... (Allant à Jules, qui ne la quittait pas des yeux.) Elles n'y sont plus.

JULES.

Où sont-elles ?

CÉLESTE.

Elles doivent être dans la calotte de mon mari.

JULES.

Dans la calotte ?

CÉLESTE.

Puisqu'elles ne sont pas ailleurs. Je me rappelle que j'ai senti, en la touchant... Elles y sont.

JULES.

Alors, où est la calotte de votre mari ?

CÉLESTE.

Dans sa poche.

JULES.

Hein ? cherchez encore.

CÉLESTE, prenant le sac et jetant le tout par terre.

Tenez, rien, rien !

CHAMPANET.

Céleste, que fais-tu donc ?

CÉLESTE.

Ah ! oui, pardon ! Je cherche... Rien... C'était pour savoir ce qu'il y avait dans mon sac !

CHAMPANET, s'éloignant.

Tête de linotte !

CÉLESTE, montrant à Jules la calotte que Champanet tient à la main.

Voyez ! voyez !

JULES.

Mais que faire ? que faire ?

CÉLESTE.

Partez !

JULES.

Jamais !

CÉLESTE.

Je ne veux pas que vous assistiez à cette scène terrible.

JULES.

Je veux rester.

CÉLESTE.

Si vous êtes là, j'en mourrai.

JULES.

Alors, je pars.

CÉLESTE.

Je vais tout lui avouer. J'aime mieux cela.

CHAMPANET.

Ça va mieux.

Champanet met tranquillement sa calotte.

CÉLESTE, interloquée.

Tiens ! Elles n'étaient pas dans la calotte ! Alors, où sont elles ?

ACTE DEUXIÈME

A PARIS

Le théâtre est divisé en deux parties. — A droite, un petit salon chez Carpiquel. Au premier plan, porte d'entrée donnant sur le palier, — En face, à droite, un placard. A côté, en avant, un tuyau acoustique. — Pan coupé à droite, porte de la chambre à coucher ; dans l'autre pan coupé, cheminée surmontée d'une glace. — Tableaux et panoplie. — Canapé, fauteuil, chaises, table, etc. — A gauche, le palier du deuxième étage de la maison. — Au premier plan, à gauche, une porte sur laquelle on lit : *Modes*. — En face, la porte de Carpiquel. — Aux deux portes, cordons de sonnette. — Au second, plan, un escalier qui vient du dessous, de gauche à droite, et, après le palier monte à l'étage supérieur. — Tapis avec barrettes le long des marches et du palier.

SCÈNE PREMIÈRE

CARPIQUEL, OLYMPIA, LE TROTTIN.

Carpiquel chez lui. — Il arrange des effets dans une malle. — La porte de la modiste s'ouvre ; le Trottin en sort, tenant une boite à chapeau, au moment où Olympia, montant l'escalier, paraît sur le palier.

LE TROTTIN.

Oui, madame, je ne livrerai pas le chapeau sans l'argent. — Si c'était une cocotte, on lui ferait crédit, mais la femme d'un notaire! son mari ne le sait peut-être pas. — Olympia! Tu arrives à cette heure-ci?

OLYMPIA.

Quelle heure est-il donc?

LE TROTTIN.

Trois heures. C'est la patronne qui s'impatiente.

OLYMPIA.

Ça m'est égal, la patronne. Si tu savais ce qui m'est arrivé!

Elles s'accoudent toutes deux sur la rampe du palier.

LE TROTTIN.

Quoi donc?

OLYMPIA.

Je n'ai plus de logement.

LE TROTTIN.

Oh! tu avais une si jolie chambre, bleu de ciel! et un salon avec une table en or.

OLYMPIA.

Oui, mais avant-hier, un de mes cousins...

LE TROTTIN.

Le petit avocat... Cousin comme mes pantoufles. Il t'a suivie un jour et c'est moi qui lui ai donné ton adresse.

OLYMPIA.

Il est comme il faut, n'est-ce pas?

LE TROTTIN.

Oh! oui!

OLYMPIA.

Avant-hier donc, il m'a amené un de ses amis avec son épouse, une actrice de Ba-ta-clan. Nous avons chanté son répertoire et nous avons fait tant de tapage que le monsieur du dessous est monté, c'était un juge. Mon petit avocat s'est fourré sous la table, et moi j'ai flanqué le juge à la porte. Il est allé chercher le concierge, nous avons pris le concierge, nous l'avons cousu dans un tapis et nous lui avons fait rouler ses propres escaliers. Le lendemain, on me faisait donner congé par le commissaire. Je me suis réfugiée où j'ai pu.

LE TROTTIN.

Chez ton cousin?

OLYMPIA.

Oui, mais ça ne peut pas durer. Il me faut un appartement. Je cherche depuis ce matin, mais, quand on me parle d'aller aux renseignements, je prévois ce que dira le concierge, et alors je boude, comme on dit aux dominos.

LE TROTTIN.

J'ai ton affaire.

OLYMPIA.

Toi?

LE TROTTIN.

Ici, dans cette maison, on te connaît. Le monsieur d'à côté déménage.

OLYMPIA.

Tu crois?

LE TROTTIN.

Je l'ai entendu qui disait de mettre l'écriteau, parce qu'il était obligé de partir tout de suite.

OLYMPIA.

Voilà qui serait une chance s'il était chez lui.

LE TROTTIN.

Je vais te le dire, il y a une fente dans la porte.

OLYMPIA.

Tu la connais?

LE TROTTIN, *qui est allé regarder.*

Il y est, il fait ses malles. Tu peux sonner.

OLYMPIA.

Merci!

Elle sonne.

LE TROTTIN.

Moi, je vais faire mes courses.

Elle descend l'escalier.

SCÈNE II

JULES, OLYMPIA.

Jules va ouvrir.

OLYMPIA, sur le seuil.

Monsieur, on vient de me dire que vous quittiez votre appartement.

JULES.

C'est la vérité, madame?... ou mademoiselle?

OLYMPIA.

Vous pouvez choisir. — Moi, j'en cherche un, et comme je suis première chez la modiste en face...

JULES.

Cela tombe à merveille... mademoiselle. Vous pouvez vous installer tout de suite.

Il la fait entrer et referme la porte.

OLYMPIA.

C'est précisément ce que je voudrais.

JULES, continuant à bourrer sa malle.

Je vous céderai même mon mobilier.

OLYMPIA.

Pas trop cher?

JULES.

Tout meublé. Quatre cents francs par trimestre.

OLYMPIA.

Ça se peut.

JULES.

La couverture est faite, vous n'avez qu'à apporter votre bonnet de nuit.

OLYMPIA, se récriant.

Monsieur !

JULES.

Vous vous méprenez. Je n'ai pas le cœur à la cascade, vous n'avez pas de sexe pour moi, vous êtes la locataire de l'avenir, voilà tout. La maison est très bien habitée. Un homme d'affaires au-dessous, et une somnambule au-dessus.

OLYMPIA.

Je le sais.

JULES.

Une modiste sur le carré.

OLYMPIA.

Ma patronne.

JULES, prenant sur la table un compartiment de sa malle.

Vous permettez, mademoiselle ?... J'aime mieux mademoiselle.

OLYMPIA.

Alors vous allez voyager ?

JULES.

Dans une heure j'aurai quitté Paris. Demain j'aurai quitté la France.

OLYMPIA.

C'est un chagrin d'amour ?

JULES.

J'aurai mis l'Océan entre nous.

OLYMPIA.

Pauvre jeune homme !

JULES.

Et ce ne sera pas trop.

OLYMPIA.

Elle vous poursuit ?

JULES.

C'est moi, au contraire, c'est moi qui l'adore.

OLYMPIA.

Et ça vous fait fuir ?

JULES.

Parce que c'est la femme d'un homme que je vénère.

OLYMPIA.

Et il sait tout ?

JULES.

Il ne peut pas savoir tout, puisqu'il n'y a rien. Il n'y a que des lettres, mais il les a, ces lettres; il les a vues, ou il va les voir. Elles sont dans sa calotte.

OLYMPIA.

Sa calotte ?

JULES.

Je vous dis qu'elles sont dans les mains de son mari, qui est mon bienfaiteur, et, si je n'avais pas aimé cette femme adorable, j'aurais pu épouser une jeune fille ravissante ; mais la question n'est pas là, ma situation est intolérable. Et je pars, voilà tout. — Si ce logement vous plaît ?

OLYMPIA.

Je crois qu'il me plaira.

JULES.

Ici la chambre à coucher, au fond la salle à manger.

OLYMPIA.

Avez-vous deux sorties ?

JULES.

Non, ça manque. Mais des placards partout.

OLYMPIA.

C'est indispensable pour une femme.

JULES, ouvrant le placard.

Des placards aérés. On y tiendrait quatre et on y vivrait huit jours.

OLYMPIA.

Peut-on examiner ?

JULES.

A votre aise.

OLYMPIA.

Et la salle à manger est bien ?

Elle entre dans la chambre à côté.

JULES.

Voyez. — (S'agenouillant pour fermer sa malle.) Je ferme ma malle. Ah! oui, je pars. Oh! oui, je ne pourrais plus me retrouver en face de son mari. Elle n'est pas coupable, et elle est terrible! (Il s'assied sur la malle.) Je l'ai quittée à onze heures, après le déjeuner, et vingt minutes plus tard elle m'envoyait une lettre à laquelle je ne comprends rien, rien. (Il reprend la lettre pour la lire.) « Monsieur, l'erreur a trop duré, je ne suis pas celle que vous croyez, et, si je vous ai prié de me soutenir quand je faisais la planche... » Qu'est-ce que ça veut dire? « ... C'est que je vous prenais pour mon mari, que je vénère » — moi aussi ! — « que je respecte, et que j'adore! Céleste Champanet, de mon vrai nom. » Comme si je ne le connaissais pas son vrai nom !

Il se lève.

OLYMPIA, rentrant par la droite.

Eh bien, ça me va, tout ça. Un peu cher, quatre cents francs par trimestre.

JULES.

Mettons trois cent cinquante.

OLYMPIA.

Oui, n'est-ce pas? c'est bien assez. Nous ne faisons pas un petit papier ?

JULES.

Si... si... J'ai ce qu'il faut dans ma chambre. M. Jules Carpiquel sous-loue à mademoiselle?...

OLYMPIA.

Olympia Frémichet.

JULES.

Très bien, asseyez-vous cinq minutes; je reviens.

Il entre dans la chambre. Olympia lorgne les tableaux et les armes.

OLYMPIA, parlant très fort.

Est-ce que je pourrai jouir de l'appartement tout de suite?

JULES, criant.

A l'instant même.

OLYMPIA.

Alors je peux donner mon adresse ici?

JULES.

Parfaitement. Je n'attends personne et je n'ai personne à recevoir. (Revenant et lui donnant son bail.) — Mademoiselle, vous êtes chez vous.

OLYMPIA.

Ah! Tout y est bien?

Elle regarde le bail.

JULES.

Maintenant, je vais envoyer chercher une voiture.

Il s'approche du cornet acoustique et souffle.

OLYMPIA.

Tiens, un cornet acoustique!

JULES.

Qui aboutit dans la loge du concierge. — Je n'ai pas besoin de vous développer l'utilité de cet instrument.

OLYMPIA.

C'est très commode.

JULES.

Extrêmement commode. (Il souffle violemment à plusieurs reprises.) Seulement, le concierge n'y est pas, il n'y est jamais. Sa femme non plus, d'ailleurs. Ils sont généralement remplacés par une petite pancarte, où l'on peut lire : « Le concierge est dans l'escalier. »

OLYMPIA.

On le rencontre dans l'escalier.

JULES.

Quand on a beaucoup de chance. La femme fait le ménage de l'homme d'affaires d'en bas, et le mari sert de valet de pied à la somnambule d'en haut. (Il souffle.) Je vais chercher une voiture moi-même. Il n'y en a pas dans le quartier, ce sera peut-être long. Vous me permettrez de venir reprendre ma malle?

OLYMPIA.

Je serai obligée de sortir aussi.

JULES.

Je garde une clef sur moi; l'autre est sur la porte. — (Il passe sur le palier et referme la porte.) Voilà une chance sur laquelle je ne comptais pas.

OLYMPIA, s'étalant sur un fauteuil.

Enfin, j'ai un chez moi.

Au moment où Jules va descendre l'escalier, le Trottin monte. Il heurte un peu son carton de modiste.

JULES.

Oh! pardon, mademoiselle, pardon, mille pardons. (En descendant.) Elle est gentille!

LE TROTTIN.

Voilà qu'il me remarque le jour où il s'en va. Faut n'avoir pas de chance. Ça s'est-il arrangé avec Olympia? (Elle regarde.) Elle y est! Je vais lui faire peur!

Elle tire la cordon de sonnette avec violence et fait un carillon terrible. Le cordon lui reste dans les mains.

SCÈNE III

OLYMPIA, LE TROTTIN.

OLYMPIA, *sautant.*

Qu'est-ce que c'est que ça? (*Elle ouvre vivement et voit le Trottin très embarrassé de son cordon de sonnette.*) Tu fais déjà des dégâts chez moi, toi!

LE TROTTIN.

Je voulais te surprendre.

OLYMPIA.

Tu as une jolie manière de surprendre les gens.

LE TROTTIN.

Alors tu t'es arrangée avec le jeune homme?

OLYMPIA.

Et j'en suis d'autant plus contente que Moumoutte est revenu de Dieppe ce matin.

LE TROTTIN.

Quel Moumoutte?

OLYMPIA.

Je te l'ai montré le mois dernier.

LE TROTTIN.

M. Grimoine?

OLYMPIA.

Je l'appelle toujours Moumoutte; Grimoine, c'est idiot. Je lui ai télégraphié chez lui, à Neuilly. Il ne savait pas que j'avais son adresse. Je l'ai prise sur le collier de son chien. Je lui ai dit que je n'avais pas pu garder mon logement, parce que mes voisins n'étaient pas distingués, que c'était compromettant pour moi, et qu'il vienne me demander chez ma patronne pour que je le voie plus tôt.

LE TROTTIN.

C'est pas bête ça?

OLYMPIA.

Et que je le conduirais à ma nouvelle adresse.

Elle ôte son chapeau et le pose sur la malle.

LE TROTTIN.

Et tu ne peux pas avouer à Moumoutte que tu es chez le petit avocat en attendant.

OLYMPIA.

Oh! tu sais, Moumoutte, ce n'est pas le rêve, je ne peux pas dire que j'ai trouvé là le vrai magot, mais je compte que celui-là m'épousera.

LE TROTTIN.

Tu veux te marier?

OLYMPIA.

Oh! vois-tu, ma chère, il n'y a plus que ça de vrai, c'est une position. Jusqu'à présent, Moumoutte regimbe, mais je l'y déciderai tout doucement. Quand il viendra me demander chez la patronne, tu lui répondras que je demeure ici. D'ailleurs, je préviendrai ces dames que je loge maintenant sur le carré. Il est gentil, hein? cet appartement, le mobilier a de l'œil.

LE TROTTIN.

Oh! oui, par exemple.

OLYMPIA, lui faisant essayer les chaises et les fauteuils.

On est bien assis, hein? Du moelleux et du ressort. Des objets d'art! Une panoplie, des armes. On dira tout de suite: Voilà quelqu'un qui veut se défendre.

LE TROTTIN.

Alors, c'est pas une femme!

OLYMPIA.

Pas une femme! Je vais arranger ça, tu verras, quand tu reviendras.

LE TROTTIN.

Je vais t'aider.

OLYMPIA.

Mais va vite chez la patronne. Si Moumoutte arrivait...

LE TROTTIN.

J'y vais. (Sur le palier.) Est-elle heureuse, cette Olympia! Est-elle heureuse! Quel mobilier, quel chic! Il n'y a que M. Grimoine qui ne sera pas beau là-dedans.

Elle entre chez la modiste.

OLYMPIA.

Il faut au contraire que ça ait tout de suite l'air d'être habité par une femme. Ma dentelle ici, mon éventail... l'ombrelle là, ce bouquet ici!...

Elle ôte une fleur de son corsage. Pendant qu'elle continue à tout bouleverser, Champanet paraît à l'escalier de dessous.

CHAMPANET.

Il n'y a pas de concierge?

UNE VOIX, en haut.

Qui demandez-vous? La somnambule?

CHAMPANET.

M. Jules Carpiquel.

UNE VOIX, en haut avec mauvaise humeur.

Au second, la porte à gauche.

SCÈNE IV

CHAMPANET, puis OLYMPIA.

CHAMPANET, sur le palier.

Je comptais faire parler un peu le concierge, mais la conversation n'est pas facile avec ce fonctionnaire de bas étage. D'ailleurs, je prendrai mieux mes informations moi-même. De déductions en déductions j'arriverai facilement à la découverte de la vérité.

OLYMPIA.

Maintenant, voyons la chambre à coucher.

Elle entre dans la chambre, pan coupé à droite.

CHAMPANET.

Au second, la porte à gauche. C'est ici. (Il va sonner chez la modiste. Le Trottin ouvre.) M. Jules Car... Ah! pardon, je me trompe, je vous demande bien pardon... Elle est gentille.

LE TROTTIN.

Il n'est pas beau, non plus, celui-là.

La porte se referme.

CHAMPANET, se tournant vers l'autre porte.

Alors, c'est ici. La clef est sur la porte; il est chez lui. Il n'y a pas de cordon de sonnette? Je jugerai mieux de l'impression que va lui causer cette visite inattendue. (Il remue la clef dans la serrure.) Il y a un rat. (La porte s'ouvre, il entre.) Un chapeau de femme. (Le prenant.) Voici l'obstacle, le voici! c'est la chaîne. Je n'ai pas besoin d'aller plus loin, je suis fixé. Moi aussi, dans ma jeunesse, j'ai eu une chaîne, sur le retour, une chaîne avec crampons, dont je ne me serais jamais débarrassé, sans un capitaine adjudant-major plusieurs fois cité pour faits de guerre, qui eut le courage de me l'enlever. Si je pouvais retrouver ce capitaine! Il est joli, ce petit chapeau! (Olympia entre.) Ah!

OLYMPIA.

Pardon, monsieur, c'est mon chapeau.

CHAMPANET.

Je me disais : ce chapeau coquet doit coiffer une bien jolie tête. (Galamment.) Je ne me trompais pas.

OLYMPIA.

Pardon, monsieur, je n'ai pas l'honneur de vous connaître.

Elle lui reprend son chapeau.

CHAMPANET.

Mais je vous connais. (Une pause.) Il a dû vous parler de moi, Aristide Champanet.

OLYMPIA.

Ah!

CHAMPANET.

Professeur de pisciculture.

OLYMPIA, le regardant avec surprise.

Le professeur de carpes!

Elle porte son chapeau sur la table, descend une chaise pour Champanet, qui s'assied, et elle s'assied elle-même familièrement sur la malle.

CHAMPANET.

Vous voyez.

OLYMPIA.

Il était à Dieppe avec vous.

CHAMPANET.

Et nous sommes revenus ensemble ce matin.

OLYMPIA.

Ah! vous êtes l'ami de Moumoutte.

CHAMPANET, étonné.

Moumoutte!

OLYMPIA.

Je l'appelle Moumoutte dans l'intimité, parce qu'il ressemble à un gros chat.

CHAMPANET.

Je ne trouve pas.

OLYMPIA.

Vous ne le connaissez pas comme moi.

CHAMPANET, *finement.*

Non ! oh ! non !

OLYMPIA.

Vous venez de sa part ?

CHAMPANET, *avec intention.*

Au contraire.

OLYMPIA, *étonnée.*

Ah !

CHAMPANET.

Il ne sait pas que je suis ici.

OLYMPIA.

Mais, monsieur...

CHAMPANET.

Alors, il vous a parlé de moi ?

OLYMPIA.

Avec admiration.

CHAMPANET.

Vous trouvez peut-être qu'il a exagéré.

OLYMPIA.

Je ne dis pas ça.

CHAMPANET.

Je sais bien que lui...

OLYMPIA.

Lui ? je l'aime.

CHAMPANET.

Vous pourriez aimer autant une autre personne.

OLYMPIA.

Monsieur, je n'ai pas essayé.

CHAMPANET.

Pourquoi ?

OLYMPIA.

Parce que je suis une femme honnête.

CHAMPANET.

Je l'ai bien vu. Mais... (A part.) Soyons canaille, il n'y a que ce moyen de réussir avec les femmes. (Haut.) Certainement il est joli garçon.

OLYMPIA.

Oh ! il n'est pas mal.

CHAMPANET.

Je comprends qu'une femme s'attache à lui.

OLYMPIA, sans conviction.

Moi d'abord, je l'adore.

CHAMPANET.

Et pourtant !...

OLYMPIA.

Pourtant ?

CHAMPANET.

Vous êtes jeune, vous êtes jolie, très jolie, ne m'interrompez pas. Vous pourriez certainement trouver mieux. Je ne dis pas comme physique, mais comme situation.

OLYMPIA, à part.

Moumoutte l'envoie pour m'éprouver.

CHAMPANET.

Il n'a pas de fortune.

OLYMPIA, à part.

Il me le payera.

CHAMPANET.

Et un homme sans fortune...

OLYMPIA.

C'est humiliant pour une femme, à moins qu'il ne l'épouse.

CHAMPANET.

N'y comptez pas.

OLYMPIA.

Comment !

CHAMPANET, appuyant.

N'y comptez pas.

OLYMPIA.

Il me l'a promis.

CHAMPANET, à part.

L'imprudent ! je vois qu'il faudra payer de ma personne.

OLYMPIA, à part.

Ah ! Moumoutte prend ces moyens-là pour savoir si je lui suis fidèle !

CHAMPANET.

Si je vous proposais...

Il approche un peu sa chaise.

OLYMPIA, vivement.

De m'épouser?

CHAMPANET, interloqué.

Pas tout de suite.

OLYMPIA.

Je ne dis pas tout de suite, il y a les convenances.

CHAMPANET.

Ah ! oui, les convenances.

OLYMPIA.

Ça peut s'abréger.

CHAMPANET.

N'abrégeons rien. Dites-moi seulement que je ne vous déplais pas.

OLYMPIA, en minaudant.

Vous voulez un aveu ?

CHAMPANET.

Oui, oui, oui.

A chaque *oui*, il fait faire un petit pas à sa chaise.

OLYMPIA.

Vous êtes si distingué.

Il lui prend la main qu'il baise avec transport.

CHAMPANET, se levant, à part.

C'est fait ! Qu'aurait fait le capitaine en pareille occurrence ? (Haut.) Ah ! voulez-vous que nous dînions ce soir ensemble ?

OLYMPIA, se levant aussi.

Déjà ?

CHAMPANET.

Loin de Paris. A la campagne. Dans le bois de Vincennes, à la Porte-Jaune.

OLYMPIA.

La Porte-Jaune ?

CHAMPANET.

Pour causer de nos projets.

OLYMPIA.

Que penserez-vous de moi ?

CHAMPANET.

Je penserai que vous êtes adorable.

OLYMPIA.

On ne peut pas vous résister.

CHAMPANET, avec joie.

Oh!

Il l'embrasse.

OLYMPIA.

Mais vous serez convenable.

CHAMPANET.

Je vous le jure. (A part.) Ça me sera même plus commode.

Un individu monte bruyamment du dessous, suit le palier, et disparaît dans le plafond.

OLYMPIA.

On monte! C'est peut-être lui? Vous ne pouvez pas rester. S'il arrivait...

CHAMPANET.

Oui... oui... c'est juste. Avez-vous un placard?

OLYMPIA, après le lui avoir montré.

Oh! non. C'est trop tôt.

CHAMPANET.

Alors, à sept heures. A la Porte-Jaune.

OLYMPIA.

Au revoir, gros chat.

CHAMPANET, interloqué.

Au revoir. (A part.) Elle a la voix extrêmement douce : « Au revoir, gros chat! » C'est un charme.

Il sort.

OLYMPIA, à part.

C'est clair; Moumoutte veut rompre. Il n'ose pas me le dire et il m'envoie un ami... un ami qu'on ne peut pas aimer, mais on pourrait l'épouser.

Elle prend son chapeau.

CHAMPANET, *sur le palier.*

J'ai été abominablement canaille. La voilà compromise! C'est pour Carpiquel. Où le trouverai-je, lui ?

OLYMPIA.

Je vais dire à la patronne qu'elle ne me reverra pas d'aujourd'hui. (*Elle s'est hâtée de mettre son chapeau. Sortant sur le palier.*) Tiens, vous êtes encore là ?

CHAMPANET.

Oui, je me parle à moi-même de mon bonheur.

OLYMPIA.

Indiscret! J'entre un instant chez ma modiste. A ce soir... A ce soir, gros chat!

CHAMPANET.

A ce soir! Gros chat! Elle est ravissante. (*Olympia entre chez la modiste.*) Je ne sais pas ce que je ferai, ce soir, à la Porte-Jaune, car je ne veux pas tromper ma femme, moi. Je sais bien que cette belle personne m'a recommandé d'être convenable; ce sera un prétexte pour être bête. Je serai bête. Carpiquel ne comprendra jamais le sacrifice que je lui fais. Où le trouverai-je?

SCÈNE V

JULES, CHAMPANET.

JULES, *au bas de l'escalier.*

A la course, oui, à la course.

CHAMPANET.

C'est sa voix.

JULES, *en montant.*

Pour la gare d'Orléans.

CHAMPANET.

Il veut partir.

Il a monté quelques marches, de façon que Jules ne peut pas le voir en allant ouvrir sa porte.

JULES, prenant sa clef et ouvrant sa porte.

Voici ma malle. Je ne prendrai même pas le temps de la réflexion.

Il est entré dans son salon, laissant la porte ouverte; il prend sa malle, sa canne, son parapluie, et se trouve en face de Champanet. Il reste ahuri.

CHAMPANET.

Carpiquel, tu veux partir?

JULES, à part.

Il a mes lettres! il veut m'accabler!

CHAMPANET.

Tu veux fuir quand je t'offre la main de ma nièce.

JULES.

Je vous ai dit que je ne me croyais pas digne...

CHAMPANET.

Ne va pas plus loin. Hier, je n'avais que des soupçons; maintenant, je sais tout.

JULES.

Oh! mon cher maître!...

Il ferme la porte.

CHAMPANET.

Pas de larmes inutiles. Tu as les pommettes rouges, tu es sanguin, tu es excusable.

JULES.

Oh! vous n'êtes plus un homme pour moi, vous êtes un dieu. Mais je vous jure sur la tête de ma grand'mère qu'elle est restée pure.

CHAMPANET, le regardant d'une façon comique.

Farceur!

JULES.

Je vous jure...

CHAMPANET.

Ne dis pas de bêtises. (Jules reste interloqué.) Mais considère avec sang-froid le danger de ces liaisons séduisantes, je le reconnais, mais sans issue. Je ne parle pas au point de vue de la morale, qui est relative. Tu as les pommettes rouges et tu es sanguin, comme moi d'ailleurs; mais au point de vue de ton avenir!

JULES.

Il est perdu, mon avenir.

CHAMPANET.

Eh bien, non, Carpiquel, non, tu es libre.

JULES.

Libre?

CHAMPANET.

Tu n'as plus de chaine.

JULES, le regardant avec ahurissement.

Ah!

CHAMPANET.

L'obstacle a disparu.

JULES.

Comment?

CHAMPANET.

Tu peux épouser Cécile.

JULES.

Ah!

CHAMPANET.

Tu te croyais engagé, tu te croyais aimé; parce qu'elle t'appelait Moumoutte.

JULES.

Moumoutte!

CHAMPANET.

Cette femme adorable avec laquelle ce matin même tu n'osais pas rompre... un autre te l'a enlevée.

JULES, de plus en plus ahuri.

Un autre?

CHAMPANET.

Et cet autre, c'est moi.

JULES.

Vous!

CHAMPANET.

Moi! Aristide Champanet. Il m'a suffi d'un quart d'heure pour la subjuguer.

JULES.

Ah!

CHAMPANET.

Nous dînons ensemble ce soir à sept heures à la Porte-Jaune.

JULES.

A la Porte-Jaune! (A part.) Mais de qui me parle-t-il donc?

CHAMPANET.

Je te rends le service que me rendit jadis, dans une circonstance analogue, sauf qu'elle était laide, — un capitaine adjudant-major plusieurs fois cité pour faits de guerre. Tu ne m'embrasses pas encore; moi non plus, je ne l'embrassai pas tout de suite, parce qu'on est toujours vexé d'abord, mais dans huit jours tu m'embrasseras. Maintenant, soyons pratique. Je me dévoue. Je vais dîner à la Porte-Jaune avec... Comment l'appelles-tu?

JULES.

Qui?

CHAMPANET.

Comment? Qui? mais elle.

JULES.

Je ne sais pas.

CHAMPANET.

Carpiquel, tu manques de confiance. J'aurais pu lui demander son nom tout à l'heure.

JULES, étonné.

Tout à l'heure?

CHAMPANET.

Car elle était là, dans ta chambre, scélérat, dans ta chambre. Elle en est sortie toute rougissante. Voile-toi la face, Carpiquel. Je n'ai trouvé d'abord que son petit chapeau.

JULES, comprenant.

Ah! (A part.) Le chapeau de la modiste.

CHAMPANET.

Mais de déductions en déductions...

JULES.

Elle s'appelle Olympia.

CHAMPANET.

A la bonne heure.

JULES.

Olympia Frémichet.

CHAMPANET.

Très bien! je vais dîner avec Olympia. Mais tu vas me prêter une cravate blanche. Je ne peux pas rentrer chez moi. Je rougirais devant Céleste! Une cravate blanche, un transparent, et quelques parfums.

JULES.

Vous n'avez qu'à passer dans ma chambre.

CHAMPANET.

Comme je me dévoue!

Il entre dans la chambre.

JULES, le suivant.

Ouf! Le voilà sur une fausse piste, je respire.

SCÈNE VI

Les Mêmes, CÉLESTE, ELMIRE.

Céleste et Elmire paraissent dans l'escalier, très voilées toutes deux et très émues.

CÉLESTE.

Le concierge ne nous a pas vues.

ELMIRE.

Il n'y avait personne dans sa loge. Est-ce plus haut ?

CÉLESTE.

Je ne sais pas !

ELMIRE.

Comment, vous ne savez pas ?

CÉLESTE.

Non.

ELMIRE.

Vous ne savez pas à quel étage il demeure ?

CÉLESTE.

Il me l'avait dit, mais je l'ai oublié.

ELMIRE.

Est-ce à droite ou à gauche ?

CÉLESTE.

Je ne me souviens plus.

ELMIRE.

Alors, comment allez-vous faire ? — Vous ne voulez pas vous adresser au concierge.

CÉLESTE.

Oh ! non, il doit connaître mon mari.

ELMIRE.

Nous ne pouvons cependant pas frapper à toutes les portes.

CÉLESTE.

C'est bien embarrassant.

ELMIRE.

Quand vous m'avez demandé de vous accompagner...

CÉLESTE, *vivement.*

Vous me rendez un service immense. Il faut absolument que je parle à M. Carpiquel et je ne serais jamais venue seule.

Olympia sort de chez la modiste. — Elmire et Céleste se postent vivement contre la rampe, où elles restent le dos tourné, ayant l'air de regarder dans l'escalier.

OLYMPIA, *au Trottin.*

C'est convenu, si Moumoutte vient, la porte en face.

LE TROTTIN.

Sois tranquille.

OLYMPIA.

Je repasserai dans une heure pour savoir si vraiment c'est lui qui me lâche ! (*Elle se retourne et paraît étonnée de voir Céleste et Elmire immobiles sur le palier.*) Que font-elles à causer sur le palier, celles-là ?... Oh ! ces femmes du monde ! Ça vous a un aplomb !

Elle descend l'escalier. Céleste et Elmire sont de plus en plus embarrassées.

ELMIRE, *se retournant.*

Il me semble que cette dame m'a vue rougir.

CÉLESTE.

Moi, j'ai baissé les yeux instinctivement. Si elle nous reconnaissait dans le monde !

ELMIRE.

Le plus sage est de repartir.

CÉLESTE.

Oh non ! je vous en prie.

ELMIRE.

M. Carpiquel n'est peut-être pas chez lui.

CÉLESTE.

Il doit m'attendre.

ELMIRE.

Comment ?

CÉLESTE.

Je lui ai écrit.

ELMIRE.

Quand ?

CÉLESTE.

Aussitôt qu'il a été parti. Je lui avais dit que ses lettres étaient dans la calotte de mon mari.

ELMIRE.

Eh bien ?

CÉLESTE.

Eh bien, elles n'y étaient pas. J'ai dû les donner à Justine, en croyant lui remettre les orties noires.

ELMIRE.

Justine a les lettres compromettantes de M. Carpiquel !

CÉLESTE.

Je l'ai compris à la seule façon dont elle m'a demandé après si je voulais la renvoyer. Je l'ai augmentée, et j'ai tout de suite écrit à M. Carpiquel : « Il faut acheter Justine, attendez-moi. »

ELMIRE.

Pourquoi attendez-moi ? il était inutile de venir.

CÉLESTE.

Nous ne pouvons pas acheter Justine sans nous entendre ensemble. Cette fille est très fine. M. Carpiquel n'est pas adroit et nous n'avons pas de temps à perdre.

ELMIRE.

Êtes-vous sûre d'avoir écrit ?

CÉLESTE.

Si j'en suis sûre ! J'ai repris en même temps la lettre du notaire pour la date, et j'ai remis les lettres moi-même à un commissionnaire. Ainsi soyez certaine qu'il m'attend ? Si nous nous adressions à la modiste ?

ELMIRE.

Moi, je n'oserai jamais.

CÉLESTE.

C'est moi qui parlerai.

Elles vont à la porte de la modiste. Céleste sonne. Pendant ce temps, Champanet et Jules paraissent au pan coupé du salon.

CHAMPANET, en bras de chemise.

Alors tu n'as pas de cravate blanche ?

JULES.

C'est que tout était emballé.

CHAMPANET.

Eh bien ! Défais ta malle.

JULES.

Avec plaisir, monsieur Champanet, avec plaisir !

Il enlève la malle et l'emporte dans sa chambre, suivi de Champanet.

CÉLESTE, au Trottin, qui a ouvert la porte.

Mademoiselle, pourriez-vous me dire où... je... c'est... je... vous... je vous demande pardon, je vois que je me trompe.

LE TROTTIN, refermant la porte.

En voilà une qui ne sait pas ce qu'elle veut.

CÉLESTE.

L'idée que j'allais demander l'adresse d'un jeune homme, ça m'arrête.

ELMIRE.

J'en étais sûre. Repartons.

CÉLESTE.

Pas encore.

UNE VOIX, en bas.

Eh ! le concierge !

UNE VOIX, en haut.

Qui demandez-vous ? La somnambule ?

CÉLESTE.

Il y a une somnambule ici ?

ELMIRE.

Il paraît.

CÉLESTE.

Ça me fait peur.

LA VOIX, en bas.

Je demande le jeune homme maigre qui a pris une voiture à la course et qui ne revient plus.

LA VOIX, en haut.

Un jeune homme maigre... M. Carpiquel, au second, la porte à gauche.

CÉLESTE.

Au second, la porte à gauche !

LA VOIX, en bas.

Dites-lui que je m'impatiente.

LA VOIX, en haut.

Dites-le-lui vous-même.

CÉLESTE.

Vous voyez qu'il y est.

LA VOIX, en bas.

Je ne peux pas quitter mon cheval : il est vicieux.

LA VOIX, en haut.

Eh bien, attendez.

ELMIRE.

Alors, sonnez.

CÉLESTE.

Maintenant voici que je tremble.

ELMIRE.

Alors, repartons.

CÉLESTE.

Oh ! non. Il n'y a pas de cordon de sonnette.

ELMIRE.

Frappez.

CHAMPANET, venant de la chambre, cravaté de blanc.

Je voudrais me voir dans une autre glace, pour le côté gauche. Maintenant, j'ai peur d'être trop bien.

Céleste frappe.

JULES, paraissant.

On frappe. (Céleste frappe encore.) Je vais ouvrir. (Entr'ouvrant la porte et voyant Céleste.) Oh ! votre mari est là.

Il referme vivement la porte.

CÉLESTE, effarée, à Elmire.

Mon mari est là.

ELMIRE.

M. Champanet ?... Partons vite.

CÉLESTE.

Oui.

Elles se précipitent dans l'escalier.

CHAMPANET, étonné de voir Jules qui reste le dos appuyé à la porte.

Qu'as-tu donc ?

JULES.

Rien... rien... C'est un monsieur qui se trompait.

Il entr'ouvre doucement la porte pour voir et la referme vivement.

CÉLESTE remonte précipitamment, en poussant Elmire devant elle.

Pas par là.

ELMIRE.

Pourquoi ?

CÉLESTE.

Don Stefano...

ELMIRE.

Le Portugais ?

JULES, toujours collé à sa porte et qui l'a entr'ouverte.

Elle n'est pas partie.

CÉLESTE.

Montons.

ELMIRE.

Où ?

CÉLESTE.

Le plus haut possible.

Elles montent l'escalier.

CHAMPANET.

Jules, ne me trompe pas, tu as quelque chose.

JULES.

Moi ! non, non, c'est l'émotion. (A part.) Pour qu'elle vienne chez moi, il faut qu'il se soit passé des choses terribles. (Haut.) Vous pensez bien qu'une rupture si prompte...

CHAMPANET, vivement.

Je te comprends. Elle doit être charmante dans l'intimité.

JULES.

Charmante... alors... n'est-ce pas ?... J'ai eu une espèce d'éblouissement.

CHAMPANET.

J'aurais dû te ménager.

Il prend son chapeau.

JULES, inquiet.

Où allez-vous ?

CHAMPANET.

Je vais lui acheter un bouquet.

JULES.

Oh ! ça ne presse pas. Je vous en prêterai un... un vieux.

CHAMPANET.

Fané, alors ?

JULES.

Et puis... et puis... vous n'écrivez pas à votre famille ?

CHAMPANET.

Que je dîne à la Porte-Jaune ?

JULES.

Non, non, mais madame Champanet sera inquiète.

CHAMPANET.

Tu as raison.

JULES.

Écrivez-lui qu'il vous est arrivé quelque chose.

CHAMPANET.

Quoi ?

JULES.

Je ne sais pas... nous allons chercher.

Il entre dans sa chambre, entraînant Champanet. — Stefano surgit dans l'escalier et s'arrête au palier.

CHAMPANET.

Il pense à tout.

SCÈNE VII

STEFANO.

Je n'ai vu que sa robe se glisser furtivement sous la porte cochère, mais mon cœur ne s'y est pas trompé. Elle est ici. Je fouillerai la maison. Elle n'est pas entrée chez l'homme d'affaires qui est au-dessous. J'ai pris un prétexte pour le faire causer. Je lui ai acheté un fonds de parfumerie. (*Regardant l'écriteau de la modiste.*) — « Modes ! » Elle allait chez sa modiste. Je vais acheter quelques chapeaux. (*Il sonne chez la modiste. Tirant une lettre de sa poche avec amour.*) Elle s'appelle Céleste ! Voilà le billet qu'elle m'a remis avec une fleur !... (*Il embrasse la lettre.*) « A la mer je ne m'appartenais pas, mais ici je suis à vous. Céleste tout court. » (*Il embrasse encore la lettre.*) Ange adoré !... (*Au Trottin, qui a ouvert.*) Je voudrais voir quelques chapeaux nouveaux pour ma mère.

LE TROTTIN.

Entrez, monsieur... Oh ! le bel homme !

Ils sortent par la gauche.

SCÈNE VIII

CÉLESTE et ELMIRE.

Céleste et Elmire redescendent tremblantes, marchant sur la pointe des pieds et parlant à voix basse.

CÉLESTE.

Soyez prudente.

ELMIRE.

C'est bien à vous de me donner ce conseil !

CÉLESTE.

On ne m'entend pas souffler.

ELMIRE.

Vous montez jusqu'au cinquième et là vous ouvrez une porte.

CÉLESTE.

Il n'y avait plus d'escalier.

ELMIRE.

Moi, je vous suis machinalement, et nous voilà chez un officier qui faisait la sieste.

CÉLESTE.

Heureusement qu'il faisait la sieste ! il a cru que nous avions sonné, et puis, moi, je n'ai pas peur du tout avec les officiers.

ELMIRE.

Je l'ai bien vu, vous lui avez dit que vous veniez lui recommander votre fils, qui était cuirassier.

CÉLESTE.

Je me suis repris tout de suite. J'ai dit mon oncle.

ELMIRE.

Et d'abord, ce n'était pas un officier de cuirassiers; c'est un fantassin !

CÉLESTE.

Heureusement, ça m'a permis de m'excuser et de dire que nous nous trompions. Sans cela nous n'aurions jamais su comment sortir.

ELMIRE.

Il nous a prises pour deux aventurières.

CÉLESTE.

Oh ! non. (Elle s'approche de la rampe et fait un pas en arrière.) Il est au haut de l'escalier qui regarde où nous allons.

ELMIRE.

Vous voyez bien.

CÉLESTE.

Passez la première.

Elles descendent l'escalier.

ELMIRE.

Dans quelle situation nous avez-vous mises?

CÉLESTE.

Longez le mur. Une fois dans la rue, nous serons tranquilles.

ELMIRE, se retournant.

Remontez vite.

CÉLESTE, remontant aussi.

Pourquoi?

ELMIRE.

M. Grimoine!

CÉLESTE.

Votre mari! où aller?

ELMIRE.

Où vous voudrez, vite, vite!

Elles remontent vivement toutes les deux à l'étage supérieur, en se bousculant un peu. Céleste laisse tomber un de ses gants sur la première marche.

SCÈNE IX

GRIMOINE, puis CHAMPANET et JULES.

GRIMOINE, venant du dessous et s'arrêtant sur l'escalier.

Je suis essoufflé, je ne suis pas ému, mais je suis essoufflé. Et ce n'est pas le moment. Je m'essouffle facilement : il faut surveiller ça. (Il arrive au palier et tire de sa poche une petite glace avec un peigne.) Pas ému du tout, mais un peu décoiffé. J'ai été forcé de saluer trois ou quatre personnes, et il fait du vent. Il y a des gens dont le cœur battrait, au moment de revoir, après trois semaines d'absence, la dame de leur turlutaine. Eh bien, moi, pas un muscle ne bouge, pas une fibre ne se contracte. (Il sonne chez la modiste.) Je suis de l'école de Voltaire. J'ai beau me frapper là, je n'y sens que mes bretelles... et elles me gênent même. (Au Trottin qui a ouvert la porte.) Mademoiselle Olympia.

LE TROTTIN, à part.

Oh! c'est Moumoutte. (Haut.) La porte en face, monsieur.

GRIMOINE.

La porte en face?

LE TROTTIN.

C'est là que mademoiselle Olympia demeure à présent.

GRIMOINE.

Ah! très bien, merci, mademoiselle.

Le Trottin referme la porte.

GRIMOINE, en traversant.

Je comprends pourquoi elle m'a télégraphié de venir la demander à son magasin; elle demeure en face, sur le même palier! (Il s'arrête devant la porte.) Alors je vais la trouver seule. On a beau être matérialiste; dans ces moments-là, c'est l'âme qui travaille! Au moment de sonner, maintenant, j'éprouve quelque émotion. Allons, allons, Grimoine. Il n'y a pas de cordon de sonnette. (Il frappe timidement.) Est-ce bête!

CHAMPANET, paraissant au pan coupé à droite.

J'écris à ma femme que j'ai rencontré un ancien ami, le capitaine adjudant-major... On frappe.

JULES, accourant vivement.

Vous croyez? — Mais non... non... on ne frappe pas.

GRIMOINE.

Je suis vraiment ému. Est-ce bête!

Il frappe encore.

CHAMPANET.

On frappe timidement. Ce doit être une femme.

JULES, à part.

Elle revient. Elle n'a pas compris.

CHAMPANET.

C'est la façon de frapper d'une femme.

GRIMOINE.

Elle n'entend pas. Son cœur ne lui dit rien.

Il frappe un peu plus fort.

CHAMPANET.

C'est elle!

JULES.

Il ne faut pas qu'elle nous voie ensemble ici.

CHAMPANET.

As-tu un placard? Maintenant que je suis un homme à bonnes fortunes, je peux me fourrer dans les placards. Je le dois même, car enfin, nous le trompons. Tu pourras rompre tout de suite ou la ramener à la vertu. Je te le permets. (*Il se glisse dans le placard, qu'il ne referme pas complètement.*) Ouvre! je resterai le temps qu'il faudra.

JULES, *à part, allant ouvrir.*

Il est capable de regarder, le traître! (*Il entrebâille la porte sans quitter des yeux Champanet.*) N'entrez pas, il est dans le placard.

Il referme la porte au nez de Grimoine.

GRIMOINE.

Comment! (*Au moment où Jules ouvrait, Champanet se renfermait consciencieusement dans le placard. Jules reste tout tremblant, appuyé à la porte comme la première fois. Grimoine demeure interloqué sur le palier.*) Il est dans le placard. Qui? qui? J'ai le droit de savoir qui se cache dans les placards d'Olympia. Son père, peut-être? Elle m'a souvent parlé de son vieux père, qui la tuerait s'il apprenait qu'elle a failli. Noble vieillard! Je serai prudent. Je vais m'installer chez le concierge, je verrai ceux qui entrent et ceux qui sortent. (*S'arrêtant dans l'escalier.*) Je n'ai pas reconnu le timbre de sa voix. Elle s'est donc enrhumée en mon absence... Chère petite!

Il descend.

JULES.

Il y reste. Il est consciencieux. Moi, je n'ai plus de jambes.

Il s'assied sur une chaise.

SCÈNE X

STEFANO, JULES, ELMIRE, CÉLESTE.

STEFANO, sortant de chez la modiste.

Elle n'y est pas. J'ai trouvé un prétexte pour faire parler les quatorze modistes. J'ai acheté quatorze chapeaux pour ma mère, et je n'ai rien appris. (Il regarde vers l'escalier qui monte, il voit un gant à terre et le ramasse.) Je reconnais ce gant, c'est le sien. Je l'ai vu dans son sac de voyage. Je l'ai embrassé, j'y retrouve la trace de mes moustaches. Elle allait au-dessus.

UNE VOIX, en haut.

Que demandez-vous? La somnambule?

STEFANO, à part.

La somnambule! Il y a une somnambule?

UNE VOIX, en haut.

Eh bien, il est donc sourd, celui-là?

STEFANO.

Oui, oui, c'est la somnambule que je demande.

UNE VOIX, en haut.

Eh bien, montez; c'est au troisième.

STEFANO.

Ah! si j'avais su plus tôt qu'il y avait une somnambule! Elle est chez la somnambule. Les femmes sont crédules. Les Portugais aussi!

Il monte rapidement.

JULES, toujours à la même place, regardant le placard.

Je vais le délivrer. (Il se lève.) Mais avant... Sa femme est peut-être encore dans la maison. Si je pouvais savoir ce qu'elle me veut!

Il sort en laissant sa porte ouverte et descend l'escalier. Au même moment Céleste et Elmire viennent de l'étage supérieur, très émues.

ELMIRE.

S'il n'y avait pas eu deux sorties, nous étions surprises par le Portugais chez une somnambule.

CÉLESTE, s'arrêtant au milieu de l'escalier et s'appuyant langoureusement sur la rampe.

Ma chère, je suis émerveillée de ce qu'elle m'a dit.

ELMIRE.

Il s'agit bien de ce qu'elle vous a dit! D'abord, il était inutile d'y aller.

CÉLESTE.

Nous ne pouvions pas monter plus haut, l'officier regardait... Il regarde.

Elle file le long de la rampe.

ELMIRE.

Ne touchez pas à la rampe, elle crie.

CÉLESTE, poussant un cri.

Ah! quelqu'un!

ELMIRE, effrayée.

Quoi?

Elle se précipite chez la modiste, dont la porte n'était pas fermée. Céleste, ne la voyant plus, se jette dans la chambre de Jules, dont la porte est béante. Elle laisse tomber son second gant devant la porte.

SCÈNE XI

JULES, CÉLESTE, puis CHAMPANET.

Jules, qui remonte l'escalier, entre chez lui et voit Céleste pâmée sur une chaise.

CÉLESTE.

Il faut que je vous parle, tout de suite, tout de suite.

JULES, effaré.

Eh bien ! Eh bien ! madame. (A mi-voix, en la poursuivant.) Je vous ai dit que votre mari était chez moi.

CÉLESTE.

Ah ! oui, je l'avais oublié.

Elle tombe sur un fauteuil à demi évanouie.

JULES, bas.

Je vous ai dit qu'il était dans le placard.

CÉLESTE, se levant.

Pourquoi dans un placard ?

JULES.

Oh ! ça... je n'en sais rien.

CÉLESTE.

Dans lequel ?

JULES.

Dans celui-ci... Là... là... Il n'aurait qu'à passer la tête.

CÉLESTE.

Fermez-le.

Elle va au placard et donne un tour de clef.

JULES, ahuri.

Hein ! Mais que dira-t-il ?

CÉLESTE, naïvement.

J'ai eu tort ?

JULES.

Pas si haut, il reconnaîtra votre voix.

CÉLESTE.

Je n'ai que deux mots à vous dire.

JULES.

Venez dans l'autre pièce.

CÉLESTE.

Dans votre chambre à coucher ? Jamais.

JULES.

Alors, dans la salle à manger.

CÉLESTE, se récriant.

Dans la salle à manger, non plus ; c'est trop intime.

JULES.

Mais votre mari est là.

CÉLESTE, avec énergie.

Tant mieux !

JULES, effrayé.

Pas si haut.

CÉLESTE, bas.

Tant mieux, ça me donne du courage. Vos lettres n'étaient pas dans sa calotte.

JULES, avec joie.

Ah !

CÉLESTE.

Je les ai données à Justine.

JULES.

A Justine ?

CÉLESTE.

En croyant lui remettre des feuilles d'orties noires.

JULES, désespéré.

Ça n'a aucun rapport.

CÉLESTE.

Voilà pourquoi je vous ai écrit : « Il faut acheter Justine. »

JULES.

Non, vous m'avez écrit que je vous avais soutenu quand vous faisiez la planche.

CÉLESTE.

Ah ! mon Dieu !

JULES.

Pas si haut ! Je sens que mes cheveux blanchissent.

CÉLESTE.

Je me suis trompé d'enveloppes, vous avez reçu le mot que j'écrivais à don Stefano !

JULES.

Comment ! Don Stefano !

CÉLESTE.

Il a reçu le vôtre ou celui du notaire.

JULES.

Don Stefano vous a soutenue pendant que vous faisiez la planche ?

CÉLESTE.

Oui.

JULES.

Oui ! Mais vous ne m'auriez jamais permis cela, à moi.

CÉLESTE.

Vous ?... ce n'est pas la même chose. Lui, c'était une erreur.

JULES.

Une erreur ? Quelle erreur ?

CÉLESTE.

Ça n'a pas d'importance, et d'ailleurs ça ne vous regarderait pas.

JULES.

Ça ne me regarderait pas !

CÉLESTE.

Non, monsieur, non, ça ne vous regarderait pas. Ça regarderait mon mari, mon pauvre mari... (Avec émotion.) que nous avons la cruauté... (Avec résolution.) Je vais lui ouvrir.

Elle donne un tour de clef au placard.

JULES, se précipitant.

Mais s'il vous voit ici?

CÉLESTE.

Vous avez raison.

Elle va se jeter sur le canapé du fond.

CHAMPANET, entr'ouvrant le placard de façon à ne pas voir Céleste.

Pourquoi m'avais-tu enfermé?

JULES, se jetant au-devant de lui.

Ne vous montrez pas encore. Nous avons une scène.

CHAMPANET.

Ah! (Il rentre docilement.) Très bien.

CÉLESTE, tremblante.

Je l'aurais trompé tout à fait que je n'aurais pas tant de remords.

JULES, tombant anéanti sur une chaise.

Je sens que mes cheveux blanchissent.

Ils n'osent plus se regarder.

SCÈNE XII

STEFANO, JULES, CÉLESTE, puis CHAMPANET.

STEFANO, redescendant sur le palier.

La somnambule est mystérieuse. J'ai pris un prétexte pour la faire causer. Je l'ai consultée. Elle m'a dit : « Vous êtes aimé. » Je le savais. « Vous avez un rival. » Où est-il? Est-il dans cette maison? Elle a pris le grand jeu... cinq cents francs... et elle m'a répondu : « Oui!... » (Il aperçoit le gant.) L'autre gant! Oh! cette porte? Elle ne se trompait pas, la Pythonisse.

CÉLESTE, à Jules.

Vous me jurez, n'est-ce pas, que ce sera toujours platonique.

Elle se lève.

JULES, se levant aussi.

Je vous le jure.

CÉLESTE.

Sur sa tête.

UNE VOIX, en bas.

Eh! le concierge.

CÉLESTE.

Quelle est cette voix?

UNE VOIX, en haut.

Qui demandez-vous? La somnambule?

LA VOIX, en bas.

Je demande le petit monsieur maigre qui m'a pris à la course et qui ne vient plus.

JULES.

C'est mon cocher.

LA VOIX, en haut.

M. Carpiquel?

STÉFANO.

Carpiquel!

LA VOIX, en haut.

Au second, porte à gauche.

CÉLESTE, effrayée.

Il va venir.

JULES.

Entrez là un moment. Le temps de le payer et de le renvoyer.

Céleste entre dans la chambre.

STEFANO.

Carpiquel! mais c'est le jeune homme qui s'est évanoui, ce matin, à côté d'elle!... soyons calme.

JULES, allant ouvrir tranquillement et s'arrêtant stupéfait.

Je vous dois deux heures... Le Portugais!

STEFANO.

Monsieur, je suis Portugais, vous le savez, c'est-à-dire fier et chevaleresque. Vous êtes Français, c'est-à-dire généreux et frivole. Nous devons nous entendre.

JULES.

Monsieur!

CHAMPANET, entr'ouvrant doucement le placard, de façon à n'être vu que du public.

C'est une voix d'homme. (Il écoute.) Je ne suis plus indiscret.

STEFANO.

Monsieur, j'ai trouvé ce gant à votre porte... Voulez-vous me permettre de le rendre à la personne à qui il appartient?

JULES.

Ce gant?

STEFANO.

C'est le gant d'une femme que j'aime.

JULES.

Cela ne m'intéresse pas, monsieur.

STEFANO.

J'ai quelque raison de croire, au contraire, que nous aimons tous les deux la même femme.

JULES.

Permettez-moi, monsieur, de m'étonner...

STEFANO.

Vous vous étonnez, parce que vous l'aimez comme on aime en France. Moi, je l'aime comme on aime en Portugal, avec passion, avec délire, avec rage, et je ne l'ai vue que trois fois!

JULES.

Monsieur, je ne comprends rien à ce que vous me racontez.

STEFANO, haussant le ton.

Où es-tu donc, antique loyauté française? Je le devine à votre embarras, elle est chez vous en ce moment.

JULES, décontenancé.

Je n'ai personne chez moi, monsieur, et je ne sais pas ce que vous me demandez.

STEFANO.

Je vous demande de me la céder.

JULES, furibond.

De... Monsieur !

CHAMPANET, s'élançant du placard.

Cède-la, Carpiquel, cède-la, puisqu'il l'aime !

JULES, ahuri.

C'est le comble.

STEFANO.

M. Champanet !

CHAMPANET.

Champanet lui-même.

STEFANO.

Dans ce placard ?

CHAMPANET.

Oui. Croyez que ce n'est pas mon habitude, mais je bénis le hasard. Parlons bas, puisque vous dites qu'elle est encore ici, et expliquons-nous avec douceur. La situation paraît compliquée.

STEFANO.

Elle est romanesque, et cela va bien à mon tempérament.

CHAMPANET.

Au mien aussi. Eh bien, elle n'est pas compliquée du tout.

JULES, *à part.*

Que va-t-il lui dire, grand Dieu !

CHAMPANET.

Jules doit épouser ma nièce Cécile. Il l'adore. (*Stefano salue.*) Mais il avait une chaîne. Cette chaîne, c'était elle, une jolie chaîne.

STEFANO.

Adorable !

CHAMPANET.

Il m'a tout avoué. Je lui ai pardonné, parce qu'il a les pommettes rouges et qu'il est sanguin, comme moi d'ailleurs. Vous aussi, vous êtes sanguin ?

STEFANO.

Ce n'est pas du sang, c'est du feu !

CHAMPANET.

Seulement, il fallait rompre. Carpiquel n'osait pas. Je fis la cour à cette belle personne.

STEFANO.

Vous ?

CHAMPANET.

Et je réussis en moins d'un quart d'heure.

STEFANO.

Vous mentez !

CHAMPANET.

Portugais !

JULES, *à part.*

Ça se corse !

STEFANO.

Je vous dis que c'est impossible.

CHAMPANET.

Attendez donc, tout va s'arranger puisque vous l'aimez aussi ; ça ne m'étonne pas. Expliquons-nous avec douceur ; je dîne ce soir avec elle.

STEFANO.

Vous ?

CHAMPANET.

Mais je n'y tiens pas.

STEFANO, menaçant.

Vous dînez ce soir ?...

CHAMPANET, menaçant aussi.

Oui, Portugais, oui ! puisque vous le prenez comme ça. Je dîne ce soir à sept heures, à la Porte-Jaune...

STEFANO.

Avec madame Grimoine ?

CHAMPANET.

Madame Grimoine !

JULES.

Il cherche madame Grimoine !

CHAMPANET.

Où prend-il madame Grimoine ? C'est Olympia.

JULES.

Oui, oui... Olympia Frémichet.

STEFANO.

Quelle Olympia ?

SCÈNE XIII

LES MÊMES, OLYMPIA

Olympia entre.

CHAMPANET.

La voici !

JULES.

Elle arrive bien !

OLYMPIA.

Des étrangers !

STEFANO.

Alors, ce n'est pas madame qui se cache dans cette chambre ?

CHAMPANET.

Ah ! oui, au fait, ce n'est donc pas avec mademoiselle que tu avais une scène ?

JULES.

C'est-à-dire... oui... non...

OLYMPIA.

Une scène avec moi ! Monsieur...

STEFANO.

Voyons, nous sommes tous discrets, avouez que c'est madame Grimoine.

OLYMPIA.

Comment, il y a une madame Grimoine ?... Je veux la voir !

Elle va vers le pan coupé.

JULES.

Non, non... n'y allez pas !

Grimoine commence à poindre dans l'escalier.

CHAMPANET.

C'est elle ?

JULES.

Mon Dieu !

CHAMPANET.

Oh ! pauvre Grimoine !... je m'en étais toujours douté.

SCÈNE XIV

LES MÊMES, GRIMOINE, puis MADAME GRIMOINE.

GRIMOINE, entrant.

Elle a fait semblant de ne pas me voir.

STEFANO.

Oh ! le mari !

JULES.

Bon !

OLYMPIA.

Voici le traître !

CHAMPANET.

Grimoine ! tout est perdu. (A Grimoine.) Grimoine, tu ne peux pas rester ici.

GRIMOINE.

Au contraire, j'ai des raisons pour rester ici.

OLYMPIA.

Il est furieux.

CHAMPANET, bas, à Jules.

As-tu un voile épais ?

JULES.

Pourquoi ?

CHAMPANET.

Pour madame Grimoine... Prends ce manteau.

Il prend sur le bras d'Olympia le manteau qu'elle tient et le passe à Jules.

OLYMPIA.

Hein ?

CHAMPANET, à Jules.

Je veux la sauver sans la voir.

JULES.

Ah !

CHAMPANET.

Grimoine, n'avance pas.

GRIMOINE, *à Olympia.*

Qu'est-ce qu'ils ont donc tous ? — Je veux une explication.

Jules, qui est entré dans la chambre, ramène sur le seuil Céleste, enveloppée d'un épais voile blanc et du manteau d'Olympia.

CHAMPANET, *à Céleste.*

Prenez mon bras, madame. (*Jules va ouvrir sa porte et attend sur le palier. Champanet conduit majestueusement Céleste.*) Vous passez devant des chevaliers français...

STEFANO.

Et portugais !

CHAMPANET.

Votre mari ne se doute de rien, c'est amusant.

GRIMOINE.

Quelle est donc cette dame ?

OLYMPIA.

Ça ne vous regarde pas !

ELMIRE, *sortant du magasin de modes, au moment où le couple franchit la porte.*

A Neuilly, oui, mademoiselle.

CHAMPANET, *s'arrêtant stupéfait.*

Madame Grimoine !

CÉLESTE.

Ah !

Elle s'esquive et disparait dans l'escalier de dessous.

ELMIRE, *s'emparant du bras de Champanet.*

Ah ! Monsieur Champanet !... Comment êtes-vous là ?

STEFANO, *arrivant sur le palier.*

Ne perdons pas sa trace... Ce n'est plus la même.

CHAMPANET.

Mais qui donc ai-je sauvé ?

OLYMPIA, faisant pirouetter Grimoine, dans le salon.

Vous êtes donc marié ?

GRIMOINE.

Ah !... à mes moments perdus.

Olympia lui donne un soufflet. Stefano s'élance dans l'escalier de dessus, puis redescend dans celui de dessous.

CHAMPANET, ahuri, sur le palier.

Mais qui donc ai-je sauvé ?

ACTE TROISIÈME

Chez Champanet, à Neuilly. — Un salon. — Au fond, cheminée surmontée d'une glace sans tain. — A droite, pan coupé, entrée donnant sur le jardin; premier plan, porte conduisant aux chambres de Céleste et Cécile. — A gauche, pan coupé, porte de l'office; — premier plan, chambre de Champanet. — A droite, une table et une petite étagère. — A gauche, un canapé, fauteuils et chaises.

SCÈNE PREMIÈRE

CECILE, JUSTINE, puis CHAMPANET.

JUSTINE, *entrant par le pan coupé, à gauche.*

Mademoiselle est servie.

CÉCILE.

Vous pensez bien, Justine, que je ne dînerai pas avant que mon oncle et ma tante soient rentrés.

JUSTINE.

Mais, mademoiselle, il est plus de sept heures.

CÉCILE.

Oui, ils sont en retard.

JUSTINE.

Monsieur et madame ont passé une partie de la nuit en chemin de fer : ils ont à peine déjeuné, et ils ne reviennent pas pour dîner.

CÉCILE.

Que voulez-vous que j'y fasse ?

JUSTINE.

C'est que j'ai un canard aux navets qui rissole.

CÉCILE.

Voici mon oncle !

JUSTINE.

Avec madame ?

CÉCILE.

Non, tout seul... il marche très vite.

CHAMPANET, *entrant préoccupé, pan coupé à droite.*

Madame Champanet est-elle ici ?

CÉCILE.

Non, mon oncle.

CHAMPANET.

Ah !

JUSTINE.

Madame est sortie presque en même temps que monsieur.

CHAMPANET.

Ah !

JUSTINE.

Et elle n'est pas encore rentrée.

CHAMPANET, *se répondant à lui-même.*

C'est un hasard, sans doute, une simple coïncidence.

JUSTINE.

Et j'ai un canard aux navets qui rissole.

CHAMPANET.

Il me semblait que ce matin je vous avais flanquée à la porte.

JUSTINE.

Oui, monsieur ; mais madame a reconnu que c'était une injustice et elle m'a augmentée.

CHAMPANET, à lui-même.

C'est un hasard, sans doute, une simple coïncidence !

CÉCILE.

Qu'as-tu donc, mon oncle ? Tu as l'air préoccupé.

CHAMPANET.

Est-ce qu'il ne m'arrive pas, quelquefois, d'être préoccupé ?

CÉCILE.

Oh ! si, quand tu prépares ton cours de pisciculture.

CHAMPANET.

Eh bien, je le prépare.

JUSTINE.

Monsieur a marché vite. Monsieur ne veut rien prendre ?

CHAMPANET.

Je prendrai volontiers une tasse de tisane.

JUSTINE.

Quelle tisane, monsieur ?

CHAMPANET.

Celle que je prends toujours, celle qui m'est ordonnée, les orties noires.

JUSTINE.

Bien, monsieur.

Elle sort par le pan coupé à gauche.

CHAMPANET, s'asseyant à gauche de la table.

Pourquoi m'a-t-elle échappé comme une anguille ? Pourquoi m'avait-il enfermé dans le placard ? Pourquoi n'était-ce pas Olympia ? Pourquoi ce Portugais disait-il que c'était madame Grimoine ? Pourquoi madame Grimoine était-elle chez la modiste ? Et pourquoi madame Champanet n'est-elle pas ici ? J'ai besoin de coordonner tous ces événements pour arriver, de déduction en déduction, à les comprendre... suivant ma méthode ordinaire.

CÉCILE.

Je t'assure, mon oncle, que tu as un air tout chose.

CHAMPANET.

Tout chose? Cécile, tu as parfois des mots désagréables.

CÉCILE.

Oh! mon petit oncle... Tu ne m'as pas encore embrassée!

CHAMPANET.

C'est juste. (Il l'embrasse.) Tu ne t'es pas ennuyée en notre absence?

CÉCILE.

Oh! non... j'ai pensé tout le temps à ce que tu m'as dit ce matin.

CHAMPANET.

Ce que je t'ai dit?

CÉCILE.

Tu sais bien?

CHAMPANET.

Non.

CÉCILE.

M. Carpiquel...

CHAMPANET.

Carpiquel?

CÉCILE.

Je le trouvais déjà très bien, sans m'en rendre compte, mais depuis que tu m'as fait son éloge...

CHAMPANET.

Son éloge? Ah! oui, ce matin...

CÉCILE.

Je me suis remémoré toutes ses qualités.

CHAMPANET.

Et tu trouves qu'il en a?

CÉCILE.

Énormément. Et depuis que tu m'as appris qu'il m'aimait...

CHAMPANET.

Je t'ai appris ça?... Ah! oui, ce matin.

CÉCILE.

J'ai senti que je l'aimais aussi.

CHAMPANET.

En es-tu sûre?

CÉCILE.

C'est toi qui l'as deviné.

CHAMPANET.

Oui, oui, c'est moi... mais, depuis, il m'est venu des scrupules.

CÉCILE.

Pourquoi?

CHAMPANET.

Je veux prendre encore quelques informations.

CÉCILE.

Sur M. Carpiquel?

CHAMPANET.

Oui.

CÉCILE.

Alors, mon petit oncle, prends-les bien vite... J'ai déjà arrangé ma toilette de mariée dans ma tête.

CHAMPANET.

Si, cependant, tu ne pouvais pas l'épouser?

CÉCILE, vivement.

Oh! ne dis pas cela, maintenant que je l'aime!

CHAMPANET.

Voilà encore une complication! (Il se lève.) Ta tante ne t'a pas dit en sortant ce qu'elle allait faire?

CÉCILE.

Elle voulait d'abord donner trois lettres à un commissionnaire, — c'était très pressé, — et elle en a oublié une... Je viens de m'en apercevoir tout à l'heure.

CHAMPANET.

Elle en a oublié une! (La prenant sur la table.) Celle-ci?

CÉCILE.

Oui, une lettre pour son notaire.

CHAMPANET.

Je vais voir si c'est urgent. J'enverrais une dépêche... (Il ouvre la lettre et lit.) « Il faut acheter Justine. — Attendez-moi. » Pourquoi veut-elle que le notaire achète Justine? Il faut acheter Justine... Attendez-moi!... Mystère! encore mystère!

JUSTINE, revenant avec une tasse (pan coupé, à gauche).

Voici la tisane de monsieur.

CHAMPANET.

Merci, je ne veux rien.

JUSTINE.

Mais, monsieur...

CHAMPANET.

Je rentre chez moi, et n'y suis pour personne.

JUSTINE.

Pas même pour madame, quand elle reviendra?

CHAMPANET.

Pour personne. (A part.) Cette fille me regarde d'une façon particulière... Il faut acheter Justine? Non, non, je ne boirai pas cette tisane... (Justine porte la tasse sur la cheminée.) J'ai besoin de coordonner les événements pour les comprendre, suivant ma méthode ordinaire. (En sortant, premier plan à gauche.) Pourquoi veut-elle que le notaire achète Justine?

SCÈNE II

CÉCILE, JUSTINE, puis CÉLESTE.

CÉCILE, *étonnée.*

Je ne reconnais plus mon oncle; jamais je ne l'ai vu troublé à ce point.

JUSTINE.

Monsieur a dû se quereller avec madame... Il ne faut pas que ça étonne mademoiselle. J'ai toujours remarqué que, lorsque les maîtres reviennent d'un voyage de plaisir, ça ne va jamais bien. Ah! voici madame!

CÉLESTE, *entrant comme une bombe, agitée et la figure bouleversée. — (Pan coupé à droite).*

M. Champanet est-il rentré?

CÉCILE.

Oui, ma tante.

CÉLESTE.

Ah!

JUSTINE.

Mais monsieur est dans sa chambre et il ne veut voir personne.

CÉLESTE.

Ah! tant mieux! j'aurai le temps de réfléchir.

Elle va s'asseoir sur le canapé.

CÉCILE.

Qu'avez-vous, ma tante?

CÉLESTE.

J'ai... j'ai tant de choses que je ne peux pas m'y reconnaître. D'abord, en sortant un peu vite d'une maison où je ne voulais pas rester, je suis montée dans un fiacre qui était là. Le cocher a crié : « Enfin! » et il m'a conduite à la gare d'Orléans.

CÉCILE.

Vous alliez à la gare d'Orléans?

CÉLESTE.

Non, je n'y allais pas, je me suis fâchée. Il a été malhonnête, j'ai voulu payer, je n'avais pas d'argent, j'avais tout donné à la somnambule.

CÉCILE.

La somnambule?

JUSTINE.

Madame a consulté une somnambule?

CÉLESTE.

Malgré moi, j'y suis entrée parce que j'avais peur de l'officier du cinquième.

CÉCILE.

L'officier du cinquième?

JUSTINE.

Cinquième dragons?

CÉLESTE.

Non, cinquième étage.

JUSTINE.

C'est que j'ai un cousin au cinquième dragons.

CÉLESTE.

Le cocher me réclamait cinq heures trois quarts... On s'attroupait... je ne savais que devenir, lorsqu'un monsieur très poli s'approche et paie pour moi.

CÉCILE.

Vous l'avez laissé faire?

CÉLESTE.

Je ne l'avais pas reconnu. Il se retourne et m'offre son bras... C'était don Stefano!

CÉCILE.

Don Stefano!

CÉLESTE.

Ruy Gomar.

JUSTINE.

Le Portugais qui a trouvé le sac de madame?

CÉLESTE.

Lui-même. Je m'esquive. Je monte dans une autre voiture... et me voici... Il a payé cinq heures trois quarts... onze francs cinquante, deux francs de pourboire... treize francs cinquante. Avez-vous treize francs cinquante?

Elle se lève.

CÉCILE.

Oui, ma tante.

JUSTINE.

Oui, madame.

CÉLESTE.

Donnez! (Elle prend des deux mains et met le tout dans une enveloppe prise sur la table. A Justine.) Vous ferez porter cela par un commissionnaire... tout de suite, c'est très pressé.

JUSTINE.

Oui, madame.

CÉLESTE.

Je suis à bout de forces!

Elle tombe assise.

JUSTINE.

Si madame voulait prendre quelque chose?

CÉLESTE.

Boire seulement, je voudrais boire... j'ai la gorge sèche.

JUSTINE, *prenant la tasse sur la cheminée.*

Voici une tasse de tisane, que j'avais préparée pour monsieur... elle est encore chaude.

CÉLESTE.

Quelle tisane?

JUSTINE.

Des feuilles d'orties noires.

CÉLESTE, *étonnée.*

Vous en avez?

JUSTINE.

Madame m'en a donné un paquet qui était dans son sac.

CÉLESTE.

Un paquet d'orties noires?

JUSTINE.

Oui, madame.

CÉLESTE.

Vous en êtes sûre?... Je ne vous ai donné que ce paquet-là?

JUSTINE.

Est-ce que madame en a perdu un autre?

CÉLESTE, *se levant.*

Oui... ce n'est rien... c'est... un petit objet que j'avais mis dans mon sac et qui n'y est plus.

JUSTINE, *vivement.*

Ce n'est pas moi qui l'ai pris.

CÉLESTE.

J'en suis certaine.

JUSTINE.

Je suis une honnête fille, moi, madame.

CÉLESTE.

Je le sais, Justine.

JUSTINE.

C'est que, lorsqu'il se perd quelque chose dans une maison, on accuse tout de suite les domestiques.

CÉLESTE.

Je ne vous accuse pas.

JUSTINE.

Est-ce que le sac de madame était fermé?

CÉLESTE.

J'avais perdu la clef.

JUSTINE.

Alors, il faudrait demander à ce Portugais...

CÉLESTE.

Don Stefano?

JUSTINE.

C'est lui qui a trouvé le sac de madame, c'est lui qui l'a rapporté.

CÉLESTE, à part.

Ah! quel trait de lumière?... Il a mes lettres.

JUSTINE.

Et avant de lui rendre l'argent de la voiture...

CÉLESTE.

Oh! si, si, rendez, rendez tout de suite.

JUSTINE.

Madame ne prend pas la tisane?

CÉLESTE.

Je vais chez moi et je n'y suis pour personne.

CÉCILE.

Elle aussi!

CÉLESTE, allant vivement vers la porte à droite, premier plan.

Quel trait de lumière!

Elle sort.

SCÈNE III

CÉCILE, JUSTINE, puis JULES.

CÉCILE.

Elle est encore plus extraordinaire que mon oncle.

JUSTINE.

Qu'est-ce que madame peut avoir perdu?

CÉCILE.

C'est singulier!... Habituellement, elle ne se préoccupe pas de ce qu'elle perd.

JUSTINE.

Je vois bien que mademoiselle va être obligée de dîner toute seule.

CÉCILE.

Oh! non, par exemple!

JUSTINE.

C'est que j'ai un canard aux navets qui rissole!

CÉCILE.

Laissez-le rissoler.

JUSTINE.

Je vais d'abord chercher un commissionnaire... (Elle regarde par la glace sans tain.) Tiens! M. Carpiquel!

CÉCILE, étonnée.

Ah!

JUSTINE.

Est-ce qu'on l'attendait?

CÉCILE.

Je ne sais pas, je ne crois pas!

Elle se retire vivement dans le coin à droite et se met à regarder un album de photographies qui se trouve sur une étagère.

JUSTINE.

Elle a rougi et elle se cache! Il y a donc encore quelque chose là.

JULES, entrant très troublé par le pan coupé à droite, à Justine, sans voir Cécile, d'une voix tremblante.

M. Champanet est-il rentré?

JUSTINE.

Oui, monsieur.

JULES, désappointé.

Ah!

JUSTINE.

Mais il ne veut recevoir personne.

JULES, avec joie.

Je respire. (D'une voix étranglée.) Madame Champanet est-elle rentrée?

JUSTINE.

Oui, monsieur.

JULES, désappointé.

Ah!

JUSTINE.

Mais elle ne veut recevoir personne.

JULES, avec joie.

Je respire.

JUSTINE, étonnée.

Alors pourquoi monsieur est-il venu?

JULES.

Par devoir, Justine, par devoir... et puis j'étais invité à dîner.

JUSTINE.

Oh!

JULES.

Mais puisqu'on ne reçoit pas... (Il se retourne pour repartir.)

Vous direz... (Il s'arrête interloqué en apercevant Cécile, qui paraît très occupée à regarder son album.) Mademoiselle Cécile...

JUSTINE, à part.

En voilà encore un qui ne dînera pas. Je peux inviter mon cousin du cinquième dragons pour manger le canard aux navets.

Elle sort par le pan coupé à gauche.

SCÈNE IV

JULES, CÉCILE.

CÉCILE, s'avançant modestement.

Je ne vous disais rien, parce que ce n'était pas moi que vous demandiez.

JULES.

Mademoiselle... je... je dois... je dois vous paraître embarrassé...

CÉCILE.

Oui, monsieur.

JULES.

Et... un peu sot ?

CÉCILE.

Oui, monsieur.

JULES.

Je ne peux pas vous en donner la raison.

CÉCILE.

C'est inutile, monsieur, je la connais.

JULES, étonné.

Vous la connaissez ?

CÉCILE.

Mon oncle vous a blessé en vous disant que, avant de vous accorder ma main, il voulait prendre de nouvelles informations... sur vous.

JULES.

Ah !... oui, oui, c'est cela ; de nouvelles informations.

CÉCILE.

Les parents ont toujours des scrupules au dernier moment.

JULES.

Ils ont raison, mademoiselle, ils ont raison.

CÉCILE.

Je suppose bien, moi, qu'on n'a rien à vous reprocher.

JULES.

Oh ! mon Dieu !... je... je l'espère...

CÉCILE.

Et je n'éprouve pas d'embarras à vous dire que j'en serais très heureuse...

JULES.

Oh ! mademoiselle !

CÉCILE.

Mais il n'est pas convenable que je cause plus longtemps avec un jeune homme qui n'est pas encore mon fiancé.

Elle lui fait une grave révérence et sort à droite, premier plan.

SCÈNE V

JULES, puis GRIMOINE.

JULES.

Elle est ravissante !... Quand je songe que j'aurais pu avoir là une femme ravis... mais c'est impossible, puisque c'est sa tante que j'aime !

Il se dirige vers la porte, pan coupé à droite, et se trouve en face de Grimoine, qui entre sombre et terrible.

GRIMOINE.

Enfin, monsieur, je vous trouve !

JULES, gracieux.

Monsieur Grimoine !

GRIMOINE.

Parlons bas et parlons vite.

JULES.

Qu'arrive-t-il encore ?

GRIMOINE.

Je suis voltairien, c'est-à-dire que je méprise les faiblesses du cœur, mais le scepticisme n'exclut pas l'amour-propre.

JULES.

Au contraire.

GRIMOINE.

Vous l'admettez ! Alors, monsieur, vous me rendrez raison.

JULES.

Comment ?

GRIMOINE.

Chut! Je suis marié, c'est-à-dire tenu à des ménagements. Je vous enverrai mes témoins.

JULES.

Pourquoi ?

GRIMOINE.

J'ai tout deviné.

JULES, déconcerté.

Ah !

GRIMOINE.

Je suis allé à son ancien domicile, — que j'avais meublé, — entièrement, — vous n'avez eu qu'un rôle... mesquin ! Le concierge m'a appris qu'elle avait été congédiée pour tapage nocturne.

JULES.

Qui ?

GRIMOINE.

Et qu'elle demeurait présentement chez son amant... Voilà pourquoi elle m'avait télégraphié : « Viens me demander chez ma patronne. »

JULES.

Quelle patronne ?

GRIMOINE.

J'y suis allé naïvement... on m'a répondu : « Elle demeure en face. » Je frappe à la porte en face... c'était chez vous !

JULES.

Ah !

GRIMOINE.

En me voyant, vous êtes médusé, et vous m'empêchez d'entrer, en criant : « Il est dans le placard ! »

JULES.

C'était vous ?

GRIMOINE.

Vous aviez encore là, monsieur, un rôle mesquin.

JULES.

Je vous assure, monsieur, que je ne comprends rien à ce que vous me racontez.

GRIMOINE.

Je vous prie, monsieur, de ne pas joindre l'ironie à l'outrage... Je vous parle de mademoiselle Olympia.

JULES.

Olympia Frémichet !... Ah ! par exemple, elle est forte !

GRIMOINE, *furieux.*

Quoi ? elle est forte ! qui ? elle est forte !

JULES.

J'ai vu cette demoiselle aujourd'hui pour la première fois,

SCÈNE VI

LES MÊMES, CHAMPANET.

CHAMPANET, *entrant par la gauche, premier plan.*

J'ai reconnu ta voix, Grimoine... Monsieur Carpiquel...

JULES.

Oui, monsieur, oui, mon cher maître.

CHAMPANET, *à Grimoine.*

Qu'as-tu ?

GRIMOINE.

Rien, mon ami, rien,

CHAMPANET.

J'allais te faire appeler parce qu'il est des heures dans la vie où l'on a besoin d'un ami véritable.

GRIMOINE, avec insouciance.

Certainement, certainement.

CHAMPANET.

Je travaille à coordonner les événements pour les comprendre, suivant ma méthode ordinaire ; je n'y arrive pas. M. Carpiquel pourrait m'aider.

JULES.

Moi, monsieur !

CHAMPANET.

J'ai trouvé chez lui une très jolie personne, — une tête, — installée comme chez elle.

GRIMOINE, redevenant inquiet.

Ah ! tu sais son nom ?

CHAMPANET.

Olympia Frémichet.

JULES, à part.

Ça va s'embrouiller.

Il va s'accouder à la cheminée.

CHAMPANET.

Elle m'a avoué qu'elle était sa maîtresse et qu'elle l'appelait Moumoutte !

GRIMOINE.

Lui aussi ! — Et vous me juriez tout à l'heure que vous la voyiez aujourd'hui pour la première fois !

JULES.

C'est-à-dire...

Il redescend pour s'expliquer et est tiraillé par chacun.

CHAMPANET.

Il t'a juré ça ? Alors, monsieur, vous m'avez menti !

JULES.

Non, monsieur.

GRIMOINE.

Alors, c'est à moi que vous mentiez ?

JULES.

Non, monsieur.

CHAMPANET.

Vous aviez donc intérêt à me mentir ?

JULES.

Je ne vous ai rien dit.

CHAMPANET.

Vous me laissiez me compromettre avec cette jolie personne.

JULES.

Je n'y étais pas!

CHAMPANET, à Grimoine.

Car tu ne sais pas ce que j'ai fait pour cet ingrat qui devait, plus tard, m'enfermer dans un placard.

GRIMOINE.

Dans un placard !

JULES.

Ce n'est pas moi !

CHAMPANET, continuant.

Je l'ai débarrassé d'Olympia.

GRIMOINE.

Comment ?

CHAMPANET.

Je la lui ai enlevée !

GRIMOINE.

Toi ?

JULES, à part.

C'est un répit.

CHAMPANET.

Oui, mon ami, oui, moi, Aristide Champanet, philosophe et professeur de pisciculture, ce qui indique un tempérament froid, j'ai fait la cour à cette demoiselle.

GRIMOINE.

Et tu as réussi ?

CHAMPANET.

Au delà de mes vœux !

GRIMOINE.

Ah !

CHAMPANET.

Elle m'a tout de suite trouvé aimable.

GRIMOINE.

Ah !... qu'elle m'ait trompé pour monsieur, qui est jeune et beau, je l'admettrais à la rigueur, mais pour toi, Champanet... Oh ! pour toi ! je ne la reverrai plus.

CHAMPANET.

Tu la connais donc ?

GRIMOINE.

C'est la jeune modiste sage dont je t'ai parlé ce matin.

CHAMPANET.

Ce n'était donc pas à Carpiquel que je l'enlevais ?

GRIMOINE.

C'était à moi, principalement.

JULES, se levant.

Ça va recommencer.

CHAMPANET.

Alors, puisque Olympia était la maîtresse de Grimoine, en même temps...

GRIMOINE.

Avant, Champanet, avant.

CHAMPANET, à Jules.

Ça ne pouvait pas être une chaîne pour vous, vous n'aviez qu'à la lui rendre.

GRIMOINE.

C'était son devoir.

JULES.

Je n'y ai pas pensé.

CHAMPANET.

De déductions en déductions, la vérité se fait jour. Vous preniez une fausse chaîne pour cacher la vraie, celle qui est entrée chez vous pendant que j'étais dans le placard...

JULES.

Non, mon cher maître, non !

CHAMPANET.

Celle que j'ai fait sortir voilée, pour la soustraire aux regards de don Stefano, qui prétendait la connaître, — car il prétendait la connaître ! Et pourquoi était-il là, don Stefano ? Pourquoi vous a-t-il dit : « Nous aimons la même femme ? »

JULES.

Je ne sais pas ; je vous jure que je ne sais pas !

CHAMPANET.

La même femme ! et elle m'a échappé comme une anguille ! Et vous ne voulez pas me dire son nom ! (Avec éclat.) Je n'ose plus, monsieur, je n'ose plus coordonner suivant la méthode ordinaire !

GRIMOINE.

Calme-toi, Champanet !

JULES, à part, avec désespoir.

Il brûle, mon Dieu, il brûle !

GRIMOINE.

Tu vois, moi qui suis trompé aussi...

CHAMPANET.

Quoi, aussi ?... Qu'entends-tu par aussi ?

JULES, épouvanté et regardant à droite.

Madame Champanet !

CHAMPANET, la voyant aussi.

Ma femme !

GRIMOINE, le saisissant vivement.

Champanet, tu n'as pas de preuves...

CHAMPANET.

Aucune ! aucune !

SCÈNE VII

LES MÊMES, CÉLESTE.

CÉLESTE, entrant vivement (droite, premier plan), suivie de Justine, qui tient une lettre à la main.

Pas de numéro 17 à la rue de Lisbonne ! Il est absurde votre commissionnaire.

JUSTINE, bas, vivement.

Madame, c'est monsieur.

CÉLESTE.

Ah ! vous êtes là, mon ami ?

CHAMPANET.

Vous envoyez une lettre rue de Lisbonne ?

CÉLESTE.

Oui, oui, mon ami !

CHAMPANET.

Par un commissionnaire ?

CÉLESTE.

Mon Dieu !... ce... ce n'est pas une lettre... c'est un peu d'argent... que je dois...

CHAMPANET.

Vous avez des dettes rue de Lisbonne ?

CÉLESTE.

Ah ! non, je me souviens maintenant, ce n'est pas rue de Lisbonne, c'est rue de Naples. (Étourdiment.) J'ai mis Lisbonne, parce que c'est un Portugais.

CHAMPANET.

Un Portugais ?

GRIMOINE.

Ah ! oui, don Stefano, mon client, rue de Naples, 17.

CHAMPANET.

Vous devez de l'argent à don Stefano ?

CÉLESTE.

Je ne lui en ai pas emprunté, c'est lui, au contraire, qui a... payé ma voiture.

CHAMPANET.

Payé votre voiture ?

CÉLESTE.

Je n'avais pas d'argent, et alors...

CHAMPANET.

Vous pouviez vous faire conduire jusqu'ici.

CÉLESTE.

L'idée ne m'en est pas venue. Il a payé malgré moi.

CHAMPANET.

C'est très inconvenant et cet étranger mérite une leçon.

CÉLESTE.

Oh ! non, non, je vous en prie !

CHAMPANET.

Et d'abord, c'est moi qui dois payer votre dette.

CÉLESTE, inquiète.

Vous?

CHAMPANET, à Justine.

Renvoyez le commissionnaire! (Il prend l'enveloppe des mains de Justine, qui sort à droite, premier plan.) Ce Portugais avait déjà ce matin des yeux blancs qui m'ont déplu, et puis j'ai été ridicule devant lui.

CÉLESTE.

Vous ne vous battrez pas.

CHAMPANET.

Pourquoi me battre? J'aurais donc des motifs de me battre?

CÉLESTE.

Oh! non, non, certes!

CHAMPANET.

Je lui dirai, de votre part, que vous êtes très blessée et que vous lui faites signifier par votre mari de ne jamais vous revoir.

CÉLESTE.

Mais il faudrait... il faudrait lui dire ça poliment.

CHAMPANET.

Pourquoi poliment?

CÉLESTE.

Parce que c'est un homme du monde!

CHAMPANET.

Un homme du monde qui fait une scène chez Carpiquel pour voir la femme qui se cachait dans sa chambre! (Avec intention.) Qui se cachait! qu'il avait vue entrer! qu'il connaissait!

CÉLESTE, effrayée.

Je ne sais pas, moi... je ne sais pas... vous me regardez, là...

CHAMPANET.

Oui, je vous regarde!

GRIMOINE, bas, vivement.

Champanet, tu n'as pas de preuves!

CHAMPANET, bas.

J'en aurai dans une heure... Les événements se coordonnent, les déductions se pressent. Je suis atterré! (Haut.) Je vais payer votre dette à don Stefano. Grimoine m'accompagnera.

GRIMOINE.

Oui, oui.

CHAMPANET.

Je vous laisse, chère amie, je vous laisse avec ce bon Carpiquel, cet excellent Carpiquel! (Bas, à Grimoine.) Je reviendrai comme une bombe, pour les surprendre.

GRIMOINE, effrayé.

Champanet!

CHAMPANET.

Un mari dans ma situation doit être terrible; s'il se contente d'être bête, il est perdu... Je serai terrible.

Il sort avec Grimoine, pan coupé à droite.

SCÈNE VIII

JULES, CÉLESTE, puis ELMIRE.

CÉLESTE.

J'aurais mieux fait de tout avouer à mon mari.

Elle tombe assise, à gauche de la table.

JULES.

Au contraire, madame, il est sur une fausse piste.

CÉLESTE.

Je n'ai plus qu'un parti à prendre : me retirer chez ma mère.

JULES.

Vous, madame?

CÉLESTE.

Et terminer mon existence en faisant de bonnes œuvres.

JULES.

A vingt-deux ans!

CÉLESTE.

A vingt-deux ans. J'aurai le temps de mériter le ciel; ce sera toujours ça de gagné.

JULES.

Y pensez-vous, madame?

ELMIRE, *entrant vivement, pan coupé à droite.*

Enfin! je vous trouve. Ah! ma chère amie! je suis déjà venue, vous n'étiez pas rentrée.

JULES.

Madame Champanet veut se retirer chez sa mère.

ELMIRE.

M. Champanet sait tout?

JULES.

Non, madame, non, au contraire, il est sur une fausse piste.

ELMIRE.

Eh bien, alors? Nous allons nous entendre tous les trois pour arranger une petite histoire vraisemblable.

CÉLESTE.

A présent, c'est inutile!

Elle se lève.

ELMIRE.

Pourquoi?

JULES.

Je soutiendrai jusqu'à la mort que ce n'était pas vous.

CÉLESTE.

A quoi bon?... Quand mon mari aura vos lettres où vous m'appelez: « Céleste... mon petit oiseau bleu!... » C'était de bien mauvais goût, ça, monsieur.

JULES.

Mais il ne les a pas.

CÉLESTE.

Des lettres où vous me tutoyez!

JULES.

En vers! jamais en prose!

CÉLESTE.

Où vous me dites que je ne peux pas aimer mon mari, un homme vulgaire et qui ne sait pas me comprendre.

JULES.

Mais puisqu'il ne les a pas!

CÉLESTE.

Mon mari est un homme excellent, monsieur, noble et généreux, et je l'aime comme il le mérite, depuis deux heures!

ELMIRE.

Ne vous montez pas la tête inutilement. Vous avez écrit à M. Carpiquel d'acheter Justine pour reprendre ses lettres...

CÉLESTE.

Elle ne les a pas.

JULES.

Où sont-elles donc?

CÉLESTE.

Elles sont dans les mains de don Stefano.

JULES.

De don Stefano!

ELMIRE.

Oh! mon Dieu!

CÉLESTE.

Il les a prises dans mon sac de voyage.

ELMIRE.

Ce serait abominable!

JULES.

Ce serait indigne!

CÉLESTE.

Vous n'avez pas remarqué son air triomphant... et son aplomb, quand il est venu ce matin? Il avait notre secret, voilà pourquoi il m'a poursuivie chez M. Carpiquel... Et vous, monsieur, vous, au lieu de le prendre par la douceur, vous l'avez mal reçu.

JULES.

Pouvais-je deviner?

CÉLESTE.

Et en ce moment mon mari est chez lui. Il va l'exaspérer, en lui disant que je ne veux plus le revoir.

ELMIRE.

Vous le croyez capable de remettre vos lettres à M. Champanet?

CÉLESTE.

S'il ne les lui remet pas aujourd'hui, il continuera à me poursuivre; il me menacera pour obtenir... (Vivement.) Il n'obtiendra rien! et de dépit... il enverra...

JULES.

Je l'aurai tué avant!

CÉLESTE.

En serai-je moins compromise? Non!... Et si c'est lui qui vous tue?... Non, non, je ne peux plus vivre ainsi... Je rentre chez ma mère.

ELMIRE.

Mais ce serait vous déclarer coupable!

JULES.

Et vous savez bien que vous n'avez rien à vous reprocher.

CÉLESTE.

J'ai tout à me reprocher, tout! et je ne veux pas que M. Champanet me retrouve ici!

JULES, suppliant.

Madame!...

ELMIRE, la retenant.

Voyons, ma chère amie...

JUSTINE, entrant, pan coupé à droite.

Madame, il y a là don Stefano.

CÉLESTE.

Lui! (Se transformant subitement et avec joie.) M. Champanet ne le trouvera pas... Je vais le forcer à me rendre mes lettres en lui prouvant que je suis une femme honnête. Faites entrer.

ELMIRE.

Notre présence vous gênera peut-être?

CÉLESTE.

Oh! oui... celle de M. Carpiquel surtout... Justine, attendez un moment. (Justine s'arrête à la porte. — A Elmire.) Entrez dans la bibliothèque avec monsieur.

ELMIRE.

Vous avez bien tout votre sang-froid, au moins?

CÉLESTE.

Voyez! Je suis très courageuse, quand j'ai le danger sous la main... et puis, d'ailleurs, ce monsieur, je ne le connais pas. De quel droit me poursuit-il?

ELMIRE.

A la bonne heure! J'aime à vous voir dans ces dispositions-là.

JULES.

Eh bien! moi, je ne suis pas tranquille.

CÉLESTE, *à Justine.*

Faites entrer ! (*Justine sort à droite, pan coupé ; Elmire et Jules, pan coupé à gauche. — Elle reste seule.*) Maintenant, soyons sévère et imposante !

Elle s'assied sur le canapé.

SCÈNE IX

STEFANO, CÉLESTE.

Céleste a pris une pose majestueuse. Justine a ouvert la porte — pan coupé à droite. — Stefano lui fait signe de se retirer, et il reste un moment comme en extase. Céleste paraît très embarrassée, quoique toujours majestueuse.

STEFANO, *faisant un pas.*

Céleste !

CÉLESTE, *bondissant.*

Hein !

STEFANO, *s'avançant d'un air passionné.*

Laissez-moi le redire, ce nom angélique, puisque vous me l'avez livré dans une heure d'épanchement.

CÉLESTE.

Moi ?

STEFANO.

Ne craignez rien !... Je suis Portugais, c'est-à-dire chevaleresque... et discret comme un Apollon de marbre.

CÉLESTE, à part.

Une allusion aux lettres de Carpiquel.

STEFANO.

Mais vous ne pouvez me défendre de vous rappeler votre promesse...

CÉLESTE.

Je vous ai promis quelque chose ?

STEFANO.

Vous m'avez écrit : « Je suis à vous ! »

CÉLESTE.

Moi ?

STEFANO.

Céleste !

CÉLESTE.

Monsieur !

STEFANO.

Ce nom est doux comme l'aile d'une colombe !

CÉLESTE.

Je vous prie, monsieur, de prendre un autre ton !

Elle se lève.

STEFANO, après avoir regardé toutes les portes, se rapprochant de Céleste.

Est-ce qu'on nous écoute ?

CÉLESTE.

Vous avez pu vous méprendre, parce que je ne vous ai pas dit tout de suite qui j'étais et ce que j'étais !

STEFANO.

Je vous pardonne ; vous veniez de m'apparaître ravissante dans les bains mixtes.

CÉLESTE.

Il est inutile de rappeler ça !

STEFANO.

Et quand vous êtes sortie de l'océan, comme Vénus elle-même...

CÉLESTE.

Assez, monsieur. (A part.) Ah ! s'il n'avait pas les lettres de Carpiquel !

STÉFANO.

Dans ce costume indiscret qui donne aux femmes un embarras charmant.

CÉLESTE.

Oui, monsieur, j'étais embarrassée... cruellement embarrassée, parce que, dans l'eau, je vous avais pris pour mon mari...

STEFANO, *vivement.*

Ne me dites pas cela, c'est la pire des injures !

CÉLESTE.

Je vous ai montré M. Grimoine qui passait...

STEFANO.

Et je vous ai prise pour madame Grimoine. Erreur dont mon cœur n'est pas complice. Grimoine ou Champanet, c'est toujours vous... Céleste ! Céleste !

CÉLESTE, *à part.*

Ah ! s'il n'avait pas mes lettres ! (Haut.) Je vous prie, monsieur, de me faire la grâce de causer froidement.

Elle s'assied près de la table.

STEFANO.

Alors, il faudra dompter ma nature. — Je la dompterai. (Il va prendre une chaise au coin du canapé et l'apporte avec un calme affecté tout près de Céleste. Sur un mouvement de celle-ci, il recule sa chaise, puis s'assied.) Je la dompterai. Je vous écoute, madame.

CÉLESTE.

Le hasard vous a fait trouver mon sac de voyage.

STEFANO.

Je vous l'ai rapporté, madame.

CÉLESTE.

Mais vous l'aviez ouvert.

STEFANO.

Il s'est ouvert tout seul... plusieurs fois... Il ne ferme pas bien.

CÉLESTE.

Vous y avez pris quelque chose.

STEFANO.

Oui, j'y ai pris vos gants, pour les baiser, la trace de mes moustaches y est encore, mais je les avais remis à la même place et je les ai retrouvés tantôt, à la porte de M. Carpiquel.

CÉLESTE, *interloquée.*

De M. Carpiquel !

STEFANO.

Je sais tout, madame !

CÉLESTE, *à part.*

Nous y voilà !

STEFANO.

J'ai revu mademoiselle Olympia, j'ai causé avec elle et j'ai tout compris. Les hommes du midi comprennent vite.

CÉLESTE, *à part.*

Quelle humiliation !

STEFANO.

Vous avez voulu surprendre votre mari.

CÉLESTE.

Hein !

STEFANO.

Qui se disait garçon. Il a dit à Olympia qu'il était garçon. Madame, cet homme est indigne de vous.

CÉLESTE.

Mais, monsieur...

STEFANO.

Il vous préfère une Olympia Frémichet !

CÉLESTE, se levant.

Lui !

STEFANO.

Qui était la maîtresse de son ami, M. Grimoine !

CÉLESTE.

De M. Grimoine !

STEFANO, se levant.

Et à laquelle il donnait des rendez-vous chez son secrétaire ! Vous l'y avez vu. Il vous a offert son bras pour vous faire échapper... parce que j'étais là... Il a été grotesque... J'en bénis le ciel !... mais il vous a donné le droit de vous venger !... Vengez-vous... vengeons-nous !

CÉLESTE.

J'espère, monsieur, que vous n'abuserez pas d'un secret... que vous devez à une indiscrétion...

STEFANO.

Une indiscrétion que je bénis !

CÉLESTE.

Monsieur, vous avez parlé de vos sentiments chevaleresques...

STEFANO.

J'en parlerai encore.

CÉLESTE.

Eh bien, monsieur, en France, un galant homme se croirait déshonoré s'il gardait une seule lettre...

STEFANO, avec déchirement.

Vous voulez me la reprendre ?

CÉLESTE.

Je ne veux rien... j'attends pour vous juger. (A part.) Je crois que c'est adroit, cela !

STEFANO, apres un moment de silence, prend une lettre, l'embrasse avec passion, et la lui présente.

Voici, madame !

CÉLESTE.

Ah !

STEFANO.

Je l'aurais toujours portée sur mon cœur !

CÉLESTE, étonnée de recevoir une seule lettre.

Une seule !... (Lisant.) « A la mer, je ne m'appartenais pas... Ici, je suis à vous. »

STEFANO, avec transport.

« Je suis à vous ! — Céleste ! »

CÉLESTE.

Mais, monsieur, cette lettre n'était pas pour vous.

STEFANO.

Pas pour moi !

CÉLESTE.

Elle était pour mon notaire.

STEFANO.

Votre notaire !

CÉLESTE.

Oui, monsieur, oui.

STEFANO.

Il vous plaît de me précipiter du septième ciel !

CÉLESTE.

Ce sont les autres qu'il me faut, les autres !

STEFANO.

Quelles autres ?

CÉLESTE.

Les autres lettres.

STEFANO.

Du notaire ! Ah ! vous raillez, madame !

Il arpente le théâtre vers la droite, pour revenir vers Céleste, qui recule en tremblant.

CÉLESTE.

Je vous supplie de me rendre les autres.

STEFANO.

Ah ! vous croyez qu'on peut allumer impunément une passion violente dans le cœur d'un Portugais et lui dire après : « C'était pour le notaire !... » Non, non, non !

CÉLESTE, à part.

Il me fait peur !

Elle va vers la porte, premier plan à gauche. Stefano fait le même trajet par-dessus la table et lui barre le chemin.

STEFANO.

Nous sommes seuls... vous m'appartenez !

Il veut la saisir.

CÉLESTE, revenant vers la gauche, poursuivie par Stefano.

Monsieur, ne m'approchez pas ! (En se redressant violemment, elle pose sa main crispée sur sa poitrine et elle pousse un cri de stupéfaction.) Ah !

STEFANO, qui reste interdit.

Qu'avez-vous, madame?

Céleste, sans lui répondre, tâte son corsage des deux mains.

CÉLESTE.

Elles sont là.

STEFANO.

Quoi?

CÉLESTE.

Dans mon corsage!

Elle en tire un paquet de lettres liées par une faveur rose et part d'un éclat de rire en tombant sur le canapé.

STEFANO.

Quoi?

CÉLESTE, se levant et changeant brusquement de ton.

Monsieur, je vous prie de sortir!

STEFANO.

Madame!

CÉLESTE.

Sortez, ou je vous fais jeter à la porte!

STEFANO.

Madame... je suis *Grand* de Portugal.

CÉLESTE.

Ah! vous ne voulez pas! (Appelant.) Monsieur Carpiquel!... Elmire!... Justine!

STÉFANO.

Madame!

SCÈNE X

CHAMPANET, STEFANO, JULES, CÉLESTE, ELMIRE, JUSTINE.

JULES, accourant, premier plan-à gauche.

Que se passe-t-il?

ELMIRE, de même.

Qu'avez-vous?

JUSTINE, *venant du pan coupé à gauche.*

Quoi, madame?

CÉLESTE.

Jetez monsieur à la porte!

CHAMPANET, *entrant par le pan coupé à droite.*

Comment!

CÉLESTE.

Oh!

STEFANO.

Le mari!

CHAMPANET, *solennel, à Céleste.*

Tu voulais faire jeter monsieur à la porte?

CÉLESTE.

Monsieur s'est cru autorisé à me poursuivre de ses assiduités...

CHAMPANET.

Toi?

STEFANO, *interloqué.*

Permettez, madame...

CÉLESTE.

Parce qu'il a appris que vous me trompiez.

CHAMPANET.

Comment?

CÉLESTE.

Avec mademoiselle Olympia Frémichet!

CHAMPANET.

C'est une erreur!

CÉLESTE.

A qui vous aviez donné rendez-vous chez votre secrétaire.

CHAMPANET.

Il a menti!

STEFANO.

C'est la première fois qu'un Ruy Gomar...

CHAMPANET, à Céleste.

Il a menti!

STEFANO.

C'est la seconde fois...

CÉLESTE, doucement.

Oh! non! C'est moi qui étais dans la chambre du fond.

CHAMPANET, stupéfait.

Chez Carpiquel!... Tu l'avoues?

CÉLESTE.

J'allais chez la modiste, avec Elmire, quand j'ai vu dans l'escalier monsieur qui me suivait; il avait déjà commencé à Étretat... aux bains mixtes!

CHAMPANET.

Aux bains mixtes!

STEFANO.

J'ai sauvé madame, qui coulait à fond, en faisan la planche.

CHAMPANET.

Monsieur!

CÉLESTE.

Jusque dans ma cabine, où je ne faisais plus la planche... Alors, aujourd'hui, j'ai eu peur, et je me suis précipitée par la première porte ouverte... C'était l'appartement de M. Carpiquel. Je lui ai fait jurer de ne dire à personne que j'étais là...

JULES.

Alors, moi, esclave de mon serment...

CHAMPANET.

Et je t'ai offert mon bras...

CÉLESTE.

Je n'aurais pas accepté le bras d'un autre.

CHAMPANET.

Chère petite femme!... Mais pourquoi ne m'as-tu pas dit en arrivant?...

CÉLESTE, *vivement.*

Je ne voulais pas vous faire battre avec don Stefano.

CHAMPANET.

Je comprends... si cependant il est allé trop loin?

CÉLESTE.

Vous voyez bien...

STEFANO.

Monsieur...

JULES, *s'avançant crânement.*

C'est moi, mon cher maître, qui vous remplacerai, comme secrétaire.

STEFANO.

Nous nous battrons à la portugaise.

JULES, *étonné.*

Il accepte!

STEFANO, *à Carpiquel.*

Un soir, en sortant de votre club, en plein boulevard, si vous entendez siffler à vos oreilles une balle de revolver, si cette balle vient se loger au beau milieu de votre front, ne vous retournez pas pour savoir d'où elle vient... Au revoir!

Il se dirige vers le pan coupé à droite.

JULES.

Il n'est pas méchant!

CHAMPANET.

Permettez, j'ai une petite somme à vous remettre de la part de madame Champanet.

STEFANO, recevant l'argent.

Ah! très bien!... au revoir, mesdames! au revoir, messieurs!

Il se dirige vers la porte au moment où Grimoine paraît. On voit Cécile au premier plan à droite.

SCÈNE XI

CHAMPANET, JULES, CÉLESTE, ELMIRE, CÉCILE, GRIMOINE, puis STEFANO.

CHAMPANET.

Entre, Cécile, on a pris des informations sur M. Carpiquel; elles sont excellentes.

CÉCILE.

Ah! tant mieux!

JULES.

Mademoiselle...

CHAMPANET, à Céleste.

Je peux te jurer maintenant que je ne suis pas coupable. Je croyais que Carpiquel était l'amant de cette Olympia.

CÉLESTE, étourdiment.

Mais non, c'est M. Grimoine.

ELMIRE.

Mon mari!

CÉLESTE.

Ah! pardon, je ne voulais pas le dire.

ELMIRE.

M. Grimoine!

GRIMOINE.

Je te jure, chère amie...

ELMIRE.

Œil pour œil, dent pour dent, monsieur Grimoine!

GRIMOINE, *effrayé.*

Non, oh! non... Elmire!

JULES, *bas.*

Stefano vous a rendu les lettres.

CÉLESTE.

Oui!... elles étaient dans mon corsage.

JULES.

Ah! par exemple!

CÉLESTE.

Maintenant, je n'aurai plus rien à cacher... jamais... jamais!

CHAMPANET.

Pourquoi voulais-tu que le notaire achetât Justine?

CÉLESTE.

Pour vous surveiller.

Stefano, rentrant par le pan coupé à droite, à Céleste.

STEFANO.

Madame, vous m'avez rendu dix francs de trop.

Il remet dix francs à Céleste et sort définitivement.

CHAMPANET.

Tête de linotte!

FIN DE TÊTE DE LINOTTE

ET DU TOME PREMIER